El guardián invisible

Biografía

Dolores Redondo (Donostia-San Sebastián, 1969) es la autora de la Trilogía del Baztán, el fenómeno literario en castellano más importante de los últimos años, que inauguró un género propio, el *mystic noir*: *El guardián invisible*, *Legado en los huesos* y *Ofrenda a la tormenta*, adaptadas al cine con gran éxito entre 2017 y 2020, y actualmente disponibles en Netflix. A la trilogía le siguió *Todo esto te daré* (2016), uno de los premios Planeta más vendidos, cuya adaptación a serie por parte de la televisión pública francesa tuvo una gran acogida. En 2019 regresó al universo del Baztán con *La cara norte del corazón*, que está en desarrollo como serie televisiva en Hollywood: un hito de la ficción española. En 2021 se reeditó *Los privilegios del ángel*, su primera novela. Con *Esperando al diluvio* (2022) entusiasmó de nuevo a lectores y crítica, además de motivar una nueva adaptación audiovisual. Hoy son ya 38 los idiomas a los que se han traducido sus obras, que cuentan con millones de lectores en todo el mundo.

www.doloresredondo.com

Dolores Redondo

El guardián invisible

Trilogía del Baztán, 1

DESTINO

Ediciones Destino, un sello editorial de Editorial Planeta, S. A.
Avda. Diagonal, 662-664, 08034 Barcelona (España)
www.edestino.es
www.planetadelibros.com

Adaptación de la cubierta: Booket / Área Editorial Grupo Planeta
Fotografía de la cubierta: © Michael Prince / CORBIS / Cordon Press
Fotografía de los cantos: Shutterstock
Primera edición en Colección Booket: enero de 2021
Primera edición en esta presentación: noviembre de 2025

Depósito legal: B. 17.921-2025
ISBN: 978-84-233-6889-1
Impreso en España

Para Eduardo, que me pidió que escribiera este libro
y para Ricard Domingo, que lo vio cuando era invisible.

Para Rubén y Esther, por hacerme llorar de risa.

Olvidar es un acto involuntario. Cuanto más quieres dejar algo atrás, más te persigue.

William Jonas Barkley

Pero querida niña, esta manzana no es como las demás, porque esta manzana tiene magia.

Blancanieves de Walt Disney

I

Ainhoa Elizasu fue la segunda víctima del basajaun, aunque entonces la prensa todavía no lo llamaba así. Fue un poco más tarde cuando trascendió que alrededor de los cadáveres aparecían pelos de animal, restos de piel y rastros dudosamente humanos, unidos a una especie de fúnebre ceremonia de purificación. Una fuerza maligna, telúrica y ancestral parecía haber marcado los cuerpos de aquellas casi niñas con la ropa rasgada, el vello púbico rasurado y las manos dispuestas en actitud virginal.

Cuando la avisaban de madrugada para acudir al escenario de un crimen, la inspectora Amaia Salazar siempre realizaba el mismo ritual: apagaba el despertador para que no molestase a James por la mañana, cogía su ropa y su teléfono formando un montón y bajaba muy despacio las escaleras hasta llegar a la cocina. Se vestía mientras tomaba un café con leche y dejaba una nota para su marido, para meterse después en el coche y conducir absorta en pensamientos hueros, ruido blanco que siempre ocupaba su mente cuando despertaba antes del amanecer y que la acompañaban como restos de una vigilia inconclusa, a pesar de conducir durante más de una hora desde Pamplona hasta el escenario donde una víctima esperaba. Trazó una curva demasiado cerrada y el chirrido de las ruedas le hizo tomar conciencia de lo distraída que estaba; se obligó entonces a prestar atención a la sinuosa carretera ascendente que se adentraba en los tupidos bosques que rodeaban Elizondo. Cinco minutos más tarde detuvo el coche junto a una baliza y reconoció el deportivo del doctor Jorge San Martín y el todoterreno de la jueza Estébanez. Bajó del vehículo y se dirigió a la parte trasera, de donde sacó unas botas de goma, que se calzó apoyada en el maletero mientras el subinspector Jonan Etxaide y el inspector Montes se acercaban.

—Pinta mal, jefa, es una cría. —Jonan consultó sus notas—. Doce o trece años. Los padres denunciaron que la chica no había llegado a casa a las once de la noche.

—Un poco pronto para poner una denuncia por desaparición —opinó Amaia.

—Sí. Por lo visto llamó al móvil del hermano mayor hacia las ocho y diez para decirle que había perdido el autobús a Arizkun.

—¿Y el hermano no dijo nada hasta las once?

—Ya sabe: «Los *aitas* me van a matar. Por favor, no se lo digas. Voy a ver si el padre de alguna amiga me lleva». Total, que se calló la boca y se puso a jugar a la PlayStation. A las once, cuando vio que su hermana no llegaba y la madre comenzaba a ponerse histérica, les dijo que Ainhoa había llamado. Los padres se presentaron en la comisaría de Elizondo e insistieron en que a su hija le había pasado algo. No contestaba al móvil y ya habían hablado con todas sus amigas. La encontró una patrulla. Al llegar a la curva los agentes vieron los zapatos de la chica al borde de la carretera —dijo Jonan señalando con su linterna hacia un lugar al borde del asfalto, donde unos zapatos de charol negro y tacón medio brillaban perfectamente alineados. Amaia se inclinó para verlos.

—Están como bien colocados ¿los ha tocado alguien? —preguntó. Jonan consultó de nuevo sus notas. Amaia pensó que la eficiencia del joven subinspector, antropólogo y arqueólogo por añadidura, era un regalo en casos tan duros como el que se preveía.

—No. Estaban así, alineados y apuntando a la carretera.

—Di a los de huellas que vengan cuando acaben, que miren en el interior de los zapatos. Para colocarlos así hay que meter los dedos dentro.

El inspector Montes, que había permanecido en silencio mirándose las punteras de sus mocasines italianos de firma, levantó la cabeza bruscamente, como si acabase de despertar de un sueño profundo.

—Salazar —murmuró a modo de saludo. Y comenzó a andar hacia el borde del camino sin esperarla. Amaia hizo un gesto de perplejidad y se volvió hacia Jonan.

—¿Y a este qué le pasa?

—No lo sé, jefa, pero hemos venido en el mismo coche desde Pamplona y no ha abierto la boca. Yo creo que ha bebido un poco.

Sí, ella también lo creía. Desde su divorcio el inspector Montes había ido de mal en peor, y no solo por su reciente afición a los zapatos italianos y a las corbatas coloridas. Las últimas semanas lo encontraba particularmente distraído, absorto en su mundo interior, frío e impenetrable, casi autista.

—¿Dónde está la chica?

—Junto al río. Hay que bajar por la ladera —dijo Jonan, señalando el barranco y componiendo un gesto de disculpa, como si de alguna manera él fuera el responsable de que el cuerpo se encontrara allí.

Mientras descendía por la pendiente, arañada a la roca por el río milenario, vio a lo lejos los focos y las cintas que delimitaban el perímetro de acción de los agentes. A un lado, la jueza Estébanez hablaba en voz baja con el secretario judicial mientras dirigía miradas de soslayo hacia el lugar donde estaba el cuerpo. A su alrededor, dos fotógrafos de la policía científica hacían llover sus *flashes* desde todos los ángulos. Junto al cadáver se arrodillaba uno de los técnicos del Instituto Navarro de Medicina Legal, que parecía estar tomando la temperatura del hígado.

Amaia comprobó satisfecha que todo el personal presente respetaba el paso que los primeros agentes llegados a la zona habían delimitado para entrar y salir del área acordonada. Aun así, como siempre, le pareció que había demasiada gente. Era un sentimiento rayano en lo absurdo que quizá procediera de su educación católica, pero invariablemente, cuando tenía que estar frente a un cadáver, le urgía esa necesidad de intimidad y recogimiento que la abrumaba en los cementerios y que se veía violada con la presencia profesional, distante y ajena de los que se movían alrededor de aquel cuerpo, único protagonista de la obra de un asesino y, sin embargo, mudo, silenciado, ignorado en su horror.

Se acercó despacio, observando el lugar que alguien había elegido para la muerte. Junto al río se había formado una playa de piedras grises y redondeadas, seguramente arrastradas por las crecidas de la anterior primavera, una lengua seca de unos nueve metros de ancho que se extendía hasta donde ella podía ver, a la escasa luz del incipiente amanecer. La otra margen del río, de apenas cuatro metros de anchura, se internaba en un bosque profundo que se tornaba más denso a medida que se penetraba en él. La inspectora esperó unos segundos mientras el técnico de la policía científica terminaba de fotografiar el cadáver; cuando este hubo acabado se acercó, situándose a los pies de la niña, y, como tenía por costumbre, vació su mente de pensamiento alguno, miró el cuerpo que yacía junto al río y musitó una breve oración. Solo entonces se sintió preparada para mirarla como la obra de un asesino.

Ainhoa Elizasu había tenido en vida unos hermosos ojos castaños que ahora miraban al espacio infinito suspendidos en un gesto que era de sorpresa. La cabeza, levemente inclinada hacia atrás, dejaba ver un trozo de burdo cordel que se había hundido en la carne de su cuello hasta casi desaparecer. Amaia se inclinó sobre el cuerpo para ver la ligadura.

—Ni siquiera está anudado, simplemente apretó hasta que la chica dejó de respirar —susurró casi para sí.

—Tiene que ser fuerte, ¿un hombre? —sugirió Jonan a su espalda.

—Es probable, aunque la chica no es muy alta, uno cincuenta y cinco más o menos, y muy delgada; también pudo hacerlo una mujer.

El doctor San Martín, que hasta ese momento había permanecido charlando con la jueza y el secretario judicial, se acercó al cadáver después de despedirse de la magistrada con una ceremonia propia de un besamanos.

—Inspectora Salazar, es siempre un placer verla, aunque sea en estas circunstancias —dijo festivamente.

—Lo mismo digo, doctor San Martín, ¿qué le parece lo que tenemos aquí?

El médico tomó los apuntes que le cedió el técnico y los ojeó brevemente mientras se inclinaba junto al cadáver, no sin antes dedicar a Jonan una mirada apreciativa con la que calibraba su juventud y conocimientos. Una mirada que Amaia conocía bien. Unos años antes, ella había sido la joven subinspectora que instruir en los entresijos de la muerte, un placer que San Martín, un distinguido profesor, nunca dejaba escapar.

—Acérquese, Etxaide, venga aquí y quizás aprenda algo.

El doctor San Martín se puso los guantes quirúrgicos que sacó de un bolso Gladstone de cuero y palpó suavemente la mandíbula, el cuello y los brazos de la niña.

—¿Qué sabe sobre el rígor mortis, Etxaide?

Jonan suspiró antes de comenzar a hablar con un tono parecido al que debió de utilizar en sus días de escuela cuando contestaba a la profesora.

—El rigor está producido por un cambio químico en la musculatura, comienza a ser evidente en los párpados y se extiende hacia el pecho, el tronco y las extremidades, alcanzando su efecto completo en torno a las doce horas y se relaja en proceso inverso cuando los músculos empiezan a descomponerse por efecto del ácido láctico unas treinta y seis horas después.

—No está mal, ¿qué más? —animó el doctor.

—Constituye uno de los principales marcadores para hacer la estimación de la data de la muerte.

—¿Y cree que podría hacerse una estimación basándose únicamente en el grado del rígor mortis?

—Bueno... —titubeó Jonan.

—No, rotundamente —aseveró San Martín—. El grado de rigidez puede variar debido al estado muscular del fallecido, la temperatura de la habitación o exterior, como en este caso, temperaturas extremas que pueden hacer parecer que hay rígor mortis, por ejemplo en el caso de cadáveres expuestos a altas temperaturas o que sufran espasmo cadavérico, ¿sabe lo que es?

—Creo que se llama así cuando en el momento de la muerte los músculos de las extremidades se tensan de tal modo que sería difícil arrebatarles cualquier objeto que sujetasen en ese preciso instante.

—Así es, por lo tanto recae una gran responsabilidad sobre el patólogo forense. No debe establecerse la data sin tener en cuenta estos aspectos y, por supuesto, las hipóstasis... La lividez post mórtem, para que me entienda. Habrá visto esas series americanas en las que el forense se arrodilla junto al cuerpo y al cabo de dos minutos está estableciendo la hora de la muerte —dijo alzando teatralmente una ceja—. Pues deje que le diga que es mentira. El análisis de la cantidad de potasio en el líquido del ojo ha supuesto un gran avance, pero solo podré establecer la hora con mayor precisión después de la autopsia. Ahora y con lo que tengo aquí puedo decirle: trece años, mujer.

Por la temperatura del hígado yo diría que lleva muerta dos horas. Todavía no hay rigor —afirmó palpando de nuevo la mandíbula de la niña.

—Concuerda bastante con la llamada que hizo a casa y la denuncia de los padres. Sí, dos horas escasas.

Amaia esperó a que se incorporase y le sustituyó arrodillándose junto a la chica. No se le escapó la mirada de alivio de Jonan al verse libre del escrutinio del forense. Los ojos mirando al infinito y la boca entreabierta en un gesto que parecía de sorpresa, o quizás un último intento por tomar aire, le daban al rostro de la chica un aire de asombro infantil, como el de una niña en su cumpleaños. Toda la ropa aparecía rasgada en cortes limpios desde el cuello hasta las ingles y se encontraba separada a ambos lados como el envoltorio de un regalo macabro. La suave brisa proveniente del río movió un poco el flequillo recto de la chica y hasta Amaia se elevó un aroma a champú mezclado con otro más acre de tabaco. Amaia se preguntó si fumaría.

—Huele a tabaco. ¿Sabéis si llevaba bolso?

—Sí, lo llevaba. Aún no ha aparecido, pero tengo gente rastreando la zona hasta un kilómetro más abajo —dijo el inspector Montes extendiendo el brazo en dirección al río.

—Preguntad a sus amigas dónde estuvieron y con quién.

—En cuanto amanezca, jefa —dijo Jonan tocando su reloj—. Sus amigas serán crías de trece años, estarán durmiendo.

Observó las manos colocadas a los lados del cuerpo. Aparecían blancas, impolutas y con las palmas vueltas hacia arriba.

—¿Os habéis fijado en la postura de las manos? Han sido colocadas así.

—Estoy de acuerdo —dijo Montes, que permanecía en pie junto a Jonan.

—Que las fotografíen, y preservadlas cuanto antes. Puede que intentara defenderse. Aunque las uñas y las manos se ven bastante limpias, quizá tengamos suerte —dijo dirigiéndose al agente de la científica. El forense se inclinó de nuevo sobre la niña, frente a Amaia.

—Habrá que esperar a la autopsia, pero yo apuntaría a la asfixia como causa de la muerte, y dada la fuerza con que la cuerda se hundió en la carne, diría que fue muy rápido. Los cortes que aparecen por el cuerpo son superficiales y estaban destinados únicamente a rasgar la ropa. Fueron realizados con un objeto muy afilado, una cuchilla, un cúter o un bisturí. Eso te lo diré más tarde, pero cuando los hizo la chica ya estaba muerta. Apenas hay sangre.

—¿Y lo del pubis? —intervino Montes.

—Creo que utilizó el mismo objeto cortante para rasurar el vello púbico.

—¿Quizá para llevarse una parte como trofeo, jefa? —apuntó Jonan.

—No, no lo creo. Mira el modo en que lo ha arrojado a los lados del cuerpo —indicó Amaia señalando varios montoncitos de fina pelusa—. Más bien parece que deseaba eliminarlo, para sustituirlo por esto —dijo señalando un pastelito dorado y untuoso que había sido colocado sobre el pubis lampiño de la chica.

—Menudo cabronazo. ¿Por qué tienen que hacer estas cosas? No tenía bastante con matar a una cría que tenía que poner eso ahí. ¿Qué puede pasar por la mente de alguien que hace algo así? —exclamó Jonan con gesto de hastío.

—Ese es tu trabajo, chaval, adivinar qué piensa ese cerdo —dijo Montes acercándose al doctor San Martín.

—¿La violó?

—Diría que no, aunque no puedo estar seguro hasta que la examine más a fondo. La puesta en escena tiene un marcado aspecto sexual... Rasgar la ropa, dejar el pecho al aire, rasurar el pubis... Y lo del pastelillo... Parece una mantecada, o...

—Es un *txantxigorri* —intervino Amaia—. Es un pastel típico de esta zona, aunque este es más pequeño que los que suelo ver. Pero es un *txantxigorri*, sin duda. Manteca, harina, huevos, azúcar, levadura y chicharrones fritos para hacer una torta, una receta ancestral. Jonan, que lo metan en una bolsa y, por favor —dijo Amaia dirigiéndose a todos—, lo del pastel que no salga de aquí, de momento esta información es reservada.

Todos asintieron.

—Aquí ya hemos terminado. San Martín, es suya. Nos vemos en Medicina Legal.

Amaia se incorporó y dedicó una última mirada a la chica antes de ascender la ladera hasta su coche.

2

Para esa mañana el inspector Montes había elegido una vistosa corbata de seda morada, sin duda muy cara, que lucía sobre una camisa lila; el efecto era elegante pero con un tufillo a poli de Miami que resultaba chocante. Lo mismo debieron de pensar los policías que subían con ellos en el ascensor. A Amaia no se le escapó el gesto pomposo que uno de ellos hizo al otro al salir. Miró a Montes, pues era probable que él también se hubiera dado cuenta; sin embargo, repasaba los apuntes de su PDA envuelto en una nube de perfume de Armani y ajeno en apariencia al efecto que causaba.

La puerta de la sala de reuniones estaba cerrada, pero antes de que pudiera tocar la manilla, un policía de uniforme abrió desde dentro como si hubiera estado apostado allí mismo esperando su llegada. Se hizo a un lado dejándoles ver una sala de juntas amplia y luminosa en la que la inspectora Salazar encontró más gente de la que esperaba. El comisario se sentaba a la cabecera y a su derecha dos sitios permanecían vacíos. Les indicó que se acercaran y mientras avanzaban por la sala fue haciendo las presentaciones.

—Inspectora Salazar, inspector Montes, ya conocen al inspector Rodríguez, de la científica, y al doctor San Martín. El subinspector Aguirre, de drogas, el subinspector Zabalza y el inspector Iriarte, de la comisaría de

Elizondo. Casualmente ellos no se encontraban ayer en Elizondo cuando se halló el cadáver.

Amaia les tendió la mano y saludó con un gesto a los que ya conocía.

—Inspectora Salazar, inspector Montes, les he reunido aquí porque tengo la sospecha de que el caso de Ainhoa Elizasu va a traer más cola de la que cabría esperar —dijo el comisario mientras se volvía a sentar y les indicaba que lo hicieran ellos también—. Esta mañana el inspector Iriarte se ha puesto en contacto con nosotros para hacernos unas revelaciones que quizá puedan ser de importancia para la evolución del caso que les ocupa.

El inspector Iriarte se inclinó hacia delante poniendo sobre la mesa un par de manazas dignas de un *aizkolari*.

—Hace un mes, exactamente el cinco de enero —dijo consultando sus notas en una pequeña agenda de tapas negras de cuero que casi resultaba invisible entre sus manos—, un pastor de Elizondo que llevaba a sus ovejas a beber al río halló el cadáver de una chica, Carla Huarte, de diecisiete años. Desapareció la noche de fin de año después de estar en la discoteca Cras Test de Elizondo con sus amigos y su novio. Hacia las cuatro de la mañana salió con él y tres cuartos de hora más tarde regresó el chico solo; le dijo a un amigo que habían discutido y que ella se había bajado del coche enfadada y se había ido andando. El amigo le convenció para ir a buscarla, volvieron una hora más tarde pero no encontraron ni rastro de la chica. Dicen que no les preocupó demasiado, porque la zona estaba muy frecuentada por parejitas y porreros; además, la chica era muy popular, así que supusieron que alguien la había recogido. En el coche del novio hallamos cabellos de la chica y una tira de sujetador de las de silicona.

Iriarte tomó aire y miró a Montes y a Amaia antes de proseguir:

—Y aquí viene la parte que puede interesarles. Carla

apareció en una zona a unos dos kilómetros del lugar donde hallaron a Ainhoa Elizasu. Estrangulada con un cordel de embalar, la ropa rasgada de arriba abajo.

Amaia miró a Montes alarmada.

—Recuerdo ese caso de leerlo en la prensa. ¿Tenía el pubis rasurado? —preguntó.

Iriarte miró al subinspector Zabalza, que respondió:

—Lo cierto es que no tenía pubis, toda esa zona aparecía arrancada a mordiscos de lo que parecían ser animales; en el informe de la autopsia aparecen documentadas dentelladas de al menos tres tipos de animales y algunos pelos que corresponden a un jabalí, un zorro y lo que podría ser un oso.

—¡Por Dios! ¿Un oso? —exclamó Amaia sonriendo incrédula.

—No estamos seguros, mandamos los moldes al Instituto de Estudios Plantígrados del Pirineo y aún no hemos obtenido respuesta, pero...

—¿Y el pastelillo?

—No había pastelillo... Aunque quizá sí lo hubo. Eso explicaría los mordiscos en la zona púbica, pues los animales se sentirían muy atraídos por un aroma dulce y desconocido.

—¿Tenía mordiscos en más lugares del cuerpo?

—No, no había más mordiscos, aunque sí marcas de pezuñas.

—¿Y restos de vello púbico arrojados cerca del cadáver? —inquirió Amaia.

—Tampoco, pero deben tener en cuenta que el cadáver de Carla Huarte estaba parcialmente sumergido en el río, desde los tobillos hasta las nalgas, y que en los días posteriores a su desaparición llovió torrencialmente. Si hubo algo, el agua se lo llevó.

—¿No le llamó eso la atención ayer cuando examinó a la niña?—preguntó Amaia dirigiéndose al forense.

—Desde luego —afirmó San Martín—, pero la cosa

no está tan clara, son solo similitudes. ¿Sabe cuántos cadáveres veo al cabo del año? En muchos casos hay elementos comunes sin que tengan ninguna conexión. De cualquier modo, sí que llamó mi atención, pero antes de decir nada tenía que consultar mis notas de la autopsia. En el caso de Carla, todo apuntaba a una agresión sexual por parte del novio. La chica iba hasta arriba de drogas y alcohol, tenía varios chupones en el cuello y la marca de un mordisco en un pecho que se correspondía con la dentadura del novio; además, hallamos restos de piel del sospechoso bajo sus uñas, y se correspondía con un profundo arañazo que él tenía en el cuello.

—¿Había semen?

—No.

—¿Qué dijo el chico? Por cierto, ¿cómo se llama? —preguntó Montes.

—Se llama Miguel Ángel de Andrés. Y dijo que había tomado coca y éxtasis además de alcohol —Aguirre sonrió—, y me inclino a creerle. Le detuvimos el día de Reyes y también iba hasta arriba, dio positivo para cuatro tipos de droga, incluida cocaína.

—¿Dónde está esa joya ahora? —preguntó Amaia.

—En la cárcel de Pamplona, en espera de juicio acusado de agresión sexual y homicidio, sin fianza... Tenía antecedentes por el tema de las drogas —dijo Aguirre.

—Inspectores, creo que se impone una visita a la cárcel para interrogar de nuevo a Miguel Ángel de Andrés. Quizá no mintió cuando dijo que no había matado a la chica.

—Doctor San Martín, ¿puede facilitarnos el informe de la autopsia de Carla Huarte? —preguntó Montes.

—Desde luego.

—Nos interesan sobre todo las fotografías que se tomaron en el escenario.

—Se las facilitaré cuanto antes.

—Y no estaría de más volver a inspeccionar la ropa

que llevaba la chica, ahora ya sabemos qué buscar —apuntó Amaia.

—El inspector Iriarte y el subinspector Zabalza llevaron este caso en la comisaría de Elizondo. Inspectora Salazar —intervino el comisario—, usted es de allí, ¿verdad?

Amaia asintió.

—Ellos les prestarán toda la ayuda que necesiten —dijo el comisario poniéndose en pie y dando por finalizada la reunión.

3

El chico que tenía enfrente se sentaba ligeramente encorvado, como si soportase un gran peso sobre su espalda, las manos colgando laxas sobre las rodillas, la piel del rostro transparentaba cientos de diminutas venas rosadas, y profundas ojeras circundaban sus ojos. Nada que ver con la foto que Amaia recordaba haber visto en la prensa un mes antes, en la que posaba junto a su coche con gesto desafiante. Toda la seguridad, la pose de machito engreído e incluso parte de su juventud parecían haberse esfumado. Cuando Amaia y Jonan Etxaide entraron en la sala de interrogatorios, el chico miraba a un punto en el vacío del que le costó regresar.

—Hola, Miguel Ángel.

Él no contestó. Suspiró y los miró en silencio.

—Soy la inspectora Salazar, y él —dijo señalando a Jonan— es el subinspector Etxaide. Queremos hablar contigo sobre Carla Huarte.

Él levantó la cabeza y como si fuera presa de un enorme cansancio susurró:

—No tengo nada que decir, todo lo que podía decirles ya está en mi declaración... No hay más, es la verdad, no hay más, yo no la maté y ya está, no hay más, déjenme en paz y hablen con mi abogado.

Bajó de nuevo la cabeza y concentró toda su atención en mirarse las manos, secas y pálidas.

—Bueno —suspiró Amaia—, ya veo que no hemos comenzado con buen pie. Probemos otra vez. No creo que mataras a Carla.

Miguel Ángel levantó la mirada, esta vez sorprendido.

—Creo que estaba viva cuando te fuiste de allí, y creo que alguien se acercó entonces a ella y la mató.

—Eso... —dijo Miguel Ángel balbuceando—. Eso es lo que tuvo que pasar. —Gruesas lágrimas rodaron por su rostro mientras comenzaba a temblar—. Eso, eso tuvo que pasar, porque yo no la maté, créame, por favor, yo no la maté.

—Te creo —dijo Amaia deslizando un paquete de pañuelos de papel sobre la superficie de la mesa—. Te creo y voy a ayudarte a salir de aquí.

El chico entrelazó los dedos en signo de ruego.

—Por favor, por favor —musitaba.

—Pero antes tú tienes que ayudarme a mí —dijo casi con dulzura. Él se secó las lágrimas sin dejar de gimotear mientras asentía—. Háblame de Carla. ¿Cómo era?

—Carla era genial, una máquina de tía, muy guapa, muy abierta, tenía muchos amigos...

—¿Cómo os conocisteis?

—En el instituto, yo ya lo he dejado y ahora trabajo... Hasta que pasó esto trabajaba con mi hermano echando cubiertas de brea en los tejados. Me iba bien, se gana pasta; es una mierda de curro pero está bien pagado. Ella seguía estudiando, aunque estaba repitiendo y quería dejarlo, pero sus padres se empeñaron y ella era obediente.

—Has dicho que tenía muchos amigos, ¿sabes si se veía con alguien más? ¿Otros chicos?

—No, no, de eso nada —dijo recobrando la energía y frunciendo el ceño—, estaba conmigo y con nadie más.

—¿Cómo puedes estar tan seguro?

—Lo estoy. Pregunte a sus amigas, estaba loca por mí.

—¿Teníais sexo?

—Y del bueno —dijo él sonriendo.

—Cuando encontraron el cadáver de Carla tenía marcas de tus dientes en un pecho.

—Ya lo expliqué entonces. Con Carla era así, a ella le gustaba así, y a mí también. Vale, nos iba el sexo más duro, ¿y qué? No le pegaba ni nada así, solo eran juegos.

—Dices que era a ella a la que le gustaba el sexo cañero, sin embargo declaraste —dijo Jonan mirando las notas— que aquella noche no quiso tener relaciones, y que tú te enfadaste por eso. Aquí hay algo que no concuerda, ¿no crees?

—Era por las drogas, en un momento se ponía como una moto y al minuto le daba la paranoia y decía que no... Claro que me cabreé, pero no la forcé y no la maté, ya nos había ocurrido otras veces.

—¿Y otras veces la hacías bajar del coche y la dejabas tirada en mitad del monte?

Miguel Ángel le lanzó una mirada furiosa y tragó saliva antes de responder.

—No, esa fue la primera vez, y yo no la hice bajar del coche: fue ella la que se piró y no quería subir, a pesar de que se lo pedí... Hasta que me harté y me fui.

—Te arañó el cuello —dijo Amaia.

—Ya se lo he dicho, le gustaba así; a veces me dejaba la espalda destrozada. Nuestros amigos se lo pueden decir; este verano, mientras tomábamos el sol, vieron las marcas de mordiscos que yo tenía en los hombros, y se estuvieron riendo un rato y llamándola loba.

—¿Cuándo habíais tenido relaciones sexuales por última vez antes de esa noche?

—Pues imagino que el día anterior, siempre que nos veíamos acabábamos follando, ya le he dicho que estaba loca por mí.

Amaia suspiró y se puso en pie haciéndole un gesto al celador.

—Solo una cosa más. ¿Cómo llevaba el pubis?

—¿El pubis?, ¿quiere decir los pelos del coño?

—Sí, los pelos del coño —dijo Amaia sin inmutarse—. ¿Cómo los llevaba?

—Afeitados, solo una sombrita —dijo sonriendo, justo encima.

—¿Por qué se rasuraba?

—Ya le he dicho que a los dos nos gustaban esas cosas. Me encantaba...

Cuando se dirigían a la puerta, Miguel Ángel se puso en pie.

—Inspectora. —El funcionario le hizo un gesto para que se sentara. Amaia se volvió hacia él—. Dígame, ¿por qué ahora sí y antes no?

La inspectora miró a Jonan antes de responder, pensándose si aquel gallito merecía una explicación o no. Decidió que sí.

—Porque ha aparecido otra chica muerta y su crimen recuerda un poco al de Carla.

—¡Ahí lo tiene! ¿Lo ve?, ¿cuándo saldré de aquí?
—Amaia se volvió hacia la salida antes de responder.

—Tendrás noticias.

4

Miraba por la ventana cuando la sala comenzó a llenarse a su espalda y, mientras oía el arrastrar de sillas y el murmullo de las conversaciones, apoyó las manos en el cristal, perlado de microscópicas gotas de aliento. El frío le trajo la certeza del invierno y la imagen de una Pamplona húmeda y gris en el atardecer de febrero en la que la luz se fugaba rápidamente hacia el vacío. El gesto la llenó de nostalgia de un verano que quedaba tan lejano como si perteneciese a otro mundo, un universo de luz y calidez donde eran imposibles las niñas muertas abandonadas en el lecho helado del río.

Jonan, a su lado, le tendía un café con leche; ella lo agradeció con una sonrisa y lo sujetó con las dos manos, intentando en vano que el calor del vaso se transmitiese a sus dedos ateridos. Se sentó y esperó mientras Montes cerraba la puerta y el murmullo general cesaba.

—¿Fermín? —dijo Amaia invitando al inspector Montes a comenzar.

—He ido hasta Elizondo para hablar con los padres de las chicas y con el pastor que encontró el cuerpo de Carla Huarte. De los padres nada, los de Carla dicen que no les gustaban los amigos de su hija, que salían mucho y que bebían, y están convencidos de que fue el novio. Un detalle: no pusieron la denuncia por desaparición hasta el cuatro de enero, y teniendo en cuenta que la chica salió de casa el 31... Se justifican diciendo que la chica cumplía dieciocho el día 1 y que pensaban que se había largado de casa como solía amenazar, que fue al ponerse en contacto con las amigas cuando supieron que hacía días que no la veían.

»Los padres de Ainhoa Elizasu están en pleno *shock*, y están aquí, en Pamplona, en el Instituto de Medicina Legal, esperando que les entreguen el cuerpo después de la autopsia. La niña era maravillosa y no se explican cómo alguien ha podido hacerle esto a su hija. El hermano tampoco ha sido de gran ayuda, se culpa por no haber avisado antes. Y las amigas de Elizondo dicen que estuvieron primero en casa de una de ellas y después dando una vuelta por el pueblo, que de pronto Ainhoa se dio cuenta de la hora y salió corriendo; nadie la acompañó porque la parada está muy cerca. No recuerdan que se les acercase nadie sospechoso, no discutieron con nadie y Ainhoa no tenía novio ni tonteaba con ningún chico. Lo más interesante ha sido hablar con el pastor, José Miguel Arakama, todo un personaje. Se ciñe a su primera declaración, pero lo más importante es algo que recordó días después, un detalle al que no dio importancia en aquel momento porque parecía no tener relación con el hallazgo del cadáver.

—¿Lo vas a contar? —se impacientó Amaia.

—Me estaba diciendo que por esa zona iban muchas parejitas que dejaban aquello hecho un asco, lleno de colillas, latas vacías, condones usados y hasta pantis y bragas, cuando me suelta que un día una se dejó allí un par de zapatos nuevos de fiesta, de color rojo.

—La descripción coincide con los que llevaba Carla Huarte en Nochevieja y que no aparecieron con el cadáver —apuntó Jonan.

—Y eso no es todo. Está seguro de que los vio el día 1; ese día él trabajaba y, aunque no bajó a las ovejas a beber en aquel punto, vio claramente los zapatos. Según sus propias palabras estaban allí como si alguien los hubiera colocado, como cuando te vas a dormir o a bañarte al río —dijo leyendo sus notas.

—Pero cuando se halló el cadáver de Carla ¿no se encontraron los zapatos? —dijo Amaia mirando el informe.

—Alguien se los llevó —aclaró Jonan.

—Y no fue el asesino, casi parece que los dejó allí para señalizar la zona —dijo Montes, que reflexionó un momento sobre esta idea y continuó—. Por lo demás, las dos chicas estudiaban en el instituto de Lekaroz, y si se conocían de vista, algo bastante probable, no tenían relación: edades diferentes, otros amigos... Carla Huarte vivía en el barrio de Antxaborda. Salazar, tú lo conocerás. —Amaia asintió—. Y Ainhoa vivía en el pueblo de al lado.

Montes se inclinó sobre sus notas y Amaia percibió una sustancia aceitosa que llevaba por todo el cabello.

—Montes, ¿qué llevas en el pelo?

—Es brillantina —dijo él pasándose la mano por la nuca—. Me lo han puesto en la peluquería. ¿Podemos seguir?

—Claro.

—Bueno, pues de momento no hay mucho más. ¿Qué tenéis vosotros?

—Estuvimos hablando con el novio —respondió Amaia—, y nos ha contado cosas muy interesantes, como que a su novia le iba el sexo duro, con arañazos, mordiscos y cachetes, circunstancia confirmada por las amigas de Carla, a las que le gustaba contarles sus encuentros sexuales con pelos y señales, y nunca mejor dicho. Esto justificaría sus arañazos y el mordisco que tenía en un pecho. Se ciñe a sus anteriores declaraciones: que la chica estaba bastante alterada debido a las drogas que había tomado y que se puso literalmente paranoica. Encaja con el informe de toxicología. Y nos ha dicho también que

Carla Huarte se rasuraba habitualmente el vello púbico, lo que explicaría que no se hallase ni rastro en el escenario.

—Jefa, tenemos las fotos del escenario de Carla Huarte.

Jonan las fue colocando sobre la mesa y todos se inclinaron en torno a Amaia para verlas. El cuerpo de Carla había aparecido en una zona de crecidas del río. El vestido rojo de fiesta y la ropa interior, también roja, aparecían rasgados desde el pecho hasta las ingles. El cordel con el que había sido estrangulada no era visible en la foto debido a la hinchazón que presentaba el cuello. De una de las piernas colgaba una tira semitransparente que al principio pensó que era piel y después identificó como los restos de un panti.

—Está bastante bien conservada para haber estado cinco días a la intemperie —comentó uno de los técnicos—, sin duda debido al frío: durante esa semana no subieron de seis grados durante el día y muchas noches se alcanzaron temperaturas por debajo de cero.

—Fijaos en la posición de las manos —dijo Jonan—. Vueltas hacia arriba, como Ainhoa Elizasu.

—Carla eligió para Nochevieja un vestido corto, rojo, de tirantes y una chaqueta blanca que imitaba una especie de peluche y que no ha aparecido —leyó Amaia—. El asesino lo rompió desde el escote hasta abajo, separando la ropa interior y las dos partes del vestido a los lados. En la zona púbica faltaba un trozo irregular de piel y tejido de unos diez centímetros por diez.

—Si el asesino dejó sobre el pubis de Carla uno de esos *txantxigorris*, explicaría por qué las alimañas la mordieron solo ahí.

—¿Y por qué no mordieron a Ainhoa? —preguntó Montes.

—No hubo tiempo —respondió el doctor San Martín entrando en la sala—. Inspectora, siento el retraso —dijo sentándose.

—Y a los demás que nos jodan —murmuró Montes.

—Los animales acuden a beber al amanecer; a diferencia de la primera, la niña apenas estuvo allí un par de horas. Traigo el informe de la autopsia y muchas novedades. Las dos murieron exactamente igual, estranguladas con un cordel que se apretó con una fuerza extraordinaria. Ninguna de las dos se defendió. La ropa de ambas se rasgó con un objeto muy afilado que produjo cortes superficiales en la piel de pecho y abdomen. El vello púbico de Ainhoa fue rasurado probablemente utilizando el mismo objeto afilado, y arrojado alrededor del cadáver. Sobre el pubis dejaron un pastelito dulce.

—Un *txantxigorri* —apuntó Amaia—, es un dulce típico de la zona.

—No se halló pastelito alguno en el cuerpo de Carla Huarte; sin embargo, como usted indicó, inspectora, buscando rastros en su ropa hemos hallado trazas de azúcar y harina similares a las del dulce encontrado en el cuerpo de Ainhoa Elizasu.

—Puede que la chica lo tomara de postre y unas miguillas se quedaran en el vestido —dijo Jonan.

—En su casa al menos no, lo he comprobado —dijo Montes.

—No es suficiente para relacionarlas —dijo Amaia arrojando su bolígrafo sobre la mesa.

—Creo que tenemos lo que necesita, inspectora —dijo San Martín mientras hacía un gesto cómplice a su ayudante.

—¿Y a qué espera, doctor San Martín? —dijo Amaia poniéndose en pie.

—A mí —contestó el comisario entrando en la sala—. Por favor, no se levanten. Doctor San Martín, dígales lo que me ha dicho a mí.

El ayudante del forense colocó en la pizarra un gráfico con varias filas de colores y escalas numéricas, evidentemente una comparativa. San Martín se puso en pie y habló con la voz firme de quien acostumbra a afirmar categóricamente.

—Los análisis realizados confirman que los cordeles utilizados en los dos crímenes son idénticos. Aunque esto no es definitivo. Se trata de cordel de embalar, su uso es muy común en granjas, construcción, comercio al por mayor. Se fabrica en España y se vende en ferreterías y grandes almacenes dedicados al bricolaje como Aki o Leroy Merlin —hizo una pausa bastante teatral, sonrió y continuó, mirando primero al comisario y luego a Amaia—. Lo que es definitivo es el hecho de que los dos trozos son consecutivos y salieron del mismo rollo —dijo mientras mostraba dos fotografías de alta definición en las que se veía lo que parecían dos trozos de un mismo tronco con un corte perfecto en medio. Amaia se sentó lentamente sin dejar de mirar las fotos.

—Tenemos una serie —susurró.

Una ola de excitación contenida recorrió la sala. Los murmullos crecientes cesaron de pronto cuando el comisario tomó la palabra.

—Inspectora Salazar, me dijo que usted es de Elizondo, ¿verdad?

—Sí, señor, toda mi familia vive allí.

—Creo que el conocimiento de la zona y algunos aspectos del caso, sumados a su preparación y experiencia, la hacen idónea para dirigir la investigación. Además, su estancia en Quantico con el FBI puede sernos ahora de gran utilidad. Parece que tenemos un asesino en serie, y allí usted trabajó a fondo con los mejores en este campo... Métodos, perfiles psicológicos, antecedentes... En fin, está usted al mando, recibirá toda la colaboración que precise tanto aquí como en Elizondo.

El comisario se despidió con un gesto y salió de la sala.

—Enhorabuena, jefa —dijo Jonan tendiéndole la mano sin dejar de sonreír.

—Felicidades, inspectora Salazar —dijo San Martín.

A Amaia no se le escapó el gesto de disgusto con que Montes la miraba en silencio mientras el resto de policías se acercaban a felicitarla. Se escabulló como pudo de las palmadas en la espalda.

—Saldremos para Elizondo mañana a primera hora, quiero asistir al entierro y al funeral de Ainhoa Elizasu. Como ya sabéis tengo familia allí, así que seguramente me quedaré. Vosotros —dijo dirigiéndose al equipo— podéis subir cada día mientras dure la investigación, solo son cincuenta kilómetros y la carretera es buena.

Montes se acercó antes de salir y dijo con un tono de cierto desdén:

—Solo tengo una duda, ¿tendré que llamarla jefa?

—Fermín, no seas ridículo, esto es algo temporal y...

—No se esfuerce, jefa, ya he oído al comisario, tendrá toda mi colaboración —dijo antes de parodiar un saludo militar y salir de la sala.

5

Caminaba un poco distraída por la parte vieja de Pamplona acercándose a su casa, un viejo edificio restaurado en plena calle Mercaderes. En los años treinta hubo en sus bajos una fábrica de paraguas, aún era visible la antigua placa anuncio de Paraguas Izaguirre, «calidad y prestigio en sus manos». James decía que había elegido la casa sobre todo por el espacio y la luz del taller, perfectos para instalar allí su estudio de escultor, pero Amaia sabía que la razón que había llevado a su marido a comprar aquella casa en pleno recorrido del encierro era la misma que le había traído a Pamplona. Como miles de norteamericanos, sentía una pasión desaforada por los Sanfermines, por Hemingway y por esta ciudad, una pasión que a ella le resultaba casi infantil y que él revivía cada año cuando llegaba la fiesta. Para alivio de Amaia, James no corría el encierro, pero recorría a diario los ochocientos cincuenta metros del camino desde Santo Domingo aprendiéndose de memoria cada curva, cada tropiezo, cada adoquín, hasta llegar a la plaza. Le encantaba el modo en que lo veía sonreír cada año cuando se aproximaba la fiesta, cómo sacaba de un baúl la ropa blanca y se empeñaba en comprar un pañuelo nuevo a pesar de que tenía más de cien. Cuando lo conoció, él ya llevaba un par de años en Pamplona; vivía entonces en un bonito piso del centro y alquilaba para trabajar un estudio muy cerca del ayuntamiento. Cuando decidieron casarse, James la llevó a ver la casa de la calle Mercaderes y a ella le pareció magnífica, aunque demasiado grande y cara. Eso no era un problema para James, que ya entonces comenzaba a gozar de cierto prestigio en el mundo artístico; además, provenía de una rica familia de fabricantes de ropa de trabajo puntera en Estados Unidos. Compraron la casa, James instaló su estudio en el antiguo taller y se prometieron llenarla de niños en cuanto Amaia fuera inspectora de homicidios.

Hacía ya cuatro años del ascenso, cada año llegaba San Fermín, cada año James era más famoso en los círculos artísticos, pero los niños no llegaban. Inconscientemente, Amaia se llevó la mano al vientre en un gesto de protección y anhelo. Apuró el paso hasta superar a un grupo de inmigrantes rumanas que discutían en la calle y sonrió al ver entre las rendijas de los portones la luz del taller de James. Miró su reloj, eran casi las diez y media y seguía trabajando. Abrió el portal, dejó las llaves sobre la mesa antigua que hacía de aparador y accedió al taller a través de lo que había sido en el pasado el portal de la casa, que aún conservaba el original suelo de grandes cantos rodados y una trampilla que conducía a un pasadizo cegado que antaño se utilizó para guardar el vino o el aceite. James lavaba una pieza de mármol gris en una pila de agua jabonosa. Sonrió al verla.

—Dame un minuto para que saque a este sapo del agua y estoy contigo.

Colocó la pieza sobre una rejilla, la cubrió con un lienzo y se secó las manos en el delantal blanco de cocinero con el que solía trabajar.

—¿Cómo está mi amor? ¿Cansada?

La rodeó con sus brazos y ella se sintió desfallecer, como siempre que él la abrazaba. Aspiró el aroma de su pecho a través del jersey y tardó un poco en responder.

—No estoy cansada, pero ha sido un día raro.

Él se separó lo suficiente como para verle el rostro.

—Cuéntamelo.

—Bueno, seguimos con lo de la chica de mi pueblo. Resulta que su caso se parece bastante a otro de hace un mes, también en Elizondo, y se ha determinado que están relacionados.

—¿Relacionados cómo?

—Parece que es el mismo asesino.

—Oh, Dios, eso significa que hay por ahí un animal que mata chicas.

—Casi niñas, James. El caso es que el comisario me ha puesto al frente de la investigación.

—Enhorabuena, inspectora —dijo besándola.

—No a todo el mundo le ha alegrado tanto, a Montes no le ha sentado demasiado bien. Creo que se ha enfadado bastante.

—No le des importancia, ya conoces a Fermín: es un buen hombre, pero está pasando un momento difícil. Se le pasará, él te aprecia.

—No sé yo...

—Pero yo sí lo sé, te aprecia. Créeme. ¿Tienes hambre?

—¿Has preparado algo?

—Por supuesto, el chef Wexford ha preparado la especialidad de la casa.

—Me muero por probarlo. ¿Cuál es? —dijo Amaia riendo.

—¿Cómo que cuál es? Serás sinvergüenza. Espagueti con setas y una botella de Chivite rosado.

—Ve abriéndola mientras me ducho.

Besó a su marido y se dirigió hacia el baño para darse una ducha. Ya bajo el agua, cerró los ojos y dejó que esta le corriera por el rostro durante un rato; después apoyó las manos y la frente en las baldosas, heladas por el contraste, y sintió el chorro deslizarse por su cuello y su espalda. Los acontecimientos del día se habían sucedido simultaneados y no había tenido tiempo ni de valorar las consecuencias que aquel caso tendría para su carrera y para su mañana inmediato. Un soplo de aire frío la envolvió cuando James entró en la ducha. Ella permaneció inmóvil disfrutando del calor del agua, que parecía arrastrar hacia el desagüe cualquier pensamiento coherente. James se situó tras ella y la besó muy despacio en los hombros. Amaia ladeó la cabeza ofreciéndole el cuello en un gesto que siempre le hacía recordar las viejas películas de Drácula, en las que sus cándidas y virginales víctimas se entregaban al vampiro descubriendo el cuello hasta el hombro y entrecerrando los ojos en espera de un placer sobrehumano. James la besó en el cuello pegando su cuerpo al de ella y la volvió buscando su boca. El contacto con los labios de James fue suficiente, siempre lo era, para que cualquier pensamiento que no fuera él quedara relegado a lo más profundo de su mente. Recorrió con manos sensuales el cuerpo de su marido, deleitándose en el tacto, en la suave firmeza de su carne, y dejando que él la besase dulcemente.

—Te amo —gimió James en su oído.

—Te amo —musitó ella. Y sonrió por la certeza de que así era, de que lo amaba más que a nada, más que a nadie, y en lo feliz que la hacía tenerle entre sus piernas, dentro de ella, y hacer el amor con él. Cuando terminaban, esa misma sonrisa se mantenía durante horas, como si un instante con él fuera suficiente para exorcizar todos los males del mundo.

Amaia pensaba en lo más íntimo que solo él la podía hacer sentir realmente mujer. En su día a día profesional dejaba su faceta femenina en segundo plano y se centraba tan solo en ser buena policía; pero fuera del trabajo su elevada estatura y su cuerpo delgado y nervudo, unido a la vestimenta algo sobria que solía elegir, la hacían sentir poco femenina cuando estaba con otras mujeres, principalmente las esposas de los amigos de James, más bajas y menudas, con sus manos pequeñas y suaves que nunca habían tocado un cadáver. No solía llevar joyas excepto la alianza y unos diminutos pendientes que James le decía que eran de niña; el pelo rubio y largo, siempre recogido en una coleta, y el escaso maquillaje contribuían a darle un aspecto serio y algo masculino que él adoraba y que ella cultivaba. Además, Amaia sabía que la firmeza de su voz y la seguridad con que hablaba y se movía eran suficientes para intimidar a aquellas zorras cuando le hacían insinuaciones maliciosas sobre una maternidad que no acababa de llegar. Una maternidad que le dolía.

Cenaron mientras charlaban de temas triviales y se acostaron pronto. Admiraba en James la capacidad para desconectar de las preocupaciones del día y cerrar los ojos en cuanto se metía en la cama. Ella siempre tardaba mucho en relajarse lo suficiente como para dormir; a veces leía durante horas antes de conciliar el sueño y cualquier ruido la despertaba varias veces en la noche. El año que ascendió a inspectora acumulaba tanta tensión y nervios durante el día que caía agotada y dormida en un sueño profundo y amnésico, solo para despertar dos o tres horas después con la espalda paralizada y dolorida por una contractura que le impedía volver a dormir. Con el tiempo la tensión había ido disminuyendo pero la calidad de su sueño seguía siendo mala. Solía dejar encendida en la escalera una lamparita cuya luz llegaba sesgada al dormitorio, con el fin de poder orientarse cuando despertaba sobresaltada de los sueños plagados de horribles imágenes que solían atormentarla. En vano intentó concentrar su atención en el libro que sostenía entre las manos. Rendida y atribulada por sus pensamientos, lo deslizó hasta el suelo. Pero no apagó la luz. Permaneció absorta mirando al techo y planeando la jornada venidera. La asistencia al funeral y al entierro de Ainhoa Elizasu. En crímenes de estas características el asesino solía conocer a sus víctimas, y era probable que viviese cerca de ellas y las viese cada día. Estos asesinos mostraban una desfachatez impresionante, su seguridad y una placentera sensación morbosa les llevaban en muchas ocasiones a colaborar en la investigación, en la búsqueda de desaparecidos y a asistir a concentraciones, funerales y entierros, mostrando en ocasiones grandes muestras de dolor y consternación. De momento no podían estar seguros de nada, ni siquiera los familiares estaban descartados como sospechosos. Pero como primer contacto no estaba mal, serviría para tomar el pulso a la situación, para observar las reacciones, para escuchar los comentarios y las opiniones de la gente. Y por supuesto para ver a sus hermanas y a su tía... No hacía tanto, desde Nochebuena, y al final Flora y Ros habían terminado discutiendo —suspiró sonoramente.

—Si no dejas de pensar en voz alta no conseguiré dormir —dijo James, somnoliento.

—Lo siento, cariño, ¿te he despertado?

—No te preocupes. —Sonrió él incorporándose de lado—. Pero ¿quieres decirme qué tienes en la cabeza?

—Ya sabes que mañana subiré a Elizondo... He pensado en quedarme unos días, creo que es mejor que esté allí para hablar con las familias, los amigos y hacerme una idea más general. ¿Qué te parece?

—Que tiene que hacer bastante frío allí arriba.

—Sí, pero no me refiero al frío.

—Yo sí. Te conozco, si tienes frío en los pies no puedes dormirte, y eso va fatal para la investigación.

—James...

—Si quieres yo podría acompañarte para calentártelos —dijo alzando una ceja.

—¿En serio vendrás conmigo?

—Claro que sí, llevo el trabajo muy adelantado y tengo ganas de ver a tus hermanas y a tu tía.

—Nos quedaremos en su casa.

—Muy bien.

—Aunque estaré bastante ocupada y no tendré mucho tiempo libre.

—Jugaré con tu tía y sus amigas al mus o al póquer.

—Te desplumarán.

—Soy muy rico.

Rieron con ganas y Amaia continuó hablando de lo que podrían hacer en Elizondo hasta que se dio cuenta de que James dormía. Lo besó suavemente en la cabeza y le cubrió los hombros con el edredón. Se levantó para ir al baño; al limpiarse, vio que en el papel había manchas de sangre. Se miró en el espejo mientras las lágrimas se agolpaban en sus ojos. Con el pelo suelto cayéndole sobre los hombros parecía más joven y vulnerable, como la niña que había sido alguna vez.

—Esta vez tampoco, cariño, esta vez tampoco —musitó sabiendo que no habría consuelo. Se tomó un calmante y se metió en la cama tiritando.

6

El cementerio estaba repleto de vecinos que habían abandonado sus faenas y hasta cerrado sus negocios para asistir al sepelio. El rumor de que podría no ser la primera chica que moría asesinada por el mismo criminal comenzaba a afianzarse entre la gente. Durante el funeral, que había tenido lugar apenas dos horas antes en la parroquia de Santiago, el sacerdote había insinuado en el sermón que el mal parecía estar acechando el valle; y durante el responso, frente a la tumba abierta en el suelo, el clima era tenso y ominoso, como si sobre las cabezas de los presentes se cerniera una maldición de la que no podrían escapar. El silencio solo se vio roto por el hermano de Ainhoa, que, sostenido por sus primas, se retorcía con un gemido quebrado y convulsivo que le brotaba desde el estomago arrancándole sollozos desgarradores. Los padres, muy cerca, parecían no oírle. Abrazados, lloraban en silencio apoyándose uno en el otro y sin quitar los ojos del ataúd que guardaba el cadáver de su hija. Jonan grababa toda la ceremonia apostado en lo alto de un antiguo panteón. Montes, situado tras los padres, observaba al grupo que tenían justo enfrente, los más cercanos a la fosa. El subinspector Zabalza se había apostado cerca de la puerta y desde un coche camuflado fotografiaba a todos los grupos de personas que entraban en el cementerio, incluso a los que se dirigían a otras tumbas o los que no llegaban a entrar y se mantenían hablando en corrillos o apostados junto a la verja.

Amaia vio a la tía Engrasi, que se cogía del brazo de Ros, y se preguntó dónde estaría el vago de su cuñado; seguramente aún en la cama. Freddy no había pegado golpe en su vida; huérfano de padre con solo cinco años, se había criado anestesiado por los mimos de una madre histérica y una caterva de tías añosas que lo habían echado a perder. En la última Nochebuena ni siquiera se había presentado a cenar. Ros no probó bocado mientras miraba con rostro ceniciento hacia la puerta y marcaba una y otra vez el número de Freddy, que estaba desconectado; a pesar de que todos habían intentado quitarle importancia, Flora no perdió la ocasión de hacer comentarios sobre lo que opinaba de aquel desgraciado hasta que acabaron discutiendo. Ros se fue a mitad de la cena y Flora y un resignado Víctor hicieron lo mismo en cuanto tomaron el postre. Desde entonces las cosas entre ellas estaban peor que de costumbre. Amaia esperó hasta que todo el mundo hubo pasado a dar el pésame a los padres para acercarse a la fosa que los operarios acababan de cubrir con un grueso mármol gris en el que aún no figuraba el nombre de Ainhoa.

—Amaia.

Desde lejos vio venir a Víctor, que se abría paso entre los parroquianos que salían como una riada tras los padres de la niña. Conocía a Víctor desde que era una cría y él empezó a salir con Flora. Aunque hacía dos años que estaban separados, para Amaia, Víctor siempre sería su cuñado.

—Hola, Amaia, ¿cómo estas?

—Bien, dadas las circunstancias.

—Oh, claro —dijo mirando la tumba con gesto aturdido—, aun así me alegro mucho de verte.

—Yo también. ¿Has venido solo?

—No, con tu hermana.

—No os he visto.

—Nosotros a ti sí...

—¿Y Flora?

—Ya la conoces... Se ha ido ya, no se lo tomes a mal.

Tía Engrasi y Ros venían por el camino de grava; Víctor las saludó afectuoso y salió del camposanto, volviéndose a saludar con la mano cuando llegó a la puerta.

—No sé cómo la soporta —comentó Ros.

—Ya no lo hace, ¿olvidas que están separados? —dijo Amaia.

—¿Que no lo hace? Lo tiene como un perro. Y ni come ni deja comer.

—Bueno, esa frase define bien a Flora —terció tía Engrasi.

—Ya os contaré, tengo que ir a verla.

Fundada en 1865, Mantecadas Salazar era una de las fábricas de dulces más antiguas de Navarra; seis generaciones de Salazar habían pasado por ella, aunque había sido Flora, relevando a sus padres, la que había sabido darle el impulso necesario para mantener un negocio de esas características en la época actual. Se mantenía el cartel original enmarcado en la fachada de mármol, y las anchas contraventanas de madera se habían sustituido por gruesas cristaleras ahumadas que no permitían ver el interior. Rodeando el edificio, Amaia llegó hasta la puerta del almacén, que cuando trabajaban permanecía siempre abierta. Golpeó con los nudillos. Mientras entraba observó a un grupo de operarios que empaquetaban pastas mientras charlaban. Reconoció a algunos, los saludó y se dirigió al despacho de Flora aspirando el aroma dulzón de la harina azucarada y de la mantequilla derretida que durante años formó parte de su ser, impregnando su ropa y su cabello como una huella genética. Sus padres habían sido los precursores del cambio, pero Flora lo había llevado a cabo con pulso firme. Amaia vio que había sustituido todos los hornos excepto el de leña y que las antiguas mesas de mármol sobre las que amasaba su padre eran de acero inoxidable. Ahora había unos dispensadores con pedal y las diversas zonas estaban separadas por cristales limpísimos; de no haber sido por el penetrante olor del almíbar le habría recordado más a un quirófano que a un obrador. Por contra, el despacho de Flora resultaba sorprendente. La mesa de roble que reinaba en un rincón era el único mueble propio de una oficina. Una gran cocina rústica con una chimenea y una encimera de madera hacían las veces de recepción; un gran sofá floreado y una moderna cafetera exprés completaban el conjunto, que era realmente acogedor.

Flora preparaba café disponiendo las tazas y platos como si fuese a recibir invitados.

—Te esperaba —dijo sin volverse al oír la puerta.

—Pues debe de ser el único sitio donde esperas, saliste corriendo del cementerio.

—Es que yo, hermana, no tengo tiempo para perderlo, tengo que trabajar.

—Como todos, Flora.

—Como todos no, hermana, unos más que otros. Seguro que Ros, o mejor dicho, Rosaura, como quiere que la llamen ahora, tiene tiempo de sobra.

—No sé por qué lo dices —dijo Amaia, entre sorprendida y molesta por el tono despectivo con el que hablaba su hermana mayor.

—Pues lo digo porque nuestra hermanita tiene de nuevo problemas con ese desgraciado de Freddy. Últimamente se pasaba las horas colgada del teléfono intentando localizarlo, eso cuando no traía los ojos hinchados como panes de llorar por ese mierda. Yo se lo decía, pero ella ni caso... Hasta que un día, hace dos semanas, dejó de venir a trabajar con el pretexto de que estaba enferma, y ya te puedo decir yo lo enferma que estaba... Lo que estaba era con un berrinche mayúsculo gracias al campeón de la PlayStation ese, que no sirve para otra cosa que para gastarse el dinero que Ros gana, jugar a la Play y ponerse hasta arriba de porros. Resumiendo, hace una semana se digna la reina Rosaura a aparecer por aquí y me pide el finiquito... ¡Qué te parece! Me dice que no puede continuar trabajando conmigo y que quiere el finiquito.

Amaia la miraba en silencio.

—Eso ha hecho tu hermanita; en lugar de deshacerse del desgraciado ese viene a mí y me pide el finiquito. El finiquito —repitió indignada—, ella tendría que indemnizarme a mí por tener que aguantar sus mierdas y sus llantos, su cara de santa en el martirio, siempre como un alma en pena, por una pena que solo ella se ha buscado. ¿Y sabes qué te digo? Que mucho mejor, tengo veinte empleados y no tengo que ver lagrimitas de nadie, a ver si ahora a donde vaya le permiten la mitad de las que le he pasado yo.

—Flora, tú eres su hermana... —susurró Amaia sorbiendo su café.

—Claro, y a cambio de ese honor tengo que aguantar mares y mareas.

—No, Flora, pero una espera que su hermana sea más comprensiva que el resto del mundo.

—¿Crees que yo no he sido comprensiva? —dijo alzando la cabeza ofendida.

—Quizás un poco de paciencia no te habría venido mal.

—Bueno, esto es el colmo.

Resopló emprendiendo un repaso de orden a su mesa. Amaia prosiguió:

—Cuando estuvo tres semanas sin venir a trabajar, ¿fuiste a verla?, ¿le preguntaste qué le pasaba?

—No, no lo hice, ¿y tú? ¿Fuiste tú a preguntarle qué le pasaba?

—Yo no lo sabía, Flora, si no, puedes estar segura de que lo habría hecho. Pero contéstame.

—No, no le pregunté porque ya sabía la respuesta: que ese mierda la tiene hecha una desgraciada. ¿Para qué preguntar si todos lo sabemos?

—Tienes razón, también sabíamos la causa cuando eras tú la que sufrías, pero entonces tanto Ros como yo estuvimos a tu lado.

—Y ya visteis que no os necesitaba, lo solucioné como se solucionan estas cosas: cortando por lo sano.

—No todo el mundo es tan fuerte como tú, Flora.

—Pues deberíais serlo. Las mujeres de esta familia siempre lo han sido —dijo rasgando sonoramente una cuartilla, que arrojó a la papelera.

Amaia valoró la carga de resentimiento en las palabras de Flora y pensó que su hermana las veía como a seres débiles, disminuidas, como a medio hacer, y las miraba desde arriba con una mezcla de desprecio y lástima huera, carente de cualquier clase de piedad.

Mientras Flora lavaba las tazas del café, Amaia se fijó en unas fotos de gran formato que asomaban de un sobre en la mesa. En ellas, su hermana mayor aparecía sonriente amasando una mezcla untuosa y vestida de repostera.

—¿Son para tu nuevo libro?

—Sí. —Su tono se suavizó un grado—. Son las propuestas para la portada, me las han enviado hoy mismo.

—Tengo entendido que el anterior fue un éxito.

—Sí, funcionó bastante bien, así que la editorial quiere que continuemos en la misma línea. Ya sabes, repostería básica que cualquier ama de casa pueda elaborar sin mucha complicación.

—No le quites importancia, Flora, casi todas mis amigas de Pamplona tienen el libro y les encanta.

—Si alguien le hubiese dicho a la *amatxi* que me haría famosa enseñando a hacer magdalenas y rosquillas no se lo creería.

—Los tiempos han cambiado... Ahora hacer bollos caseros resulta algo exótico y exclusivo.

Era fácil percibir que Flora se sentía cómoda ante los halagos y el sabor de su éxito; sonrió mirando a su hermana como si sopesase la posibilidad de hacerla partícipe de un secreto o no.

—No digas nada a nadie, pero me han propuesto hacer un programa de repostería para la televisión.

—¡Oh, Dios mío, Flora! Eso es maravilloso, enhorabuena —dijo Amaia.

—Bueno, todavía no he firmado, han enviado el contrato a mi abogado para que lo revise y en cuanto me dé el visto bueno... Solo espero que todo este follón de los asesinatos no afecte negativamente. Hace un mes esa chica a la que asesinó su novio, y ahora lo de la niña.

—No sé en qué modo iban a afectarte para el desarrollo de tu trabajo, los crímenes son algo ajeno a ti por completo.

—Al cumplimiento de mi trabajo en absoluto, pero creo que mi imagen y la de Mantecadas Salazar están íntimamente ligadas a la de Elizondo, y tienes que reconocer que una cosa así afecta a la imagen del pueblo, al turismo y a las ventas.

—Vaya, qué raro, Flora, tú, como siempre, haciendo gala de tu gran humanidad. Te recuerdo que tenemos dos niñas asesinadas y dos familias destrozadas, no creo que sea el momento de ponerse a pensar en cómo afectará eso al turismo.

—Alguien tiene que pensar —sentenció ella.

—Para eso estoy yo aquí, Flora, para cogerlo a él o a los que han hecho esto y para que Elizondo recupere de nuevo la tranquilidad.

Flora la miró fijamente y compuso un gesto escéptico.

—Si tú eres lo mejor que la Policía Foral ha podido enviar, que Dios nos pille confesados.

Al contrario de lo que ocurría con Rosaura, los intentos de Flora por dañarla no le afectaban lo más mínimo.

Suponía que los tres años pasados en la academia de policía rodeada de hombres y el hecho de ser la primera mujer que llegó a inspectora de homicidios le habían valido suficientes burlas y chanzas de los que se habían quedado por el camino como para blindar su capacidad y su aplomo. Las inquinas de Flora casi le habrían hecho gracia de no ser porque era su hermana y le azoraba el saber con certeza que era muy mala. Cada gesto, cada palabra que salían de su boca estaban destinados a herir y causar el mayor daño posible. Percibía el modo en que fruncía levemente la boca formando un rictus de contrariedad cuando ella respondía a sus provocaciones con paciencia y el tono burlón que empleaba, como si se dirigiese a una niña recalcitrante y malcriada. Iba a contestarle cuando sonó su teléfono.

—Jefa, tenemos las fotos y el vídeo del cementerio —dijo Jonan. Amaia consultó su reloj.

—Muy bien. Voy para allá, tardo diez minutos. Reúne a todo el mundo. —La inspectora colgó y le dijo a Flora sonriendo—: Hermana, tengo que irme, ya ves que a pesar de mi ineptitud también el deber me llama.

Flora hizo un gesto como de ir a decir algo, pero al final se lo pensó y permaneció en silencio.

—Pero ¿qué es esa carita? —sonrió Amaia—. No estés triste, volveré mañana, quiero consultarte una cosa además de tomarme otro de tus deliciosos cafés.

Cuando salía del obrador a punto estuvo de tropezar con Víctor, que entraba con un enorme ramo de rosas rojas.

—Gracias, cuñado, pero no tenías que haberte molestado —exclamó Amaia riendo.

—Hola, Amaia, son para Flora. Hoy es nuestro aniversario de boda, veintidós años —dijo sonriendo a su vez. Amaia se quedó en silencio. Flora y Víctor llevaban separados dos años y, aunque no se habían divorciado, ella se había quedado en la casa común y él se había trasladado al magnífico caserío que su familia tenía a las afueras. Víctor percibió su desconcierto.

—Ya sé lo que estás pensando, pero Flora y yo aún estamos casados, yo porque todavía la quiero y ella porque dice que no cree en el divorcio. Me da igual por lo que sea, pero aún me queda una esperanza, ¿no crees?

Amaia puso su mano sobre la de él, que sostenía el ramo.

—Claro que sí, cuñado, que tengas suerte.

Él sonrió.

—Con tu hermana siempre la necesito.

7

La nueva comisaría de la Policía Foral de Elizondo había adoptado la modernidad en su diseño, igual que los cuarteles de Pamplona o Tudela, huyendo de la arquitectura común en todo el pueblo y en el resto del valle. Sus muros de piedra blanquecina y los gruesos cristales repartidos en dos plantas rectangulares, en las que la segunda sobresalía sobre la primera formando un escalón invertido que le daba cierto aire de portaaviones, caracterizaban un edificio realmente singular. Un par de coches patrulla aparcados bajo el saliente, las cámaras de vigilancia y los cristales espejados ponían de manifiesto la actividad policial. En la breve visita al despacho del comisario de Elizondo volvieron a repetirse las mismas frases de apoyo y colaboración que este ya le había hecho llegar el día anterior y la promesa de prestarle toda la ayuda que pudiera necesitar. Las fotografías de gran resolución no revelaron nada que se les hubiera pasado por alto en el cementerio. Había sido un entierro multitudinario, como suelen serlo en estos casos. Familias al completo, mucha gente que Amaia conocía desde pequeña, entre los que reconoció a algunos compañeros de clase y antiguas amigas del instituto. Estaban todos los profesores y la directora del centro, algunos concejales, los compañeros de clase de la chica y las amigas de Ainhoa formando un corro de niñas llorosas que se abrazaban entre sí. Y nada más, ni delincuentes, ni pederastas, ni sospechosos en busca y captura, ningún hombre solitario enfundado en una gabardina negra y relamiéndose mientras la luz se reflejaba en sus afilados colmillos lobunos. Lanzó el montón de fotos sobre la mesa con un gesto hastiado pensando en cuántas veces el trabajo era así de frustrante y desalentador.

—Los padres de Carla Huarte no asistieron al entierro ni al funeral, tampoco estuvieron en la recepción de después en el domicilio de Ainhoa —apuntó Montes.

—¿Es eso raro? —preguntó Iriarte.

—Bueno, es curioso, las familias se conocían, aunque solo fuera de vista, y teniendo en cuenta esto y las circunstancias de las muertes de las dos chicas...

—Quizás haya sido por evitar comentarios, no olvidemos que durante este tiempo, para ellos, Miguel Ángel ha sido el asesino de su hija... Tiene que ser duro saber que no lo tenemos y que encima va a salir de la cárcel.

—Puede ser —admitió Iriarte.

—Jonan. ¿Qué me dices de la familia de Ainhoa? —preguntó Amaia.

—Después del entierro recibieron en su casa a casi todos los asistentes. Los padres, muy afectados, aunque bastante enteros apoyándose el uno en el otro, se mantuvieron todo el tiempo cogidos de la mano y no se soltaron ni un instante. El que está peor es el chaval, daba pena verlo, sentado en un sillón, él solo, mirando al suelo, recibiendo el pésame de todo el mundo pero sin que sus padres se dignasen a dedicarle ni una mirada. Una lástima.

—Culpan al chaval, ¿sabemos si el chico de verdad estuvo en casa? ¿Pudo salir y recoger a la hermana? —inquirió Zabalza.

—Estuvo en casa. Otros dos amigos estuvieron todo el tiempo con él, por lo visto tenían que hacer un trabajo para el instituto y después se liaron con la PlayStation; a última hora se les unió otro más, un vecino que pasó a echar una partida. También he hablado con las amigas de Ainhoa. No dejaban de llorar y de hablar por el móvil a la vez, una combinación de lo más curiosa. Todas dijeron lo mismo. Pasaron la tarde juntas en la plaza y dando una vuelta por el pueblo, y después se fueron a un local que tienen montado en un bajo de la casa de una de ellas. Bebieron, según ellas un poco. Algunas fuman, aunque no Ainhoa; aun así, eso explicaría el olor a tabaco de su pelo y su ropa. Hubo una cuadrillita de chavales bebiendo cerveza con ellas, pero todos se quedaron cuando Ainhoa se marchó; por lo visto era la que tenía la hora más temprana de regreso a casa.

—De poco le valió —comentó Montes.

—Algunos padres creen que haciendo regresar a sus hijas más temprano las libran del peligro, cuando lo importante es que no regresen solas. Al hacerlas volver antes que el grupo son ellos los que las ponen en riesgo.

—Ser padre es difícil —susurró Iriarte.

8

Caminando hacia casa, Amaia se sorprendió al comprobar lo rápido que la luz se había desvanecido aquella tarde de febrero y tuvo una extraña sensación de fraude. Los anocheceres prematuros de invierno le provocaban un gran desasosiego. Como si la oscuridad trajera consigo una carga ominosa, el frío la hizo estremecerse bajo la piel de su cazadora mientras añoraba el calor del plumífero que James tanto había insistido en que se pusiera y que ella había rechazado porque la hacía parecer un muñeco Michelin.

La atmósfera cálida de la casa de tía Engrasi disipó los retazos de invierno que traía adheridos al cuerpo como viajeros indeseables. El olor de la leña en la chimenea, las gruesas alfombras que tapizaban el suelo de madera y el parloteo incesante procedente del televisor, que aunque nadie lo mirase permanecía siempre encendido, acogían a Amaia una vez más. En aquella casa había cosas mucho más interesantes que escuchar que la tele y, sin embargo, esta persistía siempre de fondo, como una psicofonía ignorada por absurda y tolerada por costumbre. Una vez preguntó a su tía al respecto y ella le contestó:

—Es el eco del mundo. ¿Sabes qué es el eco? Una voz que se oye cuando la verdadera ya se ha extinguido.

De vuelta al presente, James la tomó de la mano y la condujo junto al fuego.

—Estás helada, amor.

Ella sonrió hundiendo la nariz en su jersey y aspirando el aroma de su piel. Ros y tía Engrasi salieron de la cocina portando vasos, platos, pan y una sopera.

—Espero que tengas hambre, Amaia, porque la tía ha hecho comida para un regimiento.

Los pasos de tía Engrasi eran quizás un poco más torpes que en Navidad, pero su cabeza seguía tan lúcida como siempre. Amaia sonrió con ternura al advertir ese detalle y la tía le espetó:

—No me mires así, que no es que esté torpe, es que llevo estas puñeteras zapatillas dos números más grandes que me regaló tu hermana y si levanto los pies se me salen a riesgo de darme una hostia de las buenas, así que tengo que andar como si llevara un pañal meado.

Cenaron mientras charlaban animados por los chistes que James contaba con su acento americano y los comentarios afilados de tía Engrasi, pero a Amaia no se le escapó que tras la sonrisa con la que Ros intentaba seguir la conversación subyacía una tristeza profunda, casi desesperada, que se evidenciaba en el modo huidizo con que procuraba evitar el contacto con los ojos de su hermana.

Mientras James y la tía recogían los platos en la cocina, Amaia retuvo a su hermana con solo unas palabras.

—Hoy he estado en el obrador.

Ros la miró sentándose de nuevo con un gesto que era esa mezcla de desencanto y alivio de quien se siente descubierto y a la vez liberado de una carga penosa.

—¿Qué te ha dicho? O mejor, ¿cómo te lo ha dicho?

—A su manera. Como lo hace todo. Me ha dicho que va a sacar su segundo libro, que le han propuesto hacer un programa de televisión, que ella es el sostén de la familia, un dechado de virtudes y la única persona en este mundo que conoce el significado de la palabra responsabilidad —recitó la retahíla con un tonillo coplero hasta conseguir que Ros sonriera.

—... Y me ha dicho también que ya no trabajas en el obrador y que tienes graves problemas con tu marido.

—Amaia... Siento que te hayas enterado así, quizá debería habértelo dicho antes, pero es algo que estoy solucionando poco a poco, algo que tengo que hacer yo sola, que ya debí haber hecho hace mucho tiempo. Además no quería preocuparte.

—Eres tonta, ya sabes que sé administrar muy bien las preocupaciones, es mi trabajo. En cuanto a lo demás, estoy de acuerdo contigo, no sé cómo has soportado trabajar tanto tiempo con ella.

—Supongo que me vino dado, no tuve otra opción.

—¿Qué quieres decir? Todos tenemos más de una opción, Ros.

—No todos somos como tú, Amaia. Supongo que era lo que se esperaba, que nosotras siguiéramos con el obrador.

—¿Me reprochas algo? Porque si es así...

—No me malinterpretes, pero al irte tú era como si ya no tuviera otra salida.

—No es verdad, del mismo modo que la tienes ahora la tuviste entonces.

—Cuando el *aita* murió, la *ama* empezó a comportarse de un modo muy raro, supongo que eran los primeros síntomas del Alzheimer, y de pronto me vi atrapada entre la responsabilidad que clamaba Flora, los desvaríos de la *ama* y Freddy... Supongo que Freddy me pareció entonces una escapatoria.

—¿Y qué ha cambiado ahora para que te veas capaz de tomar esta decisión? Porque hay algo que no debes olvidar, y es que aunque Flora actúe como la dueña y señora el obrador es tanto tuyo como de ella, os cedí mi parte con esa condición. Tú eres tan capaz como ella de llevar la empresa.

—Puede que sí, pero en este momento hay más cosas que Flora y el trabajo, no ha sido solo por ella, aunque ha tenido su parte. Ocurrió que de pronto me ahogaba allí, oyéndola cada día con su letanía de quejas. Eso, unido a mi situación personal, lo hizo insoportable, y se me hizo tan cuesta arriba tener que ir allí cada mañana y escuchar de nuevo su cantinela que me sentí físicamente enferma de ansiedad y mentalmente agotada. Y sin embargo lúcida y serena como nunca. Determinada, esa es la palabra. Y de repente, como si se abriese el cielo para mí, lo tuve claro: no iba a volver, no volví y no volveré, por lo menos no de momento.

Amaia levantó las manos a la altura de su rostro y comenzó a aplaudir lenta y acompasadamente.

—Bravo, hermanita, bravo.

Ros sonrió parodiando una reverencia.

—¿Y ahora?

—Estoy trabajando en una empresa de aluminios llevando la contabilidad, hago las nóminas, organizo el plan semanal, las reuniones. Ocho horas de lunes a viernes, y cuando salgo de allí me olvido. No es un trabajo para tirar cohetes pero es justo lo que necesito ahora.

—¿Y con Freddy?

—Mal, muy mal —dijo ella frunciendo los labios y ladeando la cabeza.

—¿Por eso estás aquí, en casa de la tía? —Ella no contestó—. ¿Por qué no le dices que se largue? Al fin y al cabo la casa es tuya.

—Ya se lo he dicho, pero no quiere ni oír hablar de abandonar la casa. Desde que me fui se pasa todo el día de la cama al sofá, del sofá a la cama, bebiendo cerveza, jugando a la Play y fumando porros —dijo Ros asqueada.

—Así le llamó Flora, «el campeón de la PlayStation». ¿De dónde saca el dinero? ¿Tú no estarás...?

—No, eso se ha acabado, su madre le da dinero y sus amigos lo tienen bien abastecido.

—Si quieres, yo puedo hacerle una visita. Ya sabes lo que dice la tía Engrasi, un hombre bien comido y bien bebido aguanta mucho tiempo sin trabajar —dijo Amaia riendo.

—Sí —sonrió Ros—, tiene más razón que una santa, pero no. Precisamente esto es lo que quería tratar de evitar. Deja que yo lo arregle, lo arreglaré, te lo prometo.

—¿No irás a volver de nuevo con él? —dijo Amaia mirándola a los ojos.

—No, no voy a volver.

Amaia dudó un instante, y cuando se dio cuenta de que tal vez la duda se reflejaba en su rostro pensó que ese era el modo en que Flora la habría mirado, incapaz de confiar en la valía de nadie que no fuera ella misma. Se obligó a sonreír abiertamente.

—Me alegro, Ros —dijo con toda la convicción que pudo reunir.

—Esa parte de mi vida ha quedado atrás, y es algo que ni Flora ni Freddy pueden comprender. Para Flora resulta incomprensible que decida cambiar de trabajo a estas alturas, pero tengo treinta y cinco años y no quiero pasarme el resto de mi vida bajo el yugo de mi hermana mayor. Soportando cada día los mismos reproches, los mismos comentarios y observaciones maliciosas, haciendo partícipe a todo el mundo de su veneno. Y Freddy... Supongo que él no tiene la culpa. Durante mucho tiempo creí que él era la respuesta a todas mis preguntas, que él tendría la fórmula mágica, una especie de revelación que me traería una nueva manera de vivir. Tan contrario a todo, tan rebelde, un contestatario; y sobre todo tan distinto a la *ama* y a Flora, y con esa capacidad para sacarla de quicio —sonrió con picardía.

—Eso es verdad. El chico tiene la habilidad de romper los nervios a Flora, y solo por eso ya me cae bien —replicó Amaia.

—Hasta que me di cuenta de que Freddy no es tan

diferente después de todo. Que su rebeldía y su negativa a aceptar las normas no son más que una tapadera para esconder a un cobarde, a un hombre bueno para nada capaz de disertar como el Che contra la sociedad costumbrista mientras se gasta el dinero que nos saca a su madre o a mí en aturdirse fumando porros. Creo que es la única cosa en la que estoy de acuerdo con Flora: es un campeón de la PlayStation; si pagaran dinero por eso, sería una de las grandes fortunas del país.

Amaia la miró con dulzura.

—En algún momento, yo comencé a caminar sola y en otra dirección. Supe que quería vivir de otro modo y que tenía que haber algo más que pasarme todos los fines de semana bebiendo cerveza en la taberna de Xanti. Eso, y el tema de los niños, quizás el tema principal, porque en el instante en que me planteé vivir de otra manera, tener un hijo se convirtió para mí en una prioridad, en una necesidad tan acuciante como si me fuese la vida en ello. No soy una inconsciente, Amaia, no quería tener un hijo para criarlo entre humo de porros; pero aun así, dejé de tomar las pastillas y esperé, como si todo fuese a suceder respondiendo a un plan trazado por el destino. —Su rostro se ensombreció como si alguien hubiera apagado una luz frente a sus ojos—. Pero no pudo ser, Amaia, por lo visto yo tampoco puedo tener hijos —dijo en un susurro—. Mi desesperación fue en aumento cuando los meses pasaron sin quedarme embarazada. Freddy me dijo que quizá fuera lo mejor, que ya estábamos bien así. Y no le contesté, pero el resto de la noche, mientras él dormía roncando a mi lado, una voz atronaba en mi interior y me decía: «No, no, no, yo no estoy bien así, no». Y la voz siguió atronando mientras me vestía para ir al obrador, mientras atendía los pedidos por teléfono, mientras inspeccionaba los envíos, mientras escuchaba la incansable letanía de los reproches de Flora. Y ese día, cuando colgué la bata blanca en mi taquilla, ya sabía que no regresaría. Cuando Freddy pasaba de nivel en el *Resident Evil* y yo calentaba la sopa para la cena, también supe que mi vida con él había terminado. Fue así, sin gritos ni lágrimas.

—No hay de qué avergonzarse, a veces las lágrimas son necesarias.

—Es verdad, pero el tiempo de las lágrimas quedó atrás, se me secaron los ojos de tanto llorar mientras él roncaba a mi lado. De llorar de vergüenza y al entender que me avergonzaba de él, que nunca podría sentirme orgullosa del hombre que tenía a mi lado. Se me rompió algo por dentro, y lo que hasta ese instante había sido pura desesperación por salvar mi relación se convirtió en un alarido que desde lo más profundo de mi ser le repudiaba. La mayoría de la gente se equivoca, creen que se puede pasar del amor al odio en un instante, que el amor se rompe de pronto como en una implosión del corazón. Y para mí no fue así: el amor no se rompió de pronto, pero fue de pronto cuando me di cuenta de que se me había desgastado como en un lento pero inexorable proceso de lijado, ris, ras, ris, ras, un día, otro. Y ese día fue cuando me di cuenta de que ya no quedaba nada. Fue más bien como admitir una realidad que ha estado siempre y que de pronto aparece ante tus ojos. Tomar estas decisiones me hizo sentir libre por primera vez en mucho tiempo, y por lo que a mí respecta el proceso podía haber sido fácil, sin ningún problema, pero ni tu hermana ni mi marido estaban dispuestos a dejarme ir tan fácilmente. Te sorprendería la similitud de sus argumentos, de sus reproches y de sus burlas... Porque los dos se burlaron, ¿sabes?, y con las mismas palabras —rio con amargura mientras lo recordaba—. ¿Adónde vas a ir tú? ¿Crees que vas a encontrar algo mejor? Y la última: ¿quién te va a querer? Nunca lo creerían, pero a pesar de que sus burlas iban destinadas a minar mis fuerzas consiguieron justo el efecto contrario: les vi tan pequeños y cobardes, tan incapaces, que cualquier cosa me pareció posible, más fácil sin sus cargas. No lo sabía todo, pero al menos para la última pregunta tenía respuesta: yo, yo voy a quererme y yo cuidaré de mí.

—Estoy orgullosa de ti —dijo Amaia abrazándola—. No olvides que puedes contar conmigo, yo siempre te he querido.

—Lo sé, tú, James, la tía, el *aita* y hasta la *ama*, a su manera. La única que no se tenía mucho aprecio era yo.

—Pues quiérete, Ros Salazar.

—En eso también hay algún cambio: prefiero que me llaméis Rosaura.

—Flora me lo dijo, pero ¿por qué? Te pasaste años hasta lograr que todo el mundo te llamase Ros.

—Si algún día tengo hijos no quiero que me llamen Ros, es nombre de porrera —sentenció.

—Cualquier nombre es nombre de porrera si lo es la portadora —dijo Amaia—. Y dime una cosa, ¿para cuándo tienes pensado hacerme tía?

—En cuanto encuentre al hombre perfecto.

—Te advierto de que se sospecha que no existe.

—Podrás hablar tú, que lo tienes en casa.

Amaia compuso una sonrisa de circunstancias.

—Nosotros también lo hemos intentado. Y no podemos, de momento...

—Pero ¿te ha visto un médico?

—Sí. Al principio temí tener el mismo problema que Flora, las trompas obstruidas, pero dijeron que todo está en orden, aparentemente. Me recomendó uno de esos procedimientos de fecundación.

—Vaya, lo siento —su voz tembló un poco—. ¿Has empezado ya?

—No hemos ido, solo pensar en tener que someterme a uno de esos penosos tratamientos me pone enferma. ¿Recuerdas qué mal lo pasó Flora, y total para nada?

—Ya, pero no debes pensar así, tú misma dices que

no tienes el mismo problema que ella, quizá contigo resulte...

—No es solo eso, siento una especie de rechazo ante la idea de tener que concebir un hijo así. Ya sé que es una tontería, pero no creo que deba ser de ese modo...

James entró trayendo el móvil de Amaia.

—Es el subinspector Zabalza —dijo mientras cubría el teléfono con la mano. Amaia se puso al aparato.

—Inspectora, una patrulla ha hallado un par de zapatos de chica colocados en el arcén y apuntando a la carretera. Han avisado hace un momento, le mando un coche y nos vemos allí.

—¿Y el cuerpo?—preguntó Amaia bajando la voz y cubriendo parcialmente el teléfono.

—Todavía no lo hemos encontrado, es una zona de difícil acceso, bastante distinta a las anteriores; la vegetación es allí muy profusa, el río no se ve desde la carretera. Si hay una chica ahí abajo va a costar llegar hasta ella. Me pregunto por qué ha elegido un lugar así, quizá no quería que la encontráramos tan fácilmente como a las otras.

Amaia lo sopesó.

—No. Quiere que la encontremos, por eso ha dejado los zapatos indicando el lugar. Pero al elegir un lugar que no se vea desde la carretera se garantiza que no le molesten hasta tener todo preparado para mostrar su obra al mundo, simplemente se evita interrupciones y contratiempos.

Eran unos zapatos Mustang, de charol blanco, tipo salón y tacón bastante alto. Un policía los fotografiaba desde diferentes ángulos siguiendo las indicaciones de Jonan. El *flash* de la cámara arrancaba del plástico brillantes destellos que los hacían aún más discordantes y extraños, plantados allí, en medio de ninguna parte, y parecía conferirles cualidades casi mágicas, como los zapatos de la princesa de un cuento o como la obra chocante y absurda de un artista conceptual. Amaia imaginó el efecto de una larga hilera de zapatos de fiesta alineados en aquel paraje casi mágico. La voz de Zabalza la devolvió a la realidad.

—Es inquietante... Lo de los zapatos, digo. ¿Por qué lo hará?

—Marca su territorio como un animal salvaje, como el depredador que es, y nos provoca. Los deja ahí para retarnos: «Mirad lo que he dejado para vosotros, ha venido el *olentzero* y os ha dejado un regalito».

—¡Qué cabrón!

Haciendo un esfuerzo consiguió apartar la mirada de los hechizantes zapatos de princesa y se volvió hacia la densa arboleda. El sonido reverberó metálico desde el *walkie* que Zabalza sostenía en la mano.

—¿La han encontrado?

—De momento no, pero ya le he dicho que en esta zona el río discurre entre la vegetación y una especie de cañón natural que forman las paredes.

Los haces de luz de las potentes linternas dibujaban destellos fantasmales entre los árboles desnudos de hojas, tan apretados entre sí que producían el efecto de un amanecer inverso, como si el sol brotara desde el suelo. Amaia se calzó las botas mientras valoraba el efecto que aquel bosque tenía sobre sus pensamientos. El subinspector Iriarte salió de entre la espesura con la respiración agitada.

—La hemos encontrado.

Amaia descendió por el terraplén apostada detrás de Jonan y del subinspector Zabalza. Notaba cómo la tierra cedía bajo sus pies, reblandecida por la reciente lluvia, que, a pesar de lo tupido del ramaje, había conseguido penetrar hasta lo más profundo, tornando los restos de hojas que tapizaban el suelo del bosque en una alfombra pastosa y resbaladiza. Avanzaban ayudados por los árboles, que crecían tan juntos que obligaban constantemente a modificar el trazado del descenso. Unos pasos más atrás escuchó, no sin cierta malicia, las incoherencias que

Montes farfullaba por verse obligado a bajar con sus caros zapatos italianos y su chaquetón de piel.

El bosque terminaba bruscamente en un paredón casi insalvable por ambas márgenes del río, se abría formando una estrecha uve como un embudo natural; descendieron hasta una zona oscura y deprimida que los policías se afanaban en iluminar con focos portátiles. El caudal y el flujo del río eran más rápidos allí, y entre las estrechas paredes y la orilla había menos de un metro y medio de grava seca en cada margen. Amaia miró las manos de la niña, que, extendidas en un ominoso gesto de entrega, se abrían a los lados de su cuerpo expoliado; la mano izquierda casi tocaba el agua, su pelo rubio y largo le llegaba hasta la cintura y los grandes ojos verdes presentaban una fina película blancuzca que los velaba como vaho. Su belleza en la muerte, la plástica casi mística que aquel monstruo había ideado, lograban su efecto. Por un momento había conseguido arrastrarla a su fantasía distrayéndola del protocolo, y fueron de nuevo los ojos de la princesa los que la trajeron de vuelta, aquellos ojos nublados por la niebla del río que aun así clamaban pidiendo justicia desde el lecho del Baztán con el que a veces soñaba en sus noches más oscuras. Retrocedió dos pasos para musitar una plegaria y ponerse los guantes que Montes le tendía. Desolada por el dolor ajeno, miró a Iriarte, que se había cubierto la boca con las manos y que las hizo descender casi con brusquedad a los lados del cuerpo cuando se sintió observado.

—La conozco... La conocía, conozco a su familia, es la niña de Arbizu —dijo mirando a Zabalza como buscando confirmación—. No sé cómo se llamaba, pero es la niña de Arbizu, no tengo dudas.

—Se llamaba Anne, Anne Arbizu —confirmó Jonan sosteniendo un carnet de biblioteca—. El bolso estaba unos metros más arriba —dijo señalando una zona que volvía a quedar a oscuras.

Amaia se arrodilló junto a la chica observando la mueca fría de su rostro, casi una parodia de sonrisa.

—¿Sabe cuántos años tenía? —preguntó.

—Quince, no creo que llegase a dieciséis —respondió Iriarte acercándose. Miró el cadáver y echó a correr. Como a diez metros río abajo se dobló sobre sí mismo y vomitó. Nadie dijo nada, ni entonces ni cuando regresó limpiándose la pechera con un pañuelo de papel y murmurando disculpas.

La piel de Anne había sido muy blanca; pero no era de esas pieles descoloridas, casi transparentes, plagadas de pecas y rojeces. Había sido blanca, limpia y cremosa, carente de vello. Cubierta como estaba del rocío del río semejaba el mármol de una estatua funeraria. Al contrario que Carla y Ainhoa, esta había luchado. Al menos dos uñas aparecían rotas hasta la carne viva. No se apreciaban restos de piel bajo las otras. Sin duda había tardado más en morir que las demás: a pesar de la veladura que empañaba sus ojos, eran visibles las petequias que delataban la muerte por asfixia y el sufrimiento por la privación de aire. Por lo demás, el asesino había reproducido con fidelidad los detalles de los anteriores asesinatos: el fino cordel hundido en la garganta, la ropa rasgada y abierta a los lados, los vaqueros bajados hasta las rodillas, el pubis rasurado y la torta fragante y untuosa colocada sobre la pelvis.

Jonan tomaba fotos del vello arrojado hacia los pies de la chica.

—Todo igual, jefa, es como estar viendo de nuevo a las otras niñas.

—¡Joder! —Un grito contenido llegó de unos metros río abajo, junto al inconfundible estruendo de un disparo que rebotó en las paredes de piedra produciendo un eco ensordecedor que les aturdió un instante, mientras todos sacaban sus armas y apuntaban en aquella dirección a la bajante del río.

—¡Falsa alarma! No es nada —gritó una voz precedida de un haz de linterna que subía por la margen del río. Un sonriente policía de uniforme venía caminando junto a Montes, que visiblemente azorado guardaba su arma.

—¿Qué ha pasado, Fermín? —preguntó Amaia, alarmada.

—Lo siento, no tenía ni idea, iba revisando la orilla y de pronto he visto la puta rata más grande de la creación, el bicho me ha mirado y... Lo siento, instintivamente he disparado. ¡Joder! No soporto a las ratas, y luego el cabo me ha dicho que era un... no sé qué.

—Un coipo —aclaró el policía—. Los coipos son unos mamíferos originarios de Sudamérica. Hace años unos cuantos se escaparon de una granja francesa de cría que hay en el Pirineo, y el caso es que se adaptaron al río muy bien, y aunque se ha frenado bastante su expansión aún pueden verse algunos. Pero son inofensivos, de hecho son herbívoros nadadores, como los castores.

—Lo siento —repitió Montes—, no lo sabía. Soy musofóbico, no puedo soportar la presencia de nada que parezca una rata.

Amaia le miró, incómoda.

—Mañana presentaré el informe por el disparo —musitó. Fermín Montes se quedó un rato en silencio mirándose los zapatos y después se fue a un lado y permaneció allí sin decir nada más.

La inspectora casi sintió lástima por él y por el cachondeo que a su cuenta tendrían los demás en los próximos días. Se arrodilló de nuevo junto al cadáver e intentó vaciar su mente de todo lo que no fuese aquella chica y aquel lugar.

El hecho de que en aquel tramo los árboles no bajasen hasta el río privaba a la zona del olor a tierra y a liquen tan presente al atravesar el bosque. Hundida allí, en la grieta que el río había labrado en la roca, solo los efluvios minerales del agua competían con el aroma dulzón y graso que emanaba del *txantxigorri*. El olor a manteca y azúcar que despedía se coló en su nariz mezclado con otro más sutil y que ella reconocía como el de la muerte reciente. Jadeó intentando contener la náusea mientras miraba el dulce como si se tratase de un insecto repugnante y se preguntaba cómo era posible que expeliese tanto olor. El doctor San Martín se arrodilló a su lado.

—Madre mía, qué bien huele. —Amaia lo miró espantada—. Es una broma, inspectora Salazar.

Ella no contestó, se incorporó para dejarle sitio.

—Pero la verdad es que huele muy bien, y yo no he cenado.

Amaia hizo un gesto de asco, que el doctor no vio, y se volvió para saludar a la jueza Estébanez, que descendía entre las rocas con envidiable destreza a pesar de llevar falda e ir calzada con unos botines de medio tacón.

—Será posible —farfulló Montes, que todavía no parecía recuperado del incidente con el coipo. La jueza saludó con un gesto general y se colocó tras el doctor San Martín mientras escuchaba sus observaciones. Diez minutos más tarde ya se había marchado.

Tardaron más de una hora en conseguir subir la caja que llevaba el cuerpo de Anne y para lograrlo fueron necesarias todas las manos. Los técnicos sugirieron ponerlo en una bolsa y subirlo izándolo, pero San Martín insistió en que fuese en una caja para preservar perfectamente el cuerpo y prevenir los muchos golpes y arañazos que podía recibir si lo arrastraban a través de aquella maraña que era el bosque. El escaso espacio entre árboles obligaba en algunos tramos a poner el ataúd vertical y a detenerse mientras unas manos sustituían a otras; después de varios resbalones consiguieron llevar la caja hasta el coche fúnebre que llevaría el cadáver de Anne hasta el Instituto Navarro de Medicina Legal.

En cada ocasión en que sobre la mesa había visto el cuerpo de un menor la había asaltado el mismo sentimiento de impotencia e incapacidad que extendía a la sociedad entera, una sociedad que en la muerte de sus menores era incapaz de proteger su propio futuro, una sociedad que había fracasado. Como ella misma. Tomó aire y entró en la sala de autopsias. El doctor San Martín rellenaba los formularios previos a la operación y lo saludó mientras se acercaba a la mesa de acero. El cadáver de Anne Arbizu aparecía ya despojado de su ropa bajo la luz sin piedad que en cualquiera hubiese revelado la más mínima imperfección, pero que en ella resaltaba la blancura incólume de su piel, haciéndola parecer irreal, casi como pintada; Amaia pensó en una de esas madonas marmóreas que llenan los museos italianos.

—Parece una muñeca —susurró.

—Eso mismo comentaba con Sofía —estuvo de acuerdo el doctor. La técnico saludó levantando una mano—. Serviría como claro ejemplo de valquiria wagneriana.

El subinspector Zabalza acababa de entrar.

—¿Esperamos a alguien más o podemos empezar?

—El inspector Montes debería haber llegado... —dijo Amaia consultando su reloj—. Empiece, doctor, llegará en cualquier momento.

Marcó el número de Montes pero saltó el contestador, supuso que estaba conduciendo. Bajo la cruel luz pudo ver algunos detalles que le habían pasado inadvertidos. Sobre la piel aparecían unos cuantos pelos cortos y pardos, bastante gruesos.

—¿Pelos de animal?

—Probablemente, hemos encontrado más adheridos a la ropa. Los compararemos con los que aparecieron en el cuerpo de Carla.

—¿Cuántas horas calcula que lleva muerta?

—Por la temperatura del hígado, que tomé junto al río, podría llevar allí entre dos y tres horas.

—No es mucho tiempo, no suficiente como para que los animales se acercaran hasta ella... El pastelillo estaba intacto, casi parecía recién horneado, y usted pudo olerlo como yo; si hubiera habido animales tan cerca como para dejar pelos sobre ella se habrían comido el dulce como en el caso de Carla.

—Tendría que consultar con los guardabosques —apuntó Zabalza—, pero creo que no es un lugar donde los animales acudan a beber.

—Un animal podría descender por allí sin dificultades —opinó San Martín.

—Descender sí, pero el río forma allí un desfiladero por el que resultaría difícil huir, y los animales siempre beben en zonas abiertas, donde pueden ver además de ser vistos.

—Entonces, ¿cómo se explican los pelos?

—Quizás el asesino los llevaba adheridos a su ropa y se los transfirió por contacto.

—Puede ser. ¿Quién llevaría la ropa llena de pelos de animal?

—Un cazador, un guardabosques, un pastor —dijo Jonan.

—Un taxidermista —apuntó la técnico que ayudaba a San Martín y que había permanecido silenciosa hasta entonces.

—Bien, habrá que localizar a cualquiera que se ajuste al perfil y que esté por la zona, y añadamos el hecho de que debe de ser un hombre fuerte, muy fuerte diría yo. Si no fuera por la intimidad que requiere su fantasía diría que hay más de un asesino; pero algo está claro, y es que cualquiera no podría bajar por esa ladera un cadáver en volandas, y es evidente por la falta de arañazos y rozaduras que la bajó en brazos —dijo Amaia.

—¿Estamos seguros de que ya estaba muerta cuando la bajó?

—Estoy segura, ninguna chica bajaría de noche al

río, ni siquiera con un conocido, y menos dejando sus zapatos atrás. Creo que las aborda, las mata rápidamente antes de que ellas sospechen algo, quizá le conocen y por eso confían, quizá no y las tiene que matar enseguida. Les rodea el cuello con el cordel y antes de que se den cuenta están muertas; después las lleva al río, las dispone tal y como ha imaginado en su fantasía y cuando ya ha completado su rito psicosexual nos deja esa señal en forma de zapatos y nos permite ver su obra. —Amaia enmudeció de pronto y sacudió la cabeza como si acabase de despertar de un sueño. Todos la miraban embobados.

—Vamos con el cordel —dijo San Martín.

La técnico sujetó la cabeza de la chica por la base del cráneo y la levantó lo suficiente para que el doctor San Martín extrajera el cordel del reguero oscuro en el que aparecía sepultado. Puso especial atención en los extremos que colgaban a los lados, en los que se apreciaban pequeños restos blanquecinos semejantes a plástico o a residuos de cola.

—Mire esto, inspectora, esto es nuevo: a diferencia de los otros casos hay restos de piel adheridos al cordel. Se ve que al tirar fuertemente se infligió un corte, o por lo menos una rozadura que se llevó parte de su piel.

—Creía que usaba guantes, por la ausencia de huellas —terció Zabalza.

—Eso parece, pero a veces estos asesinos no pueden sustraerse al placer que les provoca sentir cómo arrebatan la vida con sus propias manos, una sensación que quedaría amortiguada por los guantes, por lo que en ocasiones terminan por quitárselos, aunque solo sea en el momento álgido. Aun así, puede ser suficiente para nosotros.

Tal y como Amaia había supuesto, el doctor San Martín estuvo de acuerdo en que Anne se había defendido. Quizás ella había visto algo que sus predecesoras no vieron, algo que la hizo sospechar y fue suficiente para no entregarse sumisa a la muerte. En su caso los síntomas de asfixia eran evidentes, y aunque el asesino había intentado recrear con Anne su fantasía, y hasta cierto punto lo había conseguido, porque a primera vista aquel crimen y toda la parafernalia que el asesino había dispuesto eran idénticos a los anteriores, Amaia tuvo la sensación inexplicable de que aquella muerte no había satisfecho del todo al asesino, que esa chiquilla de rostro de ángel que podía haber sido la obra cumbre de aquel monstruo había resultado ser más dura y agresiva que las otras. Y aunque el asesino se había esforzado en disponerla con el mismo cuidado que a las anteriores, el rostro de Anne no reflejaba sorpresa y vulnerabilidad, sino la pugna por su vida que había mantenido hasta el final y una parodia de sonrisa que resultaba terrorífica. Amaia observó unas marcas rosadas que aparecían alrededor de la boca y se extendían hasta casi la oreja derecha.

—¿De qué es esa mancha rosa que tiene en la cara?

La técnico tomó una muestra con un bastoncillo.

—En cuanto lo sepamos se lo digo, pero yo diría que es... —olisqueó el bastoncillo— *gloss*.

—¿Qué es *gloss*? —preguntó Zabalza.

—Pintalabios, subinspector, un pintalabios graso, brillante y con sabor a frutas —le aclaró Amaia.

A lo largo de su trayectoria como inspectora de homicidios había asistido a más autopsias de las que quería recordar, y consideraba que su cupo de «lo que debo demostrar por ser mujer» estaba más que cubierto. Por eso no se quedó a presenciar el resto. La brutalidad de la incisión en y griega que se practicaba al cadáver no tenía parangón con ningún otro tipo de intervención quirúrgica. El proceso, que pasaba por extraer y pesar los órganos y volver a rellenar las cavidades con ellos, nunca era agradable, pero cuando el cadáver pertenecía a un niño pequeño o a una chiquilla, como en aquel caso, le resultaba insoportable. Sabía que tenía menos que ver con los pasos técnicos y siempre análogos del proceso de la autopsia, que con las razones inexplicables de por qué un niño se encontraba sobre aquella mesa de acero que debería estarle vetada de modo natural. La incongruencia del cuerpecillo menudo que apenas ocupaba la superficie que se le destinaba, la explosión de brillantes colores del interior y, sobre todo, el rostro pequeño y pálido de la criatura con las diminutas gotas de agua atrapadas en sus pestañas, actuaban como clamorosas llamadas que no podía dejar de atender.

9

Por el grado de luz calculó que debían de ser las siete de la mañana. Espabiló a Jonan, que dormía en el asiento trasero del coche tapado con su propio anorak.

—Buenos días, jefa. ¿Cómo ha ido? —dijo frotándose los ojos.

—Volvemos a Elizondo. ¿Te ha llamado Montes?

—No, creía que estaba con usted en la autopsia.

—No ha aparecido y no coge el teléfono, me salta el contestador —dijo ella visiblemente contrariada. El subinspector Zabalza, que había bajado a Pamplona en el mismo coche, se sentó atrás y carraspeó.

—Inspectora, bueno, yo no sé si debería meterme en esto, pero al menos para que no esté preocupada. Cuando salimos del barranco el inspector Montes me dijo que tendría que ir a cambiarse porque había quedado para cenar.

—¿Para cenar? —No pudo ocultar su sorpresa.

—Sí, me preguntó si yo iba a acompañarla hasta Pamplona para la autopsia, le dije que sí y me dijo que así se quedaba más tranquilo, que suponía que el subinspector Etxaide también bajaría y que así todo estaba bien.

—¿Que todo estaba bien? Sabía de sobra que debería estar aquí —dijo Amaia furiosa, aunque se arrepintió inmediatamente de haberse puesto en evidencia ante sus subordinados.

—Yo... lo lamento. Oyéndole hablar supuse que usted lo autorizaba.

—No se preocupe, ya hablaré con él.

A pesar de no haber dormido no tenía ni rastro de sueño. Los semblantes de las tres chicas miraban al vacío desde la superficie de la mesa. Tres rostros bien distintos aunque iguales en la muerte. Estudió con atención la ampliación que había solicitado de la imagen de Carla y de Ainhoa.

Montes entró silencioso trayendo dos cafés, colocó uno frente a Amaia y se sentó un poco alejado. Ella levantó un segundo la vista de las fotos y le dirigió una mirada penetrante que duró hasta que él bajó la suya. Había en la sala cinco policías más además de su equipo. Tomó las fotos y las deslizó hasta el centro de la mesa.

—Señores, ¿qué ven en estas fotos?

Todos los presentes se inclinaron sobre la mesa, expectantes.

—Voy a darles una pista.

Añadió a las otras la foto del rostro de Anne.

—Es Anne Arbizu, la chica que fue hallada anoche. ¿Ven los restos rosados que se extienden desde la boca hasta casi la oreja? Pues bien, son de pintalabios, un pintalabios rosa, graso y que da un aspecto húmedo a los labios. Miren de nuevo las fotos.

—Las otras chicas no llevan —observó Iriarte.

—Eso es, las otras chicas no llevan, y quiero saber por qué. Eran muy guapas, actuales, llevaban zapatos de tacón y bolsos, teléfonos móviles y perfume. ¿No es raro que no llevaran ni rastro de maquillaje? Casi todas las chicas de su edad comienzan a usarlo, por lo menos rímel y *gloss*.

Miró a sus compañeros, que la observaban, confusos.

—Lo de las pestañas y el brillo de labios —tradujo Jonan.

—Creo que a Anne la desmaquilló, de ahí que quedaran restos de *gloss*, y para quitarle lo que llevaba tuvo que usar un pañuelo y desmaquillante, o más probablemente toallitas desmaquilladoras; son parecidas a las que se usan para limpiar el culo a los bebés, pero con otra composición, aunque también pudo usar las de los críos. Y creo muy posible que lo hiciera en el río, allí había poca por no decir ninguna luz y aunque llevase una linterna no fue suficiente, porque con Anne el trabajo no quedó completo. Jonan y Montes, quiero que volváis al río y busquéis las toallitas; si las utilizó, y no se las llevó consigo, quizá las podamos encontrar por la zona. —No se le escapó el gesto con que Montes se miraba los zapatos, otro modelo, esta vez en marrón y evidentemente caros—. Subinspector Zabalza, hable por favor con las amigas de Ainhoa para saber si iba maquillada la noche del asesinato; no moleste a los padres con esto, además la chica era muy joven y a lo mejor los padres ni siquiera sabían si se maquillaba... Muchas adolescentes lo hacen fuera de casa y se lo quitan al volver. En el caso de Carla, estoy segura de que tenía que ir más pintada que una puerta. En todas las fotos que tenemos de ella viva aparece maquillada; y por añadidura era Nochevieja. Hasta mi tía Engrasi se pinta los labios en Nochevieja. A ver si tenemos algo para esta tarde. Todo el mundo aquí a las cuatro.

Primavera de 1989

Había días buenos, casi siempre domingos, el único día en que sus padres no trabajaban. Su madre horneaba en casa cruasanes crujientes y pan con pasas, que dejaban en toda la casa un aroma dulce y rico que perduraba durante horas. Su padre entraba despacio en la habitación, abría las contraventanas que daban al monte y salía sin decirles nada, dejando que fuera el sol el que las despertase con sus caricias, insólitamente cálidas para las mañanas de invierno. Ya despiertas, permanecían en la cama escuchando la charla amena de sus padres en la cocina y disfrutando de la sensación de la cama limpia, el sol templando la ropa, los haces dibujando caprichosos senderos de polvo en suspensión. A veces incluso, antes de desayunar, su madre ponía en el tocadiscos del salón uno de aquellos viejos discos suyos, y las voces de Machín o de Nat King Cole invadían la casa con sus boleros y sus chachachás. Entonces su padre tomaba a su madre por la cintura y bailaban unidos, con las caras muy juntas y las manos entrelazadas, girando y girando por todo el salón sorteando los pesados muebles encerados a mano y las alfombras que alguien había tejido en Bagdad. Las niñas salían de sus camas descalzas y soñolientas, y se sentaban en el sofá para verlos bailar mientras sonreían un poco avergonzadas, como si en lugar de verles bailar les hubieran sorprendido en un acto más íntimo. Ros siempre era la primera en abrazarse a las piernas de su padre para unirse al baile; después iba Flora, que se agarraba a la madre, y Amaia sonreía desde el sofá, divertida por la torpeza del grupo de bailarines que daban vueltas canturreando los boleros. Ella no bailaba, porque quería seguir viéndolos, porque quería que aquel ritual durase un poco más, y porque sabía que si se levantaba y se unía al grupo el baile cesaría de inmediato en cuanto rozase a su madre, que lo dejaría con una disculpa absurda, como que estaba ya cansada, que ya no le apetecía bailar más o que tenía que ir a ver el pan que se cocía en el horno. Cuando eso ocurría, el padre la miraba desolado y bailaba un rato más con la niña, intentando compensar el agravio, hasta que cinco minutos más tarde su madre volvía al salón y apagaba el tocadiscos aduciendo que le dolía la cabeza.

10

Tras dormir una breve siesta, de la que despertó desorientada y aturdida, Amaia se sintió peor que por la mañana. Se dio una ducha, leyó la nota que James le había dejado y se sintió un poco molesta por que él no estuviera en casa. Aunque nunca se lo diría, secretamente prefería que él estuviera cerca mientras dormía, como si su presencia pudiera tranquilizar su espíritu. Se sentiría ridícula si tuviese que expresar en voz alta la sensación que le producía despertar en la casa solitaria y el deseo de que él hubiera estado allí mientras ella dormía. No necesitaba que se tendiese a su lado, no quería que la cogiese de la mano; y no era suficiente que él estuviera allí cuando despertaba. Necesitaba su presencia mientras dormía. A menudo, cuando trabajaba de noche y debía dormir por la mañana, lo hacía en el sofá si James no estaba en casa. Allí no conseguía el mismo nivel de sueño profundo que en la cama, pero lo prefería, porque sabía que si se acostaba en la cama le sería imposible dormir. Y daba igual que él saliese cuando ella ya estaba dormida: aunque no oyese la puerta, de pronto advertía su ausencia como si le faltase el aire y al despertar sabía con certeza que él no estaba en casa. «Quiero que estés en casa mientras duermo.» El pensamiento era claro y el razonamiento absurdo, por eso no podía decirlo, decirle que se despertaba cuando él salía, que sentía su presencia en la casa como si lo detectase con un sónar y que se sentía secretamente abandonada cuando despertaba y descubría que él había dejado su puesto a su lado para salir a comprar el pan.

Tres cafés después, ya en comisaría, no consiguió sentirse mucho mejor. Sentada tras la mesa de Iriarte, observó con deleite las huellas de la vida de aquel hombre. Los niños rubios, la esposa joven, los calendarios de vírgenes, las plantas bien cuidadas que crecían cerca de las ventanas..., incluso tenía platillos de barro bajo los tiestos para recoger el agua sobrante.

—¿Se puede, jefa? Me ha dicho Jonan que quería verme.

—Pase, Montes, y no me llame jefa. Siéntese, por favor.

Él se acomodó en la silla de enfrente y la miró formando un leve puchero con los labios.

—Montes, me decepcionó que no asistiera a la autopsia, me preocupó no saber por qué no llegaba y me enfadó mucho tener que enterarme por otra persona de que no vendría porque se iba de cena. Creo que al menos podía haberme ahorrado el bochorno de pasarme la noche preguntando por usted, perdiendo el tiempo en llamadas que no contestó, para que al fin tuviera que ser Zabalza quien me dijera lo que pasaba.

Montes la miraba impasible. Ella prosiguió.

—Fermín, formamos un equipo, los necesito a todos y cada uno en su sitio todo el tiempo, si quería irse yo no se lo hubiera impedido; solo digo que con lo que tenemos encima creo que por lo menos podía haberme llamado por teléfono, habérselo dicho a Jonan o yo qué sé, pero desde luego no puede esfumarse sin dar ninguna explicación. Ahora, con una niña más asesinada, le necesito a mi lado constantemente. Bueno, espero que al menos haya valido la pena —sonrió y le miró en silencio esperando una respuesta, pero él continuó mirándola como sin verla, con un gesto que había mutado del puchero infantil al desprecio—. Fermín, ¿es que no piensa decir nada?

—Montes —dijo él de golpe—. Inspector Montes para usted, no olvide que aunque ahora está al mando de esta investigación está hablando con un igual. Yo no tengo por qué darle explicaciones a Jonan, que es un subordinado, y avisé al subinspector Zabalza, mi responsabilidad termina ahí. —Sus ojos se entrecerraban por la indignación que sentía—. Por supuesto que usted no me habría impedido ir a la cena, no es quién, aunque últimamente se lo crea. El inspector Montes ya llevaba seis años en homicidios cuando usted entró en la academia, jefa, y lo que le jode es haber quedado como una inepta ante Zabalza. —Se repantingó en el asiento y mantuvo su mirada retándola. Amaia lo miró apenada.

—El único que ha quedado como un inepto ha sido usted, un inepto y un mal policía, ¡por Dios! Acabábamos de hallar el tercer cadáver de una serie, no tenemos nada aún y usted se va de cena. Creo que está resentido conmigo porque el comisario me asignó el caso, pero tiene que entender que en esta decisión yo estaba al margen, que lo que debe ocuparnos ahora es resolver este caso cuanto antes —suavizó un poco el tono y miró a Montes a los ojos tratando de ganarse su apoyo—. Creí que éramos amigos, Fermín, yo me habría alegrado por usted, creí que usted me apreciaba, creí que tendría por su parte toda la colaboración posible...

—Pues siga creyendo —musitó.

—¿No tiene nada más que decirme? —Él permaneció en silencio. —Está bien, Montes, como quiera, nos vemos en la reunión.

De nuevo los rostros muertos de las chicas con sus miradas vueltas hacia el infinito y veladas por el paño de la muerte, y al lado, como para poner de manifiesto la gran pérdida que suponía, otras fotografías coloridas y brillantes que mostraban la sonrisa pícara de Carla posando junto a un coche, seguramente el de su novio, Ainhoa sosteniendo en sus brazos un corderito de apenas una semana y Anne junto a su grupo de teatro del instituto. Una bolsa de plástico que contenía varias toallitas que casi con toda probabilidad se habían utilizado para limpiar el maquillaje del rostro de Anne y otra bolsa con las que se habían localizado en el escenario del asesinato de Ainhoa, a las que en su momento no se había prestado mayor atención porque se había supuesto que habían volado hasta el río desde la explanada de la carretera donde acudían las parejitas.

—Tenía razón, jefa. Las toallitas estaban allí, habían sido arrojadas unos metros más abajo, en una hendidura en la pared del río. Tienen restos rosas y negros, supongo que del rímel. Sus amigas dicen que solía maquillarse, tengo también la barra de labios original, estaba en el bolso. Servirá para confirmar que es el mismo. Y estas —dijo señalando la otra bolsa— son las que se hallaron en el escenario de Ainhoa. Son de la misma clase, con el mismo tipo de dibujo estriado, aunque estas tienen menos restos de maquillaje. Los amigos de Ainhoa dicen que solo usaba brillo labial.

Zabalza se puso en pie.

—No hemos podido recuperar nada del escenario de Carla, ha pasado demasiado tiempo y no hay que olvidar que el cuerpo estaba parcialmente sumergido en el río; si el asesino tiró allí las toallitas es probable que se las llevase el agua de las crecidas... Al menos hemos confirmado con su familia que en efecto solía maquillarse a diario.

Amaia se puso en pie y comenzó a pasear por la sala pasando tras las cabezas de sus compañeros, que permanecían sentados.

—Jonan, ¿qué nos cuentan estas niñas?

El subinspector se inclinó hacia delante y tocó el borde de una foto con el índice.

—Las desmaquilla, les quita los zapatos, zapatos de tacón, zapatos de mujer, eso es común en las tres. Les coloca el pelo a los lados de la cara, les rasura el vello púbico, las hace ser niñas otra vez.

—Eso es —afirmó Amaia, vehemente—. A este cabrón le parece que se hacen mayores demasiado pronto.

—¿Un pederasta al que le gustan las niñas pequeñas?

—No, no, si fuera un pederasta elegiría directamente a niñas pequeñas, y estas son adolescentes, mujercitas en mayor o menor grado, en ese momento en que las niñas quieren parecer mayores de lo que son en realidad. No es nada raro, forma parte del proceso de maduración en la adolescencia. Pero a este asesino no le gustan esos cambios.

—Lo más probable es que las conociera cuando eran más pequeñas y no le agrade lo que ahora ve, por eso quiere hacerlas volver atrás —dijo Zabalza.

—No se conforma con despojarlas de zapatos y maquillaje, elimina el vello púbico y deja su sexo como el de las niñas. Rasga sus ropas y expone los cuerpos, que aún no son los de las mujeres que ellas quieren ser, y en el lugar del cuerpo que simboliza el sexo y la profanación de su concepto de infancia elimina el vello, que es la señal de madurez, y lo sustituye por un dulce, un pastelito tierno que simboliza el tiempo pasado, la tradición del valle, el regreso a la infancia, quizás a otros valores. No aprueba su modo de vestir, que se maquillen, sus maneras de adultas, y las castiga representando en ellas su ideal de pureza; por eso nunca las violenta sexualmente, es lo último que querría hacer, quiere preservarlas de la corrupción, del pecado... Y lo terrible de todo esto es que si tengo razón, si es eso lo que atormenta a nuestro asesino, podemos estar seguros de que no parará. Transcurrió más de un mes entre el asesinato de Carla y el de Ainhoa, y apenas tres días entre este y el de Anne, se siente provocado, confiado y con mucho trabajo por hacer, va a seguir reclutando chiquillas y las traerá de vuelta a la pureza... Incluso el modo en que les coloca las manos vueltas hacia arriba simboliza entrega e inocencia. —Amaia se detuvo como fulminada por una certeza. ¿Dónde había visto antes esas manos, ese gesto? Miró a Iriarte y le apuntó con el dedo.

—Inspector, ¿puede traerme los calendarios de su despacho?

Iriarte tardó apenas dos minutos. Puso sobre la mesa un calendario con una Inmaculada Concepción y otro de Nuestra Señora de Lourdes. Las vírgenes sonreían llenas de gracia mientras extendían a los lados del cuerpo las manos abiertas, mostrando las palmas, generosas y sin reservas, de las que brotaban rayos de fulgor solar.

—¡Ahí está! —exclamó Amaia—, como vírgenes.

—Este tío está completamente loco —dijo Zabalza—, y lo peor es que si hay algo de lo que podemos estar seguros es que no va a parar hasta que nosotros lo paremos.

—Refresquemos el perfil —pidió la inspectora.

—Varón, entre veinticinco y cuarenta y cinco —dijo Iriarte.

—Yo creo que podemos afinar más, me inclino a pensar que sea más mayor, ese rechazo que muestra hacia la juventud no encaja demasiado con un hombre joven; no es nada impetuoso, muy organizado, lleva hasta el escenario todo lo que puede necesitar, y sin embargo no las mata allí.

—Debe de tener otro sitio. ¿Dónde puede ser? —preguntó Montes.

—No creo que sea ningún lugar en concreto, por lo menos no una casa, es imposible que todas las chicas accedieran a ir a una casa; y debemos tener en cuenta que no lucharon, con excepción de Anne, que se resistió al final, solo en el momento de ser atacada. Una de dos: o las acecha y las ataca por sorpresa en cualquier lugar arriesgándose a ser visto, lo que no me cuadra mucho con su modus operandi, o las convence para que vayan a algún lugar, o mejor las lleva el mismo, lo que supondría un coche, un coche amplio, porque después debe transportar el cadáver... Me inclino más por esta teoría —dijo Amaia.

—¿Y cree que con la que está cayendo las chicas se subirían al coche de cualquiera? —preguntó Jonan.

—Quizá no lo harían en Pamplona —explicó Iriarte—, pero en un pueblo es normal, te ven esperando el autobús y cualquier vecino para y te pregunta adónde vas; si le viene bien te lleva, no es nada raro, y confirmaría el hecho de que sea alguien del pueblo que las conozca desde pequeñas y en quien confíen lo suficiente como para subirse en su coche.

—De acuerdo: varón blanco, de entre treinta y cuarenta y cinco, puede que algo más. Es probable que viva con su madre o con padres ancianos. Puede que haya recibido una educación muy estricta, o todo lo contrario, que haya crecido asilvestrado y él mismo haya creado un código de conducta moral que ahora aplica al mundo. También podría haber sufrido abusos en la infancia e incluso haber perdido su infancia de algún modo, puede que murieran sus padres. Quiero que busquéis a cualquier varón que tenga antecedentes de acoso, exhibicionismo, merodeo... Preguntad a las parejas que van por ahí si conocen algún caso o han oído mencionarlo, tened en cuenta que estos delincuentes no surgen de la nada, van in crescendo. Buscad a los que perdieron a sus familias violentamente, huérfanos, maltratados, solitarios. Interrogad a cualquier maltratador o acosador en todo el Baztán. Lo quiero todo en la base de datos de Jonan y, mientras no tengamos otra cosa, continuaremos con las familias, los amigos y los conocidos más cercanos. El lunes se celebrará el funeral y el entierro de Anne. Repetiremos todo el proceso que llevamos a cabo con Ainhoa y al menos tendremos material para comparar. Elaborad una lista con todos los varones que asistan a los dos entierros y se ajusten al perfil. Montes, sería interesante hablar con los amigos de Carla para ver si alguien grabó el funeral o el entierro con el móvil o si hicieron fotos, es algo que se me ocurrió cuando Jonan dijo que las amigas de Ainhoa no dejaban de llorar y hablar por el móvil; los adolescentes no van a ningún sitio sin su móvil, compruébelo —omitió aposta el «por favor»—. Zabalza, me gustaría hablar con alguien del Seprona o con los guardabosques. Jonan, quiero toda la información que puedas recopilar sobre osos en el valle, avistamientos... Sé que ahora tienen a alguno localizado por GPS, a ver qué nos cuentan. Y en cuanto alguien tenga algo quiero estar informada las veinticuatro horas, ese monstruo está ahí fuera y es nuestro trabajo atraparle.

Iriarte se le acercó mientras los otros policías salían.

—Inspectora, pase a mi despacho, tiene una llamada del comisario general desde Pamplona. —Amaia se puso al teléfono.

—Me temo que aún no puedo darle buenas noticias, comisario. La investigación avanza todo lo rápido que podemos, aunque me temo que el asesino se da más prisa que nosotros.

—Está bien, inspectora, creo que he puesto la investigación en las mejores manos. Hace una hora recibí la llamada de un amigo, alguien vinculado al *Diario de Navarra.* Mañana publicarán una entrevista con Miguel Ángel de Andrés, el novio de Carla Huarte, que estaba en la cárcel acusado del asesinato. Como saben, fue puesto en libertad. No hace falta que le explique cómo nos pone; de cualquier manera eso no es lo malo, en el transcurso de la entrevista el periodista insinúa que hay un asesino en serie en el valle de Baztán, que Miguel Ángel de Andrés fue puesto en libertad tras comprobarse que los asesinatos de Carla y Ainhoa están relacionados, y a esto hay que sumarle que mañana se hará público el asesinato de la última chica, Anne —pareció que leía— Urbizu.

—Arbizu —corrigió Amaia.

—Les envío por fax una copia de los artículos tal y como aparecerán mañana. Les adelanto que no les van a gustar, son repugnantes.

Zabalza regresó con dos folios impresos en los que algunas frases aparecían subrayadas.

«Miguel Ángel de Andrés, que pasó dos meses en la cárcel de Pamplona acusado del asesinato de Carla Huarte, afirma que los policías relacionan el caso con los recientes asesinatos de chicas jóvenes en el valle de Baztán. El asesino les arranca la ropa y sobre los cadáveres han aparecido pelos no humanos. Un terrible señor del bosque que asesina en sus dominios. Un basajaun sanguinario.»

El artículo sobre el asesinato de Anne estaba encabezado por la frase «¿Un nuevo crimen del basajaun?».

11

El grandioso bosque de Baztán, que antes de su transformación por el hombre estuvo formado por hayedos en las montañas, robledales en las partes bajas o castañares, fresnos y avellanos en las intermedias, aparecía ahora casi enteramente cubierto de hayas, que reinaban despóticas entre el resto de árboles. Los prados y el matorral de tojo o árgoma, brezos y helechos conforman la alfombra sobre la que caminaron una generación tras otra de baztaneses, en un escenario de eventos mágicos solo comparable con la selva de Irati que ahora se veía manchado por el horror del asesinato.

El bosque siempre le producía un secreto orgullo de pertenencia, aunque su grandiosidad también le provocaba temor y vértigo. Sabía que lo amaba, pero el suyo era un amor reverente y casto que alimentaba en silencio y en la distancia. Cuando tenía quince años se había unido temporalmente a un grupo de senderistas de una sociedad montañera. Caminar en la bulliciosa compañía del grupo no había resultado tan gratificante como cabía esperar, y después de tres salidas lo dejó. Solo cuando aprendió a conducir volvió a adentrarse en las pistas forestales, atraída una vez más por el hechizo del bosque. Descubrió asombrada que estar sola en el monte le producía una inquietud aterradora, la sensación de ser observada, de estar en un lugar prohibido o de estar cometiendo un acto de expolio contra una reliquia. Amaia subió a su coche y regresó a casa, excitada y molesta por la experiencia, y consciente del miedo ancestral que había experimentado, que desde el salón de tía Engrasi le pareció ridículo e infantil.

Pero la investigación debía proseguir, y Amaia regresó a la espesura del Baztán. Los últimos coletazos del invierno eran más evidentes en el bosque que en ningún otro lugar. La lluvia que había caído durante toda la noche daba ahora un respiro que dejaba el aire frío y pesado, preñado de una humedad que calaba la ropa y los huesos haciéndola temblar, a pesar del grueso plumífero azul que James la obligaba a llevar. Los troncos, oscurecidos por el exceso de agua, brillaban al sol incierto de febrero como la piel de un reptil milenario. Los árboles que no habían perdido su manto resplandecían con su verde ajado por el invierno mostrando con la leve brisa reflejos de plata del envés de sus hojas. La presencia del río se adivinaba valle abajo descendiendo entre los bosques y llevándose como mudo testigo el horror con que el asesino adornaba sus orillas.

Jonan aceleró el paso hasta colocarse a su lado mientras abrochaba la cremallera de su chaquetón.

—Ahí están —dijo indicando el Land Rover con el distintivo de los guardas forestales.

Los dos hombres uniformados les miraron venir desde lejos y Amaia adivinó que hacían algún comentario chistoso, porque les vio reír desviando la vista.

—Ya está, el típico comentario del pardillo y la chica —murmuró Jonan.

—Tranquilo, caimán, que en peores plazas hemos toreado —susurró mientras se aproximaban.

—Buenas tardes. Soy la inspectora Salazar, de homicidios de la Policía Foral; este es el subinspector Etxaide —presentó.

Los dos hombres eran extremadamente delgados y nervudos, aunque uno de ellos casi le sacaba la cabeza al otro. Amaia notó cómo el más alto se erguía al oír su rango.

—Inspectora, soy Alberto Flores y mi compañero Javier Gorria. Nos encargamos de vigilar esta zona, una zona muy amplia, más de cincuenta kilómetros de bosque, pero si podemos ayudarle en algo cuente con nosotros.

Amaia les miró en silencio sin responder. Era una táctica intimidatoria que no solía fallar, y en esta ocasión también dio resultado. El forestal que había permanecido apoyado en el capó del Land Rover se incorporó adelantándose un paso.

—Señora. Tendrá toda nuestra colaboración, el experto en osos de Huesca llegó hace una hora, tiene su coche aparcado un poco más abajo —dijo indicando un recodo en la carretera—. Si nos acompañan les mostraremos dónde están trabajando.

—Está bien, y llámeme inspectora.

El sendero se estrechaba a medida que penetraban en el bosque para abrirse de nuevo en pequeños claros donde la hierba crecía verde y fina como el césped del mejor jardín. En otras zonas, el bosque formaba un laberinto abrigado y suntuoso, casi cálido, que se reforzaba con la constante alfombra de agujas y hojas que se extendía ante ellos. En aquella zona plana y espesa, el agua no había penetrado como en las laderas, y eran visibles grandes superficies secas y mullidas de hojas arremolinadas por el viento a los pies de los árboles, como formando lechos naturales para las lamias del bosque. Amaia sonrió al evocar los recuerdos de las leyendas que en su infancia le contó tía Engrasi. No era raro en medio de este bosque aceptar la existencia de las criaturas mágicas que conformaron el pasado de las gentes de aquella región. Todos los bosques son poderosos, algunos son temibles por profundos, por misteriosos, otros por oscuros y siniestros. El bosque en el Baztán es hechizante, con una belleza serena y ancestral que evoca sin buscarlo su parte más humana, la parte más etérea e infantil, esa que cree en las maravillosas hadas con pies de pato que vivían en el bosque, y que dormían durante todo el día para salir al anochecer a peinar sus largos cabellos dorados con un peine de oro que concedería a su portador cualquier favor que les pidieran, favor que ellas regalaban a los hombres, que, seducidos por su hermosura, les hacían compañía sin horrorizarse por sus extremidades de ánade.

Amaia sentía en aquel bosque presencias tan palpables que resultaba fácil aceptar una cultura druida, un poder del árbol por encima del hombre, y evocar el tiempo en que en aquellos lugares y en todo el valle la comunión entre seres mágicos y humanos fue religión.

—Ahí están —dijo Gorria no sin sorna—, los cazafantasmas.

El experto de Huesca y su ayudante vestían monos de trabajo de color naranja chillón y portaban sendos maletines plateados similares a los de la policía científica. Cuando llegaron a su altura parecían ensimismados en la observación del tronco de un haya.

—Inspectora, encantado —dijo tendiéndole la mano—. Raúl González y Nadia Takchenko. Si se pregunta por qué llevamos esta ropa le diré que es por los furtivos; no hay reclamo para esa gentuza como el rumor de que hay un oso en la zona, y los verá salir hasta de debajo de las piedras, no es broma. Ahí va el macho ibérico a cazar al oso, y van tan acojonados de que el oso los cace a ellos que disparan a todo lo que se mueve... No es la primera vez que nos disparan al confundirnos con osos, de ahí el mono naranja: se ve a dos kilómetros; en los bosques de Rusia todo el mundo los lleva.

—¿Qué me dice? ¿*Habemus* oso o no? —preguntó Amaia.

—Inspectora, la doctora Takchenko y yo opinamos que sería demasiado precipitado afirmar algo así, como del mismo modo sería negarlo.

—Pero al menos puede decirme si han hallado algún indicio, alguna pista...

—Podríamos decir que sí, sin duda hemos hallado rastros que delatan la presencia de grandes animales, pero nada concluyente. De cualquier manera acabamos de llegar, apenas hemos tenido tiempo de inspeccionar la zona, y ya casi no queda luz —dijo mirando al cielo.

—Mañana al amanecer nos pondremos manos a la obra, ¿se dice así? —preguntó la doctora en un horrible español—. La muestra que nos enviaron pertenece en efecto a un plantígrado. Sería de gran interés contar con una muestra de la segunda recogida.

Amaia valoró que no mencionase el hecho de que se hubiera hallado en un cadáver.

—Mañana las tendrán —dijo Jonan.

—Entonces ¿no puede decirme nada más? —insistió Amaia.

—Mire, inspectora, antes de nada debe saber que los osos no se prodigan demasiado. No se tienen noticias de que los osos hayan descendido hasta el valle de Baztán desde el año 1700, en que están datados los últimos avistamientos; incluso se recoge en algún registro la recompensa que se pagó a los cazadores que dieron muerte a alguno de los últimos osos de este valle. Desde entonces nada, no se tiene constancia oficial de que ninguno haya descendido hasta tan abajo, aunque siempre ha habido rumores entre la gente de la zona. No me malinterprete, este lugar es maravilloso, pero a los osos no les gusta la compañía, ningún tipo de compañía, ni siquiera la de sus congéneres. Y menos aún la de los humanos. Sería bastante extraño que por casualidad un hombre se topase con uno, el oso lo detectaría a kilómetros y se alejaría del humano sin cruzarse en su camino...

—¿Y si por casualidad un oso hubiera llegado hasta el valle digamos siguiendo el rastro de una hembra? Tengo entendido que por este motivo son capaces de desplazarse cientos de kilómetros. ¿Y si, por ejemplo, se sintiese atraído por algo especial?

—Si se refiere a un cadáver, es poco probable, los osos no son carroñeros; si la caza escasea recolectan líquenes, fruta, miel, brotes tiernos, casi cualquier cosa antes que carroña.

—No me refería a un cadáver, sino a alimentos elaborados... No puedo ser más concreta, lo siento...

—Los osos se sienten muy atraídos por la comida humana; de hecho, el probar comida elaborada es lo que lleva a los osos a acercarse a las zonas pobladas, a buscar en los cubos de la basura y a dejar de cazar, seducidos por los sabores procesados.

—O sea, ¿que podría ser que un oso se sintiera lo suficientemente atraído por el olor como para acercarse a un cadáver, si este huele a comida elaborada?

—Sí, suponiendo que un oso hubiera llegado hasta el Baztán, algo poco probable.

—A menos que hayan vuelto a confundir un oso con un *sobaka*, ¿cómo se dice? —rio la doctora Takchenko. El doctor desvió la mirada hacia los guardabosques, que esperaban unos pasos más atrás.

—La doctora se refiere al presunto hallazgo del cadáver de un oso que se produjo en agosto de 2008 muy cerca de aquí, y que tras la necropsia resultó ser un perro de gran tamaño. Las autoridades organizaron un revuelo importante para nada.

—Recuerdo la historia, salió en los periódicos, pero en esta ocasión son ustedes los que afirman que se trata de pelos de oso, ¿no es así?

—Desde luego los pelos que nos enviaron pertenecen a un oso, aunque... Pero de momento no puedo decir nada más. Estaremos por aquí unos días, inspeccionaremos las zonas donde se hallaron las muestras y colocaremos cámaras estratégicas para intentar grabarlo, si es que está por aquí.

Tomaron sus maletines y descendieron el sendero por el que ellos habían venido. Amaia se adelantó unos metros caminando entre los árboles y tratando de hallar los vestigios que tanto habían interesado a los expertos. A su espalda casi adivinó la presencia hostil de los guardabosques.

—¿Y ustedes qué pueden decirme? ¿Han observado algo fuera de lo corriente en la zona? ¿Algo que les haya llamado la atención? —preguntó, volviéndose para no perderse sus reacciones.

Los dos hombres se miraron antes de contestar.

—¿Se refiere a si hemos visto un oso? —preguntó el más bajo con ironía.

Amaia lo miró como si acabase de descubrir su presencia y aún estuviese decidiendo cómo catalogarlo. Se acercó a él hasta que estuvo tan cerca que pudo oler su loción para después del afeitado. Vio que bajo el cuello color caqui del uniforme llevaba una camiseta del Osasuna.

—Me refiero, señor Gorria..., es Gorria, ¿verdad?, a si han observado cualquier cosa digna de mención. Aumento o disminución de ciervos, jabalíes, conejos, liebres o zorros; ataques al ganado; animales poco comunes en la zona; furtivos, excursionistas sospechosos; informes de cazadores, pastores, borrachos; avistamientos alienígenas o presencia de tiranosaurios rex... Cualquier cosa... Y, por supuesto, osos.

Una mancha roja se extendió como una infección por el cuello del hombre y se amplió hasta la frente. Amaia casi podía ver cómo se le formaban pequeñas gotas de sudor sobre la piel tirante del rostro; aun así, se mantuvo a su lado unos segundos más. Después retrocedió un paso sin dejar de mirarle y esperó. Gorria miró de nuevo a su compañero buscando un apoyo que no llegó.

—Míreme a mí, Gorria.

—No hemos observado nada fuera de lo normal —intervino Flores—. El bosque tiene su propio pulso y el equilibrio parece intacto, opino que es poco probable que un oso descendiese hasta esta altura del valle. Yo no soy un experto en plantígrados, pero estoy de acuerdo con el cazafantasmas. Llevo quince años en estos bosques y le aseguro que he visto muchas cosas, algunas bastante raras, o poco frecuentes, como dice usted, incluso el cadáver de perro que apareció en Orabidea y que los de Medio Ambiente tomaron por un oso. Nosotros nunca lo creímos —Gorria negaba con la cabeza—, pero en su defensa diré que debía de ser el perro más grande de la creación y que estaba muy descompuesto e hinchado. El bombero que rescató el cadáver de la sima donde apareció tuvo el estómago revuelto durante un mes.

—Ya han oído al experto, cabe la posibilidad de que sea un macho joven que se haya despistado siguiendo el rastro de una hembra...

Flores arrancó una hoja de un arbusto y comenzó a plegarla en dobleces simétricas mientras meditaba la respuesta.

—No tan abajo. Si hablásemos del Pirineo, de acuerdo, porque a pesar de lo listos que se creen estos expertos especialistas en plantígrados es probable que haya más osos de los que afirman tener controlados. Pero no aquí, no tan abajo.

—¿Y cómo explican que hayan aparecido pelos que sin lugar a dudas son de oso?

—Si el análisis preliminar lo han hecho los de Medio Ambiente pueden ser escamas de dinosaurio hasta que descubran que es piel de lagartija, pero yo tampoco lo creo. No hemos visto huellas, cadáveres de animales, ni encames, ni excrementos, nada, y no creo que los cazafantasmas vayan a encontrar nada que se nos haya pasado a nosotros. Aquí no hay un oso, a pesar de los pelos, no, señor. Quizás otra cosa, pero un oso no —dijo mientras con gran cuidado desplegaba la hoja que antes había doblado y en la que ahora aparecían dibujados los trazos más oscuros y húmedos de la savia.

—¿Se refiere a otro tipo de animal? ¿Un animal grande?

—No exactamente —replicó.

—Se refiere a un basajaun —dijo Gorria.

Amaia puso los brazos en jarras y se volvió hacia Jonan.

—Un basajaun, ¿cómo no se nos habrá ocurrido antes? Bueno, ya veo que su trabajo les deja tiempo para leer los periódicos.

—Y para ver la tele —apuntó Gorria.

—¿En la tele también? —Amaia miró a Jonan, desolada.

—Sí, en *Lo que pasa en España* le dedicaron ayer un rato, y no pasará mucho tiempo antes de que tengamos por aquí a los reporteros —contestó.

—Joder, esto es kafkiano. Un basajaun. ¿Y qué? ¿Han visto alguno?

—Él sí —dijo Gorria.

No se le escapó la dura mirada que Flores dedicó a su compañero mientras negaba con la cabeza.

—A ver si me aclaro, ¿me está diciendo que usted ha visto un basajaun?

—Yo no he dicho nada —susurró Flores.

—¡Hostia, Flores!, no tiene nada de malo, mucha gente lo sabe, y está en el informe del incidente, alguien terminará por decírselo, mejor que seas tú.

—Cuéntemelo —instó Amaia.

Flores vaciló un instante antes de comenzar a hablar.

—Fue hace doce años. Recibí por error el disparo de un furtivo. Yo me encontraba entre los árboles echando una meada y supongo que el cabronazo me tomó por un ciervo. Me alcanzó en el hombro y quedé tendido en el suelo sin poder moverme al menos durante tres horas. Cuando desperté vi a un ser acuclillado a mi lado, su rostro estaba casi totalmente cubierto de pelo, pero no como un animal, sino como un hombre al que la barba le naciese bajo los ojos, unos ojos inteligentes y piadosos, unos ojos casi humanos, con la diferencia de que el iris lo llenaba todo, casi no había parte blanca, como en los perros. Volví a desmayarme. Desperté cuando oí las voces de mis compañeros, que me buscaban; entonces él me miró a los ojos una vez más, se irguió y caminó hacia el bosque. Medía más de dos metros y medio. Antes de perderse en el bosque se volvió hacia mí y levantó una mano, como en una especie de saludo, y silbó tan fuerte que mis compañeros lo oyeron a casi un kilómetro. Perdí de nuevo la consciencia y cuando desperté estaba en el hospital.

Mientras hablaba había doblado de nuevo la hoja entre sus dedos y ahora la cortaba en diminutos trozos guillotinándola con la uña del pulgar. Jonan se colocó junto a Amaia y la miró antes de hablar.

—Pudo ser una alucinación debida al *shock* por el disparo, la pérdida de sangre y el saberse solo en mitad del monte, tuvo que ser un momento terrible; o puede que el furtivo que le disparó sintiera remordimientos y lo acompañara hasta que lo encontraron sus compañeros.

—El furtivo vio que me había alcanzado, pero, según su propia declaración, pensó que estaba muerto y salió huyendo como una rata. Lo detuvieron horas más tarde en un control de alcoholemia y fue entonces cuando avisó. ¿Qué le parece? Todavía tendré que darle las gracias al cabronazo, si no aún no me habrían encontrado. Y en cuanto a lo de la alucinación por el *shock* del disparo, puede ser, pero en el hospital me enseñaron un improvisado vendaje hecho con hojas y hierbas solapadas colocadas a modo de compresa oclusiva que impidió que me desangrase.

—Quizás antes de perder el conocimiento usted mismo se colocó las hojas. Se conocen casos de personas que tras sufrir una amputación encontrándose solos se hicieron un torniquete, preservaron el miembro amputado y llamaron a emergencias antes de perder la consciencia.

—Ya, yo también lo he leído en internet, pero dígame una cosa: ¿cómo conseguí presionar para mantener la herida taponada mientras estaba desmayado? Porque eso es lo que aquel ser hizo por mí, y eso fue lo que me salvó la vida.

Amaia no contestó, elevó una mano y la depositó sobre sus labios como si contuviese algo que no quería decir.

—Ya veo, no debería habérselo contado —dijo Flores volviéndose hacia el camino.

12

Había anochecido cuando Amaia llegó a la puerta de la iglesia de Santiago. Empujó el portón, casi segura de que estaba cerrada, y cuando este cedió suave y silenciosamente se sorprendió un poco y sonrió ante la idea de que en su pueblo aún pudiera dejarse el templo abierto. El altar aparecía parcialmente iluminado y un grupo de unos cincuenta chavales se sentaban en los primeros bancos. Introdujo las puntas de sus dedos en la pila y se estremeció un poco al notar el agua helada en la frente.

—¿Viene a recoger a un niño?

Se volvió hacia una mujer de unos cuarenta y tantos años que se cubría los hombros con un chal.

—¿Disculpe?

—Oh, perdone, pensé que venía a recoger a algún niño. —Era evidente que la había reconocido—. Estamos con los ensayos de las comuniones —explicó.

—¿Tan pronto? Estamos en febrero.

—Bueno, el padre Germán es muy especial con estas cosas —dijo haciendo un gesto amplio con las manos. Amaia recordó su perorata durante el funeral a propósito del mal que nos rodea y se preguntó para cuántas cosas más sería tan especial el párroco de Santiago—. Además, no crea que queda tanto tiempo, marzo y abril, y el primero de mayo ya tenemos el primer grupo de comulgantes. —Se detuvo de pronto.

—Perdone, igual la estoy entreteniendo, querrá hablar con el padre Germán, ¿verdad? Está en la sacristía, ahora mismo le aviso.

—Oh, no, no será necesario, la verdad es que vengo a la iglesia a título particular —dijo dándole a la última palabra una entonación cercana a la disculpa que le procuró la inmediata simpatía de la catequista, que le sonrió retrocediendo unos pasos como una sirvienta abnegada que se retira.

—Por supuesto, que Dios la ayude.

Dio una vuelta a la nave evitando el altar mayor y deteniéndose ante algunas de las tallas que ocupaban los altares menores, sin dejar de pensar en aquellas niñas cuyos rostros lavados, despojados de maquillaje y vida alguien se había ocupado en presentar como bellas obras de imaginería macabra, bellas aun así. Observó a las santas, a los arcángeles y a las vírgenes dolientes con sus rostros tersos, pálidos de dolor depurado, de pureza y éxtasis alcanzados a través de la agonía, una tortura lenta, deseada y temida a partes iguales, y aceptada con una sumisión y una entrega abrumadoras.

—Eso es lo que nunca obtendrás —susurró Amaia.

No, ellas no eran santas, no se entregarían sumisas y abnegadas, tendría que arrebatarles la vida como un ladrón de almas.

Salió de la iglesia de Santiago y caminó lentamente, aprovechando que la oscuridad y el intenso frío habían vaciado las calles a pesar de la temprana hora. Atravesó los jardines de la iglesia y apreció la belleza de los enormes árboles que la rodeaban compitiendo en altura con las dos torres del templo. Pensó en la extraña sensación que la acuciaba en aquellas calles casi desiertas. El casco urbano de Elizondo se extendía por la zona llana del valle y sus calles estaban condicionadas en gran parte por el río Baztán. Tres eran sus calles principales, y las tres, paralelas entre sí, componían el centro histórico de Elizondo, donde aún se levantan los grandes palacios y otras viviendas típicas de la arquitectura popular.

La calle Braulio Iriarte transcurre por la orilla septentrional del río Baztán y está unida a la calle Jaime Urrutia mediante dos puentes. Esta fue la antigua calle mayor hasta la construcción de la calle Santiago, y transcurre por la orilla meridional del río Baztán. Plagada de casas señoriales, la calle Santiago fue la causante de la expansión urbana de la localidad, con la construcción de la carretera de Pamplona a Francia a comienzos del siglo XX.

Amaia llegó a la plaza sintiendo el viento entre los pliegues de su bufanda mientras observaba la explanada demasiado iluminada, que, sin embargo, no poseía hoy ni la mitad del encanto que debió de tener en el siglo pasado, cuando sobre todo se usaba para jugar a pelota. Se acercó al ayuntamiento, un noble edificio de finales del siglo XVII que a Juan de Arozamena, un famoso cantero de Elizondo, le llevó dos años construir. En la fachada, el eterno escudo ajedrezado, con una inscripción que dice: «Valle y Universidad del Baztán», y, frente al edificio, en la parte inferior izquierda de la fachada, una piedra llamada *botil harri* que servía para el juego de la pelota, en su modalidad de guante conocido como *laxoa*.

Sacó una mano del bolsillo y casi ceremonialmente tocó la piedra, sintiendo cómo el frío subía por su mano. Amaia trató de imaginarse la plaza a finales del siglo XVII, cuando la *laxoa* era el juego de pelota dominante en Euskal Herria. Se jugaba en equipos de cuatro jugadores, que se enfrentaban cara a cara al modo del tenis, aunque sin una red que separase los campos. Los *pelotaris* utilizaban un guante, o *laxoa*, para lanzarse la pelota entre sí. En el siglo XIX este juego iría cayendo en desuso a medida que fueron naciendo nuevas especialidades dentro de la pelota vasca. Aun así, recordaba haber oído contar a su padre que uno de sus abuelos había sido un gran aficionado que llegó a labrarse una reputación como guantero debido a la calidad de las piezas que él mismo cosía a mano usando cueros que también él curaba y curtía.

Aquel era su pueblo, el lugar en el que había vivido más años de su vida. Formaba parte de ella como una huella genética, era el lugar al que volvía cuando soñaba, cuando no soñaba con muertos, agresores, asesinos y suicidas que se mezclaban obscenamente en sus pesadillas. Pero cuando no había pesadillas y su sueño era plácido y regresivo, volvía allí, a aquellas calles y plazas, a aquellas piedras, a aquel lugar del que siempre quiso irse. Un lugar que no estaba segura de amar. Un lugar que ya no existía, porque lo que comenzaba a añorar ahora que estaba allí era el Elizondo de su infancia. Sin embargo, ahora que había regresado casi segura de hallar signos de cambio definitivo, se encontraba con que todo estaba igual. Sí, quizá más coches en las calles, más farolas, bancos y jardincillos que, como un maquillaje novedoso, pintaban la cara de Elizondo. Pero no tanto como para no permitirle ver que en su esencia no había cambiado, que todo seguía igual.

Se preguntó si aún estaría abierta Alimentación Adela, o la tienda de Pedro Galarregui en la calle Santiago, las tiendas de confección donde su madre les compraba la ropa, como Belzunegui o Mari Carmen, la panadería Baztanesa, calzados Virgilio o la chatarrería Garmendia, en Jaime Urrutia. Y supo que ni siquiera era ese el Elizondo que echaba de menos, sino otro más antiguo y visceral, el lugar que formaba parte de sus entrañas y que moriría con ella en su último aliento. El Elizondo de las cosechas arruinadas por el efecto de las plagas, de la epidemia de los niños muertos de tos ferina en 1440. El de los que habían cambiado sus costumbres para adaptarse a una tierra que al principio se mostró hostil, un pueblo decidido a permanecer en aquel lugar junto a la iglesia, pues ese había sido el origen del pueblo. El de los marinos reclutados en la plaza para viajar a Venezuela con la Real Compañía de Caracas. El de los elizondarras que reconstruyeron el pueblo tras las terribles riadas y desbordamientos del río Baztán. A su mente acudió la imagen recreada del sagrario flotando calle abajo junto a los cadáveres del ganado. Y de sus vecinos elevándolo sobre sus cabezas, convencidos en medio de aquel lodazal de que solo podía ser una señal divina, una señal de que Dios no les había abandonado y de que debían continuar. Hombres y mujeres valientes forjados a la fuerza, intérpretes de señales telúricas que siempre miraban a las alturas esperando piedad de un cielo más amenazante que protector.

Volvió atrás por la calle Santiago y bajó hacia la plaza Javier Ziga, penetró en el puente y se detuvo en el centro. Apoyándose en el murete donde está grabado su nombre, Muniartea, susurró mientras pasaba sus dedos por la piedra áspera. Escrutó la negrura del agua que traía aquel aroma mineral desde las cumbres, aquel río que se había desbordado causando pérdidas y horrores que figuraban en los anales de la historia de Elizondo; en la calle Jaime Urrutia aún podía verse una placa conmemorativa en la casa de la Serora, la mujer que se ocupaba de la iglesia y de la rectoría, que indicaba el lugar hasta el que llegaron las aguas desbordadas el 2 de junio de 1913. Ese mismo río era ahora testigo de un nuevo horror, un horror que nada tenía que ver con las fuerzas de la naturaleza, sino con la más absoluta depravación humana, que tornaba a los hombres en bestias, depredadores que se confundían entre los justos para acercarse, para cometer el acto más execrable, dando rienda suelta a la codicia, la ira, la soberbia y el apetito insaciable de la gula más inmunda. Un lobo que no iba a detenerse y que continuaría sembrando de cadáveres las márgenes del río Baztán, aquel cauce fresco y luminoso de agua cantarina que mojaba las orillas del lugar al que regresaba cuando no soñaba con muertos, y que ahora aquel cabrón había mancillado con sus ofrendas al mal.

Un escalofrío recorrió su espalda, soltó las manos de la piedra fría y se las metió en los bolsillos estremeciéndose. Le dedicó una última mirada al río y emprendió el regreso a casa mientras comenzaba a llover de nuevo.

13

Mezclado con el murmullo omnipresente del televisor le llegaron las voces de James y Jonan, que charlaban en la salita de tía Engrasi, al parecer ajenos al alboroto que formaban las seis ancianas que jugaban al póquer en una mesa de tapete verde y forma hexagonal propia de cualquier casino y que su tía se había hecho traer desde Burdeos con el fin de que cada tarde se jugasen en ella algunos euros y el honor. Cuando la vieron en el umbral, los dos hombres se alejaron de la mesa de juego y se acercaron a ella. James la besó brevemente mientras la tomaba de la mano y la conducía a la cocina.

—Jonan te está esperando, tiene que hablar contigo. Yo os dejo solos.

El subinspector se adelantó y le tendió un sobre de color marrón.

—Jefa, ha llegado el informe de rastros de Zaragoza, supuse que querría verlo cuanto antes —dijo paseando la mirada por la enorme cocina de Engrasi—. Creía que ya no existían lugares así.

—Y ya no existen, créeme —replicó ella extrayendo un pliego del interior del sobre—. Esto es... Es alucinante. Escucha, Jonan, los pelos que hallamos sobre los cadáveres son de jabalí, oveja, zorro y, pendiente de calificación, lo que podría ser oso, aunque este no es concluyente; además, los restos de epiteliales del cordel son, agárrate, piel de cabra.

—¿De cabra?

—Sí, Jonan, sí, tenemos la jodida Arca de Noé, casi me extraña que no hayan encontrado moco de elefante y esperma de ballena.:.

—¿Y vestigios humanos?

—Nada humano, ni un pelo, ni fluidos, nada. ¿Qué crees que dirían nuestros amigos los guardabosques si pudieran ver esto?

—Dirían que no hay nada humano, porque no es humano. Un basajaun.

—En mi opinión, ese tío es un imbécil. Como él mismo expuso, se supone que los basajaunes son seres pacíficos, protectores de la vida del bosque... Él mismo dijo que un basajaun le salvó la vida, ya me dirás de qué forma lo encaja en esta historia.

Jonan la miró valorando su exposición.

—Que el basajaun estuviera allí no indica necesariamente que matase a las chicas, más bien todo lo contrario: como protector del bosque es lógico que se sienta implicado, afrentado y provocado por la presencia del depredador.

Amaia lo miró sorprendida.

—¿Lógico?... Tú te estás divirtiendo con todo esto, ¿verdad? —Jonan sonrió—. No lo niegues, todas estas tonterías del basajaun te encantan.

—Solo la parte en que no hay niñas muertas. Pero usted mejor que nadie sabe que no son tonterías, jefa, y se lo digo yo, que además de poli soy arqueólogo y antropólogo...

—Esta sí que es buena. A ver, explícame eso: por qué yo mejor que nadie.

—Porque usted nació y creció aquí, ¿no irá a decirme que no mamó esas historias desde pequeña? No son necedades, forman parte de la cultura y la mitología vasconavarra, y no hay que olvidar que lo que ahora es mitología fue primero religión.

—Pues no olvides que en nombre de la religión más exacerbada en este mismo valle se persiguió y condenó a docenas de mujeres que murieron en la hoguera en el auto de fe de 1610, por culpa de creencias tan absurdas como esa, y que por suerte la evolución ha dejado atrás.

Él negó, descubriendo ante Amaia todo el saber que escondía bajo la apariencia del joven subinspector que era.

—Es sabido que el enardecimiento religioso y los temores alimentados con leyendas y paletos hicieron mucho mal, pero no puede negarse que constituyó uno de los fenómenos de fe más abrumadores de la historia reciente, jefa. Hace cien años, ciento cincuenta a lo sumo, era raro encontrar a alguien que declarase no creer en brujas, *sorgiñas*, *belagiles*, basajaun, *tartalo* y, sobre todo, en Mari, la diosa, genio, madre, la protectora de las cosechas y los ganados que a capricho hacía tronar el cielo y caer granizos que sumían al pueblo en la más terrible de las hambrunas. Llegó un punto en que había más gente que creía en las brujas que en la Santísima Trinidad, y eso no escapaba a la Iglesia, que veía cómo sus fieles, al salir de misa, seguían observando los antiguos rituales que habían formado parte de las vidas de las familias desde tiempo inmemorial. Y fueron obsesos medio enfermos como el inquisidor de Bayona, Pier de Lancré, los que emprendieron la guerra sin cuartel contra las antiguas creencias, consiguiendo con su locura justo el efecto contrario. Lo que siempre había formado parte de las creencias de la gente se convirtió de pronto en algo maldito, perseguible, objeto de denuncias absurdas motivadas la mayoría de las veces por la creencia de que quien colaboraba con la Inquisición se veía libre de sospecha. Pero antes de llegar a esa locura la antigua religión había formado parte de los moradores del Pirineo durante cientos de años sin causar ningún problema, incluso convivió con el cristianismo sin mayores complicaciones, hasta que la intolerancia y la locura hicieron su aparición. Creo que recuperar algunos valores del pasado no vendría mal a nuestra sociedad.

Amaia, impresionada por las palabras del habitualmente algo introvertido subinspector, dijo:

—Jonan, la locura y la intolerancia siempre aparecen, en todas las sociedades, y tú parece que acabes de hablar con mi tía Engrasi...

—No, pero me encantaría hacerlo. Su marido me ha dicho que echa las cartas y esas cosas.

—Sí... Y esas cosas. No te acerques a mi tía —dijo Amaia sonriendo—, que bastante caliente tiene ya la cabeza.

Jonan rio sin quitar los ojos del asado que esperaba junto al horno el momento de recibir el dorado final antes de la cena.

—Hablando de cabezas calientes, ¿tienes idea de dónde está Montes?

El subinspector fue a responder, pero en un ataque de discreción se mordió el labio inferior y apartó la mirada. A Amaia el gesto no le pasó inadvertido.

—Jonan, estamos llevando a cabo quizá la investigación más importante de nuestras vidas, nos jugamos mucho en este caso. Prestigio, honor, y lo que es más importante: quitar a esa alimaña de la circulación y evitar que vuelva a hacerle a otra chica lo que les ha hecho a estas. Aprecio tu compañerismo, pero Montes va por libre y su comportamiento puede llegar a interferir gravemente en la investigación. Sé cómo te sientes, porque yo me siento igual. Aún no he decidido qué hacer al respecto, y por supuesto no he informado, pero por mucho que me duela, por mucho que aprecie a Fermín Montes, no permitiré que su excéntrico comportamiento perjudique el trabajo de tantos profesionales que se están dejando la piel, los ojos y el sueño. Ahora, Jonan, dime, ¿qué sabes de Montes?

—Bueno, jefa, yo estoy de acuerdo, y ya sabe que mi fidelidad está con usted; si no he dicho nada es porque me ha parecido que era algo de índole personal...

—Yo lo juzgaré.

—Hoy a mediodía le he visto comiendo en la taberna Antxitonea... Con su hermana.

—¿La hermana de Montes? —se extrañó.

—No, la hermana de usted.

—¿Mi hermana?, ¿mi hermana Rosaura?

—No, con la otra, con su hermana Flora.

—¿Con Flora? ¿Le vieron ellos?

—No, ya sabe que tiene una barra semicircular que comienza en la entrada y va hasta atrás, donde se entra al frontón; yo estaba con Iriarte junto a las cristaleras, pero les vi entrar y me acerqué a saludarles; entonces se metieron en el comedor y no me pareció oportuno seguirles. Cuando salimos, media hora después, vi por la cristalera que da al bar que habían pedido y se disponían a comer.

Jonan Etxaide nunca se había dejado amedrentar por la lluvia. De hecho, pasear bajo el aguacero sin paraguas era una de sus mayores aficiones, y siempre que podía, en Pamplona, se iba a dar un paseo bajo la capucha de su anorak, solitario en sus pasos lentos mientras los demás se apuraban huyendo a las cafeterías o desfilando torpemente bajo los aleros traidores de los edificios, que chorreaban goterones que aún mojaban más. Caminó por las calles de Elizondo admirando la suave cortina de agua que parecía desplazarse a capricho sobre las calzadas produciendo un efecto misterioso como de velo de novia rasgado. Las luces de los coches perforaban la oscuridad dibujando fantasmas de agua ante ellos y la luz roja del semáforo se derramaba como si fuera sólida formando un charco de agua roja a sus pies. En contraste con las aceras desiertas, el tráfico era fluido a aquella hora en que parecía que todo el mundo fuera a alguna parte, como amantes convocados a un encuentro. Jonan caminó por la calle Santiago hacia la plaza huyendo del ruido con pasos rápidos que se frenaron en cuanto divisó las suaves formas que le trasladaron rápidamente a otro tiempo.

Admiró la fachada del ayuntamiento y al lado el casino, construido a principios del siglo XX, lugar de reunión de los vecinos más acomodados, donde hacían gran parte de su vida social. Muchas decisiones de negocios y políticas se habrían tomado tras aquellas ventanas, probablemente más que en el mismo ayuntamiento, en un tiempo en que la posición social y el hacerla valer habían primado más incluso que ahora. A un costado de la plaza, en el lugar que antes ocupaba la antigua iglesia, halló la casa del arquitecto Víctor Eusa, pero él tenía un particular interés por ver la casa Arizkunenea, y su presencia majestuosa no le decepcionó.

Descendió por la calle Jaime Urrutia embelesado por la lluvia y la evocadora arquitectura de las hermosas casas. En el número 27 existe un pasaje, *belena* o pasadizo, entre las calles Jaime Urrutia y Santiago, que unía, junto con otros ya desaparecidos, las casas con los campos, cuadras y huertas posteriores, desaparecidos tras la construcción de la carretera actual. Frente a los *gorapes*, o espacios porticados bajo las casas, a un lado de la plaza de abastos, se encontraba el antiguo molino de Elizondo, reedificado a finales del XIX y reconvertido en central eléctrica a mediados del siglo XX. La arquitectura de un pueblo o ciudad establece un patrón tan claro de las vivencias y preferencias de sus pobladores como las costumbres de un hombre establecen los rasgos de un perfil de comportamiento. Los lugares marcaban una tendencia en el carácter, como la familia y la educación, y este lugar hablaba de orgullo, de valor y lucha, de honor y gloria conquistados no solo a la fuerza, sino con ingenio y gracia, no en vano representada por un tablero de ajedrez, que los moradores de Elizondo exhibían con el decoro de quien ha ganado su casa con honradez y lealtad.

Y en medio de esta plaza de honor y orgullo, un asesino se atrevía a representar su particular obra macabra, como un despiadado rey negro avanzando implacable por el tablero y devorando peones blancos. La misma jactancia, el mismo alarde y endiosamiento de todos los asesinos en serie que le habían precedido. Jonan repasaba bajo la lluvia la cruel historia de tan siniestros depredadores.

Para Jonan se había convertido casi en una obsesión fascinante prever, trazar, discernir en la oscuridad el perfil de un asesino, una especie de juego de ajedrez en el que adelantarse al siguiente movimiento era primordial. Se trataba de definir en una sola jugada cómo se desarrollaría el resto de la partida y cuál de los contrincantes sería derrotado. Habría dado cualquier cosa por haber asistido a uno de esos cursos a los que acudía la inspectora Salazar. Pero mientras tanto se conformaba con estar cerca de ella, con trabajar a su lado y contribuir a la investigación con sus sugerencias e ideas, que ella parecía valorar mucho.

14

Rosaura Salazar tenía frío, un frío horrible que la atenazaba por dentro y por fuera haciéndola caminar erguida, y con la mandíbula tan apretada que le producía la curiosa sensación de estar mordiendo goma. Caminó bajo su paraguas por la orilla del río intentando que su dolor, el dolor que llevaba por dentro y amenazaba con convertirse en un aullido en cualquier momento, se mitigase con la temperatura heladora de las calles casi desiertas. Incapaz de contener las lágrimas que ardían en sus ojos, las dejó correr mientras sentía que su desdicha no era tan furiosa y visceral como lo podía haber sido solo unos meses antes. Aun así, se sintió indignada con ella misma y a la vez secretamente aliviada al discernir que de haberlo sentido entonces el dolor podía haberla destruido. Pero no ahora. Ya no. Las lágrimas cesaron de pronto dejándole en el rostro helado la sensación de llevar una máscara tibia que iba enfriándose y endureciéndose sobre su piel.

Ahora estaba lista para ir a casa, ahora que ya sabía que aquellas lágrimas no delatarían su amargura. Pasó frente a la *ikastola* sorteando los charcos, e inconscientemente secó con el dorso de su mano los restos de llanto cuando vio que una mujer venía de frente. Suspiró aliviada al ver que no era una conocida con la que tuviera que pararse, o siquiera saludar. Pero entonces la mujer que venía caminando hacia ella se detuvo y la miró a los ojos. Rosaura frenó el paso un poco confusa. Era una chica del pueblo, la conocía de vista, aunque no recordaba cómo se llamaba. Puede que Maitane. La chica la miró, sonriendo de un modo tan encantador que Rosaura, sin saber muy bien por qué, le devolvió la sonrisa, aunque tímidamente. La chica comenzó a reírse, primero como una suave insinuación, y poco a poco más fuerte, hasta que sus carcajadas lo llenaron todo. Rosaura ya no sonreía; tragó saliva y miró alrededor buscando la razón de aquello. Y cuando volvió a mirar a la chica, en su boca se había dibujado una mueca de desprecio que acompañaba a su mirada mientras continuaba riéndose. Rosaura abrió la boca para decir algo, para preguntar, para... Pero no hizo falta, porque como si alguien le hubiera quitado de pronto una venda de los ojos lo vio todo claro. Y con ello llegó el desprecio, la maldad y la soberbia de aquella bruja envolviéndola hasta hacerle sentir náuseas mientras las risas se clavaban en su cabeza haciéndole sentir tanta vergüenza que habría querido morir. Se sintió mareada y fría, y cuando comenzaba a pensar que aquel horror solo podía formar parte de una pesadilla de la que tenía que despertar, la chica dejó de reír y continuó el camino sin dejar de clavar en ella sus crueles ojos hasta que la hubo rebasado. Rosaura caminó cincuenta metros más sin atreverse a mirar atrás, después se acercó al murete del río y vomitó.

15

Hacía años que la alegre pandilla se reunía para jugar al póquer en las tardes de invierno. Con más de setenta años a sus espaldas, la más joven del grupo era Engrasi y la mayor Josepa, que rondaba los ochenta. Engrasi y otras tres eran viudas, solo dos de las mujeres del grupo conservaban a sus esposos. El de Anastasia se mostraba temeroso del frío del Baztán y se negaba a salir de casa en los meses de invierno, y el de Miren estaría haciendo la ronda por las tabernas tomando *txikitos* con su cuadrilla.

Cuando se levantaban de la mesa de juego y se despedían hasta el día siguiente, dejaban en la estancia una sensación de energía vibrante, como si se aproximara una de esas tormentas que no llega a estallar pero que son capaces de erizarte todos los pelos del cuerpo con su electricidad estática. A Amaia le gustaban las chicas, le gustaban mucho, porque tenían esa presencia y encanto del que ya está de vuelta y le ha gustado el viaje. Le constaba que no todas habían tenido vidas fáciles. Enfermedades, maridos muertos, abortos, hijos díscolos, problemas de familia y, sin embargo, habían dejado atrás cualquier tipo de resentimiento y rencor contra la vida y llegaban cada día tan alegres como adolescentes en una verbena, tan sabias como reinas de Egipto. Si con suerte llegaba a ser una anciana algún día, le gustaría ser así, como ellas, independientes y a la vez tan arraigadas a sus orígenes, enérgicas y vitales, desprendiendo esa sensación de triunfo sobre la vida que produce ver a uno de esos hombres y mujeres ancianos que viven sacando partido a cada día sin pensar en la muerte. O quizá pensando en ella para robarle otro día, otra hora.

Después de recoger sus bolsos y fulares, después de haber reclamado el derecho a la revancha para el día siguiente y de haber repartido besos, achuchones y apreciaciones sobre lo buen mozo que era James, se fueron al fin dejando en la sala la energía blanca y negra de un aquelarre.

—Viejas brujas —musitó Amaia sin dejar de sonreír.

Bajó la mirada hasta el sobre que sostenía aún en la mano y la sonrisa se esfumó de su rostro. Piel de cabra, pensó. Elevó los ojos, halló la mirada inquisitiva de James e intentó sonreír sin conseguirlo del todo.

—Amaia, han llamado de la clínica Lenox, quieren saber si acudiremos a la cita de esta semana o tendremos que aplazarla de nuevo.

—Oh, James, sabes que ahora no puedo pensar en eso, bastantes preocupaciones tengo.

Él compuso un gesto de disgusto.

—Pero de cualquier modo, algo tenemos que decirles, no podemos aplazarlo eternamente.

Ella percibió el disgusto en su voz y se volvió hacia él tomándole de la mano.

—No será eternamente, James, pero ahora no puedo pensar en eso, de verdad que no.

—No puedes, ¿o no quieres? —preguntó él soltándose de su mano con un gesto de rechazo del que pareció arrepentirse inmediatamente. Fijó su mirada en el sobre que ella sostenía.

—Lo siento. ¿Puedo ayudarte en algo?

Miró de nuevo el sobre y a su marido.

—Oh, no, es solo un rompecabezas que hay que resolver, pero no ahora. Prepárame un café, ven a mi lado y cuéntame qué has hecho durante todo el día.

—Te lo contaré pero sin café, ya se te ve bastante alterada sin cafeína. Te haré una infusión.

Se sentó junto al fuego en uno de los sillones orejeros que había frente al hogar. Deslizó el sobre en el costado mientras escuchaba a tía Engrasi ocupada en la cocina charlando con James. Posó la mirada en las llamas que bailaban lamiendo un tronco y cuando James le tendió la taza de humeante infusión supo que había perdido unos minutos en el hipnótico calor del fuego.

—Parece que ya no me necesitas para relajarte —exclamó James haciendo un mohín.

Se volvió hacia él sonriendo.

—Siempre te necesito, para relajarme y para otras cosas... Es el fuego... —dijo mirando alrededor— y esta casa. Siempre me he sentido bien aquí, recuerdo que cuando era pequeña venía a refugiarme aquí cuando discutía con mi madre, que era bastante a menudo. Me sentaba frente al fuego y me quedaba mirándolo hasta que me ardían las mejillas o me quedaba dormida.

James le posó una mano sobre la cabeza y la deslizó muy despacio hasta la nuca, soltó la goma que sujetaba el cabello y esparció el pelo abriéndolo como un abanico hasta más abajo de los hombros.

—Siempre me he sentido bien en esta casa, como si este fuera mi verdadero hogar. Cuando tenía ocho años incluso fantaseaba con la idea de que Engrasi fuera mi verdadera madre.

—Nunca me lo habías contado.

—No, hacía mucho tiempo que no pensaba en ello; además, es una parte de mi pasado que no me gusta. Y al estar aquí otra vez, todas esas sensaciones parecen revivir, tomar cuerpo de nuevo, como fantasmas resucitados. Además, este caso —suspiró— me tiene muy preocupada...

—Le cogerás, estoy seguro.

—Yo también lo estoy. Pero ahora no quiero hablar

del caso, necesito un paréntesis. Cuéntame qué has hecho mientras yo estaba fuera.

—He dado un paseo por el pueblo, he comprado ese delicioso pan que venden en la panadería de la calle Santiago, esa que hace esas magdalenas tan buenas. Después he llevado a tu tía al supermercado de las afueras, hemos comprado comida para un regimiento, hemos comido unas alubias negras buenísimas en un bar de Gartzain y por la tarde he acompañado a tu hermana Ros a su casa para que recogiera unas cosas. Tengo el coche lleno de cajas de cartón repletas de ropa y papeles, pero hasta que no llegue Ros no sé qué hacer con ellas, no sé dónde quiere que las ponga.

—¿Y dónde está Ros ahora?

—Bueno, esa es la parte que no te va a gustar. Freddy estaba en la casa. Cuando entramos estaba tumbado en el sofá rodeado de latas de cerveza y con aspecto de no haberse duchado en varios días. Tenía los ojos rojos e hinchados y moqueaba envuelto en una manta y rodeado de pañuelos de papel usados; al principio pensé que tenía la gripe, pero luego me di cuenta de que había estado llorando. El resto de la casa estaba igual, hecho una pocilga, y olía como si lo fuera, créeme. Yo he esperado junto a la puerta y al verme no ha puesto muy buena cara, pero me ha saludado; después tu hermana ha comenzado a recoger ropa, papeles... Él parecía un perro apaleado siguiéndola de una estancia a otra. Les he oído cuchichear y, cuando ya tenía el coche cargado, Ros me ha dicho que iba a quedarse un rato, que tenía que hablar con él.

—No debiste dejarla sola.

—Sabía que ibas a decirme eso, pero ¿qué podía hacer, Amaia? Ella insistió, y la verdad es que él tenía una actitud que no parecía en absoluto amenazadora, más bien todo lo contrario, estaba apocado y enfurruñado como un crío pequeño.

—Como el crío malcriado que es —apuntó ella—.

Pero no hay que fiarse, muchos casos de agresión se producen en el momento en que la mujer comunica el fin de la relación. Romper con esas sabandijas no es fácil. Suelen resistirse con ruegos, llantos y súplicas, porque saben perfectamente que sin ellas no son nada. Y si todo eso no funciona llega la agresión, por eso no debe dejarse sola a una mujer cuando va a romper con el garrapata de turno.

—Si hubiera visto algún signo de chulería no la habría dejado, y de hecho dudé, pero ella me aseguró que estaría bien y que regresaría a casa para cenar.

Amaia consultó el reloj. En casa de Engrasi se cenaba hacia las once.

—No te preocupes, si en media hora no está aquí paso a buscarla, ¿de acuerdo?

Asintió apretando los labios. Percibieron el ruido de la puerta casi a la vez que el frío intenso de la calle, que penetró en la casa a la vez que Ros. La oyeron trastear en el recibidor presintiendo que se demoraba colgando su abrigo más tiempo del necesario y, cuando por fin entró al salón, su rostro apareció demudado, oscuro y ceniciento, pero sereno, como cuando se asume el dolor. Saludó a James, y Amaia percibió un leve temblor en su mejilla cuando Ros se inclinó a besarla. Después se dirigió al aparador, tomó un paquetito envuelto en seda y se sentó en la mesa de juego.

—Tía... —musitó.

Engrasi regresó de la cocina secándose las manos con un paño de toalla y se sentó frente a ella.

No era necesario preguntar, ni siquiera era necesario mirar, había visto aquella baraja envuelta en su paño de seda negra miles de veces. Las cartas de tarot de Marsella que su tía utilizaba, y que le había visto barajar, partir y cortar, disponer en cruces o en círculos. Incluso ella misma las había consultado. Pero de eso hacía mucho, mucho tiempo.

Primavera de 1989

Tenía ocho años, era mayo y acababa de hacer su Primera Comunión. En los días previos a la ceremonia, su madre se había mostrado inusualmente atenta con ella, colmándola de cuidados a los que no estaba acostumbrada. Rosario era una mujer orgullosa y profundamente preocupada por mostrar una imagen de opulencia propia de los pueblos en la época, sin duda influida por el hecho de sentirse siempre la extraña que había venido a casarse con el soltero más preciado de Elizondo. El negocio iba bien, pero casi todo el dinero se reinvertía en mejoras; aun así, cada una de las niñas tuvo en su momento un vestido nuevo de comunión de un modelo suficientemente distinto al de sus hermanas como para que nadie tuviese ninguna duda de que no era el mismo. La habían llevado a la peluquería, donde le peinaron la melena rubia, que casi le llegaba a la cintura, formando preciosos bucles que parecían nacer bajo la tiara de florecillas blancas que coronaba su cabeza. No recordaba haberse sentido tan feliz nunca antes ni después.

Al día siguiente de la Comunión, su madre la hizo sentar en una banqueta en la cocina, trenzó su pelo y se lo cortó al dos. La pequeña ni siquiera supo lo que estaba pasando hasta que vio sobre la mesa la gruesa trenza de pelo que su madre se afanaba en trenzar también por el lado opuesto y que ella pensó que era un animalillo desconocido. Recordaba la sensación de expolio al palparse la cabeza y las lágrimas hirvientes que le arrasaron los ojos impidiéndole ver más.

—No seas tonta —le espetó su madre—, ahora viene el verano y estarás fresca, y cuando seas mayor podrás hacerte un elegante postizo como los que llevan las señoras en San Sebastián.

Recordaba cada palabra de su padre al entrar en la cocina, atraído por su llanto.

—¡Por el amor de Dios! ¿Qué le has hecho? —gimió cogiéndola en sus brazos y sacándola de la cocina como si huyesen de un incendio—. ¿Qué has hecho, Rosario? ¿Por qué haces estas cosas? —susurró mientras mecía en sus brazos a la pequeña y sus lágrimas mojaban su cabeza. La acomodó en el sofá con el mismo cuidado que habría puesto si sus huesos fueran de cristal y regresó a la cocina. Sabía lo que venía ahora, una retahíla de reproches susurrados por su padre, los gritos contenidos de su madre, que sonaban como un animal agonizando bajo el agua y que darían paso a los ruegos intentando convencerla, persuadirla, engañarla para que accediese a tomar aquellas píldoras blancas y pequeñas que conseguían hacer que su madre no la detestase. Se preguntaba qué culpa tenía ella de parecerse tan poco a su madre y tanto a su fallecida abuela, la madre de su padre. ¿Era eso motivo para no querer a una hija? Su padre le explicaba que su madre no estaba bien, que tomaba pastillas para no portarse así con ella, pero la niña se sentía cada vez peor.

Se puso una chaqueta con capucha y huyó hacia el piadoso silencio de la calle. Corrió por las calles desiertas frotándose los ojos con furia en un intento de controlar el caudal salado de lágrimas que parecía no tener fin. Llegó a la casa de tía Engrasi y, como tenía por costumbre, no llamó. Se subió en una gran maceta de coleos tan altos como ella misma y alcanzó la llave que estaba sobre el dintel de la puerta. No gritó llamando a la tía, no recorrió la casa en su busca. Su llanto cesó en cuanto vio el hatillo de seda negra que descansaba sobre la mesa. Se sentó enfrente, lo abrió y comenzó a barajar las cartas como le había visto hacer a su tía en cientos de ocasiones.

Sus manos se movían con torpeza pero su mente estaba clara y concentrada en la pregunta que formularía sin palabras, tan absorta en el sedoso tacto y el aroma almizclero que desprendía la baraja que ni siquiera advirtió la presencia de Engrasi, que la observaba atónita desde la entrada de la cocina. La niña extendió las cartas sobre la mesa usando ambas manos, extrajo una que colocó ante sí y continuó eligiéndolas de una en una hasta que formaron un círculo en el mismo orden que los dígitos de un reloj. Las miró durante un largo rato, sus ojos saltaban de una a otra, extrayendo, adivinando qué significado tenía aquella combinación única que guardaba la respuesta a su pregunta.

Temerosa de romper la concentración mística de la que estaba siendo testigo, Engrasi se acercó muy despacio y preguntó quedamente:

—¿Qué dicen?

—Lo que quiero saber —respondió Amaia sin mirarla, como si oyese su voz a través de unos auriculares.

—¿Y qué quieres saber, cariño?

—Si algún día se acabará.

Amaia señaló la carta que ocupaba las doce en el reloj. Era la rueda de la fortuna.

—Se avecina un gran cambio, tendré mejor suerte —dijo.

Engrasi tomó aire profundamente, pero permaneció en silencio.

Amaia extrajo una nueva carta, que colocó en el centro del círculo, y sonrió.

—¿Lo ves? —dijo señalando—, algún día me iré de aquí y nunca volveré.

—Amaia, sabes que no deberías echarte las cartas, estoy muy sorprendida. ¿Cuándo has aprendido?

La niña no contestó; tomó otra carta y la colocó cruzando la anterior. Era la muerte.

—Es mi muerte, tía, quizá quiere decir que solo volveré cuando esté muerta para que me entierren aquí, con la *amatxi* Juanita.

—No, no es tu muerte, Amaia, pero la muerte te hará regresar.

—Eso no lo entiendo, ¿quién va a morir? ¿Qué podría pasar para hacerme volver?

—Saca otra carta y colócala junto a esa —ordenó la tía—. El diablo.

—La muerte y el mal —susurró la niña.

—Falta mucho para eso, Amaia. Poco a poco las cosas se van definiendo, es pronto para poder verlo aún y no tienes criterio para adivinar tu propio futuro, déjalo.

—¿Que no tengo criterio, tía? Pues yo creo que el futuro ya ha llegado —dijo descubriéndose la cabeza ante la mirada horrorizada de Engrasi. Su tía tardó mucho en consolarla, en conseguir que se tomase un poco de leche y unas galletas. Sin embargo, se durmió en un instante tras sentarse a mirar el fuego que ardía en el hogar de Engrasi a pesar de que era mayo, quizá para combatir un invierno glaciar que se cernía sobre ellas como un heraldo de la muerte.

Las cartas continuaban sobre la mesa proclamando horrores destinados a aquella niña a la que amaba más que a nadie en el mundo y que estaba dotada de un don natural para percibir el mal. Solo esperaba que el buen Dios la hubiera dotado también de fuerza para combatirlo. Comenzó a recoger los naipes y vio la rueda de la fortuna que simbolizaba a Amaia, una noria gobernada por unos monos sin discernimiento ni precepto que hacían girar la rueda a su antojo y que en uno de esos irracionales giros podían ponerte cabeza abajo. Faltaba apenas un mes para su cumpleaños, el momento en que el planeta gobernante ingresaría en su signo, el momento en que todo lo que tenía que ocurrir ocurriría.

Se sentó, agotada de pronto, sin dejar de mirar la palidez de la cabeza de la niña que dormía junto al fuego y que era visible entre los trasquilones.

16

Engrasi deshizo el hatillo y le entregó la baraja a Rosaura para que la barajase.

—¿Queréis que salgamos? —preguntó Amaia.

—No, no, quedaos, tardaremos apenas diez minutos y cenaremos enseguida. Será una consulta corta.

—Bueno, me refería a que quizá tengas que decir algo de índole privado, algo que no tendríamos que oír... Vaya, que quizá necesitéis un poco de privacidad.

—No será necesario. Rosaura echa las cartas tan bien como yo, pronto podrá hacerlo sola. La verdad es que no me necesita para la interpretación, pero ya sabes que no debe echárselas uno mismo.

Amaia se extrañó.

—Ros, no sabía que supieras echar las cartas.

—No hace mucho que comencé a practicar; parece que últimamente en mi vida todo es nuevo, nada desde hace mucho...

—No sé de qué te sorprendes, todas mis sobrinas tenéis el don para echar las cartas, incluso Flora podría echarlas bien, pero sobre todo tú... Siempre te lo he dicho, serías una echadora buenísima.

—¿Es eso verdad? —preguntó James, interesado.

—No es verdad —apuntó Amaia.

—Claro que sí, cariño, tu mujer es una receptora natural, al igual que sus hermanas; todas son sumamente perceptivas, solo tienen que encontrar el vehículo adecuado con el que alcanzar su clarividencia, y Amaia es la que lo tiene más desarrollado... Mira si no qué trabajo ha ido a elegir, uno en el que además de método, pruebas y datos, desempeña un papel importantísimo la percepción, la capacidad para vislumbrar lo que está oculto.

—Yo diría que es sentido común y una ciencia llamada criminología.

—Sí, y un sexto sentido que funciona cuando eres una buena receptora. Tener a alguien sentado enfrente y decidir que está sufriendo, que está mintiendo, que oculta algo, que se siente culpable, atormentado, sucio o por encima de los demás, es tan común para mí en mi consulta como para ti en un interrogatorio, la diferencia es que a mí llegan voluntariamente y a ti no.

—Tiene lógica —apuntó James—. Quizá terminaste siendo policía porque eres una receptora natural, como dice tu tía.

—Es como digo —sentenció Engrasi.

Ros entregó el mazo ya barajado a la tía y esta comenzó a extraer cartas de la parte superior mientras disponía un círculo componiendo la echada clásica de doce naipes conocida como el mundo, en que la carta que ocupa las doce en el reloj simboliza al consultante... No dijo una sola palabra, se quedó mirando fijamente a Ros, que observaba las cartas absorta.

—Podríamos profundizar más en esto —dijo tocando una de ellas.

La tía, que había permanecido expectante, sonrió satisfecha.

—Claro —dijo recogiendo las cartas y uniéndolas al resto de la baraja. Las tendió de nuevo a Ros, que las mezcló rápidamente y las depositó sobre la mesa. Engrasi las dispuso esta vez formando la cruz, una echada corta con seis cartas que puede llegar a extenderse hasta diez y es más adecuada para responder una cuestión más concreta. Cuando las hubo vuelto todas hacia arriba compuso una sonrisa a medias, entre la confirmación y el hastío, y apuntando con uno de sus finos dedos sentenció:

—Aquí la tienes.

—Joder —susurró Rosaura.

—Jodamos, hijita, más claro agua.

James las había estado observando entre divertido y tenso, como un niño que visita la casa de los horrores de una feria ambulante. Mientras ellas disponían los naipes se había inclinado hacia Amaia para preguntar en voz baja:

—¿Por qué no debe echarse las cartas uno mismo?

—Es lógico que no seas tan objetivo cuando has de percibir sobre ti mismo. Los temores, los deseos, los prejuicios pueden nublar el buen juicio. También dicen que trae mala suerte y atrae al mal.

—Pues eso también es común a la investigación policial, porque un detective no debe investigar un caso que le toque directamente.

Amaia no respondió; no valía la pena discutir con James, sabía que el hecho de que su tía echara las cartas le fascinaba. Desde el primer día había aceptado este hecho, que podía calificarse como «algo peculiar», una especie de honor familiar, como si en lugar de echar las cartas hubiera sido una conocida cantante de coplas o una vieja actriz retirada. Ella misma, al verlas echando las cartas en silencio, había tenido la sensación de haber sido privada de algo valioso que solo ellas compartían, y en un momento se sintió tan excluida como si la hubieran hecho salir de la habitación. Los comunes gestos de entendimiento, un conocimiento que solo ellas compartían y que sin embargo a ella le estaba vedado. Aunque no siempre había sido así.

—Eso es todo —dijo Rosaura.

Engrasi recogió la baraja, la dispuso en el centro del pañuelo de seda, la envolvió cuidadosamente anudando después los extremos hasta formar un prieto paquetito y lo puso en su lugar tras la puerta de cristal.

—Ahora cenaremos —anunció.

—Me muero de hambre —dijo James en tono festivo.

—Tú siempre estás muerto de hambre —rio Amaia—. Por Dios que no sé dónde lo metes.

Él se entretenía poniendo la mesa y, cuando Amaia pasó a su lado llevando unos platos, se inclinó para decirle:

—Después, en privado, te explicaré con detalle dónde meto todo lo que como.

—Sssshh —le indicó ella poniendo un dedo sobre sus labios mientras miraba a la cocina.

Engrasi regresó trayendo una botella de vino y se sentaron a cenar.

—Este asado está delicioso, tía —dijo Rosaura.

—Casi he tenido que echar a Jonan a empujones, ha venido a traerme un informe y mientras hablábamos no quitaba los ojos de la bandeja... Hasta ha hecho un comentario a propósito de que ya no se cena así —añadió Amaia sirviéndose una copa de vino.

—Pobre chico —dijo Engrasi—. ¿Por qué no le has invitado a quedarse? Tenemos asado de sobra, y ese chico me cae muy bien. Es historiador, ¿no?

—Es antropólogo y arqueólogo —apuntó James.

—Y policía —remató Rosaura.

—Sí, y muy bueno. Aún le falta experiencia y sus enfoques están siempre influidos por su carrera, pero resulta muy interesante trabajar con él. Además, tiene una educación exquisita.

—Muy distinto a Fermín Montes —dejó caer la tía Engrasi.

—Fermín... —suspiró Amaia exhalando todo el aire de sus pulmones.

—¿Te causa problemas?

—Si al menos apareciera para causármelos... Todo el mundo está muy raro últimamente, como si estuvieran afectados por una tormenta solar que les cortocircuitara el sentido común. No sé si es el invierno, que empieza a ser demasiado largo, o este caso... Todo es tan...

—Es complicado, ¿verdad? —dijo la tía mirándola preocupada.

—Bueno, ha ido todo muy rápido, en apenas unos días dos asesinatos... Bueno, ya sabéis que no puedo revelar datos, pero los resultados de los análisis son muy confusos; incluso hay alguna teoría que apunta a la presencia de un oso en el valle.

—Sí, eso dice el periódico —señaló Rosaura.

—Tengo a unos expertos investigando, pero los guardabosques no creen que sea un oso.

—Yo tampoco lo creo —dijo Engrasi—. Hace siglos que no hay osos en el valle.

—Ah, pero creen que hay algo..., algo grande.

—¿Un animal? —preguntó Ros.

—Un basajaun. Incluso uno de ellos afirma haber visto a uno hace unos años. ¿Qué os parece?

Rosaura sonrió.

—Pues hay más gente que afirma haberlos visto.

—Sí, en el siglo XVIII, pero ¿en el 2012? —dudó Amaia.

—Un basajaun... ¿Qué es?, ¿una especie de genio del bosque? —se interesó James.

—No, no, un basajaun es una criatura real, un homínido que mide unos dos metros y medio de alto, con anchas espaldas, una larga melena y bastante pelo por todo el cuerpo. Habita en los bosques, de los que forma parte y en los que actúa como entidad protectora. Según las leyendas, cuida de que el equilibrio del bosque se mantenga intacto. Y aunque no se prodiga demasiado, solía ser amistoso con los humanos. Por la noche, mientras los pastores dormían, el basajaun vigilaba las ovejas desde la distancia y, si se acercaba el lobo, despertaba a los pastores con fuertes silbidos que componían todo un idioma y eran audibles a varios kilómetros de distancia. También solían avisarlos desde los cerros más altos cuando se aproximaba una tormenta, para que los pastores tuvieran tiempo de poner el rebaño a salvo en las cuevas cercanas. Y los pastores se lo agradecían dejando sobre una roca o en la entrada de una cueva algo de pan, queso, nueces o leche de las mismas ovejas, ya que el basajaun no come carne —explicaba Ros.

—Es fascinante —dijo James—. Cuéntame más.

—También hay un genio, como los que aparecen en los cuentos de *Las mil y una noches*, poderoso, caprichoso y terrible, que además es femenino y se llama Mari. Ella vive en las cuevas y en los riscos, siempre en lo alto de los montes. Mari aparece mucho antes del cristianismo, simboliza la madre naturaleza y el poder telúrico. Es la que protege las cosechas y los partos del ganado, y la que propicia la fecundidad no solo de la tierra y el ganado, sino también de las familias. Un genio, una señora de la naturaleza y, para algunos, un espíritu telúrico y antojadizo capaz de tomar cualquier forma de la naturaleza, una roca, una rama, un árbol, que siempre recuerdan un poco a su forma de mujer, la forma que más le gusta: la de una dama hermosa y elegantemente vestida, como una reina. Así se presenta, y nunca sabes que es ella hasta que se ha ido.

James sonreía encantado y Ros continuó.

—Tiene muchas casas, se desplaza volando desde Aia hasta Amboto, desde Txindoki hasta aquí. Vive en lugares que por fuera parecen peñas, riscos o cuevas, pero que a través de pasadizos secretos conducen a sus aposentos, lujosos y majestuosos, repletos de riquezas. Si quieres un favor de ella, debes ir hasta la entrada de su cueva y depositar allí una ofrenda. Y si lo que quieres es tener un hijo, hay un lugar con una roca en forma de dama en la que Mari a veces se encarna para vigilar el camino. Debes ir hasta allí y poner sobre la roca un canto que habrás llevado contigo desde la puerta de tu casa. Después de depositar tu ofrenda debes alejarte sin volverte, caminando hacia atrás hasta que no puedas ver la roca o la entrada de la cueva. Es una historia preciosa.

—Sí que lo es —musitó James, todavía influido por la atmósfera mágica.

—Mitología —puntualizó, escéptica, Amaia.

—No olvides, hermana, que la mitología está basada en creencias que han perdurado durante siglos.

—Solo para paletos crédulos.

—Amaia, no puedo creerme que hables así. La mitología vasco-navarra está recogida en documentos y tratados tan prestigiosos como los del padre Barandiaran, que no era precisamente un paleto crédulo sino un acreditado antropólogo. Y algunas de esas costumbres antiguas han perdurado hasta nuestros días. Hay una iglesia en el sur de Navarra, en Ujué, a la que las mujeres que quieren ser madres peregrinan con una piedra que llevan desde su casa; allí la depositan sobre un gran montón de guijarros y le rezan a la Virgen del lugar, pues el hecho es que hay datos de que las mujeres ya peregrinaban a ese mismo lugar antes de levantarse la ermita y por aquel entonces arrojaban la piedra a una gruta natural, una especie de pozo o mina muy profunda. Es famosa la eficacia del ritual. Dime, ¿qué tiene de católico, de cristiano o de lógico llevar una piedra desde tu casa y pedirle a la señora que te dé un hijo? Muy probablemente la Iglesia católica, ante la imposibilidad de acabar con ese tipo de costumbres tan arraigadas en la población, decidió que era mejor poner allí una ermita y convertir un rito pagano en católico, como ya se había hecho con los solsticios en San Juan y Navidad.

—Que Barandiaran las recogiera solo significa que estaban muy extendidas, no que fueran ciertas —rebatió Amaia.

—Pero, Amaia, ¿qué es lo que importa realmente, que algo sea cierto o que tantas personas lo creyesen?

—Historias de pueblo, destinadas a desaparecer. ¿Acaso crees que en la era del móvil e internet alguien va a darle a esas historias, bonitas, lo reconozco, alguna credibilidad?

Engrasi tosió levemente.

—No pretendo ofenderte, tía —dijo Amaia como queriéndose hacer perdonar.

—La fe escasea en estos tiempos de tecnología. Y dime de qué sirve todo eso para evitar que un monstruo asesine niñas y tire sus cuerpos al lecho del río. Créeme, Amaia, el mundo no ha cambiado tanto, sigue siendo un lugar a veces oscuro, en el que los espíritus malignos rondan nuestro corazón, en el que el mar sigue tragándose navíos enteros sin que nadie pueda encontrar ni rastro, y sigue habiendo mujeres que ruegan por concebir. Mientras haya oscuridad habrá esperanza, y esas creencias seguirán teniendo valor y formando parte de nuestra vida. Trazamos una cruz sobre la masa del pan, o ponemos una *eguzkilore* en la puerta para proteger la casa del mal; algunos ponen una herradura, los granjeros alemanes pintan los graneros de rojo y trazan estrellas sobre ellos. Llevamos los animales a san Antón, o pedimos a san Blas que nos libre del catarro... Ahora puede parecer una tontería, pero a principios del siglo pasado una epidemia de gripe diezmó Europa, y su origen estaba aquí. Y el invierno pasado, ante la alarma que se generó con la gripe A, los gobiernos se gastaron millones en vacunas inútiles. Siempre hemos pedido protección y ayuda cuando estábamos más a merced de las fuerzas de la naturaleza y hasta hace poco parecía indispensable vivir en comunión con ella, con Mari o con los santos y vírgenes que llegaron con el cristianismo. Pero cuando llegan tiempos oscuros las viejas fórmulas siguen funcionando. Como cuando se va la luz y calientas la leche en el hogar en un cazo de metal en vez de utilizar el microondas. ¿Engorroso? ¿Complicado? Puede, pero funciona.

Amaia permaneció un instante en silencio, como si asimilara lo que acababa de oír.

—Tía, entiendo lo que quieres decirme, pero aun así me cuesta mucho creer que alguien camine hasta una cueva o una roca para pedirle a un genio que le conceda tener un hijo. Creo que cualquier mujer con dos dedos de frente se buscaría un buen semental.

—¿Y si eso falla?

—Un especialista en reproducción —dijo James mirando a Amaia fijamente.

—¿Y si eso falla? —preguntó Engrasi.

—Supongo que entonces queda la esperanza... —se rindió Amaia.

La tía asintió sonriendo.

—Me gustaría visitar ese lugar —dijo James—. ¿Está cerca?, ¿podrías llevarme?

—Claro —respondió Ros—, podemos ir mañana si no llueve, ¿te animas, tía?

—Ya me perdonaréis, id vosotros, yo ya no estoy para esos trotes. El lugar está cerca de donde apareció esa chica, Carla. Tú también deberías verlo, Amaia, aunque solo sea por curiosidad.

James la miró esperando su respuesta.

—Mañana es el funeral por Anne Arbizu, también tengo que ver a Flora y... —se acordó de algo, sacó el móvil y marcó el número de Montes. Contestó el servicio de telefonía, que invitaba a dejar un mensaje de voz que se convertiría en texto.

—Montes, llámame, soy Salazar. Amaia —puntualizó, recordando que sus hermanas también eran Salazar.

Ros se despidió y se alejó hacia la escalera, y James besó a tía Engrasi y rodeó a su mujer por la cintura.

—Será mejor que vayamos a acostarnos.

La tía no se movió de su lugar.

—James, espérala arriba. Amaia, quédate, por favor, quiero contarte algo. Apaga esa luz, que me deja ciega, pon un par de chupitos de orujo de café y siéntate aquí, frente a mí. Y no me interrumpas. —Miró a su sobrina a los ojos y comenzó a hablar—. La semana en que cumplí dieciséis años vi a un basajaun en el bosque. Iba cada día allí a recoger leña hasta que anochecía: eran tiempos muy duros, había que recoger la suficiente para los hornos del obrador, para la chimenea de casa y para vender. A veces tenía que cargar con tanto peso que la frustración por mi falta de fuerzas me hizo arrojar la carga a un lado del sendero y, tendida en el suelo, me puse a llorar de puro agotamiento. Después de llorar un rato me quedé en silencio tumbada entre los haces de leña preguntándome cómo iba a conseguir llevarlos hasta el pueblo. Entonces lo oí. Al principio pensé que se trataba de un ciervo, que son muy sigilosos, no como los jabalíes, que siempre van montando un escándalo de todos los demonios. Levanté la cabeza por encima del fardo de leña y lo vi. Primero pensé que era un hombre, el hombre más alto que había visto en mi vida; llevaba el torso desnudo y muy velludo, y una melena larguísima que le cubría toda la espalda. Raspaba con un palito la corteza de un árbol y recogía los trozos con unos dedos largos y hábiles llevándoselos a la boca como si se tratase de una exquisitez. De pronto se volvió y olisqueó el aire como haría un conejo. Tuve la absoluta seguridad de que supo que yo estaba cerca. Con el tiempo, cuando pensé con calma, llegué a la conclusión de que conocía perfectamente mi olor, un olor que ya formaba parte del bosque, porque yo me pasaba la vida allí. Salía hacia el monte por la mañana en cuanto despejaba la niebla, trabajaba hasta mediodía. Paraba un rato para comer con mis hermanas la comida caliente que mi madre nos traía a mediodía, ella se llevaba con mi hermana mayor los haces que habíamos reunido por la mañana en un borriquillo que teníamos, y yo continuaba trabajando un par de horas más o hasta que comenzaba a anochecer. Mi olor debía de formar parte de aquella zona del bosque tanto como el de cualquier animalillo, incluso teníamos un cagadero más o menos definido donde íbamos cuando lo necesitábamos, más que nada por evitar ir pisando mierdas por el bosque mientras buscábamos leña. Así que el basajaun olisqueó el aire, me reconoció y continuó con lo suyo como si nada, aunque en un par de ocasiones volvió la cabeza inquieto, como si esperase encontrar algo a su espalda. Permaneció allí unos minutos más y después se alejó lentamente, deteniéndose de vez en cuando a rascar pequeños trozos de corteza y de líquenes de los árboles. Me puse en pie y cargué con los haces de leña con fuerzas que saqué de no sé dónde, aunque sé que no fue del pánico; estaba asustada, sí, pero más como alguien que ha presenciado un prodigio del que no es merecedor que como una niña que ha visto al coco en el bosque. Solo sé que al llegar a casa estaba pálida como si hubiera metido la cara en un plato de harina y tenía el pelo pegado a la cabeza por un sudor frío y gelatinoso que consiguió asustar a tu abuela, que me metió en la cama y me hizo tomar infusiones de *pasmo belarra* hasta que tuve la garganta como una alpargata de esparto. En casa no dije nada, creo que porque sabía que lo que había visto era de índole distinta a lo que mis padres podían llegar a admitir, aunque tenía claro lo que era. Sabía que era un basajaun: como todos los niños del Baztán, había escuchado contar muchas veces las historias de los basajaunes y de los otros seres, algunos mágicos, que vivían en el bosque desde mucho antes de que los hombres fundaran Elizondo junto a la iglesia. El siguiente domingo, durante las confesiones, se lo conté al cura que había entonces, un jesuita cafre de mucho cuidado, don Serafín se llamaba. Y te aseguro que de criatura angelical tenía bien poco: me llamó mentirosa, embustera y desgraciada, y como aun así no le pareció suficiente, salió del confesionario y me dio un coscorrón con los nudillos que me hizo saltar las lágrimas. Después me largó un sermón sobre los peligros de inventarse cuentos semejantes, me prohibió volver a mencionar aquel tema ni siquiera con mi familia y me impuso una penitencia de padrenuestros, avemarías, credos y yo pecadores que me llevó semanas cumplir, así que no se me ocurrió volver a contarlo nunca más. Cuando iba al bosque a recoger leña hacía tanto ruido que espantaba a cualquier bicho viviente en dos kilómetros a la redonda, cantaba el *Te Deum* en latín y a voz en grito y cuando regresaba a casa casi siempre estaba afónica. Nunca volví a ver al basajaun, aunque muchas veces creí distinguir las huellas de su paso; es cierto que también podrían haber sido de ciervos o de osos, que entonces los había, pero siempre supe que mi canto era para él una señal, que con solo oírlo se alejaría, que conocía mi presencia, la aceptaba y la rehuía como yo la suya.

Amaia observó el rostro de Engrasi. Cuando esta terminó de hablar, se quedó mirando a su sobrina con aquellos ojos azules que habían sido de un azul tan intenso como los suyos, y que ahora aparecían desvaídos como zafiros gastados, aunque conservaban el brillo de la astucia de una mente sagaz y despierta.

—Tía —comenzó—, no es que no crea que fue así como lo viviste y como lo recuerdas, pero tienes que reconocer, y no lo digo peyorativamente, que tú siempre has tenido mucha imaginación, y no me malinterpretes, ya sabes que opino que eso no tiene nada de malo... Pero has de entender que me encuentro en mitad de una investigación por asesinato y he de verlo como una investigadora...

—Tienes un magnífico criterio —apuntó ella.

—¿Te has planteado —continuó Amaia— la posibilidad de que lo que viste no fuera un basajaun, sino otra cosa? Hay que tener en cuenta que las chicas de tu generación no estaban influenciadas por la televisión e internet como las de ahora, y sin embargo, en esta zona y en los medios rurales en general, abundaban las leyendas de este tipo. Míralo desde mi punto de vista. Adolescente premenstrual, sola todo el día en el bosque, agotada y medio deshidratada por el esfuerzo físico, llorando hasta quedar extenuada, puede que incluso hasta quedar dormida. Pareces una candidata a una aparición mariana en el Medievo o a una abducción extraterrestre en los setenta.

—No lo soñé, estaba tan despierta como ahora mismo y lo vi como te veo a ti. Pero, bueno, cuando me decidí a contártelo ya esperaba esta reacción.

Amaia la miró con complicidad y Engrasi sonrió a su vez mostrando las piezas perfectas de su dentadura postiza, que la inspectora no sabía por qué siempre le causaban risa y una intensa oleada de amor hacia ella. Sin dejar de sonreír, su tía la apuntó con un dedo blanco y huesudo lleno de anillos.

—Sí, señora, lo sabía, por eso, porque sé de sobra cómo funciona esa cabecita tuya, tengo para ti otro testigo.

Su sobrina la miró, suspicaz.

—¿Quién, una de tus colegas de póquer de la alegre pandilla?

—Calla, descreída, y escucha. Hace seis años, una tarde de invierno después de salir de misa, encontré esperándome en el portal a Carlos Vallejo.

—Carlos Vallejo, ¿mi profesor del instituto? —A pesar de que hacía años que no le veía, la imagen de don Carlos Vallejo acudió a su mente fresca como si acabase de estar con él. Sus trajes de mezclilla perfectamente cortados, su libro de matemáticas bajo el brazo, el bigote siempre arreglado, el cabello cano y abundante que se peinaba hacia atrás con brillantina y el penetrante olor a loción para después del afeitado.

—Sí, señorita —sonrió Engrasi al ver crecer su interés—. Traía puesta ropa de caza completamente empapada y sucia de barro, y aún tenía consigo su escopeta metida en la funda de cuero. Me llamó la atención, porque como te he dicho era invierno, y anochecía temprano, no eran horas para volver de caza, la ropa mojada a pesar de que no había llovido en los últimos días y sobre todo su rostro, pálido y demudado como si le hubieran desdibujado los rasgos a fuerza de lavarlos con agua helada. Yo sabía que era muy aficionado a la caza, alguna vez me lo había cruzado en su coche regresando del monte a media mañana, pero jamás vestía prendas de caza por el pueblo... De hecho ya sabes cómo le han llamado siempre.

—El dandi —musitó Amaia.

—El dandi, sí, señora... Pues el dandi traía barro en los pantalones y en las botas, y cuando le puse una taza de manzanilla en las manos vi que las tenía cubiertas de rasguños y las uñas más negras que las de un carbonero. Esperé a que arrancase a hablar, es lo que da mejor resultado.

Amaia asintió.

—Él permaneció silencioso largo rato con la mirada perdida en el fondo de la taza; después, dio un largo trago, me miró a los ojos y me dijo con toda la elegancia y educación de la que siempre ha hecho gala: «Engrasi, espero que puedas disculparme por presentarme así en tu casa». Miró a su alrededor como si solo entonces se diera cuenta de dónde estaba realmente. «En todos los años que hace que te conozco nunca había venido a tu casa.» Supe que quería decir «Tu consulta». Yo asentí lentamente esperando a que prosiguiese.

»"Supongo que te sorprenderá mi visita, pero es que no sabía adónde ir, y pensé que tú, quizá..." Le animé a seguir hasta que me lo dijo: "Esta mañana en el bosque he visto un basajaun".

17

La pizarra de la comisaría aparecía cubierta con un esquema de diagramas de Venn cuyo centro ocupaban las fotos de las tres chicas. Jonan repasaba una y otra vez los informes forenses mientras Amaia sorbía tragos diminutos de la taza que sostenía entre las manos, enlazadas en un ensayo de calidez, mientras observaba la pizarra de modo casi hipnótico, como si a fuerza de escrutar aquellos rostros, aquellas palabras, fuera a extraer de ellos un elixir, la viva esencia de las almas que faltaban tras los ojos muertos de las niñas.

—Inspectora Salazar —la interrumpió Iriarte. Al ver su sobresalto, él sonrió y Amaia pensó que era un tipo amable, con un despacho adornado con calendarios de vírgenes y una foto de su mujer y un par de chavales rubitos que sonreían abiertamente al objetivo y que habían heredado el pelo de su madre, porque Iriarte tenía poco, negro y muy fino.

—Tenemos el informe de toxicología de Anne. Cannabis y alcohol.

Amaia repasó sus notas en voz alta.

—Quince años, Juventudes Marianas Vicencianas, sobresalientes y notables. Equipo de baloncesto y club de ajedrez, carnet de la biblioteca. En su habitación: colcha rosa, ositos Pooh, corazones y libros de Danielle Steel. Algo no me cuadra —dijo alzando la mirada hacia Zabalza.

—A mí tampoco, así que esta mañana hemos hablado con un par de amigas de Anne, y tienen una versión bastante distinta. Anne vivía una doble vida para mantener contentos y engañados a sus padres. Según ellas, fumaba porros, bebía y en ocasiones caía algo más fuerte. Pasaba horas en grupos sociales de internet y publicaba en la red fotos subidas de tono; según ellas, le encantaba enseñar las tetas por la *webcam*; leo textualmente: «Era una golfa disfrazada de santita, hasta el punto de mantener una relación con un hombre casado».

—¿Un casado? ¿Quién? Eso puede ser muy importante... ¿Qué más le han dicho?

—Dicen que no lo saben, o no lo quieren decir. Por lo visto la cosa duraba unos meses, pero ella lo iba a dejar; decía —leyó— «que el tío se estaba encoñando y que ya no era divertido».

—Por el amor de Dios, Iriarte, creo que hemos hallado la veta: ella no quería continuar y él la mata, quizá también mantuvo algún tipo de relación con Carla y Ainhoa...

—Puede que con Carla. Ainhoa era virgen, solo tenía doce años.

—Quizá lo intentó y al recibir una negativa... Bueno, reconozco que está un poco traído por los pelos, pero podemos investigarlo; ¿sabemos al menos si es del pueblo?

—Las chicas dicen que casi seguro que sí, aunque también podría ser de una localidad cercana.

—Hay que encontrar a ese tío al que le van las jovencitas. Conseguid una orden para el ordenador y los diarios y apuntes que pueda haber en la casa de la chica, registrad también su taquilla en el instituto, llamad a los padres y pedidles permiso para hablar con todas las amigas menores, visitadles en sus casas... Y todo el mundo de civil, lo último que querría es levantar suspicacias entre los que deben colaborar. E, inspector —dijo mirando a Iriarte—, de momento ni una palabra a los padres de

Anne, es evidente que no sabían nada de la doble vida de su hija.

Consultó su reloj.

—Dentro de tres horas quiero a todo el mundo en la iglesia y el cementerio, idéntico operativo que con Ainhoa. En cuanto terminéis allí quiero que os vengáis a comisaría, Jonan tiene un programa buenísimo de fotografía digital de gran resolución y en cuanto estén listas las imágenes os quiero aquí para una puesta en común. Jonan, mira a ver si puedes obtener algo del ordenador de Anne Arbizu, busca a fondo, me da igual si te lleva toda la noche.

—Claro, jefa, lo que haga falta.

—Por cierto, ¿cómo vas con los cazafantasmas de Huesca?

—Tengo una reunión con ellos esta tarde a las seis, cuando regresen del monte. Espero que para entonces puedan decirme algo.

—Yo también lo espero, ¿les has citado aquí?

—Bueno, lo insinué, pero por lo visto la doctora rusa es alérgica a las comisarías, o algo así, intentó explicármelo por teléfono y no me enteré de la mitad. Así que hemos quedado en el hotel en el que están alojados. El Baztán —leyó.

—Sé cuál es, procuraré pasarme por allí —dijo Amaia mientras lo apuntaba en su PDA.

Zabalza irrumpió en la sala trayendo en las manos varios pliegos de fax, que dejó sobre la mesa.

—Inspectora, están llamando desde Pamplona, varios medios están interesados en cubrir el entierro y el funeral, y aconsejan que hagamos un comunicado.

—Ese es el trabajo de Montes —dijo mirando a su alrededor—. ¿Se puede saber dónde cojones se ha metido?

—Llamó esta mañana para decir que no se encontraba bien y que se nos uniría en el cementerio.

Amaia resopló.

—Será posible... Por favor, el primero que lo vea que le diga que se presente urgentemente en el despacho del inspector Iriarte. Zabalza, consígame una cita con los padres de Anne hacia las cuatro de la tarde, si puede ser.

Había comenzado a llover una hora antes, y el aroma dulzón de las flores, junto a los abrigos mojados de los asistentes, tornaba el aire irrespirable en el interior de la iglesia. El sermón, un eco de los anteriores al que Amaia apenas prestó atención; quizá más asistentes, morbosos, curiosos y periodistas a los que el párroco había dejado entrar a condición de que no grabasen en el interior del templo. Otra vez las mismas escenas de dolor, los mismos llantos... Y algo nuevo, un clima especial de horror que parecía haberse extendido sobre los rostros de los asistentes al funeral como un velo, sutil, pero omnipresente. En las primeras filas, además de la familia, había un numeroso grupo de chicos y chicas muy jóvenes, seguramente compañeros de instituto de Anne. Algunas chicas se abrazaban entre sí y lloraban en silencio; la falta de energía que ya había visto en las amigas de Ainhoa se reflejaba también en esos rostros. Habían perdido ese brillo natural que poseen las caras de los jóvenes, ese aspecto de constante burla que otorga la certeza de no ir a morir jamás, de una muerte tras una vejez impensable, a mil años luz, que para estos adolescentes, en ese momento cruel, cobraba presencia real y palpable. Tenían miedo. Ese tipo de miedo que te deja inmóvil, que invita a ser invisible para que la muerte no te encuentre. La certeza, su proximidad, era perceptible como una fina capa de ceniza sobre sus rostros fatigados, como de ancianos silenciosos y contenidos. Nadie apartaba los ojos del ataúd de Anne, que, dispuesto frente al altar, brillaba de un modo hipnótico con las luces de los cirios que ardían a los lados, rodeado de flores blancas de novia virginal.

—Vámonos —susurró Amaia a Jonan—. Quiero estar en el cementerio antes de que comience a llegar la gente.

El cementerio de Elizondo estaba ubicado en una ligera pendiente en el barrio de Anzanborda, aunque llamar barrio a los tres caseríos que se divisaban desde la puerta del camposanto era bastante pretencioso. La inclinación apenas insinuada en la entrada se hacía más evidente a medida que se avanzaba entre las sepulturas. Amaia supuso que estaba pensado así para evitar que las frecuentes lluvias se estancasen en el interior de los sepulcros; muchas de las tumbas eran elevadas y estaban cerradas con profundos portales, aunque en la parte baja del cementerio había otras más humildes y tradicionales distinguidas con estelas discoidales que se enclavaban en la tierra. Esas tumbas trajeron a su memoria otros sepulcros elevados: los que había visto en Nueva Orleans, dos años atrás. Por aquel entonces había acudido a un intercambio de policías con la academia que el FBI tiene en Quantico, en Virginia, que incluía un simposio sobre perfiles criminales. El congreso se completaba con una visita a Nueva Orleans, donde se impartía parte del curso de trabajo de campo sobre identificación y encubrimiento, pues habían sido muchos los crímenes que habían quedado velados por el huracán Katrina, y numerosos los restos y evidencias que seguían apareciendo años después. A Amaia le sorprendió que, a pesar del tiempo transcurrido, la ciudad siguiese evidenciando las consecuencias del desastre y conservando a pesar de ello una majestuosidad decadente y lóbrega que recordaba al lujo marchito que acompaña a la muerte en algunas culturas. Uno de los policías que la acompañaba, el agente especial Dupree, la animó a seguir a la comitiva de uno de aquellos magníficos funerales en que una banda de jazz acompañaba al sepelio hasta el cementerio de Saint Louis.

—Aquí todas la tumbas están elevadas sobre el suelo para evitar que las cíclicas inundaciones desentierren a los muertos —explicó Dupree—. No es la primera vez que el mal nos visita; la última vez fue bajo el nombre de Katrina, pero ya ha venido muchas veces antes bajo otros nombres.

Amaia lo miró perpleja.

—Ya supongo que le resultará sorprendente oír a un agente del FBI hablar en estos términos pero, créame, esta es la maldición de mi ciudad, aquí los muertos no pueden ser enterrados debido a que estamos seis pies por debajo del nivel del mar, así que los cadáveres son apilados en tumbas de piedra que pueden contener varias generaciones de familias enteras, y creo que es por eso, por no recibir cristiana sepultura, por lo que los muertos no descansan en Nueva Orleans. Es el único lugar de Estados Unidos donde los cementerios no se llaman cementerios sino ciudades de los muertos, como si los difuntos viviesen de algún modo aquí.

Amaia lo miró de hito en hito antes de hablar.

—En euskera cementerio se dice *hilherria*. Literalmente, «el pueblo de los muertos».

Él la miró sonriendo.

—Ya tenemos algo más en común: la cercanía con el pueblo francés, el encierro del siete de julio y el nombre de nuestros cementerios.

Amaia volvió a su presente. Puede que la idea de evitar inundaciones hubiera llevado a los pobladores de Elizondo a diseñar el nuevo cementerio así. El cementerio original se encontraba, como era tradición, rodeando la iglesia, que entonces estaba junto al ayuntamiento, en la plaza del pueblo, hasta que fue trasladada piedra a piedra y reconstruida en el lugar que ocupa actualmente. Lo mismo se hizo con el cementerio, que se trasladó al camino de los Alduides, a la altura de Anzanborda. En los anales solo se recogía una mención que justificaba el cambio de ubicación del camposanto por «razones de salubridad», pero es fácil suponer que si una gran riada derribó la iglesia, arrastrando las piedras de una de sus torres tan lejos que fueron irrecuperables, también levantaría las tumbas que la rodeaban.

Del mismo modo que sobre las puertas de una ciudad se coloca un escudo con sus armas y sus valías, en la puerta del cementerio presidía una calavera que vigilaba desde sus cuencas vacías a los visitantes, avisándoles de que entraban en los dominios de aquel particular gobernador de la ciudad de los muertos. Había un solo ciprés justo a la derecha de la entrada, un poco más allá un sauce llorón y al otro extremo un haya. Un crucero se alzaba majestoso justo en el centro del camposanto, a sus pies se extendían cuatro caminos enlosados que dividían el cementerio en cuatro cuartos perfectos en los que se distribuían las sepulturas. La tumba de la familia Arbizu se encontraba justo donde comenzaba uno de los ramales; sobre el panteón reposaba un ángel que, indolente y con gesto aburrido, ajeno al dolor de los humanos, parecía observar a los enterradores que habían apartado la losa haciéndola rodar sobre unas barras de acero. Amaia se situó junto a Jonan, que parecía absorto en la base del crucero.

—Creía que los cruceros solo se ponían en los cruces de caminos —apuntó ella.

—Pues se equivoca, jefa, el origen de los cruceros es tan antiguo como incierto, y a pesar de su innegable relación con el cristianismo, su colocación en los cruces de caminos parece obedecer más a la superstición y a las creencias que tienen que ver más con el inframundo que con el mundo de la superficie.

—Pero ¿no los colocaba la Iglesia?

—No necesariamente; la Iglesia más bien los cristianizó, para absorber una costumbre pagana que veían difícil erradicar. Desde antiguo, el lugar donde se cruzan los caminos se ha considerado un lugar de incertidumbre en el que confluían los hechos de tener que tomar una decisión respecto a qué camino seguir y a quién nos cruzaríamos, quién vendría por el otro camino. Imagine esto en plena noche, sin iluminación y sin señales que indiquen qué dirección elegir. El temor llegaba a tal punto que al llegar a un cruce la gente se detenía y permanecía durante un buen rato en el ramal por el que había venido escuchando, aguzando los sentidos, intentando vislumbrar la presencia maligna de un ánima en pena. Existía la creencia profundamente arraigada de que los que habían muerto con violencia y los que les habían dado muerte no descansaban en paz y vagaban por los caminos buscando el lugar correcto al que dirigirse, donde ser vengados, o donde hallarían quien les ayudase a llevar su carga. Y un encuentro con una de estas fuerzas podía hacerte enfermar o enloquecer.

—Vale, lo del cruce de caminos lo entiendo, pero ¿aquí, en el cementerio?

—No mire este lugar como es ahora. Quizás antes de que se ubicase aquí el cementerio ya era un lugar de incertidumbre, quizá confluían tres o cuatro caminos; dos son evidentes, de Elizondo a Beartzun, pero quizá desde esta colina bajaba otro desde Etxaide, que ahora con las carreteras ha desaparecido del todo. Quizás había alguna necesidad de santificar el lugar.

—Jonan, es un camposanto, todo es tierra sagrada.

—Puede que haga referencia a un hecho anterior a la existencia del cementerio... También se ponían cruceros en los lugares donde se había cometido un acto repulsivo, para purificarlo: una muerte violenta, una violación, o también en los lugares de reunión de brujas; hay muchos por aquí. El crucero tiene la función doble de santificar el lugar y avisar de que se está en tierra incierta. O puede que fuera puesto en el cementerio dado su forma. Cuatro caminos —dijo indicando la disposición del lugar— perfectamente trazados que se juntan en el centro del cementerio, pero también bajo él, en el inframundo, por el que quizá pululen las almas atormentadas de los asesinos y sus víctimas.

Amaia observaba admirada al joven subinspector.

—Pero ¿en un camposanto habrían enterrado a asesinos? Creía que los excomulgaban y era obligado enterrarlos fuera del suelo sagrado.

—Sí, si se sabía. Pero si hoy en día quedan asesinatos impunes imagínese en el siglo XV. Un asesino en serie estaría en el paraíso, lo más probable es que sus crímenes le fueran imputados a cualquier analfabeto medio retrasado. Los cruceros se ponían por si acaso, más como defensa de lo oculto que de lo que estaba a la vista. Hay otra explicación que en este caso pierde fuerza, ya que este se halla dentro del camposanto: hasta bien entrado el siglo XX no se permitía enterrar en suelo sagrado a los niños que habían muerto sin bautizarse, a las criaturas abortadas o a los muertos al nacer; esto presentaba un serio problema para las familias que querían darle algún tipo de protección a sus almas, pero se veían impedidos por la ley. En muchos casos, si la madre fallecía junto al bebé en el parto, la familia ocultaba a la criatura entre sus piernas para poder enterrarlos juntos. Se considera sagrado el lugar que ocupan la vara y el pedestal del crucero, y habiendo un vacío en cuanto a enterramientos se refiere, las familias salían en plena noche y enterraban a sus pequeños a los pies de las cruces; después grababan burdamente las iniciales o una pequeña crucecita en la base. Y eso era lo que yo buscaba, pero aquí no aparece ninguna.

—Bueno, en eso puedo darte yo una lección de antropología, si me lo permites. En el valle de Baztán los niños muertos sin bautizar se enterraban alrededor de la propia casa.

Amaia se inclinó y, al mirar hacia la entrada, creyó percibir una presencia entre los arbustos que formaban la valla del cementerio; se irguió, segura de haber reconocido unos rasgos familiares.

—¿Quién es? —preguntó Jonan a su espalda.

—Freddy, mi cuñado.

La cara demacrada se veía oscurecida por las profundas ojeras que rodeaban los ojos enrojecidos del hombre. Amaia dio un paso hacia la verja, pero el rostro desapareció entre el follaje. Y entonces comenzó a llover. Los innumerables paraguas y el afán de los parroquianos por ocultarse bajo ellos dificultó enormemente la labor de grabar el entierro. Amaia localizó a Montes apostado cerca de los padres de Anne. Él la saludo con un gesto y pareció que iba a decir algo, pero ella le indicó que se callara.

Los padres de Anne Arbizu tenían edad para ser sus abuelos. Anne les llegó cuando parecía que ya no había esperanza para la adopción, y desde entonces se había convertido en el centro de sus vidas. La madre, evidentemente drogada, no lloraba, se mantenía erguida y casi sostenía a otra mujer, quizá su cuñada. Amaia las conocía desde pequeña, aunque no estaba segura del parentesco. La protegía con su brazo mientras miraba al vacío en algún punto entre el ataúd de su hija y la fosa abierta en la tierra. El padre sí lloraba. Adelantado unos pasos, se inclinaba hacia delante sin dejar de acariciar el ataúd, como si temiera perder el único nexo que le unía a su hija y rechazando con brusquedad las manos que venían en su ayuda y los paraguas que en vano intentaban guarecerle de la lluvia que le empapaba el rostro mezclándose con sus lágrimas. Cuando comenzaron a bajar la caja y perdió el contacto con la madera mojada, se derrumbó como un árbol al que le hubieran talado la base, desmayado sobre los charcos que se habían formado en el firme de gravilla.

Fue el gesto lo que le tocó el alma, la resistencia de aquel padre a soltar a su hija de la mano simbólica que era su ataúd. Esa muestra de amor intensísimo fue suficiente para derribar las barreras tras las que, como policía de homicidios, debía salvaguardar sus propios sentimientos. Y fue la mano del padre, en aquel gesto que secretamente envidiaba de otros padres, lo que rompió el dique de sus emociones y, a través de la profunda brecha que abrió, se desbordó un océano de temor, ansiedad y deseo incumplido de ser madre. Asolada por la oleada de sentimientos, Amaia retrocedió unos pasos y se dirigió hacia el crucero intentando disimular su zozobra. La mano. Ese era el vínculo. A pesar de que llevaba años intentando quedar embarazada, no sentía esa especial atracción hacia los bebés pequeños que había visto en amigas o en sus propias hermanas, no se le iban los ojos tras los bebés que las madres sostenían entre sus brazos. Pero era consciente del privilegio del que se la privaba cuando veía a una madre que caminaba junto a su hijo llevándole de la mano. La protección y la confianza que encerraba ese gesto íntimo era para ella superior a cualquier otro que pudiera darse entre dos seres humanos y simbolizaba en cada pareja de pequeñas manos acunadas en otras más fuertes todo el amor, la entrega y la confianza que para ella suponía la maternidad que no llegaba, que quizá nunca llegaría, despojándola para siempre del honor de llevar a su hijo de la mano. Una maternidad con la que quería compensar en otro ser humano, sangre de su sangre, la infancia feliz que ella no tuvo, la ausencia de amor que siempre sintió en una madre torturada. La suya.

18

Al terminar el entierro, la lluvia y los asistentes al sepelio parecían haberse evaporado, sustituidos por una densa niebla que se extendía por el valle a lomos del río Baztán y que se esparcía por las calles entristeciéndolas más si cabía. Aterida de frío, Amaia hizo tiempo frente al obrador hasta que vio venir a su hermana.

—¡Vaya, la señora inspectora! ¡Cuánto honor! —se burló Flora—. ¿No deberías estar por ahí buscando a un asesino?

Amaia sonrió y la apuntó con un dedo.

—Eso es lo que hago.

Flora se detuvo con la llave en la mano, interesada de pronto, quizás un poco azorada.

—¿Aquí, en Elizondo?

—Sí, aquí, normalmente estos asesinos suelen ser personas cercanas a las víctimas. Si solo tuviéramos un caso... Pero ya son tres. Por fuerza ha de ser de aquí o de muy cerca.

Entraron en el obrador y les recibió el aroma familiar que Amaia había respirado desde su infancia y que formaba parte de sus recuerdos. Si cerraba los ojos, casi podía ver a su padre con pantalones blancos y camiseta de tirantes amasando las placas de hojaldre con un enorme rodillo de acero, mientras su madre medía los ingredientes en una jarra numerada con las manos manchadas de harina y aquel olor a esencia de anís que para siempre relacionaría con ella. Miró la artesa de la harina y un escalofrío recorrió su espalda mientras una acuciante sensación de náusea le anegaba el estómago. Una abrumadora oleada de recuerdos oscuros la aturdió de repente y los ecos del pasado la bloquearon por completo. Cerró los ojos y los apretó con fuerza, intentando cerrar el camino hacia el horror que la visión había abierto.

—¿En qué piensas? —interrogó Flora, sorprendida por el gesto de su hermana.

—En el *aita* y la *ama*, en cuánto trabajaban y lo felices que parecían —mintió.

—Es verdad que trabajaron —dijo Flora mientras se lavaba las manos—. Pero ellos eran dos, y ahora yo debo hacer mucho más trabajo, pero sola... Aunque eso no parece preocuparte demasiado, ¿verdad, hermana?

—Sé que es mucho trabajo, Flora, pero no has escuchado la segunda parte: ellos eran felices haciéndolo. Sin duda eso fue clave en su éxito, y lo es en el tuyo.

—¿Ah, sí? Qué sabrás tú... ¿Crees que soy feliz haciendo esto? —dijo volviéndose hacia su hermana mientras subía las persianas del despacho.

—Bueno, te va muy bien... De maravilla, diría yo. Has escrito libros, vas a hacer un programa en televisión, Mantecadas Salazar es un referente en media Europa y eres rica. No eres la imagen del fracaso precisamente.

El rostro de su hermana parecía atento, valorando las palabras de Amaia, seguramente intentando hallar doblez en ellas.

—Creo que si no hubieras puesto corazón en tu trabajo no habrías triunfado —prosiguió Amaia—. Tienes razones para estar muy satisfecha, y la satisfacción se halla muy cerca de la felicidad.

—Sí —admitió la otra alzando las cejas—, quizás ahora, pero hasta llegar aquí...

—Flora, todos tenemos que andar nuestro camino.

—¿De verdad? —se indignó—, ¿y qué camino has tenido que andar tú si puede saberse?

—Te aseguro que no he llegado hasta donde estoy sin esfuerzo —replicó Amaia manteniendo el tono bajo y tranquilo que tanto irritaba a su hermana.

—Ya, pero tú elegiste hacer tu esfuerzo, a mí me fue impuesto, no conté con ayuda, me falló todo el mundo, tú te largaste, Víctor empinando el codo y tu hermana...

Amaia permaneció un instante en silencio valorando el reproche que en menos de veinticuatro horas había escuchado de sus dos hermanas.

—Tú también pudiste elegir si no era esto lo que querías.

—¿Y quién me preguntó qué era lo que yo quería?

—Flora...

—No, dímelo, ¿quién me preguntó si quería quedarme aquí amasando hojaldres?

—Flora, pudiste elegir como todo el mundo, pero elegiste no elegir... Tampoco a mí me preguntó nadie. Tomé mi decisión y mi camino.

—Importándote una mierda los demás.

—Eso no es verdad, Flora, ni que hubiera salido alguien herido. Al contrario que a ti y a Ros, nunca me gustó el obrador, ni cuando era más pequeña... En cuanto podía me escapaba, y solo estaba aquí a la fuerza, lo sabes tan bien como yo. No quería trabajar en esto, estudié, y a los *aitas* les pareció bien.

—A la *ama* no tan bien, pero de todos modos estaban tranquilos: ya nos tenían a Ros y a mí para seguir con la tradición familiar.

—Pudiste elegir.

Flora explotó.

—No tienes ni idea de lo que es la responsabilidad —dijo volviéndose hacia ella mientras la apuntaba con el dedo.

—Por favor... —rogó una Amaia hastiada.

—Ni por favor ni nada... Ni tú ni tu hermana ni el perdido de Víctor sabéis lo que significa esa palabra...

—Ya veo que hay para todos. —Sonrió cansada y sin elevar la voz—. Flora, tú ya no me conoces, ya no soy la niña de nueve años que se escapaba del obrador. Te aseguro que en mi trabajo, todos los días...

—Tu trabajo —la interrumpió—, ¿quién habla de tu trabajo? Solo tú hermanita, yo hablo de la familia, de que alguien tenía que continuar con el negocio.

—Por Dios, pareces Michael Corleone... El negocio, la familia, la mafia. —Amaia hizo un gesto de burla juntando los dedos de la mano, y eso irritó aún más a su hermana, que la miró furiosa y arrojó el trapo que tenía en las manos sobre la mesa antes de sentarse en su sillón haciendo temblar la lamparita que iluminaba el escritorio—. Flora, Ros y tú vivíais aquí, las dos habíais mostrado interés por la repostería desde pequeñas, os encantaba pasaros las horas aquí, con tres años Ros ya sabía hacer rosquillas y magdalenas...

—Tu hermana —murmuró con desprecio...—. Le duró poco la pasión, justo hasta que vio lo que era el trabajo de verdad. ¿O crees acaso que el negocio se hubiera podido sostener mucho tiempo tal y como lo llevaban los *aitas*? Renové este negocio desde los cimientos hasta el tejado, lo modernicé y lo hice competitivo. ¿Tienes idea de los controles que hay que pasar para estar en Europa? Lo único que conserva es el nombre, Mantecadas Salazar, y el cartel de cuando los tatarabuelos lo fundaron.

—¿Ves como tengo razón, Flora?, solo tú podías tener esa visión de futuro, porque adorabas este negocio.

Sus últimas palabras habían calado en Flora. Observó cómo las líneas de expresión de su rostro, que habían permanecido fruncidas en un gesto de intolerante desprecio, se desdibujaban dando paso a un gesto de pagado orgullo. Miró a su alrededor irguiéndose en su sillón.

—Sí —admitió—, pero no fue una cuestión de adorarlo o no, o de que, como tú dices, me hiciera feliz. Alguien tenía que hacerlo, y como siempre me tocó a mí, ya que, por otra parte, soy la única con capacidad suficiente como para lograrlo, pura sensatez y responsabilidad, pero también obligación y carga. Había que mantener el patrimonio familiar, la empresa que tanto les costó levantar a los nuestros. Mantener el buen nombre, la tradición. Con orgullo, con fuerza.

—Hablas como si tuvieras que mantener el peso del mundo a tus espaldas. ¿Qué crees que habría pasado si tú te hubieras dedicado a otra cosa?

—Te lo digo, esto no existiría.

—Quizá Ros lo llevaría, siempre le ha gustado este negocio.

—El negocio no, le gusta hacer pastas, que es distinto. No quiero ni imaginar cómo estaría esto con Ros al frente, no sabes lo que dices... Pero si no tiene fundamento ni para sus cosas, es una irresponsable, una infantil que cree que el dinero cae del cielo. Si los *aitas* no le hubieran dejado la casa no tendría dónde vivir. Con ese desgraciado que tiene por marido, porrero y vago como él solo, que le saca los cuartos y anda por ahí tonteando con las chavalitas. ¿Esa es la Rosaura capaz de sacar este negocio adelante? No tiene lo que hace falta, y si no, dime, ¿dónde está ahora? ¿Por qué no está aquí mostrando su talento?

—Quizá si no hubieras sido tan dura con ella...

—La vida es dura, hermana —decía Flora con el tono despectivo de un insulto.

—Creo que Rosaura es una buena chica, y nadie está libre de equivocarse al elegir marido.

Pareció que un rayo la hubiese alcanzado. Se quedó en silencio mirándola fijamente y Amaia dedujo que pensaba en Víctor.

—Flora, no lo he dicho por Víctor.

—Ya —fue su respuesta. Y Amaia intuyó que preparaba toda su artillería.

—Flora...

—Sí, las dos sois muy buenas, cargadas de buenas intenciones, pero dime una cosa, buena chica, ¿dónde estabas tú cuando la *ama* enfermó?

Amaia negó con la cabeza asqueada.

—¿De verdad quieres volver sobre eso?

—Qué pasa, buena chica, ¿te molesta hablar de cómo abandonaste a tu madre enferma?

—Joder, Flora, tú sí que estás enferma —protestó Amaia—. Tenía veinte años, estudiaba en Pamplona, venía todos los fines de semana, y Ros y tú estabais aquí, trabajabais aquí y ya estabais casadas.

Flora se puso en pie y avanzó hacia ella.

—Eso no era suficiente. Venías el viernes y te ibas el domingo. ¿Sabes cuántos días tiene una semana? Siete, con sus siete noches —dijo abriendo una mano y dos dedos frente a su cara—. ¿Y sabes quién estaba junto a la *ama* cada noche? Yo, no tú, yo. —Se golpeó el pecho con vehemencia—. Le daba de comer en la boca, la bañaba, la acostaba, le cambiaba los pañales y la acostaba de nuevo, le llevaba agua y se meaba una y otra vez. Me pegaba y me insultaba, me maldecía, a mí, a la única que estaba a su lado, a la única que siempre estuvo a su lado. Por la mañana llegaba Ros y se la llevaba a pasear al parque mientras yo abría el obrador, después de pasarme la noche entera en pie. Y cuando regresaba a casa otra vez lo mismo, un día y otro, sin ningún tipo de ayuda, porque con Víctor tampoco podía contar. Aunque al fin y al cabo no era su madre. Él cuidó a la suya cuando enfermó y murió, pero tuvo más suerte, fue una neumonía y se la llevó en dos meses. Yo tuve que luchar tres años. Así que, buenas chicas, decidme dónde estabais y decidme si no tengo derecho a llamaros irresponsables.

Se volvió dándole la espalda y caminó lentamente hasta su mesa, donde se sentó de nuevo.

—Creo que eres injusta, me consta que Ros hacía turnos extra durante la noche para estar con ella por la mañana, y fuiste tú la que insistió en que la *ama* viviese contigo cuando el *aita* murió. Siempre os llevasteis bien, contigo siempre tuvo algo especial que no tenía con Ros, y mucho menos conmigo. Además, vosotras erais las mayores, yo solo era una cría y encima estaba fuera. Venía siempre que podía, y sabes que tanto Ros como yo estábamos de acuerdo en ingresarla cuando empeoró. Te apoyamos plenamente cuando hubo que inhabilitarla, incluso nos ofrecimos a poner dinero para pagar el centro.

—Pagar, todo lo arregláis así los irresponsables. Pago y me quito el problema de encima. No, no era una cuestión de dinero, sabes que cuando murió el *aita* dejó dinero de sobra. Era una cuestión de hacer lo debido, e inhabilitarla no fue idea mía sino de ese maldito médico —dijo quebrándosele la voz.

—Por Dios, Flora, alucino de que estemos hablando de esto otra vez. La *ama* no estaba bien, ya no era capaz de cuidar ni de ella misma y menos del negocio. El doctor Salaberria lo propuso porque sabía por cuántos problemas pasábamos por esa cuestión, ya ves que el juez no tuvo ni la más mínima duda, no sé por qué te atormentas con eso.

—Ese médico se metió donde nadie le llamaba y vosotras le disteis vía libre. No debí permitir que la ingresarais. No habría acabado así si le hubiera tratado la neumonía en casa, yo lo sabía, sabía que ella estaba muy delicada y que el hospital era una mala idea, pero no quisisteis escucharme y todo salió mal.

Amaia miró a su hermana con la profunda carga de pena que le producía ver tanto rencor, tanta inquina. En otro tiempo habría saltado como impulsada por un resorte entrando en su juego de reproches, explicaciones y sentencias, pero su trabajo en la policía le había enseñado mucho sobre el dominio, el control y el juicio que había tenido que poner en práctica cientos de veces ante seres tan mezquinos que Flora, por comparación, parecía una colegiala testaruda y pueril. Bajó aún más el tono de su voz y apenas en un susurro dijo:

—¿Sabes qué creo, Flora? Creo que eres una de esas mujeres abnegadas y entregadas al sostén de una familia que nadie te ha pedido que sostengas, solo para tener una buena carga de culpabilidad y reproches que arrojar sobre los demás como una losa que termina sepultando a todas las personas de tu alrededor hasta que te ves sola con tu abnegación y los reproches que nadie quiere oír. Eso es lo que te pasa a ti. Al final, en tu intento de moralizar, de dirigir y de mangonear, lo único que consigues es alejar a todo el mundo de ti. Nadie te ha pedido que seas una heroína ni una mártir.

Flora miraba a un punto en el vacío; apoyaba los codos sobre su mesa y cruzaba las dos manos sobre los labios como imponiéndose silencio, un silencio que sería temporal, solo se reservaba hasta que encontrase el momento adecuado para lanzar sus dardos envenenados, y entonces sería implacable. Cuando habló, su voz había recuperado el control y el tono apremiante habitual en ella.

—Supongo que has venido para algo más que para decirme cómo crees que soy, así que si tienes algo concreto que preguntar, hazlo ya, si no te tendrás que ir. Yo no tengo tiempo para perder.

Amaia sacó de su bolso una pequeña caja de cartón, abrió la tapa y antes de extraer el contenido miró a su hermana.

—Lo que voy a enseñarte es una prueba policial que apareció en el escenario de un crimen. Acudo a ti como asesora de la policía. Espero que entiendas que su naturaleza es secreta. No debes decírselo a nadie, ni hablar con nadie de ello, ni siquiera con la familia.

Flora asintió. Su expresión había mudado hacia el interés.

—Está bien, mira esto y dime qué te parece —dijo sacando de la caja la bolsa que contenía la fragante tortita hallada sobre el cuerpo de Anne.

—Un *txantxigorri*, ¿esto apareció en el lugar del asesinato?

—Sí.

—¿En todos?

—Flora, no puedo darte esa información.

—¿Puede que el asesino estuviera comiéndoselo?

—No, parece más bien que fue dispuesto para que se hallase allí, el trozo que falta es el que hemos enviado a laboratorio. ¿Qué puedes decirme?

—¿Puedo tocarlo?

Se lo tendió. Ella lo sacó de la bolsa, se lo llevó a la nariz y lo olisqueó durante unos segundos. Lo apretó entre sus dedos pulgar e índice y raspó una pequeña porción con la uña.

—¿Hay alguna posibilidad de que esté contaminado o envenenado?

—No, en el laboratorio lo han analizado y está limpio.

Se llevó una pizca a la boca y lo saboreó.

—Bueno, entonces ya te habrán dicho cuáles son los ingredientes...

—Sí, ahora quiero que tú me digas todo lo demás.

—Ingredientes de primera calidad. Frescos y mezclados en la justa proporción. Horneado esta misma semana, yo diría que no tiene más de cuatro días, y por el color y la porosidad diría que muy probablemente se coció en un horno de leña tradicional.

—Increíble —dijo Amaia sinceramente impresionada—. ¿Cómo puedes saber todo eso?

Flora sonrió.

—Porque yo sé hacer mi trabajo.

Amaia ignoró el insulto encubierto.

—¿Y quién además de Salazar elabora estos dulces?

—Bueno, supongo que podría hacerlos cualquiera que tuviera la receta. No es un secreto, aparece en mi primer libro con la receta del *aita*, además de ser un postre típico de la zona; supongo que en todo el valle habrá una docena de variantes de la receta... Aunque no con esta calidad, no con este equilibrio en las proporciones.

—Quiero que me hagas una lista de todos los obradores, pastelerías y tiendas de los alrededores que los venda o los elabore.

—Eso no será tan difícil. Con esta calidad solo los hago yo, también Salinas de Tudela, Santa Marta de Vera y quizá un obrador de Logroño... Bueno, la verdad es que esos no son tan buenos. Yo te puedo dar una lista de mis clientes, pero aquí mismo, en Elizondo, me consta que se venden a turistas y visitantes además de a los del pueblo. No sé si os servirá de algo.

—No te preocupes de eso, tú hazla, ¿para cuándo la puedes tener?

—Para esta tarde a última hora, hoy tengo bastante trabajo, ya sabes gracias a quién.

—Esta tarde estará bien. —No quiso entrar al trapo de su provocación. Recogió la bolsa con los restos del dulce—. Gracias, Flora, el inspector Montes pasará a recogerla...

Flora permaneció impasible.

—Me han dicho que ya os conocéis.

—Pues es agradable comprobar que por una vez estás bien informada. Sí, lo conozco, y es muy agradable. El inspector Montes pasó por aquí a presentarme sus respetos, a la hora del cierre, así que me acompañó un rato, le enseñé un poco el pueblo, tomamos un café, se mostró encantador y hablamos de un montón de cosas, de ti incluida.

—¿De mí? —preguntó sorprendida.

—Sí, de ti, hermanita. El inspector Montes me contó

cómo te las ingeniaste para conseguir que te asignaran este caso.

—¿Eso te dijo?

—Bueno, con otras palabras, es un hombre muy educado y con un gran corazón. Tienes suerte de trabajar con un profesional de su talla. Quizás aprendas algo —dijo sonriendo.

—¿Eso también te lo dijo Montes?

—Por supuesto que no, pero es fácil deducirlo. Sí, señora, un hombre encantador.

—Lo mismo estaba pensando yo —dijo Amaia levantándose para dejar su taza en el fregadero.

—Sí, todos tus colaboradores son muy agradables... Te vi esta mañana en el cementerio con uno muy guapo.

Amaia sonrió divertida por la malicia de su hermana.

—Teníais las cabezas muy juntas y parecía que te susurraba algo al oído. Me pregunto qué diría James si pudiera ver eso.

—No te vi, hermana.

—Es que no llegué a entrar, no pude asistir al funeral porque tenía la reunión con los de la editorial, y después me acerqué hasta el cementerio paseando. Llegué pronto y os vi parados frente a una tumba... Tú te inclinaste sobre el sepulcro y él te abrazó.

Amaia se mordió el labio inferior y sonrió mientras negaba con la cabeza.

—Flora, Jonan Etxaide es gay.

Esta no pudo disimular su sorpresa ni su fastidio.

—Solo me incliné sobre la tumba de una de mis profesoras de primaria, Irene Barno, ¿la recuerdas? Me resbale y él me sostuvo.

—Qué tierno, ¿visitas su tumba? —se burló.

—No, solo me incliné para enderezar un tiesto que el viento había tirado, entonces reconocí su nombre.

Flora la miró a los ojos.

—Nunca vas a visitar a la *ama*.

—No, Flora, nunca visito a la *ama*, pero, dime, ¿de qué serviría ahora?

Flora se volvió hacia la ventana y susurró:

—Ahora, ya de nada.

Un fuerte ruido de motor se oyó en el almacén y una sombra oscureció su rostro momentáneamente.

—Será Víctor —susurró.

Salieron hasta la puerta trasera del obrador, donde el ex marido de Flora estaba aparcando una moto antigua.

—Oh, Víctor, es preciosa, ¿de dónde la has sacado? —preguntó Amaia a modo de saludo.

—Se la compré a un chatarrero de Soria, pero te aseguro que no tenía este aspecto cuando la traje.

Amaia la rodeó para verla mejor.

—No sabía que te dedicaras a esto, cuñado. —Seguía llamándole cuñado y seguramente seguiría haciéndolo siempre.

—Es una afición relativamente nueva, hace un par de años que me dio por esto de las motos. Empecé con una Bultaco Mercurio y una Montesa Impala 175 sport, y desde entonces he restaurado cuatro con esta, que es una Ossa 175 sport... Una de las que estoy más orgulloso.

—No tenía ni idea, pero has hecho un trabajo magnífico.

Flora resopló poniendo de manifiesto su fastidio, caminó hacia la puerta y dijo:

—Bueno, cuando acabes de jugar me avisas, estaré dentro... Trabajando. —Cerró de un portazo y se perdió en el interior.

Víctor compuso una sonrisa de circunstancias.

—Es que a Flora no le gustan las motos, para ella esta afición es una pérdida de tiempo y de dinero. —Intentó justificarla—. Cuando estaba soltero tuve una Vespa y hasta solía llevarla a dar una vuelta.

—¡Es verdad, yo la recuerdo, era blanca y roja! Venías a buscarla aquí mismo, al almacén, y cuando os despedíais siempre te decía lo mismo, que tuvieras cuidado y que... —se interrumpió bruscamente.

—... que no bebiera —acabó Víctor—. En cuanto nos casamos me convenció para que la vendiera, y ya ves, solo le hice caso en lo primero.

—Víctor, no quería molestarte...

—No te preocupes, Amaia, soy alcohólico, es algo que me ha costado admitir, pero forma parte de mí y vivo con ello. Soy como un diabético, aunque en lugar de no volver a comer tarta me he quedado sin tu hermana.

—¿Qué tal te va? Me ha dicho la tía que estás en el caserío de tus padres...

—Me va bien; aparte del caserío, y con muy buen criterio, mi madre me dejó una paga mensual que me permite vivir. Voy a las reuniones de alcohólicos anónimos a Irún, restauro motos... No me quejo.

—¿Y con Flora?

—Bueno... —Sonrió mirando hacia la puerta del almacén—. Ya la conoces, como siempre.

—Pero...

—No nos hemos divorciado, Amaia, ella no quiere ni oír la mención, y yo tampoco, aunque supongo que por distintas razones.

Se fijó en Víctor, con su camisa azul recién planchada, afeitado, oliendo levemente a colonia y apoyado en su moto... Le recordó al novio que fue una vez, y tuvo la certeza de que aún amaba a Flora, de que nunca había dejado de amarla, a pesar de todo. Esa certeza la desconcertó, y sintió de inmediato una oleada de afecto hacia su cuñado.

—La verdad es que le puse las cosas bastante difíciles, no imaginas lo que te lleva a hacer el alcohol.

«Mejor di que no sabes hasta dónde te puede llevar vivir veinte años con la bruja del oeste —pensó Amaia—.

Seguro que acabar empinando el codo le pareció lo más leve para poder aguantarla.»

—¿Por qué vas a las reuniones a Irún?, ¿no hay ninguna más cerca?

—Sí, en el local parroquial, creo que los jueves, pero aquí prefiero seguir siendo el borracho conocido.

Primavera de 1989

Era sin lugar a dudas la cartera escolar más fea que había visto jamás, de color verde oscuro y con unas hebillas marrones que hacía años que nadie llevaba. No la tocó, al menos no ese día. Por suerte el curso estaba a punto de terminar y no tendría que usarla hasta septiembre. Eso pensó. Pero ese día no la tocó. Se quedó en silencio mirando aquel horror apoyado sobre una silla de la cocina y sin darse cuenta elevó una mano y la pasó por el cortísimo cabello que a duras penas había igualado su tía, como si entendiese a un nivel muy básico que las ofensas estaban relacionadas. Los ojos se le llenaron de lágrimas de niña en su cumpleaños, lágrimas de pura decepción. Sus dos hermanas la miraban con ojos como platos medio ocultas por los grandes tazones de leche humeante. Ninguna dijo nada, aunque a veces, cuando Rosario la reñía, Rosaura lloraba en silencio.

—¿Se puede saber qué te pasa ahora? —preguntó su madre impacientándose.

Quiso decir muchas cosas. Que era un regalo horrible, que ya sabía que no tendría el peto vaquero, pero que no esperaba algo así. Que algunos regalos estaban pensados para deshonrar, para humillar y para herir, y esa era una lección que una niña no debería aprender en su noveno cumpleaños. Amaia lo supo mientras miraba desolada aquel espanto sin poder contener sus lágrimas. Alcanzaba a entender que aquella horrible cartera no era el fruto de la dejadez ni de la prisa de última hora por encontrar un regalo, del mismo modo que no respondía a una necesidad. Tenía una bandolera de lona en la que portaba sus libros que estaba en perfecto estado. No. Había sido pensado y elegido con sumo cuidado para causar el efecto deseado. Un éxito rotundo.

—¿No te gusta? —inquirió su madre.

Quiso decir tantas cosas, cosas que sabía, que presentía y que en su mente de niña ni siquiera acertaba a ordenar. Solo musitó:

—Es de chico.

Rosario sonrió con un aire condescendiente que evidenciaba cuánto estaba disfrutando con aquello.

—No digas tonterías, estas cosas son indistintas para niños y niñas.

Amaia no contestó, se volvió muy despacio y se dirigió a la puerta.

—¿Adónde vas?

—Me voy a casa de la tía.

—De eso nada —dijo irritada de pronto—. ¿Qué te crees, desprecias el regalo que te hacen tus padres y ahora quieres irle con el cuento a tu tía la *sorgiña*? ¿Quieres que te adivine el futuro? ¿Quieres saber cuándo vas a tener unos pantalones de peto como los de tus amigos? De eso nada, si quieres largarte de aquí vete a ayudar a tu padre en el obrador.

Amaia siguió caminando hacia la puerta sin atreverse a mirarla.

—Antes de irte lleva tu regalo a tu habitación.

Amaia siguió caminando sin volverse, apuró el paso y aún la oyó llamarla un par de veces antes de alcanzar la calle.

El obrador la recibió con el dulzón aroma de la esencia de anís. Su padre acarreaba sacos de harina que depositaba junto a la artesa en la que después los volcaría. Reparó de pronto en su presencia y avanzó hacia ella, sacudiéndose la harina del delantal antes de abrazarla.

—¿Pero qué carita traes?

—*Ama* me ha dado el regalo —gimió ella sepultando su rostro en el pecho de su padre y ahogando así sus palabras.

—Venga, vamos, ya pasó —la consoló acariciando la cabeza rala donde antes estuvo su precioso cabello—. Venga —dijo apartándola lo suficiente como para verle la cara—, deja de llorar y ve a lavarte esa carita. Yo aún no te he dado mi regalo.

Amaia se lavó la cara en la pila que había junto a la mesa sin dejar de mirar a su padre, que sostenía en la mano un sobre sepia en el que estaba escrito su nombre. Contenía un billete nuevo de cinco mil pesetas. La niña se mordió el labio y miró a su padre.

—*Ama* me lo quitará —dijo preocupada— y te reñirá —añadió.

—Ya lo he pensado, por eso dentro del sobre hay otra cosa.

Amaia atisbó en el fondo y vio que contenía una llave. Miró a su padre interrogándole. Él tomó el sobre y lo vació sobre su mano.

—Es una llave del obrador. He pensado que puedes guardar aquí el dinero y cuando necesites una parte puedes entrar con tu llave mientras la *ama* está en casa. Ya he hablado con la tía y ella te comprará el pantalón que quieres en Pamplona, pero este dinero es para ti, para que tú te compres lo que quieras; procura ser discreta y no te lo gastes todo de golpe o tu madre se dará cuenta.

Amaia miró a su alrededor saboreando de antemano la libertad y el privilegio que suponía tener la llave. El padre pasó un trozo de fino cordel por el agujero de la llave, lo anudó y quemó con un mechero los extremos de la cuerda para evitar que se deshilachase antes de colgárselo en el cuello a su hija.

—Que no te la vea la *ama*, pero si te la ve, di que es de casa de la tía. Asegúrate de cerrar bien al salir y no habrá problema. Puedes guardar el sobre tras esas garrafas de esencia, hace años que no las tocamos para nada.

En los días que siguieron, Amaia acumuló en su cartera escolar los pequeños tesoros que iba comprando con su dinero, casi todo artículos de papelería. Una agenda en cuya tapa se veía un bellísimo Pierrot sentado sobre una luna menguante; un bolígrafo con estampado de flores y tinta perfumada de rosas; un estuche de tela que imitaba la parte superior de un pantalón con sus bolsillos y cremalleras, y un cuño con forma de corazón con tres cajitas de tinta de distintos colores.

19

A las cuatro de la tarde, el padre de Anne les recibió en un salón tan limpio como atestado de fotos de la chica. A pesar del leve temblor en las manos con el que sirvió el café, se mostraba sereno y controlado.

—Tendrán que disculpar a mi mujer, se ha tomado un tranquilizante y está acostada, pero si es preciso...

—No se preocupe, solo queremos hacerle unas preguntas sencillas; a menos que usted lo estime oportuno creo que no será necesario molestarla —dijo Iriarte con una nota de emoción en la voz que a Amaia no le pasó desapercibida. Recordó el modo en que le había afectado reconocer a Anne en el río. El padre de Anne sonrió de una forma que Amaia había visto en muchas ocasiones: era un hombre vencido.

—¿Se encuentra mejor? Le vi en el cementerio...

—Sí, gracias, fue la tensión, el médico me ha dicho que tome èstas pastillas —dijo señalando una cajita— y que no tome café. —Sonrió de nuevo mirando las humeantes tazas sobre la mesita.

Amaia se tomó unos segundos para mirar fijamente al hombre y calibrar su dolor; después preguntó:

—¿Qué puede decirnos de Anne, señor Arbizu?

—Solo cosas buenas. Quería decirles que no tuvimos a Anne biológicamente. —Amaia se percató de que evitaba decir las palabras «No era nuestra hija».

—Desde el día en que la trajimos a casa todo fue felicidad... Era preciosa, mire —y extrajo de debajo de un cojín un portafotos que mostraba a un bebé rubito y sonriente. Amaia supuso que había estado mirándola hasta que ellos habían llegado y que la había cubierto con el cojín obedeciendo a una orden inconsciente. Observó la foto y se la mostró a Iriarte, que susurró:

—Preciosa. —Y le devolvió el retrato, que él volvió a cubrir con el cojín.

—Sacaba muy buenas notas, pregunte a sus profesores, es..., era muy lista, mucho más que nosotros, y muy buena, nunca nos dio un disgusto. No bebía ni fumaba, como otras chicas de su edad, y no tenía novio, decía que con los estudios no tenía tiempo para esas cosas.

Se detuvo y bajó la mirada hasta sus manos vacías. Permaneció así durante unos segundos, como alguien que ha sido expoliado y no comprende dónde está aquello que tenía entre sus brazos tan solo un instante antes.

—Era la hija que cualquiera habría querido tener... —musitaba casi para sí.

—Señor Arbizu —interrumpió Amaia, y él la miró como si acabase de despertar de un largo letargo—. ¿Nos permitiría ver la habitación de su hija?

—Claro.

Recorrieron juntos el pasillo, en el que a un lado y a otro colgaban más fotos de Anne, fotos de la comunión, en el colegio con tres o cuatro años, vestida de vaquera con siete; ante cada una el padre se detenía a contarles alguna anécdota. El dormitorio aparecía algo revuelto por Jonan y el equipo que había venido a llevarse su ordenador y sus diarios. Amaia dio un vistazo general. Colores rosas y violetas en una habitación por lo demás bastante clásica. Muebles de buena calidad en color crema. Una colcha edredón con motivos florales que se repetían en las cortinas y estanterías en las que se veían más peluches que libros. Se acercó y ojeó los títulos. Matemáticas, ajedrez y astronomía mezclados con novelas románticas; se volvió sorprendida hacia Iriarte, que entendiendo la pregunta no formulada contestó:

—Está recogido en el informe, incluida la lista de títulos.

—Ya le he dicho que mi Anne era muy lista —apuntó torpemente el padre desde la entrada de la habitación, donde se había detenido a mirar el interior del dormitorio con un gesto en la boca que Amaia sabía que iba destinado a contener el llanto.

Dio un último vistazo al interior del armario ropero. La ropa que una buena madre cristiana le compraría a su hija adolescente. Cerró las puertas y salió de la habitación precedida por Iriarte. El hombre les acompañó hasta la puerta.

—Señor Arbizu, ¿hay alguna posibilidad de que Anne les hubiera ocultado algo, de que tuviera secretos importantes o amistades que ustedes desconociesen?

El padre negó categóricamente.

—Es imposible. Anne nos lo contaba todo, conocíamos a todos sus amigos, teníamos muy buena comunicación.

Cuando bajaban, la madre de Anne les abordó en la escalera. Amaia supuso que les había esperado sentada allí, en los escalones que separaban la entrada principal de la planta. Llevaba una bata marrón de hombre sobre un pijama azul también de hombre.

—Amaia... Perdón, inspectora, ¿te acuerdas de mí? Yo conocía a tu madre, mi hermana mayor y ella eran amigas, igual no te acuerdas. —Mientras hablaba se retorcía las manos una dentro de otra de un modo tan atroz que Amaia no podía dejar de mirarlas, como si fueran dos criaturas heridas buscando un cobijo imposible.

—La recuerdo —dijo tendiéndole la mano.

De pronto, sin que ninguno de los presentes hubiera advertido su intención, se arrodilló frente a Amaia y sus manos, aquellas manos heridas de vacío, atenazaron las de ella con una fuerza que parecía imposible en aquella frágil mujer. Elevó los ojos y suplicó:

—Coge al monstruo que ha matado a mi princesa, a mi niñita maravillosa. Me la ha matado y no puede haber paz para él.

El marido gimió.

—Oh, por Dios, ¿qué haces, cariño?

Bajó corriendo las escaleras y trató de abrazar a su mujer. Iriarte la levantó cogiéndola por las axilas, pero aun así no soltó las manos de Amaia.

—Yo sé que es un hombre, porque he visto muchas veces cómo miraban los hombres a mi Anne, como los lobos, con codicia y hambre feroz... Una madre puede ver eso, lo distingue claramente, y yo veía cómo codiciaban su cuerpo, su rostro, su boca maravillosa, ¿la has visto, inspectora? Era un ángel. Tan perfecta que no parecía de verdad.

El marido la miraba a los ojos llorando en silencio, y Amaia vio cómo Iriarte tragaba saliva y tomaba aire lentamente.

—Recuerdo el día en que fui madre, el día en que me la entregaron y la cogí en mis brazos. Yo no podía tener hijos, las criaturas morían en mi vientre en las primeras semanas de gestación, los abortos me sobrevenían súbitamente, enteros y sin residuos, naturales los llaman, como si pudiera haber algo de natural en el hecho de que tus hijos se te mueran dentro. Tuve cinco abortos antes de ir a buscar a Anne, y para entonces yo ya había perdido cualquier tipo de ilusión por ser madre, ya no quería..., no quería volver a pasar de nuevo por aquello y era incapaz de imaginarme a mí misma sosteniendo en las manos algo más que uno de aquellos saquitos sanguinolentos que eran todo lo que podía llegar a gestar. El día que traje a Anne a casa no podía dejar de temblar, tanto que mi marido pensó que la niña se me caería de los brazos. ¿Te acuerdas? —dijo mirándole. Él asintió en silencio—.

Por el camino, mientras veníamos en el coche, no había podido apartar los ojos de su rostro perfecto, era tan bella que parecía irreal. Cuando entramos la puse sobre mi cama y la desnudé completamente, en el informe ponía que era una niña sana, pero yo estaba segura de que tendría algún defecto, una tara, una horrible mancha, algo que afeara su perfección. Inspeccioné su cuerpecillo y solo pude maravillarme ante lo que veía, producía una extraña sensación, como de estar viendo una estatua de mármol. —Amaia recordó el cuerpo inerte de la chica, que le había recordado a una madona, perfecta en su blancura—. Pasé los días siguientes observándola maravillada, cuando la tomaba en los brazos me sentía tan agradecida que rompía a llorar de pura angustia y felicidad. Y entonces, en el transcurso de esos días mágicos, quedé de nuevo embarazada, y cuando lo descubrí apenas me importó, ¿sabe?, porque yo ya era madre, parí desde el corazón y gesté a mi hija entre mis brazos, y quizá por eso, porque gestar a un hijo ya no era el objetivo de mi vida, el embarazo prosperó. No se lo contamos a nadie, ya no lo hacíamos. Después de tantas decepciones habíamos aprendido a mantenerlo en secreto. Pero esta vez el embarazo siguió progresando, llegué al quinto mes; la barriga era más que evidente y la gente comenzó a hablar. Anne tenía casi el mismo tiempo que la criatura que llevaba dentro, unos seis meses, y estaba preciosa, el pelo rubio ya le cubría la cabeza y se le ondulaba en las sienes, y sus ojos azules, con esas largas pestañas, le iluminaban el rostro, que seguía inmaculado. La llevaba en el carrito con un vestidito azul que todavía guardo y sentía tanto orgullo cuando se inclinaban a mirarla que casi rayaba en la euforia. Una de mis cuñadas se acercó a mí y me besó. Felicidades, me dijo, ves lo que son las cosas, solo necesitabas relajarte para quedarte embarazada, y ahora por fin vas a tener un hijo de tu misma sangre. Me quedé helada. «Los hijos no son de sangre, son de amor», le dije casi temblando. Me respondió: «Ya, ya, si ya te entiendo, recoger a un niño de la inclusa es muy generoso y todo eso, pero si tú llegas a saber esto —dijo tocándome la tripa—, *pa* rato la traes». Volví a casa mareada y asqueada, cogí a mi hija en los brazos y la apreté contra mi pecho mientras la angustia y el pánico iban en aumento y una sensación ardiente se extendía por mi vientre desde el lugar donde aquella bruja me había tocado. Esa misma noche desperté bañada en sudor y aterrada con la certeza de saber que mi hijo se estaba rompiendo en mi interior. Sentía cómo se rompían las finas amarras que lo habían unido a mí y mientras el dolor crecía sentí una fuerza poderosa que me arrasaba por dentro inmovilizándome hasta el punto de que fui incapaz de extender la mano hasta mi esposo, que dormía a mi lado, ni de emitir más que mudos jadeos hasta que el líquido ardiente comenzó a derramarse entre mis piernas. El médico me mostró la criatura, un varón de rostro morado formadito y transparente en algunos sitios. Me dijo que tenía que intervenirme, que tenía que hacerme un legrado porque la placenta no había salido entera. Y yo, sin dejar de mirar el rostro horrible de mi hijo muerto, le dije que me ligara las trompas o que me quitara el útero, que me daba igual, que mi vientre no era una cuna, era la tumba de mis hijos. El médico titubeó, me dijo que quizá más adelante podría intentar de nuevo ser madre, pero yo le dije que ya lo era, que ya era la madre de un ángel y que no quería ser madre de nadie más.

Amaia contemplaba con suma tristeza el drama inmenso de aquella mujer, que en parte también era el suyo: su vientre, una tumba para los hijos no nacidos. La madre de Anne siguió hablando, derramando sobre ellos esa suerte de confesión que parecía quemarla por dentro.

—Llevaba quince años sin hablarle a mi cuñada y la hija de puta ni siquiera sabe por qué. Hasta hoy en el funeral. Se me ha acercado con la cara llena de lágrimas y me ha susurrado: «Perdóname». Me ha dado tanta pena que la he abrazado y la he dejado llorar, pero no le he contestado, porque nunca la perdonaré. Ya no soy madre, inspectora, alguien me ha robado la rosa que me había brotado del corazón, como en el poema, y ahora tengo una tumba en el vientre y otra en el pecho. Cójalo, párelo y, cuando lo encuentre, péguele un tiro. Hágalo, si no lo hace usted lo haré yo. Le juro por todos mis hijos muertos que dedicaré mi vida a perseguirlo, a esperarlo, a acosarlo hasta que pueda acabar con él.

Cuando salieron a la calle, Amaia se sintió algo rara, como si acabase de aterrizar después de un largo vuelo.

—¿Ha visto las paredes, jefa? —preguntó Iriarte.

Ella asintió, recordando las fotografías que forraban las paredes de aquella casa, que semejaba ahora un mausoleo.

—Parecía mirarnos desde todas partes. No sé cómo van a superar esto viviendo en esa casa.

—No lo harán —dijo ella compungida.

Reparó de pronto en la presencia de una mujer que venía a toda prisa cruzando la calle en diagonal con el propósito evidente de abordarles. Cuando la tuvo enfrente reconoció a la tía de Anne, la cuñada a la que su madre negó el saludo durante años.

—¿Vienen de verlos? —preguntó jadeando por el esfuerzo de la carrera.

Amaia no contestó, segura de que el propósito de todo aquel esfuerzo no era saber de dónde venían.

—Yo... —titubeó—. Yo quiero mucho a mi cuñada, es terrible lo que les ha pasado. Ahora mismo voy a su casa, a..., bueno, a estar con ellos. ¿Qué más puedo hacer? Es horrible, y sin embargo...

—¿Sí?

—Esa niña, Anne, no era normal... No sé si me entiende. Era preciosa, y muy lista, pero había algo extraño en ella, algo malo.

—¿Algo malo? ¿Y qué era?

—Era ella, ella era lo malo. Anne era una *belagile*, tan oscura por dentro como blanca por fuera. Ya de niña su mirada parecía atravesarte, tenía un brillo lleno de maldad. Y las brujas no alcanzan la paz cuando mueren, ya lo verá. Anne aún no ha terminado.

Lo afirmó con el mismo empaque y seguridad que si hablase ante un tribunal inquisitorial, sin asomo de vergüenza o duda al pronunciar una palabra que hoy solo parece creíble en alguna película de misterio o terror. Y, sin embargo, se la veía terriblemente inquieta, se diría que asustada. La vieron alejarse con la seguridad de quien ha cumplido con un deber penoso que a la vez le honra.

Tras unos segundos de desconcierto, Amaia y el inspector siguieron caminando por la calle Akullegi cuando sonó el teléfono de Iriarte.

—Sí, está conmigo, ahora mismo íbamos hacia la comisaría. Yo se lo digo.

Amaia lo miraba expectante.

—Inspectora, es su cuñado, Alfredo... Está en el hospital de Navarra, en Pamplona, ha intentado suicidarse. Uno de sus amigos lo encontró colgando del cuello en el hueco de la escalera. Por suerte parece que llegó a tiempo, aunque su estado es muy grave.

Amaia consultó la hora en su reloj. Las cinco y cuarto. Ros estaría a punto de llegar del trabajo.

—Inspector, vaya usted a comisaría, yo iré a casa, no quiero que mi hermana se entere por cualquiera. Después iré al hospital, volveré cuanto antes, mientras tanto ocúpese usted de todo aquí, y si...

Él la interrumpió.

—Inspectora, era el comisario, me ha pedido que la acompañe a Pamplona... Por lo visto el intento de suicidio de su cuñado tiene relación con el caso.

Amaia le miró desconcertada.

—¿Relación con el caso?, ¿con qué caso?, ¿con el caso del basajaun?

—El subinspector Zabalza nos espera en el hospital, él le dirá más, yo sé tanto como usted. Después de pasar por el hospital, el comisario quiere vernos en la comisaría de Pamplona a las ocho.

20

La calle Braulio Iriarte se había llamado antiguamente calle del Sol, porque todas las fachadas están orientadas al sur y el sol calienta e ilumina la calle hasta que se pone. Con el tiempo se le había cambiado el nombre como homenaje a un benefactor de la localidad que después de hacer las Américas y enriquecerse fundando el imperio cervecero de la Coronita, regresó al pueblo y financió un frontón, una casa de la caridad y algunas otras importantes obras. Pero Amaia seguía pensando que calle del Sol era más adecuada, básica y ancestral, del tiempo en que el hombre vivía en comunión con la naturaleza, y que había sido barrido por el poderoso don Dinero. Amaia agradeció los tibios rayos que calentaban su rostro y sus hombros a pesar del frío del mes de febrero y de otro frío mucho más intenso que volvía a brotar desde su interior como un cadáver mal enterrado, un frío que había regresado con las palabras de Iriarte. Su cabeza no dejaba de dar vueltas a la información que tenía. En un intento desesperado por hallar la respuesta había bombardeado a preguntas al policía, que prudentemente se negaba a lanzar al aire nuevas hipótesis. Al final se había sumido en un silencio resentido limitándose a caminar a su lado. Al llegar junto a la casa vieron el Ford Fiesta de Ros, que se detenía frente a la entrada.

—Hola, hermana —saludó Ros contenta de verla.

—Ros, entra en casa, tengo que hablar contigo. —La sonrisa de Ros se esfumó.

—No me asustes —dijo mientras abría la puerta y entraban a la sala. Amaia la miraba fijamente.

—Siéntate, Ros —dijo Amaia indicándole una silla.

Ros se sentó a la mesa en el mismo lugar que elegía para echar las cartas.

—¿Dónde está la tía? —preguntó Amaia, consciente de pronto de que no había visto a Engrasi.

—No lo sé, Dios mío, ¿le ha pasado algo? Me dijo que igual iba a comprar al Eroski con James...

—No, la tía está bien... Ros, es Freddy.

—¿Freddy? —repitió ella como si nunca antes hubiera escuchado aquel nombre.

—Ha intentado suicidarse colgándose por el cuello de la barandilla de la escalera de tu casa.

Ros se mantuvo serena, quizá demasiado serena.

—¿Ha muerto? —quiso saber.

—No, por suerte un amigo suyo fue a casa en ese momento y... ¿Sabes si había una llave escondida en la entrada?

—Sí, discutimos varias veces por eso, no me gustaba que sus amigos pudieran entrar en casa en cualquier momento.

—Lo siento mucho, Ros —susurró Amaia.

Ros se mordió el labio inferior y permaneció en silencio, mirando a un punto en el vacío a la derecha de Amaia.

—Ros, salgo ahora mismo hacia Pamplona, nos han dicho que está en el hospital de Navarra. —Omitió decirle nada sobre la presunta relación de Freddy con el caso. —Déjale una nota a la tía, ya llamaremos a James por el camino.

Ros no se movió de su sitio.

—Amaia, no voy a ir.

Esta, que ya había dado unos pasos hacia la puerta, se detuvo.

—¿Que no? ¿Por qué? —preguntó realmente sorprendida.

—No quiero ir, no puedo ir. No me encuentro con fuerzas.

Amaia la miró durante unos segundos y luego asintió.

—Está bien, lo comprendo —mintió—. Te llamaré con lo que sepa.

—Sí, mejor llámame.

Cuando subió al coche se quedó mirando a Iriarte, que ya estaba al volante.

—De verdad que no entiendo nada —dijo mirándole. Él negó con la cabeza incapaz de ayudarla.

El hospital les recibió con su característico olor a desinfectante y una corriente heladora que barría el vestíbulo.

—Están haciendo obras en la parte trasera, en la antigua entrada de urgencias, de ahí la corriente —explicó Iriarte.

—¿Dónde está la UCI?

—Por aquí —indicó el otro—, cerca de los quirófanos, yo le llevo, he estado aquí unas cuantas veces.

Siguiendo la línea verde dibujada en el suelo recorrieron un pasillo tras otro, hasta que el subinspector Zabalza surgió de una pequeña sala donde únicamente había una mesita y media docena de sillones, algo más cómodos que las sillas de plástico que se agrupaban en hileras por los pasillos.

—Vengan, podemos hablar aquí, no hay nadie.

Zabalza se asomó de nuevo al pasillo, hizo una seña a la enfermera del control y entró por fin.

—Ya van a avisar al médico, vendrá enseguida.

Hizo ademán de sentarse, pero viendo que Amaia seguía de pie apremiándole con la mirada, sacó su libreta y comenzó a leer sus notas.

—Hoy hacia la una Alfredo se cruzó con un amigo,

el que más tarde le encontró y llamó al 112. Este declara que tenía mal aspecto, como si estuviese muy enfermo o sufriese mucho dolor.

Amaia pensó en lo abatido y desmejorado que parecía cuando le vio en el cementerio aquella mañana. Zabalza continuó.

—Dice que su aspecto le asustó, que le habló, pero Freddy apenas murmuró unas palabras incomprensibles y se fue. Su amigo se quedó preocupado, así que después de comer pasó por su casa. Llamó, como no respondía miró por la ventana y vio la tele encendida; insistió llamando y, como no había respuesta, entró en la casa usando la llave que, según él, estaba bajo una maceta de la entrada para que sus amigos le visitasen siempre que quisieran. Dice que todos los amigos conocen la existencia de la llave. Entró, lo encontró colgado del cuello en el hueco de la escalera y, a pesar de que se dio un susto de muerte, cogió un cuchillo de la cocina, subió las escaleras y cortó la cuerda. Según él todavía pataleaba. Llamó al 112 y lo acompañó en la ambulancia. Está en una sala de la zona común, por si quiere hablar con él.

Amaia suspiró.

—¿Algo más?

—Sí, el amigo dice que ya hacía días que estaba mal; no sabe si será eso, pero asegura que su mujer... —Miró a Amaia con cara de circunstancias—, que su hermana le había dejado.

—Es cierto —corroboró ella.

—Pues esa puede ser la causa. Dejó una nota.

Zabalza les mostró una bolsa de pruebas que contenía un sucio trozo de papel en su interior; se veía arrugado y húmedo.

—Está arrugado porque lo tenía apretado en la mano, se lo quitaron en la ambulancia. Y la humedad, pues supongo que son mocos y lágrimas, pero aun así puede leerse «Te quiero, Anne, para siempre te querré».

Amaia miró a Iriarte y de nuevo a Zabalza.

—Zabalza, mi hermana se llama Ros, Rosaura. Y creo que todos sabemos quién es Anne.

—Oh —dijo él—, lo siento... Yo...

—Traiga aquí al amigo —dijo Iriarte dedicándole una mirada de reproche. Cuando hubo salido Zabalza, Iriarte se volvió hacia ella.

—Discúlpele, él no lo sabía; a mí me lo comentaron por teléfono. La nota establece una relación entre Freddy y Anne, y esa es la razón de que el comisario quiera vernos.

Zabalza regresó a los pocos minutos acompañando a un hombre de unos treinta y tantos años, delgado, moreno y huesudo. Los vaqueros algo grandes y el forro polar negro le hacían parecer aún más delgado, como perdido dentro de la ropa. A pesar del duro trago que había tenido que pasar, había en su rostro un brillo de satisfacción, producido quizá por todo el interés que estaba suscitando.

—Este es Ángel Ostolaza. Los inspectores Salazar e Iriarte.

Amaia le tendió la mano y percibió un ligero temblor en la suya. Él parecía dispuesto a relatar de nuevo toda la experiencia con pelos y señales, por eso pareció un poco decepcionado cuando la inspectora llevó el interrogatorio a un terreno que no tenía ensayado.

—¿Diría que es amigo íntimo de Freddy?

—Nos conocemos desde críos, fuimos juntos al cole y luego al instituto, hasta que él lo dejó, aunque siempre hemos sido de la misma cuadrilla.

—Pero ¿son íntimos hasta el punto de contarse cosas, digamos, muy privadas?

—Bueno... No sé, sí, supongo.

—¿Conocía a Anne Arbizu?

—Todo el mundo la conocía, Elizondo es un pueblo muy pequeño —dijo como si eso lo explicase todo—.

Y Anne no pasaba desapercibida. ¿Saben a lo que me refiero? —añadió sonriendo a los dos hombres, quizá buscando una camaradería masculina que no encontró.

—¿Tenía Freddy algún tipo de relación con Anne Arbizu?

Sin duda percibió que su respuesta marcaría un rumbo distinto en el interrogatorio.

—No, ¿qué dice?, claro que no —respondió, indignado.

—¿Le hizo a usted en alguna ocasión algún comentario sobre que la encontraba atractiva o deseable?

—Pero ¿qué insinúa? Era una cría, una cría muy guapa... Bueno, quizás alguna vez hicimos algún comentario, ya sabe cómo somos los tíos. —Y volvió a buscar con la mirada el apoyo de Zabalza e Iriarte, que nuevamente le ignoraron—. Quizá dijimos que se estaba poniendo muy guapa, y que estaba muy desarrollada para su edad, pero ni siquiera estoy seguro de que el comentario partiera de Freddy, más bien alguien lo dijo y los demás estuvimos de acuerdo.

—¿Quién? ¿Quién lo dijo? —preguntó Amaia con dureza.

—No lo sé, se lo juro, no lo sé.

—Está bien, quizá volvamos a necesitar su ayuda. Ahora puede irse.

Él pareció sorprendido. Se miró las manos y de pronto pareció desolado, como si no supiera qué hacer con ellas; al final optó por sepultarlas en lo más hondo de sus bolsillos y sin decir nada abandonó la sala.

El médico entró visiblemente disgustado, paseó su mirada sobre todos los presentes y pareció que su fastidio se agudizaba. Después de una breve presentación, informó dirigiéndose a Zabalza e Iriarte, ignorando por completo a Amaia.

—El señor Alfredo Belarrain sufre lesión medular grave y fractura parcial de la tráquea. ¿Comprenden la gravedad de lo que les digo? —Miró de uno en uno a los dos hombres y añadió—: En otras palabras, no sé ni cómo está vivo, le ha faltado realmente poco. La lesión medular es lo que más nos preocupa; creemos que con el tiempo y la debida rehabilitación podrá recuperar alguna movilidad, pero dudo que pueda volver a caminar. ¿Lo comprenden?

—¿Las lesiones se corresponden con una tentativa de suicidio? —preguntó Iriarte.

—En mi opinión sí, sin duda las lesiones coinciden con un ahorcamiento autoinfligido. De manual, vaya.

—¿Cabe la posibilidad de que alguien le «ayudase»?

—No tiene heridas defensivas ni abrasiones de arrastre, no hay hematomas que indiquen que fuera empujado o forzado. Subió a lo alto de la escalera, ató la cuerda y saltó; las lesiones se corresponden con ahorcamiento y bajo las huellas de la soga no aparece ninguna señal que indique que fuera asfixiado antes de ser colgado. ¿Ha quedado claro? Y ahora, si no tienen más preguntas, les dejo el caso resuelto y me voy a trabajar.

Amaia lo miró fijamente inclinando levemente la cabeza hacia un lado.

—Espere, doctor... —Dio un paso colocándose a escasos centímetros del médico y se demoró leyendo su nombre en la placa identificativa—. Doctor... Martínez-Larrea, ¿verdad?

Él retrocedió visiblemente intimidado.

—Soy la inspectora Salazar, de homicidios de la Policía Foral, y estoy al frente de una investigación en la que el señor Belarrain desempeña un papel importante. ¿Lo comprende?

—Sí, bueno...

—Es de vital importancia que pueda interrogarle.

—Imposible —respondió él titubeando mientras alzaba las manos en un claro gesto conciliador. Amaia avanzó otro paso.

—No, ya veo que aunque es tan listo que nos ha hecho el trabajo no entiende una palabra. Ese hombre es el principal sospechoso de una serie de crímenes y tengo que interrogarle.

Él retrocedió unos pasos más hasta quedar casi en el pasillo.

—Si es un asesino pueden estar tranquilos, no irá a ninguna parte: tiene la espalda y la tráquea rotas, tiene un tubo introducido en la boca hasta el pulmón, está en coma inducido, pero aunque pudiera despertarle, que no puedo, él no podría hablar, ni escribir, ni mover las pestañas. —Dio otro paso hacia el pasillo—. Acompáñeme, señora —susurró—, le permitiré verlo, pero solo dos minutos y a través de los cristales.

Ella asintió y le siguió.

La habitación donde estaba Freddy tenía en común con una habitación la presencia inevitable de la cama hospitalaria, pero por lo demás bien podría haber sido un laboratorio, la cabina de un avión o el decorado de una película futurista. Freddy resultaba apenas visible entre los tubos, los cables y las piezas acolchadas que como un casco le sujetaban la cabeza. De su boca salía un tubo que a Amaia le pareció inusualmente grueso y que estaba sujeto al rostro con un trozo de esparadrapo blanco que hacía más evidente por comparación la palidez de Freddy. Solo en los párpados, que aparecían hinchados, se apreciaba una nota de color violáceo y el brillo perlado de una lágrima que había resbalado por el rostro hacia la oreja. La imagen de aquella mañana, cuando lo había visto entre los setos de la entrada del cementerio, volvía a su mente una y otra vez. Le dedicó unos instantes más mientras se preguntaba si sentía compasión por él. Y decidió que sí. Sentía compasión por aquella vida destrozada, pero ni toda la compasión del mundo conseguiría detenerla en su búsqueda de la verdad.

Cuando salía se cruzó con la madre de Freddy, que la

sustituiría durante dos minutos junto al cristal. Estaba a punto de saludarla cuando la mujer le increpó.

—¿Qué haces tú aquí? El médico me ha dicho que querías interrogar a mi hijo... ¿Por qué no nos dejáis en paz? ¿Te parece que tu hermana no le ha hecho ya suficiente daño? Tu hermana le destrozó el corazón cuando lo abandonó y el pobre no ha podido soportarlo, ha perdido la razón. ¿Y tú vienes a interrogarle? ¿Interrogarle sobre qué?

Amaia salió al pasillo y se unió a Zabalza e Iriarte, que la esperaban; la puerta acristalada acalló los gritos de la mujer.

—¿Qué pasa?

—El doctor lo comprende... El muy imbécil le ha dicho a la madre de Freddy que es sospechoso de asesinato.

21

El comisario recibió a Amaia y a Iriarte en su despacho y, aunque les invitó a sentarse, él decidió permanecer en pie.

—Iré al grano —anunció—. Inspectora, cuando tomé la decisión de ponerla al frente de este caso, siempre contando con el apoyo del jefe de policía de Elizondo, no imaginaba que pudiera dar un giro semejante. No se le escapará que habiendo un familiar suyo implicado en el caso su situación queda comprometida, y no podemos arriesgarnos a que un error de este tipo dé al traste con futuras acciones judiciales.

Miró fijamente a Amaia, que permaneció impasible, aunque un leve temblor nervioso hacía vibrar su rodilla, como si la tuviera conectada a un cable de alta tensión. El comisario se volvió hacia la ventana y permaneció un minuto en silencio mirando al exterior. Dejó salir el aire de sus pulmones sonoramente y preguntó:

—¿Que implicación cree que puede tener este individuo en el caso?

No estaba claro a cuál de los dos dirigía la pregunta. Amaia miró a Iriarte, que la apremió con la mirada.

—Sabíamos que Anne Arbizu mantenía relaciones con un hombre casado, pero a pesar de revisar su ordenador, diarios y llamadas no sabíamos de quién se trataba, aunque sí que la relación había terminado por parte de la chica hacía poco tiempo. Creo que era con Freddy con quien se veía. Pero él no encaja en absoluto con el perfil del asesino que buscamos. Freddy es caótico, vago y desorganizado, y estoy segura de que quien mató a Anne es el autor de las muertes de las otras chicas.

—¿Qué opina usted, Iriarte?

—Estoy completamente de acuerdo con la inspectora.

—No me gusta nada esta situación, inspectora, pero aun así le daré cuarenta y ocho horas para que compruebe las coartadas, si las hay, y descarte a Alfredo Belarrain como sospechoso; pero si ese hombre tiene cualquier tipo de implicación en la muerte de Anne Arbizu, o en la de cualquiera de las otras chicas, tendré que apartarla del caso, y sería el inspector Iriarte quien le sustituiría al mando. Ya he hablado con el comisario de Elizondo y está de acuerdo. Y ahora discúlpenme, tengo prisa. —Abrió la puerta y antes de salir se volvió—. Cuarenta y ocho horas.

Amaia sopló lentamente hasta vaciar del todo sus pulmones.

—Iriarte, gracias —dijo mirándole a los ojos.

Él se puso en pie sonriendo.

—Vamos, tenemos trabajo.

Ya había anochecido cuando llegaron a casa. En el salón de tía Engrasi, las chicas de la alegre pandilla del póquer habían sido sustituidas por una suerte de velatorio familiar sin difunto. James, sentado junto al fuego, parecía más preocupado de lo que Amaia le había visto jamás; la tía se sentaba en el sofá junto a Ros, que, curiosamente, parecía la más serena de los tres. Jonan Etxaide y el inspector Montes ocupaban sendas sillas alrededor de la mesa de juego. La tía se puso en pie en cuanto la vio entrar.

—Hija, ¿cómo está? —preguntó mientras dudaba entre avanzar hacia Amaia o permanecer donde estaba.

Amaia tomó una silla y se sentó frente a Ros, dejando apenas unos centímetros entre ellas. Miró fijamente a su hermana durante unos segundos y contestó:

—Está muy mal, tiene la tráquea destrozada por la cuerda que a punto estuvo de partirle el cuello. Además se ha producido daño de la médula espinal y no volverá a caminar.

Mientras escuchaba los lamentos de la tía y de James no dejó de estudiar el rostro de Ros. Un leve parpadeo, un gesto de disgusto que frunció sus labios brevemente. Y nada más.

—Ros, ¿por qué no has ido al hospital? ¿Por qué no has ido a ver a tu marido, que ha intentado suicidarse cuando has roto con él?

Ros la miró fijamente y comenzó a negar con la cabeza, pero no dijo nada.

—Tú lo sabías —afirmó Amaia.

Ella tragó saliva, y pareció que el acto le costaba un gran esfuerzo.

—Sabía que estaba con alguien —dijo al fin.

—¿Sabías que era Anne?

—No, pero sabía que estaba con otra mujer. Si lo hubieras visto... Era un infiel de manual. Estaba eufórico, dejó de fumar porros y no bebía, se duchaba tres veces al día y hasta se ponía una colonia que le regalé hace tres navidades y que nunca había usado. No soy tonta, y él me dio todas las pistas. Era evidente que estaba con alguien.

—Y tú sabías con quién.

—No, no lo sabía, te lo juro. Pero supe que se había terminado el día en que regresé a casa a por mis cosas y me lo encontré llorando como un niño. Estaba muy borracho. Los ojos arrasados, enterraba el rostro en un cojín y lloraba tan desesperadamente que apenas podía entenderle. Era la viva imagen de la desesperanza, creí que su madre, o una de sus tías... Entonces consiguió calmarse un poco y comenzó a decirme que todo había salido mal por su culpa, y ahora todo había terminado, que nunca había amado a nadie así, que estaba seguro de no poder soportarlo. ¡Qué imbécil! Por un momento pensé que hablaba de nosotros, de nuestra relación, de nuestro amor. Entonces dijo algo así como «La quiero más de lo que he querido nunca a nadie en toda mi vida»... ¿Lo entiendes? Tuve ganas de matarlo.

—¿Te dijo entonces quién era?

—No —susurró Ros.

—¿Has estado hoy en tu casa?

—No. —Apenas se escuchaba un hilo de voz.

—¿Dónde estabas entre la una y las dos?

—¿Qué clase de pregunta es esa? —dijo Ros alzando la voz de repente.

—Es la clase de pregunta que tengo que hacerte —respondió Amaia sin inmutarse.

—Amaia, es que crees... —dejó la frase sin acabar.

—Es rutina, Ros. Responde.

—A la una en punto salgo de trabajar y como todos los días he comido en un bar de menús de Lekaroz, después me he tomado un café con el encargado y a las dos y media he entrado de nuevo a trabajar hasta las cinco.

—Ahora debo hacerte otra pregunta —dijo Amaia suavizando el tono—. Por favor, sé sincera, Ros. ¿Tú sabías con quién se veía tu marido? Ya sé lo que has dicho, pero quizás alguien te lo dijo, o te lo insinuó al menos.

Esta se quedó en silencio y bajó los ojos hasta sus manos, que retorcían con fuerza un pañuelo de papel.

—Hermana, por el amor de Dios, dime la verdad, si no no podré ayudarte.

Ros comenzó a llorar en silencio, gruesas lágrimas rodaron por su rostro mientras parodiaba algo parecido a una sonrisa. Amaia sintió como si el suelo se desmoronase bajo sus pies. Se inclinó hacia delante y abrazó a su hermana.

—Dímelo, por favor —dijo pegando la boca a su oído—. Te vieron discutir con una mujer.

Ros se soltó bruscamente de su abrazo y fue a sentarse junto al fuego.

—Era una *belagile* —murmuró, angustiada.

Amaia pensó que era la segunda vez en aquel día que escuchaba aquel adjetivo refiriéndose a Anne.

—¿De qué hablasteis?

—No hablamos.

—¿Qué te dijo?

—Nada.

—¿Nada? Inspector Montes, repita lo que le contó ayer a Zabalza —dijo volviéndose bruscamente hacia el inspector, que había permanecido silencioso y ceñudo hasta aquel instante. Este se puso en pie como si declarase en un juicio, se estiró la chaqueta y se pasó una mano por el pelo engominado.

—Ayer, después de anochecer, caminaba por este lado del río y en la otra orilla, a la altura de la *ikastola*, vi juntas a Rosaura y a otra mujer, paradas una frente a la otra. No pude oír lo que decían, pero oí reírse a la chica, se rio tan fuerte que la oí claramente desde este lado del río.

—Eso fue todo lo que hizo —dijo Ros componiendo un gesto de aprensión—; ayer por la tarde, después de salir de mi casa, me sentía un poco aturdida y estuve caminando un rato por la otra orilla del río. Anne Arbizu venía caminando en dirección contraria a la mía; llevaba puesta una capa que le cubría en parte la cara, y cuando íbamos a cruzarnos noté que me miraba a los ojos. Aunque la conocía de vista nunca habíamos hablado, y yo pensé que iba a preguntarme algo, pero en lugar de eso se detuvo frente a mí, apenas a dos pasos, y comenzó a reírse sin dejar de mirarme, burlándose.

Amaia vio el gesto de sorpresa de los otros, pero continuó preguntando:

—¿Qué le dijiste?

—Nada, ¿para qué? Lo entendí todo inmediatamente, no había nada que decir, se reía de mí. Me sentí avergonzada y humillada, y también intimidada... Si hubieras visto sus ojos. Te juro que nunca en toda mi vida he visto tanta maldad en una mirada, había tanta malicia y conocimiento como si estuviera mirando a una anciana llena de sabiduría y desprecio.

Amaia suspiró sonoramente.

—Ros, quiero que vuelvas a pensar en lo que me has dicho. Sé que hablaste con una mujer, el inspector Montes fue testigo, pero no pudo ser Anne Arbizu, porque ayer a esa hora, cuando regresabas de tu casa, Anne llevaba veintiuna horas muerta.

Ros tembló como sacudida por un fuerte viento que soplara en todas direcciones mientras elevaba las manos en un gesto de perplejidad.

—¿Con quién hablaste, Ros? ¿Quién era esa mujer?

—Ya te lo he dicho, era Anne Arbizu, era esa *belagile*, ese demonio.

—¡Por el amor de Dios!, deja de mentir, así no puedo ayudarte —exclamó Amaia.

—Era Anne Arbizu —le gritó Ros fuera de sí poniéndose ante ella.

Amaia permaneció en silencio un minuto, miró a Iriarte y asintió autorizándole.

—¿Pudo ser una mujer que se pareciera mucho a Anne? Usted ha dicho que nunca había hablado con ella, ¿puede ser que la confundiera con otra chica? Si llevaba una capucha quizá tampoco pudo ver bien su rostro —dijo él.

—No lo sé. Puede ser... —admitió Ros sin convencimiento. Él se acercó hasta ponerse frente a ella.

—Rosaura Salazar, hemos solicitado una orden de

registro para su domicilio, teléfonos móviles, ordenadores, que incluye también las cajas que sacó de allí ayer —dijo Iriarte con voz neutra.

—No la necesitan, pueden buscar todo lo que quieran. Supongo que es así como tienen que ser las cosas. Amaia, en las cajas solo hay cosas mías, nada de él.

—Ya lo imagino...

—Espera, ¿soy sospechosa? ¿Yo?

Amaia no respondió, miró a la tía, que mantenía un brazo cruzado sobre el pecho y con la otra mano se cubría la boca. Se sintió morir por el daño que sabía que le hacía todo aquello. Iriarte se adelantó un paso, consciente de la tensión que se acumulaba por momentos.

—Su marido tenía una relación con Anne Arbizu, ella está muerta, asesinada, y él intenta suicidarse. Ahora mismo es el principal sospechoso, pero usted tuvo ayer el mismo conocimiento de la aventura, primero por parte de él, y luego esa mujer se burla de usted en plena calle.

—Bueno, esto sí que no me lo esperaba... ¿No se supone que hay un asesino en serie que mata a las niñas? ¿Os vais a sacar ahora una nueva hipótesis de la manga? Porque Freddy es un imbécil, un vago y un mierda, y además un inútil. Pero no es un asesino de niñas.

El subinspector Zabalza miró a Amaia e intervino.

—Rosaura, es rutina en la investigación, registramos la casa y, si no encontramos nada raro, comprobamos sus coartadas y lo descartamos; no es nada personal, es así como trabajamos. No debe preocuparse.

—¿Nada raro? Todo ha sido raro en los últimos meses. Todo. —Se sentó de nuevo en el sillón y cerró los ojos presa de un agotamiento extraordinario.

—Rosaura, necesitaremos que haga una declaración —dijo Iriarte.

—Acabo de hacerla —replicó ella sin abrir los ojos.

—En comisaría.

—Ya entiendo. —Se levantó bruscamente, tomó su

bolso y su chaqueta, que colgaban del sofá, y se dirigió a la puerta besando de camino a la tía y sin mirar a su hermana.

—Cuanto antes —dijo dirigiéndose a Iriarte.

—Gracias —dijo él antes de salir tras ella.

Amaia apoyó las manos en la repisa de la chimenea y sintió sus pantalones tan calientes que parecía que en cualquier momento se prenderían en llamas. El teléfono de Montes, el de Jonan y el suyo emitieron casi al unísono la señal de que había llegado un mensaje. Sin mirarlo preguntó:

—¿La orden de registro?

—Sí, jefa.

Les acompañó hasta la entrada y cerró a su espalda la puerta del salón.

—Vayan al encuentro de los agentes de Elizondo. Montes, usted y el subinspector Etxaide pueden ayudarlos. Yo esperaré en la comisaría hasta que hayan terminado, para no comprometer la investigación.

—Pero, jefa... No creo que... —protestó Jonan.

—Es la casa de mi hermana, Jonan. Regístrenla, busquen cualquier indicio de la relación entre Anne y Freddy, y si la hubiese, cualquiera que sugiera que mi hermana tenía conocimiento de los hechos con anterioridad. Sean minuciosos: cartas, libros, mensajes en el móvil, correo electrónico, fotos, objetos personales, juguetes sexuales... Pidan a su compañía de teléfonos un listado de sus llamadas, a lo mejor hasta encuentran la factura. Interroguen a los amigos de ambos, alguien tenía que saberlo.

—He revisado todo el correo de Anne y puedo asegurar que no había nada para Freddy. Y en su listado de llamadas y mensajes tampoco hay señal de que lo llamase jamás. A pesar de ello las amigas están seguras de que andaba con un casado, según las propias palabras de Anne iba a terminar la relación porque el tío se había encoñado demasiado. ¿Cree que él se tomó mal lo de dejar la relación hasta el punto de matarla?

—No lo creo, Jonan, ¿y los otros asesinatos? Si en algo estamos de acuerdo es en que forman una serie, y el de Anne no es una imitación, fue ejecutado siguiendo la misma pauta. Por lo tanto, si Freddy hubiese matado a Anne, tendría que haber matado también a las demás chicas. Él es tan idiota como para tener una aventura con una menor diez veces más lista que él, pero no da el perfil de un asesino tan metódico: la frialdad, y el control, la puesta en escena siguiendo un protocolo del que no se sale no encajan en absoluto con el carácter de Freddy. Los asesinos en serie no tienen remordimientos y no se suicidan por sus víctimas. Registrad la casa, después ya veremos.

La puerta se cerró tras Jonan, y Amaia volvió a entrar en el salón. James y la tía la miraban en silencio.

—Amaia... —empezó James.

—No me digáis nada, por favor, todo esto está siendo muy difícil para mí. Por favor, os lo pido. He hecho cuanto podía. Ahora ya habéis visto lo que tengo que hacer cada día, ya habéis visto mi mierda de trabajo.

Tomó su plumífero y salió de casa. Caminó a paso firme hasta el Trinquete, penetró unos pasos en el puente, se detuvo, regresó sobre sus pasos a la calle Braulio Iriarte y caminó decidida hacia Menditurri, hasta el obrador.

22

Se acercó a la puerta y palpó la cerradura sintiendo cómo el corazón se le desbocaba en el pecho. Inconscientemente, se llevó la otra mano hasta el cuello, buscando el cordel del que hacía mucho tiempo había colgado la llave. Una voz a su espalda la sobresaltó.

—Amaia.

Se dio la vuelta mientras con un gesto automático desenfundaba su arma.

—James, ¡por Dios! ¿Qué haces aquí?

—La tía me dijo que vendrías aquí —dijo mirando la puerta del obrador un poco perplejo.

—La tía... —murmuró ella maldiciendo ser tan previsible—. Casi te pego un tiro —susurró guardando la Glock en su funda.

—Estaba... Estamos preocupados por ti, la tía y yo...

—Ya, vámonos de aquí —dijo mirando la puerta, aprensiva de pronto.

—Amaia... —James se acercó y le pasó un brazo por los hombros atrayéndola hacia él mientras caminaban en dirección al puente—. No entiendo por qué te comportas de pronto como si todos estuviésemos en tu contra. Yo entiendo tu trabajo y entiendo que has hecho lo que debías, y la tía también lo sabe. Ros cometió un error al no contarte lo de la chica, pero puedo entenderla, por muy poli que seas también eres su hermana pequeña, y creo que se sentía un poco avergonzada. Tienes que intentar entenderlo, porque la tía y yo lo entendemos, y nos damos cuenta de que has intentado facilitar las cosas siendo tú la que la interrogase en casa, y no en la comisaría.

—Sí —admitió ella relajando la tensión de su cuerpo y acercándose un poco más a su marido—. Quizá tengas razón.

—Amaia, hay algo más. Llevamos cinco años casados, y en este tiempo no sé si habremos pasado cuarenta y ocho horas seguidas en Elizondo. Siempre pensé que te ocurría lo que a muchas personas nacidas en pueblos pequeños, que después de vivir en una ciudad se vuelven urbanitas radicales. Creía que eso era lo que te ocurría a ti. Una chica criada en una zona rural que se va a vivir a una ciudad, se hace policía y deja un poco a un lado sus orígenes... Pero hay algo más, ¿verdad?

Se detuvo e intentó mirarla a los ojos, pero ella los evitó. James no se rindió y tomándola por los hombros la obligó a mirarle.

—Amaia, ¿qué está pasando? ¿Hay algo que no me cuentas? Estoy preocupado de verdad, si hay algo importante que nos afecta tienes que contármelo.

Ella lo miró, primero enfadada, pero al ver la preocupación e impotencia con que demandaba respuestas le sonrió tristemente.

—Fantasmas, James. Fantasmas del pasado. Tu mujer, que no cree en la magia, la adivinación, los basajaunes y los genios, está atormentada por fantasmas. He pasado años intentando esconderme en Pamplona, tengo una placa y una pistola y he evitado venir aquí durante mucho tiempo porque sabía que si volvía me encontrarían. Es todo, todo este mal, este monstruo que mata niñas y las deja en el río, niñas como yo, James. —Él abrió más los ojos, confuso. Pero ella ya no le miraba, miraba a través de él hacia un punto en el infinito—. El mal me ha obligado a volver, los fantasmas han salido de sus tumbas alentados por mi presencia, y ahora me han encontrado.

James la abrazó dejando que ella enterrase el rostro en su pecho en ese gesto íntimo que siempre la reconfortaba.

—Niñas como tú... —susurró él.

23

El coche patrulla que la había llevado hasta allí aparcó bajo el voladizo que formaba el segundo piso de la comisaría. El policía le dio las buenas noches, pero Amaia aún se demoró un par de segundos en el interior del vehículo mientras fingía buscar su móvil y esperaba a que se alejaran su hermana y el inspector Iriarte, que salían y subían al coche de él para llevarla de vuelta a casa. Una fina lluvia comenzó a caer en el momento en que traspasaba la puerta. Un agente evidentemente en prácticas charlaba por el móvil, que colgó y escondió torpemente nada más verla. Ella caminó hasta el ascensor sin detenerse, pulsó el botón y miró de nuevo hacia el policía del mostrador. Volvió sobre sus pasos.

—¿Puede enseñarme el móvil?

—Lo siento, inspectora, yo...

—Déjeme verlo.

Él le tendió un teléfono plateado que destelló bajo las luces de la entrada. Amaia lo inspeccionó cuidadosamente.

—¿Es nuevo? Tiene buen aspecto.

—Sí, es bastante bueno —declaró él con orgullo de propietario.

—Parece caro, no es uno de esos que te dan con puntos.

—No, es verdad, cuesta ochocientos euros y corresponde a una edición limitada.

—Se lo vi a otra persona.

—Pues debió de ser hace poco, porque hace solo una semana que lo tengo, salió a la venta hace diez días y yo tengo uno de los primeros.

—Enhorabuena, agente —dijo ella, y corrió para alcanzar el ascensor antes de que cerrara sus puertas. Sobre la mesa había un ordenador, un teléfono móvil, el correo de un mes incluidas las facturas y unas bolsitas de pruebas que contenían lo que parecía hachís. Jonan cotejaba una factura con los datos que aparecían en la pantalla de su ordenador.

—Buenas noches —saludó Amaia.

—Hola, jefa —contestó vagamente, sin apartar los ojos de la pantalla.

—¿Qué tenemos?

—En el correo electrónico nada, pero el móvil está plagado de llamadas y mensajes de lo más lastimeros... Aunque no al número de Anne.

—No, al otro número de Anne —puntualizó ella. Él se volvió, sorprendido.

—Acabo de ver un móvil idéntico al de Anne Arbizu, un móvil muy caro y exclusivo que apenas lleva diez días en el mercado. Los mismos que su contrato telefónico. Pero resulta un poco raro que una chica como Anne no tuviera ningún teléfono hasta hace unos días, justo cuando se hartó de las llamadas y los mensajes de Freddy. Era una chica muy práctica, así que se deshizo de su viejo móvil... No podía perder solo la tarjeta, así que «perdió» el móvil entero y le pidió a su *aita* que le comprase uno de contrato con un número nuevo.

—Joder —musitó Jonan.

—Pregunta a sus padres. Con comprobar el número con la factura de Freddy tenemos suficiente. ¿Habéis encontrado algo más?

—Nada, aparte de hachís. En las cajas de Ros, solo objetos personales. Voy a revisar el correo, pero lo único que hay son facturas y publicidad, nada que indique que su hermana pudiera saber lo de su aventura. —Amaia resopló y se volvió hacia los ventanales que miraban al exterior. Más allá del paseo de acceso iluminado por las farolas de luz amarillenta solo había oscuridad—. Inspectora. Esto puedo hacerlo yo, todavía me llevará un buen rato. Váyase a descansar, si hay algo la avisaré.

Ella se volvió y sonrió mientras se abrochaba la cremallera del plumífero.

—Buenas noches, Jonan.

Pidió al patrullero que la dejara en el bar Saioa, donde pidió un café solo que el propietario le puso sin protestar a pesar de que ya había limpiado la cafetera. Estaba hirviendo y ella lo bebió a cortos sorbos saboreando la fuerza del brebaje, fingiendo no darse cuenta del interés que suscitaba entre los escasos parroquianos que a aquella hora de la noche tomaban gin-tonics en vasos de sidra repletos de hielo ignorando el frío siberiano que amenazaba fuera. Cuando salió a la calle le pareció que la temperatura hubiera descendido cinco grados de golpe. Metió las manos en los bolsillos y cruzó la calle. La gran mayoría de las casas de Elizondo, al igual que del resto del valle, eran edificios que se amoldan al clima húmedo y lluvioso del lugar, de planta cuadrada o rectangular, con tres o cuatro plantas y tejado pluvial cubierto con tejas y gran alero, el cual delimita el fuero de la casa y servía a los viandantes más avezados, como ella misma, de pobre refugio de la lluvia. Según recogía Barandiaran era en ese estrecho espacio en el que el agua de la lluvia resbalaba desde el tejado, el lugar que antiguamente se reservaba para enterrar a las criaturas abortivas y a los niños muertos en el parto. Existía la creencia de que sus pequeños espíritus, los *mairu*, guardaban la casa protegiéndola del mal y que a la vez se quedaban para siempre en la casa materna como eternos infantes. Recordaba que su tía le había contado que una vez al derribar una casa y cavar alrededor habían encontrado huesos pertenecientes a más de diez bebés que se habían ido apostando bajo el alero de la casa durante siglos como centinelas.

Caminó por la calle Santiago junto a los portales intentando guarecerse del viento, que se hizo más fuerte al bajar por Javier Ciga, junto a la casa señorial que daba nombre al puente. El río rugía en la presa de un modo que le resultó ensordecedor y le hizo preguntarse cómo podían dormir los vecinos cuyas ventanas daban sobre el pequeño salto de agua. Las luces del Trinquete estaban apagadas. La calle estaba desierta como en un pueblo fantasma. Poco a poco, llevada por la corriente de aquel otro río que fluía en su interior, fue penetrando en la que fuera calle del Sol hacia Txokoto, hasta llegar de nuevo a la puerta del obrador. Sacó una mano del bolsillo de su plumífero y la apoyó sobre la cerradura helada. Inclinó la cabeza hasta tocar con la frente la áspera madera de la puerta y comenzó a llorar en silencio.

24

Había muerto. Lo supo con la misma seguridad con que antes sabía que estaba viva. Había muerto. E igual que era consciente de su muerte, lo era de todo cuanto sucedía a su alrededor. La sangre que aún brotaba de su cabeza, el corazón detenido a mitad de un latido que ya nunca culminaría.

El silencio extraño en el que se había sumido su cuerpo, y que desde dentro resultaba casi ensordecedor, le permitía alcanzar a oír otros sonidos de su alrededor. Una gota cayendo sobre una plancha metálica una y otra vez. Un jadeo, el esfuerzo y el empeño con que alguien tiraba de sus miembros sin vida. Una respiración rápida y desacompasada. Un susurro, quizás una amenaza. Pero ya no importaba, porque todo había acabado. La muerte es el fin del miedo, y saberlo casi la hizo feliz, porque era una niña muerta en una tumba blanca, y alguien que jadeó por el esfuerzo, comenzó a enterrarla.

La tierra era suave y perfumada, y cubrió sus miembros fríos como una manta mullida y templada. Pensó que la tierra era piadosa con los muertos. Pero no quien la enterraba. Arrojaba puñados de polvo sobre sus manos, sobre su boca, sobre sus ojos y su nariz, cubriéndola, tapando el horror. La tierra penetró en su boca y se hizo barro pastoso y denso, se pegó a sus dientes y se endureció en sus labios. Entró en su nariz invadiendo las fosas nasales y entonces, y a pesar de que había creído que estaba muerta, inhaló aquella tierra piadosa y comenzó a toser. Las paletadas que caían sobre su rostro se multiplicaron unidas a la especie de ahogado grito de pánico que emitió el monstruo sin piedad que la enterraba. La tierra de su tumba blanca anegaba su boca, pero aun así gritó, desesperada:

—Solo soy una niña, solo soy una niña.

Pero su boca estaba cegada por el barro y las palabras no traspasaban la frontera de sus dientes sellados con engrudo.

—Amaia, Amaia —la zarandeó James.

Ella lo miró, horrorizada todavía, mientras se sentía emerger del sueño como si subiese a toda velocidad en un rápido ascensor que la sacase del abismo en el que estaba atrapada, y casi a la vez olvidó los detalles del sueño. Cuando miró a James y contestó, ya solo pudo recordar la sensación de horror y de ahogo, que sin embargo la acompañó el resto de la noche y aún persistía por la mañana. James le acariciaba dulcemente la cabeza deslizando su mano por el cabello.

—Buenos días —susurró Amaia.

—Buenos días, te he traído un café. —Sonrió él.

Tomarse un café en la cama era una costumbre que tenía desde sus tiempos de estudiante cuando vivía en Pamplona en un viejo piso sin calefacción. Se levantaba a prepararse el café y se lo llevaba a la cama para disfrutarlo bajo las mantas, y solo cuando ya había entrado en calor y se sentía suficientemente despierta salía de entre las sábanas para vestirse con prisas. James nunca desayunaba en la cama, pero había alimentado su costumbre despertándola cada día con un café.

—¿Qué hora es? —preguntó ella intentando alcanzar su móvil, que reposaba sobre la mesilla.

—Las siete y media. Tranquila, tienes tiempo.

—Quiero ver a Ros antes de que se vaya a trabajar.

James hizo un gesto de contrariedad.

—Acaba de salir para el trabajo.

—Joder, era importante. Quería...

—Quizá sea mejor así. La he visto tranquila, pero creo que es mejor que dejes pasar unas horas, que le des tiempo a calmarse. Esta noche podrás verla, y estoy seguro de que para entonces las aguas ya habrán vuelto a su cauce.

—Tienes razón —admitió Amaia—, pero ya sabes cómo soy, me gusta solucionar las cosas cuanto antes.

—Pues de momento tómate ese café y soluciona a este marido que tienes abandonado.

Ella dejó el vaso sobre la mesilla y tiró de la mano de James hasta tenerlo encima.

—¡Eso está hecho!

Y lo besó apasionadamente. Adoraba sus besos, la forma que tenía de acercarse a ella mirándola a los ojos y sabiendo con certeza que harían el amor en cuanto la rozara. Primero buscaba sus manos, las tomaba entre las suyas y las guiaba hasta depositarlas sobre su pecho o su cintura. Después su mirada recorría el camino que más tarde harían sus labios, de sus ojos a su boca, y cuando al fin la besaba sus labios la elevaban por encima del suelo. Cuando James la besaba, percibía la pasión y la fuerza contenida de un titán, pero además sentía la ternura y el respeto del que besa a quien ama. Pensaba que ningún hombre en la tierra besaba así, que los besos de James respondían a un patrón de correspondencia tan antiguo como el mundo, que hacía que los amantes se buscaran y se encontrasen siempre. James le pertenecía a ella y ella le pertenecía a él, y eso era un designio forjado mucho tiempo antes de ser siquiera una sombra de vida. Y sus besos eran el anticipo de lo que el sexo traería después. James la amaba de un modo delicioso, el sexo con él era un baile, una danza para dos bailarines en la que ninguno de los dos tenía más relevancia que el otro. James recorría su cuerpo arrebatado de pasión, pero sin prisas ni atropello. Conquistando cada centímetro de su carne con manos hábiles y besos febriles que depositaba en su piel haciéndola estremecerse. Él conquistaba y se adueñaba de unos dominios de los que era rey por derecho, pero a los que siempre regresaba con la misma reverencia de la primera vez. La dejaba ser ella, la elevaba junto a él sin dirigirla ni obligarla. Y ella sentía que nada más importaba. Solo ellos dos.

Desnudos y exhaustos, James la miró fijamente. Estudiaba su rostro con suma dulzura, intentando hallar una pista de su inquietud. Ella le sonrió y él le devolvió una sonrisa en la que Amaia detectó una nota de preocupación sorprendente en él, que era de natural confiado, con ese carácter un poco infantil propio de los norteamericanos cuando están fuera de su país.

—¿Estás bien?

—Muy bien, ¿y tú?

—Bien, aunque tengo un poco de frío —se quejó ella, mimosa.

Él se incorporó un poco, alcanzó el edredón, que había resbalado hasta el suelo, y cubrió a Amaia abrazándola contra su pecho. Dejó pasar unos segundos reconfortándose en la respiración de ella contra su piel.

—Amaia, ayer...

—No te preocupes, amor, no fue nada, solo estrés.

—No, amor, te he visto otras veces saturada por un caso, y esta vez es distinto. Luego está el tema de las pesadillas... Son ya demasiadas noches. Y lo que me dijiste ayer, cuando te encontré frente al obrador.

Ella se incorporó para mirarle a los ojos.

—James, te juro que no tienes por qué preocuparte, no me pasa nada. Es un caso difícil, Fermín con su actitud, y esas niñas muertas. Estrés, y nada más, nada a lo que no me haya enfrentado antes. —Depositó un breve beso en sus labios y salió de la cama.

—Amaia, hay otra cosa, ayer llamé a la clínica Lenox para cambiar la cita de esta semana y me dijeron que ya habías llamado tú para cancelar el tratamiento.

Ella le miró sin responder.

—Me debes una explicación, creía que estábamos de acuerdo en iniciar el tratamiento de fertilidad.

—¿Ves?, a esto es a lo que me refiero, ¿de verdad crees que puedo pensar en eso ahora? Acabo de decirte que estoy estresada, y tú no contribuyes a que esto mejore.

—Lo siento, Amaia, pero no voy a ceder, es algo que me importa mucho, algo que creí que a ti también te importaba y creo que al menos deberías decirme si piensas someterte al tratamiento o no.

—No lo sé, James...

—Creo que lo sabes, si no ¿por qué has cancelado el tratamiento?

Ella se sentó en la cama y comenzó a trazar con el dedo círculos invisibles sobre la colcha; sin atreverse a mirarle contestó:

—No puedo darte una respuesta ahora, creía que estaba segura, pero en los últimos días las dudas han ido aumentando hasta el punto de que ya no estoy segura de querer tener un hijo así.

—¿Así, te refieres a usar técnicas de fecundación o a nosotros?

—James, no me hagas esto, no pasa nada malo entre nosotros —rebatió, alarmada.

—Me mientes, Amaia, y me ocultas cosas, cancelas el tratamiento sin contar conmigo, como si el hijo lo fueras a tener tú sola, y dices que no nos pasa nada.

Amaia se incorporó y se dirigió al baño.

—Ahora no es buen momento, James, tengo que irme.

—Ayer me llamaron mis padres, te mandan recuerdos —dijo mientras ella cerraba la puerta del baño.

Los señores Westford, los padres de James, parecían

haber emprendido una campaña de consigue un nieto o muere en el intento. Recordaba que en el día de su boda su suegro la había obsequiado con un brindis en el que le pedía nietos cuanto antes, y cuando tras varios años de matrimonio los niños no llegaron, la abierta actitud de sus suegros hacia ella se había tornado en una especie de velado reproche que imaginaba que con James no sería tan velado.

James permaneció tendido mirando fijamente a la puerta del baño mientras escuchaba correr el agua, mientras se preguntaba qué demonios les estaba pasando.

25

James Westford llevaba seis meses viviendo en Pamplona cuando conoció a Amaia. Ella era entonces una joven policía en prácticas que había acudido a la galería donde él iba a exponer para informar al propietario de que se estaban produciendo pequeños hurtos en la zona. Él la recordaba vestida de uniforme, de pie junto a su compañero, observando embelesada una de sus esculturas. James, agachado sobre una caja, luchaba con los embalajes que cubrían aún las obras que expondría. Se incorporó sin dejar de mirarla, y sin pensarlo se acercó hasta ella y le tendió uno de los trípticos que la galería había preparado para la presentación. Amaia tomó el papel sin sonreír y le dio las gracias sin prestarle más atención. Se sintió frustrado al comprobar que no lo leía, ni siquiera lo hojeó, y cuando salieron del local observó cómo lo dejaba en una mesa junto a la entrada. Volvió a verla el sábado siguiente en la inauguración de la exposición. Llevaba un vestido negro y el cabello peinado hacia atrás y suelto; al principio no había estado seguro de que fuese la misma chica, pero entonces ella se había acercado hasta la misma escultura de la vez anterior y señalándola le había dicho:

—Desde que la vi el otro día no he podido sacarme esta imagen de la cabeza.

—Entonces te pasa como a mí, desde que te vi el otro día no he podido sacarme tu imagen de la cabeza.

Ella le había mirado sonriendo.

—Vaya, eres ingenioso y hábil con las manos, ¿qué más sabes hacer bien?

Cuando se cerró la galería pasearon por las calles de Pamplona durante horas hablando sin parar de sus vidas, de sus trabajos. Eran casi las cuatro de la madrugada cuando comenzó a llover. Intentaron alcanzar una calle cercana, pero la intensidad de la lluvia les obligó a guarecerse bajo el estrecho alero de una casa. Amaia se estremeció bajo su fino vestido y él, muy caballeroso, le ofreció su cazadora. Envuelta en la prenda, aspiró el aroma que emanaba de ella mientras la lluvia arreciaba obligándoles a retroceder hasta pegarse a la pared. Él la miró sonriendo con cara de circunstancias y ella, que temblaba aterida, se acercó a él hasta rozarlo.

—¿Puedes abrazarme? —pidió mirándole a los ojos.

Él la atrajo contra su cuerpo y la abrazó. De pronto Amaia comenzó a reírse. Él la miró, sorprendido.

—¿De qué te ríes?

—Oh, de nada, estaba pensando que ha tenido que caer un diluvio para que me abraces. Me pregunto ahora qué tendrá que pasar para que me beses.

—Amaia, todo lo que quieras de mí solo tienes que pedirlo.

—Entonces bésame.

26

A través de los amplios ventanales de la nueva comisaría, el día amenazaba con no llegar a serlo. El nivel de luz, muy bajo, y la fina lluvia que no había dejado de caer desde la noche anterior, contribuían a oscurecer los campos y los árboles, en su mayoría desnudos por efecto de aquel invierno que ya empezaba a eternizarse. Amaia miró por la ventana mientras sostenía el vaso de café entre sus manos, entumecidas por el frío, y se preguntó una vez más por Montes. Su nivel de insubordinación y chulería había alcanzado límites insospechados. Sabía que de vez en cuando se pasaba por comisaría y charlaba con el subinspector Zabalza o con Iriarte, pero hacía ya dos días que no contestaba a sus llamadas y ni siquiera se le cruzaba por delante. Había acudido a regañadientes al careo con Ros y después había estado en el Registro, pero esta mañana no se había presentado a la reunión. Se dijo una vez más que tendría que hacer algo al respecto, pero odiaba la sola idea de presentar una queja contra Fermín.

No entendía bien lo que estaba pasando por su cabeza. Habían sido compañeros durante los dos últimos años, e incluso quizás amigos en el último, cuando Fermín le confesó que su esposa le había abandonado por un hombre más joven. Ella lo había escuchado en silencio con los ojos bajos, resuelta a no mirarle a la cara, pues sabía que un hombre como Montes no estaba compartiendo su desgracia: se estaba confesando. Como en un acto de contrición, enumeraba sus fallos y las razones de ella para dejarle, para no amarle. Escuchó sin decir ni una palabra, y como absolución le tendió un pañuelo de papel mientras se volvía para no ver sus lágrimas, tan incongruentes en un hombre como él. Siguió los pormenores de su divorcio y lo acompañó en unos cuantos vinos y cervezas cargados de veneno contra su ex esposa. Le había invitado a comer a casa los domingos y, a pesar de su reticencia inicial, había hecho buenas migas con James. Había sido un buen policía, quizás un poco anticuado, pero dotado de buen instinto y perspicacia. Y un buen compañero, que siempre se había mostrado respetuoso y conciliador frente a las actitudes machistas de otros policías; por eso le resultaba tan raro ese repentino ataque de celos de macho alfa destronado. Se volvió hacia la mesa y el panel donde aparecían las fotos de las chicas. De momento tenía asuntos más importantes de qué ocuparse.

A primera hora de la mañana había mantenido una reunión con los de la brigada de delitos contra menores, pues dos de las víctimas no alcanzaban la mayoría de edad. Enseguida había llegado a la conclusión de que no eran los típicos delitos contra menores, y que los perfiles de víctimas y agresores quedaban muy lejos del tipo de asesinatos a los que se enfrentaban. El perfil criminológico del basajaun resultaba sobrecogedor por la evidencia de su comportamiento casi de manual. Amaia recordaba su estancia en el curso sobre perfiles criminales con el FBI y lo que allí aprendió, entre otras cosas que la parafernalia psicosexual que muchos asesinos en serie montaban en torno al cadáver indicaba su deseo de personalizarlos para establecer un vínculo entre ellos y sus víctimas que de otro modo no existiría. Había lógica en sus actos, no se evidenciaba trastorno mental alguno. Los crímenes estaban perfectamente planificados y premeditados, hasta el punto de que el asesino era capaz de reproducir una y otra vez el mismo crimen en diferentes víctimas. No era espontáneo, no cometía errores chapuceros de oportunista eligiendo víctimas al azar o según las brindaba la oportunidad. Matarlas solo era un paso más de los muchos que debía dar para completar su puesta en escena, su plan maestro, su fantasía psicosexual, que se veía arrastrado a repetir una y otra vez sin que su sed se calmara jamás, sin que sus expectativas se colmaran. Debía personalizar a sus víctimas para hacerlas formar parte de su mundo, para vincularse con ellas y así hacerlas suyas mucho más allá de la mera posesión sexual.

Su modus operandi ponía de manifiesto una inteligencia despierta, por el cuidado que ponía en proteger su identidad, en tener el tiempo necesario para consumar el crimen, facilitar su huida y dejar su firma, la señal inequívoca que le distinguía sin lugar a ninguna duda. El basajaun elegía víctimas de bajo riesgo. No eran prostitutas, ni drogadictas dispuestas a acompañar a cualquiera. Y aunque quizás a primera vista las adolescentes pudieran parecer vulnerables, lo cierto es que las chicas de hoy en día saben cuidarse bastante bien. Conocen los riesgos en cuanto a agresiones y violaciones, y se mueven en grupos de amigos bastante cerrados, con lo que es poco probable que una chica acceda a acompañar a un desconocido. Se daba la circunstancia de que Elizondo era un pueblo pequeño, y como en todos los pueblos pequeños la mayoría de gente se conoce. Amaia estaba segura de que el basajaun conocía a sus víctimas, de que muy probablemente era un hombre adulto y de que debía de disponer de un vehículo con el que transportar a sus víctimas y huir en plena noche, vehículo que probablemente utilizaba también para captarlas. En los pueblos era frecuente que los vecinos se detuvieran en la parada del autobús cuando veían a alguien esperando y se ofreciesen a llevarlo, por lo menos hasta el siguiente pueblo. Carla se había quedado sola en el monte cuando discutió con su novio y Ainhoa había perdido el autobús hasta el pueblo de al lado; si estaba cerca de la parada, y teniendo en cuenta que estaría bastante nerviosa y preocupada por la reacción de sus padres, cobraba fuerza la posibilidad de que hubiera accedido a subir al coche de un conocido, alguien de mediana edad, alguien fiable, alguien que conocía de toda la vida.

Uno a uno observó los rostros de las chicas. Carla sonreía, seductora, con los labios muy rojos y una dentadura perfecta. Ainhoa miraba a la cámara con timidez, como lo hacen las personas que saben que no son fotogénicas; y ciertamente la foto no hacía justicia a la belleza emergente de la más joven de las víctimas. Y estaba Anne. Anne miraba al objetivo con la displicencia de una emperatriz y sonreía con un gesto que era a la vez pícaro y recatado. Miró fijamente sus ojos verdes y no le costó imaginarlos acerados por el brillo del desprecio y la maldad mientras se reía de Ros en su propia cara. Aunque eso fuera imposible, porque ya estaba muerta cuando ella la vio. Una *belagile*. Una bruja. No una adivinadora, ni una curandera. Una mujer poderosa y oscura con un terrible pacto sobre su alma. Una servidora del mal capaz de torcer y retorcer los hechos hasta adaptarlos a su voluntad. *Belagile*. Hacía años que no lo escuchaba así; en euskera moderno se decía *sorgin*, *sorgiña*. *Belagile* era el modo antiguo, el verdadero, el que se refiere a los servidores del maligno. La palabra le trajo a la memoria recuerdos de su infancia, cuando su *amatxi* Juanita les contaba historias de brujas. Leyendas que ahora formaban parte del folclore popular y de los trucos para atraer turismo, pero que provenían de un tiempo no tan lejano en que la gente creía en la existencia de brujas, en servidores del mal, y en sus fatídicos poderes para sembrar el caos, la destrucción e incluso causar la muerte a aquellos que se interponían en su camino.

Tomó de nuevo el ejemplar de *Brujería y brujas*, de José Miguel Barandiaran, que había enviado a buscar a la biblioteca en cuanto habían abierto. El antropólogo afirmaba que la creencia popular, profundamente arraigada en todo el norte, y principalmente en el País Vasco y Navarra, decía que alguien era *belagile* sin lugar a dudas si no tenía ni una sola mancha o lunar en todo su cuerpo. La imagen de la piel desnuda de Anne sobre la mesa de autopsias la había perseguido de forma recurrente, el relato de la madre sobre el día en que la llevó a casa, las constantes referencias a la blancura de su piel de mármol. Seguramente había sido esa la particularidad de la piel de la niña que había alarmado a la cuñada.

Amaia leyó la definición de bruja: «Llamo brujería a aquella manifestación del espíritu popular que supone a ciertas personas dotadas de propiedades extraordinarias, en virtud de su ciencia mágica o de su comunicación con potencias infernales». Podría parecer superchería si no fuera porque en los valles de Navarra que rodeaban Elizondo, la creencia en la existencia de brujas y brujos había llevado a la muerte, la tortura y horribles sufrimientos a cientos de personas acusadas de tener pactos con el demonio, en su mayoría mujeres acusadas por el feroz inquisidor Pierre de Lancré, de la diócesis de Bayona, a la que en el siglo XV pertenecía buena parte de Navarra, y que era un insaciable perseguidor de brujas convencido de su existencia y de su demoníaco poder, que plasmó en un libro de la época en el que describía con todo lujo de detalles la jerarquía infernal y su correspondencia en la tierra. Un libro que es todo un ejercicio de fantasía y paranoia que describe prácticas absurdas y ridículas señales de la presencia del mal.

Amaia alzó la mirada hasta encontrar de nuevo los ojos de Anne.

—¿Eras una *belagile*, Anne Arbizu? —preguntó en voz alta.

Desde el verde de los ojos de Anne creyó percibir una sombra que se estiraba hacia ella. Un escalofrío recorrió su espalda. Suspiró y arrojó el librito sobre la mesa mientras maldecía la calefacción de aquella flamante comisaría, que apenas llegaba a templar aquella fría mañana. Un rumor creciente sonó en el pasillo. Consultó su reloj y comprobó sorprendida que ya era mediodía. Los policías entraron en la sala con estruendo de sillas arrastradas, roce de papeles y humedad prendida en la ropa como una pátina cristalina. Sin preámbulos, el inspector Iriarte comenzó a hablar.

—Bueno, ya he comprobado las coartadas. En Nochevieja, Rosaura y Freddy estuvieron cenando en casa de la madre de él, con las tías y unos amigos de la familia; hacia las dos salieron por los bares del pueblo, mucha gente les vio durante toda la noche y hasta bien entrada la mañana, y no se separaron en ningún momento. El día en que mataron a Ainhoa, Freddy estuvo todo el día en casa con varios amigos que se fueron turnando, sin que en ningún momento llegase a quedarse solo. Jugaron a la Play, fueron a la taberna Txokoto a por unos bocadillos y vieron una película. Él no salió de casa. Dicen los amigos que estaba resfriado.

—Bueno, eso lo descarta como sospechoso —apuntó Jonan.

—Solo para el asesinato de Carla y Ainhoa, pero no para el de Anne. Ocurre que en los últimos días no se mostró tan sociable como de costumbre. Rosaura ya no vivía en la casa y sus amigos dicen que aunque se presentaron varias veces los echó con la disculpa de que no se encontraba bien. Todos juran que no sabían una palabra de lo de Anne y que creyeron de verdad que estaba enfermo. Se quejaba del estómago y el mismo día en que mataron a Anne comentó algo sobre ir a urgencias.

—¿Ha hablado con todos, incluido Ángel? ¿Cómo se apellida? El que le encontró en su casa, parece ser el que más se preocupaba por él. Quizá pueda decirnos algo.

—Ostolaza —apuntó Zabalza—, Ángel Ostolaza.

—Es el que me falta, trabaja en un taller de Bera, pero la madre no ha sabido decirme cómo se llama, aunque sí tenía el teléfono. Viene a comer a casa, así que sobre la una y media se pasará por aquí.

—¿Tenemos algo más?

—Respecto al móvil de la chica tenía razón, jefa, cambió de teléfono hace dos semanas. Le dijo a su padre que lo había perdido y no quiso conservar el número. Entre el correo de Freddy encontramos la última factura, con su esposa fuera de casa ni siquiera se había molestado en esconderla o destruirla, y en efecto aparecían todas las llamadas y mensajes al antiguo número de Anne. El ordenador de Anne refleja una intensa vida social, muchos acólitos, ningún amigo o amiga íntimos. No confiaba en nadie como para contarles sus secretos, aunque sí alardeaba de su relación con un casado. No hay nada más.

Cuando acabó la reunión, Jonan se demoró unos segundos mientras hojeaba el ejemplar de *Brujería y brujas*. Cuando Amaia se dio cuenta sonrió.

—Vaya, jefa, no me diga que va a intentar ver el caso desde otra perspectiva.

—Ya no sé desde qué perspectiva mirarlo, Jonan. Siento que cada vez sé más de este asesino, y que se ha hecho un buen trabajo, pero todo ha ido tan rápido que da hasta vértigo; y de cualquier modo, no debes confundir lógica y sentido común con cerrazón mental. Aprendí mucho sobre asesinos en serie cuando estuve en Quantico, y la primera lección es saber que por más análisis del comportamiento que hagamos, ellos siempre van un paso por delante, otra vuelta de tuerca. No creo en brujas, Jonan, pero quizás este asesino sí, o al menos en un tipo de mal específico, propio de mujeres muy jóvenes, a partir de unas señales que sin duda interpreta a su modo para elegir a la víctima. Y eso —dijo señalando el libro— es por algo que varias personas me dijeron al respecto de Anne. Y que me da qué pensar.

De nuevo, la actitud de Ángel Ostolaza le produjo la sensación de que disfrutaba sobremanera al verse involucrado en la investigación. Lo había visto en otras ocasiones, pero nunca dejaba de sorprenderle que alguien se sintiera secretamente orgulloso de verse implicado en una muerte violenta.

—Vamos a ver, a Anne Arbizu la mataron el lunes, ¿verdad? Pues ese día Freddy me llamó porque estaba fatal del estómago, no es la primera vez que le pasa, ¿sabe? Hace un par de años tuvo una úlcera, o gastritis o algo así, y desde entonces le ha pasado unas cuantas veces, sobre todo después del fin de semana, cuando bebe demasiado y no come... Bueno, ya sabe lo que pasa. Había pasado el domingo fatal y el lunes tenía un dolor que no se le quitaba con nada. Cuando me llamó serían las tres y media. Yo todavía estaba currando, le dije que fuera al ambulatorio, pero Freddy no va solo a ningún sitio, siempre le acompañábamos Ros o yo, así que cuando salí vine a buscarlo y le acompañé a urgencias.

—¿A qué hora fue eso?

—Pues yo salgo a las siete, calculo que hacia las siete y media.

—¿Cuánto tiempo estuvisteis en urgencias?

—¿Que cuánto tiempo? Una pasada, casi dos horas, había cantidad de gente por esto de la gripe y para cuando le atendieron el chaval estaba hecho polvo; después le hicieron una placa y unos análisis, y al final le pincharon un Nolotil. Salimos de allí a las once, y como a Freddy ya no le dolía y teníamos hambre nos fuimos al Saioa a comer unos bocatas de lomo y unas bravas.

—¿Freddy comió bravas después de salir de urgencias por dolor de estómago? —se sorprendió Iriarte.

—Ya no le dolía, además lo que peor le sienta es no comer.

—Ya, ¿a qué hora salisteis del bar?

—No sé, pero nos quedamos un buen rato, por lo menos una hora; luego le acompañé a casa y echamos una partida a la Play, pero no me quedé mucho, porque yo madrugo. —Ángel bajó la mirada y permaneció así unos segundos, después emitió un sonido parecido a un gañido e Iriarte supo que estaba llorando. Cuando elevó los ojos había perdido todo control—. ¿Qué va a pasar ahora?, seguramente no podrá volver a caminar, no se merece esto, es un buen tío, ¿sabe? No se merece esto. —Se cubrió el rostro con las manos y siguió llorando. Iriarte salió al pasillo y regresó un minuto después con un vaso de café que puso frente al chico. Miró a Amaia.

—Si el amigo Ángel dice la verdad, y yo creo que la dice —concluyó, condescendiente, dedicándole una sonrisa a Ángel, que le respondió con un gesto de circunstancias—, será muy fácil comprobarlo. Me daré una vuelta hasta el ambulatorio, tienen cámaras de seguridad, si estuvieron allí como dice, las imágenes serán su coartada. Le mando un correo. Yo enviaré el informe al comisario exonerando a Freddy.

—Gracias —dijo ella—. Yo voy a reunirme con los expertos de los osos.

27

Flora Salazar se puso un café y se sentó tras la mesa de su despacho antes de consultar el reloj. Las seis en punto. Sus empleados comenzaron a desfilar hacia la salida mientras se despedían unos de otros y de ella misma, saludándola con la mano a través del cristal de la puerta que había dejado entreabierta después de avisar a Ernesto de que debía quedarse una hora más. Ernesto Murúa llevaba diez años trabajando para Flora y ejercía de encargado del obrador y de jefe de reposteros.

Flora oyó el inequívoco sonido de un camión que se detenía en la entrada del almacén y un minuto después la cara escéptica de Ernesto se asomaba por la puerta del despacho.

—Flora, ahí afuera hay un camión de Harinas Ustarroz, el hombre dice que hemos encargado cien sacos de cincuenta. Ya le he dicho que es un error, pero el tío insiste.

Ella tomó un bolígrafo, lo destapó y fingió escribir algo en su agenda.

—No, no es un error, yo hice ese pedido, sabía que lo traerían ahora y por eso te he pedido que te quedaras hoy.

Ernesto la miró confuso.

—Pero, Flora, tenemos el almacén lleno, y creía que estabas contenta con el servicio y la calidad de Harinas

Lasa; recuerda que hace un año probamos esta y decidimos que la calidad era inferior.

—Pues ahora me he decidido a probarla de nuevo, últimamente no estoy demasiado satisfecha de la calidad de la harina; hace grumos y el molido parece distinto, incluso el olor ha cambiado. Me han hecho una buena oferta y era lo que me faltaba para decidirme.

—¿Y qué hacemos con la harina que tenemos?

—Ya lo he arreglado con los de Ustarroz, la del almacén la retirarán ellos mismos, la de la artesa y los botes la tiras a la basura; quiero que sustituyas toda la harina del obrador por la nueva y que tires toda la partida anterior, no se puede aprovechar porque está mala, así que fuera.

Ernesto asintió sin convencimiento alguno, se dirigió a la entrada e indicó al camionero dónde debían dejar los sacos acabados de llegar.

—Ernesto —lo llamó ella de nuevo. Él volvió atrás—. Por supuesto espero discreción con este asunto, admitir que la harina estaba mala es algo que puede perjudicarnos mucho. Ni una palabra, y si algún empleado te pregunta di simplemente que nos han hecho una importante oferta y nada más, lo mejor es evitar el tema.

—Por supuesto —respondió Ernesto.

Flora todavía permaneció en su despacho quince minutos más, que perdió lavando la taza del café y limpiando la cafetera mientras un siniestro pensamiento tomaba fuerza en su mente. Aseguró el cierre de la puerta y avanzó hacia la pared mirando fijamente la obra de Javier Ciga que adornaba el despacho y que había comprado dos años antes. Con infinito cuidado, lo descolgó y lo apoyó en el sofá, dejando a la vista la caja fuerte blindada que se escondía tras el cuadro. Accionó las pequeñas ruletas plateadas con dedos hábiles y la caja se abrió con un chasquido. Sobres con papeles, un fajo de billetes para pagos, valijas y carpetas con documentos se apilaban en una torre ordenada de mayor a menor junto a la que había un saquito de terciopelo. Tomó todo el montón y lo sacó de la caja, dejando a la vista un grueso dietario de piel que había permanecido oculto apoyado sobre la pared trasera de la caja. Al cogerlo tuvo la impresión de que el cuero estaba húmedo y de que pesaba más de lo que recordaba. Lo llevó a su mesa, se sentó ante él mirándolo con una mezcla de excitación y urgencia, y lo abrió. Los recortes no estaban pegados, pero quizá debido al tiempo que llevaban comprimidos entre aquellas páginas permanecían en el mismo lugar en que ella los había colocado, más de veinte años atrás. Apenas habían amarilleado, aunque la tinta había perdido parte de su negrura y se veía gris y gastada, como si hubiera sido lavada muchas veces. Pasó las páginas con cuidado de no alterar el orden cronológico con que habían sido ordenadas y releyó el nombre que una voz había estado repitiendo en su cabeza desde que Amaia salió del obrador. Teresa Klas.

Teresa era hija de unos inmigrantes serbios que habían llegado al valle a principios de los noventa, según algunos huyendo de la justicia en su país, aunque solo eran rumores. Se habían empleado enseguida en el pueblo y cuando Teresa, que no iba demasiado bien en la escuela, tuvo edad de trabajar, entró en el caserío Berrueta para cuidar a la anciana madre, que tenía bastantes dificultades para andar. Teresa tenía de hermosa todo lo que no tenía de lista, y lo sabía; su larga melena rubia y un cuerpo muy desarrollado para su edad fueron la causa de muchos comentarios en el pueblo. Llevaba tres meses en el caserío Berrueta cuando apareció muerta tras unos almiares; la policía interrogó a todos los varones que trabajaban allí, pero no llegaron a detener a nadie. Era verano, había mucha gente de fuera y se llegó a la conclusión de que la chica había acompañado a algún desconocido a los campos y allí la habían violentado y asesinado. Teresa Klas, Teresa Klas. Teresa Klas. Si cerraba los ojos casi podía ver su rostro de putilla.

—Teresa —susurró—. Tantos años después y sigues complicándome la vida.

Cerró el dietario y lo puso de nuevo en el fondo de la caja tapándolo con los demás documentos, colocó el saquito en su lugar sin resistirse a aflojar el cordón de seda que lo ceñía. La escasa luz del despacho fue suficiente para arrancar un destello brillante del charol rojo de los zapatos. Tocó con el índice la suave curva del tacón mientras la embargaba una enorme sensación de inquietud, una emoción que le resultaba nueva y molesta como ninguna otra. Cerró y colgó el cuadro, poniendo cuidado en dejarlo perfectamente alineado con el suelo. Después cogió su bolso y salió al obrador para inspeccionar el trabajo. Saludó al camionero y se despidió de Ernesto.

Cuando estuvo seguro de que Flora se había ido, Ernesto entró en el almacén, cogió el rollo de bolsas de cinco kilos y comenzó a llenarlos con la harina de la artesa. Levantó una paletada y se la llevó a la nariz: olía como siempre; cogió una pizca entre los dedos y la probó.

—Esta mujer está loca —murmuró para sí.

—¿Qué dices? —preguntó el camionero creyendo que le hablaba a él.

—Decía que si te quieres llevar unas bolsas de harina para casa.

—Claro, gracias —dijo el hombre, sorprendido.

Llenó diez bolsas de cinco kilos y cuando le pareció bastante las llevó hasta el maletero de su coche, aparcado en la entrada; después arrojó el resto en un saco industrial de basura, que ató y llevó al contenedor. El camionero ya casi había terminado.

—Estos son los últimos —anunció.

—Pues no los metas al almacén, tráelos aquí y los vuelco en la artesa —dijo Ernesto.

Primavera de 1989

En casa de Rosario se cenaba temprano, en cuanto Juan llegaba del obrador, y a menudo las niñas debían terminar sus tareas escolares después de la cena. Mientras recogían la mesa, Amaia se dirigió a su padre.

—Tengo que ir un momento a casa de Estitxu, no he apuntado bien la tarea y no sé qué página hay que estudiar para mañana.

—Vale, ve, pero no tardes —le contestó el padre, sentado junto a su mujer en el sofá.

La niña canturreaba camino del obrador, sonriendo y palpando la llave bajo su jersey. Miró a ambos lados de la calle para cerciorarse de que nadie que pudiera comentárselo a su madre la veía entrar. Introdujo la llave en la cerradura y suspiró aliviada cuando el cerrojo cedió con un clac que le pareció que resonaba por todo el almacén. Entró a oscuras y cerró la puerta a su espalda sin olvidar pasar el pestillo; solo entonces encendió la luz. Miró alrededor con la sensación de urgencia que siempre la atenazaba cuando lo visitaba sola, el corazón latía con tal fuerza en su pecho que resonaba en su oído interno como fuertes latigazos de sangre corriendo por sus venas; y a la vez saboreaba el privilegio del secreto compartido con su padre y la responsabilidad que suponía tener la llave. Sin entretenerse, avanzó hasta los bidones y se agachó para recuperar el sobre de papel manila que escondía detrás.

—¿Qué haces tú aquí? —La voz de su madre retumbó en el vacío del obrador.

Todos sus músculos se tensaron como si hubiese recibido una sacudida eléctrica. La mano, que ya había llegado a rozar el sobre, se contrajo hacia atrás como si todos sus tendones se hubieran roto a la vez. El impulso le hizo perder el equilibrio y quedó sentada en el suelo. Sintió miedo, un miedo lógico y razonado, mientras valoraba el hecho de haber dejado a su madre en casa en bata y zapatillas viendo el telediario y la certeza de que aun así la había estado esperando en la oscuridad. El tono informe y sin matices de su voz transmitía más hostilidad y amenaza de la que jamás había experimentado.

—¿No me vas a contestar?

Lentamente, y sin conseguir levantarse del suelo, la pequeña se volvió hasta encontrar la dura mirada de su madre. Llevaba ropa de calle, seguramente la había llevado todo el tiempo bajo la bata de casa, y unos zapatos de medio tacón en lugar de las zapatillas. Hasta en ese momento sintió una punzada de admiración hacia aquella orgullosa mujer que nunca saldría a la calle en bata y sin arreglar.

La voz le salió ahogada.

—Solo he venido a buscar una cosa. —Supo de inmediato que su explicación era pobre e incriminatoria.

Su madre permaneció quieta donde estaba, solo echó levemente la cabeza hacia atrás antes de hablar en el mismo tono.

—No hay aquí nada tuyo.

—Sí.

—¿Sí? Déjame ver.

Amaia retrocedió hasta tocar una columna con la espalda y, sin dejar de mirar a su madre, se ayudó hasta ponerse en pie. Rosario dio dos pasos, apartó el pesado bidón como si estuviese vacío, tomó el sobre en el que estaba escrito el nombre de su hija y vació el contenido en su mano.

—¿Estas robando a tu propia familia? —dijo poniendo el dinero sobre la mesa de amasar con tanta fuerza que una moneda salió despedida, cayó al suelo y rodó tres o cuatro metros hasta la puerta del almacén, donde quedó apoyada y sostenida de canto.

—No, *ama*, es mío —balbuceó Amaia sin poder apartar su mirada de los arrugados billetes.

—Imposible, es demasiado dinero. ¿De dónde lo has sacado?

—Es de mi cumpleaños, *ama*, lo he ahorrado, te lo juro —dijo juntando las manos.

—Si es tuyo, ¿por qué no lo guardas en casa?, ¿y por qué tienes una llave del obrador?

—El *aita* me la... dejó —y mientras lo decía, algo se le rompía por dentro, pues entendía que estaba delatando a su padre.

Rosario permaneció en silencio unos segundos y cuando habló su tono era el del sacerdote reconviniendo al pecador.

—Tu padre... Tu padre, siempre consintiéndote, siempre malcriándote. Hasta que consiga hacer de ti una perdida. Seguro que fue él quien te dio el dinero para que comprases todas esas porquerías que escondías en tu cartera...

Amaia no contestó.

—No te preocupes —siguió su madre—, las he tirado a la basura en cuanto has salido de casa. ¿Creías que me engañabas? Hace días que sabía esto, pero faltaba la llave, no sabía cómo entrabas.

Sin siquiera darse cuenta de lo que hacía, Amaia elevó su mano hasta el pecho y apretó la llave bajo la tela del jersey. Las lágrimas arrasaron sus ojos, que seguían fijos en el montón de billetes que su madre fue doblando y guardando en el bolsillo de su falda. Después sonrió, miró a su hija y con fingida dulzura le dijo:

—No llores, Amaia, todo lo hago por tu bien, porque te quiero.

—No —musitó ella.

—¿Qué has dicho? —se sorprendió su madre.

—Que no me quieres.

—¿Que no te quiero? —La voz de Rosario iba adquiriendo un sesgo amenazador, oscuro.

—No —dijo Amaia alzando el tono—, tú no me quieres. Tú me odias.

—Que no te quiero... —repitió, incrédula. El enfado

ya era evidente. Amaia meneaba la cabeza negando sin dejar de llorar—. Que no te quiero, dices... —gimió la madre antes de lanzar sus manos hacia el cuello de la niña, manoteando con una furia ciega. Amaia retrocedió un paso y el cordel que llevaba en torno al cuello y del que pendía la llave quedó atrapado entre los dedos, que, como garfios, se cerraron en torno a él aprisionándolo. La niña tironeó confusa torciendo el cuello y sintiendo cómo el cordón se deslizaba por su piel con una sensación ardiente. Sintió un par de fuertes tirones y estuvo segura de que el cordón se soltaría, pero el nudo cauterizado resistió los envites haciéndola trastabillar como un títere manejado por un tornado. Chocó contra el pecho de su madre y esta la abofeteó con fuerza suficiente para derribarla. Amaia habría caído de no ser por el cordón que la sostuvo por el cuello hundiéndose aún más en su carne.

La niña levantó la mirada, puso los ojos en los de su madre y, renovado el valor por la adrenalina que le corría a raudales por su canal sanguíneo, le espetó:

—No, no me quieres, nunca me has querido. —Y de un fuerte tirón se liberó de las manos de Rosario. Esta cambió su mirada atónita por otra que era de pura premura, mientras recorría el obrador en una especie de urgente búsqueda.

Amaia se sintió entonces presa de un pánico que nunca había experimentado antes y supo, de una forma instintiva, que debía huir. Se volvió dando la espalda a su madre y comenzó a avanzar hacia la puerta, con tal violencia que se vio precipitada al suelo; entonces empezó a notar los cambios en su percepción. Cuando lo recordaba volvía a ver el túnel en el que se convirtió todo el obrador; los rincones se oscurecieron y las aristas se redondearon, combando la realidad hasta convertirla en un agujero de gusano poblado de frío y niebla. Al fondo del túnel, la puerta, que aparecía lejana y radiante, como si una potente luz brillase al otro lado y los haces se filtrasen por los bordes y las rendijas del quicio, mientras todo se oscurecía a su alrededor y los colores se desvanecían como si sus ojos hubieran sido privados de repente de los receptores de color.

Loca de miedo, volvió el rostro hacia su madre a tiempo de ver venir el impacto del rodillo de acero con el que su padre amasaba el hojaldre. Levantó una mano en un vano intento de protegerse y aún pudo sentir cómo sus dedos se fracturaban antes de que el borde del cilindro impactase en su cabeza. Después todo fue oscuridad.

Rosario se apostó en el quicio de la puerta de la pequeña salita y miró fijamente a su marido, que sonreía ensimismado mientras veía los deportes en la televisión. No dijo nada, pero los jadeos producidos por el esfuerzo de la carrera agitaban su pecho de un modo alarmante.

—Rosario —se sorprendió él—. ¿Qué pasa? —dijo mientras se incorporaba—. ¿Te encuentras mal?

—Es Amaia —contestó ella—, ha ocurrido algo...

Con el pijama bajo la bata recorrió corriendo las calles que separaban la casa del obrador. Sentía los pulmones ardiendo en el pecho y un pinchazo en el costado que amenazaba con ahogarlo, pero continuó corriendo bajo el influjo maléfico del pálpito que atronaba en lo más profundo de su alma. La certeza de lo que ya sabía se derramaba como tinta sobre su pecho, y solo una firme voluntad de no aceptarlo le impulsó a redoblar el esfuerzo en su carrera y en la oración desesperada, que era ruego y exigencia a la vez. Por favor, no, por favor.

Juan advirtió desde lejos que no había luz en el obrador. De haber estado encendida se vería desde fuera por las rendijas de las contraventanas y por el estrecho respiradero cerca del tejado, que permanecía siempre abierto, en invierno y en verano.

Rosario lo alcanzó en la puerta y extrajo la llave de su bolsillo.

—Pero ¿Amaia esta aquí?

—Sí.

—¿Y por qué está a oscuras?

Su mujer no respondió. Abrió la puerta y penetraron en el interior; solo cuando la puerta estuvo cerrada de nuevo accionó el interruptor de la luz. Durante unos segundos no pudo ver nada. Parpadeó, forzando sus ojos para que se acostumbraran a la intensa luz mientras su mirada buscaba frenética a la niña.

—¿Dónde está?

Rosario no contestó, apoyaba su espalda en la puerta y miraba de reojo hacia un rincón. En su rostro se dibujaba una parodia de sonrisa.

—¡Amaia! —llamó su padre, angustiado—. ¡Amaia! —gritó.

Se volvió mirando interrogante a su mujer y la expresión de su rostro le hizo palidecer. Avanzó hacia ella.

—Oh, Dios mío, Rosario, ¿qué le has hecho?

Un paso más y descubrió el resbaladizo charco bajo sus pies. Miró la sangre, que ya comenzaba a tomar un tono parduzco, y horrorizado levantó de nuevo la mirada hacia su esposa.

—¿Dónde está la niña? —preguntó con un hilo de voz.

Ella no contestó, pero sus ojos se abrieron más y comenzó a morderse el labio inferior como si fuese presa de un placer sublime. Él avanzó enloquecido de furia, de miedo, de horror, la tomó por los hombros y la sacudió como si no tuviera huesos; acercó su boca tensa al rostro de su esposa y gritó:

—¿Dónde está mi hija?

Un gesto de profundo desdén brilló en los ojos de la mujer, su boca se afiló como un cuchillo. Extendió una mano y señaló la artesa de la harina.

La artesa era lo más parecido a un abrevadero de mármol, con una capacidad para cuatrocientos kilos de harina; en ella se vaciaban los sacos de materia prima que después se usarían en el obrador. Miró hacia donde indicaba Rosario y vio dos gruesas gotas de sangre que como galletas polvorientas se habían hinchado de harina en la superficie de la artesa. Se volvió de nuevo a mirar a su esposa, pero ella se había vuelto de cara a la pared, resuelta a no mirar. Avanzó hechizado por la sangre, que sabía propia, sintiendo todos sus sentidos alerta, escuchando, tratando de descubrir algo que sabía que se le escapaba. Percibió un leve movimiento en la superficie suave y perfumada de la harina y se le escapó un grito al ver una pequeña mano emergiendo de aquel mar níveo, convulsionada por un temblor violento. Tomó la mano con las suyas y tiró del cuerpo de la niña, que emergió de entre la harina como un ahogado de entre las aguas. La depositó sobre la mesa de amasar y con sumo cuidado comenzó a retirarle la harina que cegaba los ojos, la boca, la nariz, sin dejar de hablarle y sintiendo cómo sus lágrimas caían sobre el rostro de su hija y dibujaban caminos salados entre los que se adivinaba la piel de su pequeña.

—Amaia, Amaia, mi niña...

La niña temblaba como presa de un calambre eléctrico que iba y venía convulsionando el frágil cuerpecillo en bruscas sacudidas.

—Ve a buscar al médico —ordenó a su mujer.

Ella no se movió de donde estaba; tenía un pulgar dentro de la boca y lo succionaba en un gesto infantil.

—Rosario —gritó Juan, a punto de perder los nervios.

—¿Qué? —gritó ella volviéndose, enfadada.

—Ve a buscar al médico ahora mismo.

—No.

—¿Qué? —Se volvió, incrédulo.

—No puedo ir —contestó ella con calma.

—Pero ¿qué dices? Tienes que traer al médico ya, la niña está muy grave.

—Ya te he dicho que no puedo —susurró sonriendo, tímida—. ¿Por qué no vas tú y me quedo yo aquí con ella?

Juan soltó a la niña, que seguía temblando, y se acercó a su mujer.

—Mírame, Rosario, ve ahora mismo a casa del médico y tráelo aquí —le hablaba como a una niña obstinada. Abrió la puerta del obrador y la empujó fuera. Fue entonces cuando reparó en que su mujer tenía la ropa cubierta de harina y restos de sangre en los dedos que se había estado lamiendo.

—Rosario...

Ella se volvió y comenzó a caminar calle arriba.

Una hora más tarde, el médico se lavaba las manos en el pilón y se secaba con el paño que Juan le tendía.

—Hemos tenido mucha suerte, Juan, la niña está bien. Tiene fracturados el meñique y el anular de la mano derecha, aunque lo que más me preocupa es el corte en la cabeza. La harina actuó como tampón natural empapando la sangre y creando una costra que detuvo casi de inmediato la hemorragia. Las convulsiones son normales cuando se ha sufrido un fuerte traumatismo en la cabeza...

—Ha sido por mi culpa —interrumpió Juan—. Le dejé una llave para que pudiera entrar en el obrador cuando quisiera, y bueno... Nunca imaginé que la niña pudiera hacerse daño, aquí, sola...

—Ya, Juan —dijo el médico mirándole de frente, en un intento de no perderse su expresión—. Hay algo más. Tenía harina dentro de los oídos, la nariz, la boca... De hecho, tu hija estaba por completo cubierta de harina...

—Sí, supongo que resbaló con algún resto de manteca o aceite, se golpeó en la cabeza y cayó dentro de la artesa.

—Podía haber caído de frente o de espaldas, pero estaba totalmente cubierta, Juan.

Este se miró las manos, como si allí estuviese la respuesta.

—Quizá cayó de frente y se dio la vuelta al sentir que se ahogaba.

—Sí, quizá —concedió el médico—. Tu hija no es demasiado alta, Juan. Si se golpeó con uno de los bordes de las mesas es difícil que al caer el peso venciera hacia dentro de la artesa, lo más normal es que se hubiese escurrido hasta el suelo. Además —miró hacia abajo—, fíjate dónde está el charco de sangre.

Juan se cubrió el rostro con las manos y comenzó a llorar.

—Manuel, yo...

—¿Quién la encontró?

—Mi mujer —gimió él, desolado.

El médico suspiró, dejando salir el aire ruidosamente.

—Juan, ¿Rosario se toma el tratamiento que le receté? Sabes perfectamente que no puede dejarlo bajo ningún concepto.

—Sí... No lo sé... ¿Qué insinúas, Manuel?

—Juan, sabes que somos amigos, sabes que te aprecio. Lo que voy a decirte es entre tú y yo, te lo digo como amigo, no como médico. Saca a la niña de tu casa, mantenla alejada de tu mujer. En el tipo de trastorno que ella padece, a veces la toman con alguien cercano haciéndole objetivo de todas sus iras; ese alguien, tú lo sabes bien, es tu hija, y creo que ambos sospechamos que esta no es la primera vez. Su presencia la altera y la enfurece, si la alejas de ella tu mujer se calmará, pero sobre todo debes hacerlo por la niña, porque la próxima vez podría llegar a matarla. Lo de hoy ha sido muy serio, mucho. Como médico debería presentar una denuncia por lo que he visto aquí esta noche, pero como médico sé también que si Rosario se toma el tratamiento estará bien y sé lo que una denuncia podría hacerle a tu familia. Ahora como amigo y como médico tengo que pedirte que saques a la niña de tu casa, porque corre un grave peligro. Si no lo haces me veré obligado a poner esa denuncia. Te ruego que me entiendas.

Juan se apoyaba contra la mesa sin quitar los ojos del charco de sangre coagulada que brillaba a la luz como un espejo sucio.

—¿No hay ninguna posibilidad de que haya sido un accidente? Quizá la niña se hirió y Rosario no reaccionó bien al ver la sangre, quizá la puso sobre la artesa mientras venía a buscarme. —De pronto sus propias palabras le parecieron un buen argumento—. Ella vino a buscarme, ¿no significa eso nada?

—Quería un cómplice. Fue a contártelo porque confía en ti, porque sabía que la creerías, que harías todos los esfuerzos por creerla y negar la verdad, y de hecho es lo que haces, es lo que llevas haciendo todos estos años desde el día en que Amaia nació, o tengo que recordarte lo que ocurrió. Juan, abre los ojos, por favor. Es una enferma, tiene un desequilibrio mental que podemos compensar con medicación. Pero si esto sigue así, tendrás que plantearte medidas más drásticas.

—Pero... —gimió.

—Juan, hay un rodillo de acero recién lavado en el pilón, y además del corte en la parte superior de la cabeza Amaia presenta otro golpe sobre la oreja derecha; tiene fracturados dos dedos en una herida claramente defensiva al intentar parar el primer golpe así —dijo levantando la mano como una visera inversa—; seguramente perdió el conocimiento, el segundo golpe no ha abierto corte porque fue más plano. No hay sangre, pero con el pelo tan corto hasta tú podrás verlo, tu hija tiene un chichón considerable y una parte más hundida donde fue golpeada. El segundo golpe es el que me preocupa, el que le dio cuando estaba inconsciente... Su intención era asegurarse de matarla.

Juan se cubrió de nuevo el rostro y lloró amargamente mientras su amigo limpiaba la sangre.

28

—Jefa, tenemos otra chica muerta —anunció Zabalza.

Amaia tragó saliva antes de responder. Zabalza había dicho tenemos otra, como si fueran cromos de una colección. Aquello se estaba acelerando de una manera pocas veces vista. Si el ritmo de los crímenes seguía in crescendo, el sujeto entraría en barrena y sería más fácil que cometiera un error que permitiera atraparle, pero el precio en vidas hasta entonces sería muy alto. Ya era muy alto.

—¿Dónde? —preguntó ella con firmeza.

—Bueno, ahí estriba la diferencia: esta no está en el río.

—¿Dónde entonces? —dijo a punto de perder la paciencia.

—En una borda abandonada, en un monte cerca de Lekaroz.

Amaia le miraba fijamente, calibrando la importancia de los nuevos datos.

—Esto modifica bastante el modus operandi... ¿Dejó los zapatos? ¿Cómo la han encontrado?

—Bueno —dijo Zabalza lentamente, como calibrando el efecto de sus palabras—, esa es la otra particularidad. Por lo visto la encontraron unos críos ayer, pero no dijeron nada; uno lo contó hoy en casa y el padre se acercó hasta la borda para ver si era verdad. Y entonces ha llamado a la Guardia Civil. Había una patrulla cerca de la zona que ha acudido y confirman que hay un cadáver y que es una chica joven. Han puesto en marcha el protocolo de homicidios y delitos sexuales, por lo visto podría ser una chica cuya desaparición se denunció hace días.

Amaia le interrumpió.

—¿Por qué no sabíamos nada de esto?

—La madre lo denunció en el cuartel de la Guardia Civil de Lekaroz, y ya sabe cómo van estas cosas.

—Ya, ¿y cómo son las relaciones con la Guardia Civil en el valle?

—Con los guardias, buenas. Ellos hacen su trabajo, nosotros el nuestro y colaboran en todo lo que pueden.

—¿Y los mandos?

—Bueno, ese es otro tema. Siempre hay algún problema con las competencias, algún pique, información que se reserva. Ya sabe.

—¿Como que podría haber más chicas desaparecidas en el valle sin que lo sepamos porque la denuncia se puso en un cuartel?

—El responsable de la investigación es el teniente Padua, espera allí para hablar con usted, y afirma que realmente no había denuncia formal, aunque la madre llevaba días presentándose a diario diciendo que a su hija le había ocurrido algo. Sin embargo, había testigos de que la chica se había ido por propia voluntad.

Padua no vestía de uniforme, aunque bajó de un Patrol oficial acompañado de otro guardia, este sí, uniformado. Se presentó a sí mismo y a su compañero mientras tendía una mano firme a Amaia y la acompañaba caminando a su lado.

—Es Johana Márquez. Quince años. Dominicana de nacimiento, lleva en España desde los cuatro y en Lekaroz desde los ocho, cuando su madre volvió a casarse con otro dominicano; tienen otra hija pequeña de cuatro años. La chica tenía problemas con los padres, por los horarios, y se fugó de casa en otra ocasión hace dos meses;

estuvo en casa de una amiga. Esta vez parecía lo mismo, por lo visto tenía un novio y se escapó con él, había testigos. Aun así, la madre venía cada día al cuartel a decirnos que algo malo pasaba, que su hija no se había escapado.

—Pues parece que tenía razón.

Padua no contestó.

—Hablaremos después —sugirió ella ante su silencio.

—Claro.

La cabaña resultaba invisible desde la carretera. Solo al acercarse campo a través pudo verla medio oculta por los árboles, camuflada por las numerosas enredaderas que trepaban por la fachada y la mimetizaban entre el fondo boscoso y enmarañado que la circundaba. Saludó con un gesto a los dos guardias civiles apostados a ambos lados de la puerta. El interior estaba fresco y oscuro, aderezado por el inconfundible olor de un cadáver que había comenzado a descomponerse y por otro más dulzón y almizclero, como de naftalina perfumada. El aroma le hizo recordar de pronto el armario de la ropa blanca de su abuela Juanita, con los juegos de sábanas planchadas, sus embozos bordados con las iniciales de la familia, que ella mantenía perfectamente alineados en aquel armario de cuyas baldas pendían bolsitas transparentes que contenían las bolitas de alcanfor que sorprendían con una vaharada mareante a cualquiera que osara abrir sus puertas.

Esperó unos segundos hasta que sus ojos se acostumbraron a la penumbra. El techo estaba parcialmente hundido por las nevadas del invierno anterior, pero las vigas de madera parecían poder soportarlo algunos inviernos más. De las traviesas transversales pendían colgajos de antiguos restos de tela y cuerda ennegrecidos, algunas trepadoras de las que tapizaban la fachada habían penetrado a través del agujero en el techo y se mezclaban con un centenar de ambientadores con forma de frutas de vivos colores que colgaban de las ramitas. Amaia confirmó la singular combinación como el origen del mareante perfume. La cabaña constaba de una sola habitación rectangular, una vieja mesa de considerables dimensiones y un banco corrido que aparecía volcado en el suelo a los pies de la mesa. En el centro de la estancia había un sofá de dos plazas anormalmente hinchado y cubierto de manchas de humedad y orín, situado frente a la chimenea ennegrecida y repleta de escombros y basura que alguien había intentado quemar sin éxito. De la parte trasera del sofá sobresalía apoyado un colchón de espuma bastante limpio. El suelo aparecía cubierto por una fina capa de tierra que era más oscura en los lugares donde el agua había penetrado a través del tejado formando charcos que ya se habían secado. Por lo demás estaba limpio, y parecía barrido recientemente; aún podían apreciarse los trazos de una escoba, que localizó apoyada contra la chimenea. Ni rastro del cadáver.

—¿Dónde...?

—Detrás del sofá, inspectora —indicó Padua.

Dirigió el haz de la linterna hacia el lugar que le indicaban.

—Necesitamos focos.

—Ya han ido a por ellos, ahora los traen.

El haz de su luz iluminó unas deportivas plateadas y unos calcetines blancos que se veían algo manchados de tierra. Retrocedió dos pasos mientras dejaba que instalasen los focos e hicieran las fotos preliminares. Cerró los ojos, rezó una breve oración por el alma de aquella niña y comenzó.

—Quiero a todo el mundo fuera de aquí hasta que hayamos terminado, solo mi equipo, los de la científica y el teniente Padua, de la Guardia Civil —dijo abarcando a todos los presentes y a modo de presentación. Excepto una de los guardias de uniforme, ella era la única mujer, y su experiencia en el FBI le había enseñado la importancia que tenía la cortesía profesional al hacerse cargo de un caso en que otros policías ya estaban trabajando—. Ellos hallaron el cuerpo y han tenido la consideración de avisarnos. Quiero saber quién ha entrado y qué han tocado, incluidos los críos y el padre del chaval que dio parte. Jonan, a mi lado. Quiero fotos de todo. Zabalza, ayúdenos, vamos a apartar el colchón con mucho cuidado. Vigilen dónde ponen los pies.

—Vaya —exclamó Jonan—, esto es distinto.

La chica, una adolescente extremadamente delgada, había tenido una piel bronceada que ahora aparecía tumefacta, con un color oliváceo brillante por la hinchazón. La ropa había sido separada a los lados del cuerpo con cortes burdos y torpes, aunque algunos jirones habían sido utilizados para cubrirle el pubis. Del cuello, abultado y amoratado, pendían los extremos de un cordel que desaparecía entre los pliegues de la carne hinchada. Una mano exangüe descansaba sobre el vientre sosteniendo un ramo de flores blancas cogidas con un lazo también blanco. Tenía los ojos semiabiertos y entre las pestañas se vislumbraba una película mucosa y blanquecina. Docenas de pequeñas flores en distinto grado de marchitez circundaban su cabeza, colocadas entre el pelo ondulado y mate formando una tiara que se extendía hasta sus hombros y dibujaba una silueta alrededor del cadáver.

—Joder —musitó Iriarte—. ¿Qué es esto?

—Es Blancanieves —susurró Amaia, impresionada.

El doctor San Martín, que acababa de llegar, dio la vuelta al sofá y se situó junto a Amaia.

Se puso los guantes y tocó con suavidad la mandíbula y el brazo de la chica.

—El estado del cadáver apunta a varios días, bastantes.

—Algunas de las flores son más recientes, de ayer como mucho —indicó Amaia señalando el ramo que la niña tenía sobre el vientre.

—Pues yo diría que quien puso aquí las primeras ha regresado cada día para poner flores frescas; algunas de estas —especuló señalando las más secas— tienen más de una semana; además, alguien ha derramado perfume sobre el cuerpo.

—Ya lo he notado, además de los ambientadores. Creo —dijo Amaia incorporándose un poco para mirar a Iriarte— que el frasco podría estar entre el montón de basura que hay en la chimenea.

Había reconocido la ampulosa botellita oscura al entrar. Dos años atrás, Ros le había regalado un carísimo frasquito de aquel perfume, que apenas se había puesto un par de veces; a James le gustaba, pero a ella las mareantes notas de sándalo le resultaban empalagosas. Supo que nunca lo volvería a usar. Iriarte levantó la mano enguantada que sostenía el frasco, sucio de ceniza.

—El cuerpo —continuó San Martín— hace días que superó la fase cromática y ya ha entrado en la enfisematosa. Ya sabe que seré más preciso tras la autopsia, pero yo diría que lleva muerta alrededor de una semana. —Palpó la piel pellizcándola entre los dedos—. La piel aún no ha comenzado a desprenderse y todavía aparece bastante hidratada, pero el haber estado aquí dentro, un lugar fresco y oscuro, puede haber contribuido a la conservación. Sin embargo, ya ha comenzado a hincharse por efecto de los gases de la putrefacción, se aprecia sobre todo aquí y aquí —dijo señalando el abdomen, que aparecía teñido de color verdoso, y el cuello, tan inflamado que apenas eran visibles los extremos del cordel, que colgaban entre el cabello oscuro de la chica.

San Martín se inclinó sobre el cuerpo, observando algo que había llamado su atención. Por la boca entreabierta del cadáver se apreciaba la presencia de pupas de insectos que habían puesto sus huevos allí.

—Mire esto, inspectora. —Amaia se cubrió la boca y la nariz con la mascarilla que le tendió San Martín y se inclinó a mirar—. Observe el cuello, ¿ve lo mismo que yo?

—Veo dos enormes cardenales bien diferenciados a ambos lados de la tráquea.

—Sí, señora, y seguramente tendrá unos cuantos más en la nuca, los veremos cuando podamos moverla. Esta chica, a pesar de lo que el cordel quiera contarnos, fue estrangulada con las manos, y esos dos cardenales corresponden a los pulgares de su asesino. Fotografíe esto —dijo dirigiéndose a Jonan—. Esta vez espero verle en la autopsia.

Jonan bajó la cámara un segundo para mirar a Amaia, que continuó hablando sin prestarles atención.

—¿La mataron aquí, doctor?

—Diría que sí, aunque tendrán que establecerlo ustedes. Pero desde luego, si no la mataron aquí, la trajeron hasta este lugar inmediatamente, pues el cadáver no ha sido movido después de las dos primeras horas tras producirse la muerte. La causa de la muerte, probable estrangulamiento, asfixia. Data: habrá que analizar el estadio de las larvas, pero yo diría una semana. Y lugar, seguramente aquí. La temperatura del cuerpo se ha igualado con la de la borda y las livideces cadavéricas indican que no ha sido movida tras la muerte. La rigidez ha desaparecido casi totalmente, como corresponde a esta fase, y los signos de deshidratación se han visto atenuados por la evidente humedad ambiental.

Amaia tomó unas pinzas y descubrió los genitales de la chica. Se apartó un poco para que Jonan hiciera las fotos.

—¿Qué me dice de las lesiones externas? Yo diría que ha sido violada.

—Todo indica que sí, pero en esta fase de la descomposición los genitales suelen aparecer bastante hinchados. Se lo diré en la autopsia.

—¡Oh, no! —exclamó Amaia.

—¿Qué ocurre?, ¿qué ha visto?

Amaia se incorporó como sacudida por un rayo. Dando la vuelta al sofá, apremió a Iriarte.

—Vamos, ayúdeme.

—¿Qué quiere hacer?

—Mover el sofá.

Tomándolo uno de cada lado, lo levantaron comprobando que a pesar de su aspecto era extraordinariamente ligero. Lo desplazaron unos quince centímetros hacia delante.

—Joder —exclamó San Martín.

La jueza Estébanez, que entraba en ese momento, se acercó, cauta.

—¿Qué ocurre?

Amaia la miró fijamente, pero la jueza tuvo la sensación de que su mirada traspasaba su persona, las paredes de aquella borda, los bosques y las rocas milenarias del valle. Hasta hallar las palabras.

—Le falta el brazo derecho desde el codo. El corte es limpio y no hay sangre, así que se lo cortaron cuando ya estaba muerta. Y no lo encontraremos, se lo han llevado.

La jueza hizo un gesto de profundo disgusto.

Primavera de 1989

Amaia vivió desde ese día con la tía Engrasi, visitando a su padre a diario en el obrador y acudiendo los domingos a comer a casa. Recordaba esas comidas como exámenes puntuales. Se sentaba a la cabecera frente a su madre, el lugar más alejado de ella, y comía en silencio respondiendo con monosílabos a los pobres intentos de su padre por iniciar una conversación. Después ayudaba a sus hermanas a recoger y, cuando ya todo estaba en orden, se dirigía a la salita, donde sus padres veían el informativo de las tres. Allí se despedía hasta la siguiente semana. Se inclinaba y besaba a su padre, y él le ponía en la mano un billete muy doblado; después permanecía un par de minutos mirando a su madre, esperando mientras ella continuaba viendo la tele sin dignarse siquiera a mirarla. Entonces su padre le decía:

—Amaia, la tía te estará esperando.

Y ella salía de la casa en silencio, con un escalofrío recorriendo su espalda. Una magnífica sonrisa de triunfo se dibujaba en su rostro mientras daba gracias al Dios todopoderoso de los niños por que aquel día tampoco hubiera querido tocarla, besarla, despedirla. Lo prefería así. Durante algún tiempo temió que de su madre pudiera partir cualquier gesto que alcanzara a interpretarse como un deseo de que regresara a casa. Le aterrorizaba la sola idea de que ella posase la mirada en su rostro durante más de dos segundos, porque cuando lo hacía, mientras su padre buscaba el vino en la alacena o se inclinaba sobre el hogar para avivar el fuego, volvía a sentir tanto miedo que las piernas le temblaban y la boca se le secaba como si la tuviese llena de harina.

Solo volvió a quedarse a solas con ella en dos ocasiones. La primera fue un año después del ataque, en la siguiente primavera. Su cabello había vuelto a crecer y durante el invierno había dado un buen estirón. Era el fin de semana en el que se cambiaba la hora, pero tanto la tía como ella habían olvidado hacerlo, así que se presentó en la casa de sus padres una hora antes. Llamó a la puerta y cuando su madre le abrió y se hizo a un lado para dejarla pasar, ella ya supo que su padre no estaba en casa. Penetró hasta el centro del salón y se volvió a mirar a su madre, que se había detenido en la mitad del corto pasillo y desde allí la miraba. No podía ver sus ojos, ni el gesto de su boca, porque el pasillo estaba a oscuras en contraste con el soleado salón, pero percibía su hostilidad como si en aquel corredor hubiera una manada de lobos. Aún tenía el abrigo puesto, y sin embargo comenzó a temblar como si en lugar de una suave temperatura primaveral la atenazase el más crudo invierno siberiano. Debieron de pasar unos segundos, pero a ella le parecieron eternidades, concentradas en parpadeos y ahogados jadeos que surgían de algún lugar en el que una niña lloraba; la oía con claridad, aunque no podía verla mientras vigilaba el acecho de aquel mal amenazante que aguardaba en el pasillo. Un leve roce, un paso y la niña que lloraba comenzó a gritar como se hace cuando el pánico te atenaza, con aullidos ahogados que apenas logran salir de la garganta, abortándose en un vano intento de dejar escapar la locura que acecha. Son los gritos de las pesadillas en las que las niñas se desgañitan en aullidos, que se transforman en susurros apenas salen de sus gargantas. Otro paso. Otro grito, que quizás era el mismo, que nunca cesaría. Su madre llegó a la puerta del salón y por fin pudo ver su rostro. Eso fue suficiente. En el mismo instante supo que la niña que gritaba ahogada era ella misma, y la certeza le hizo perder el control de su vejiga en el mismo segundo en que su padre y sus hermanas entraban por la puerta.

29

Hizo el trayecto hasta Pamplona en silencio y sumida en una desazón interior que la había embargado desde el instante en que vio el cadáver de Johana. Había en aquel crimen tantos aspectos diferenciales que le costaba trabajo comenzar siquiera a plantearse un perfil preliminar, aunque le había estado dando vueltas en la cabeza durante todo el camino. Las flores, el perfume, el ramo que descansaba sobre su vientre, el modo casi pudoroso con que había sido cubierta la desnudez del cadáver... Contrastaban con la brutalidad evidente de los golpes repartidos por el rostro, la forma salvaje en que la ropa había sido casi arrancada haciéndola jirones, la probable violación y la truculencia con que el asesino había perdido el control, llegando a estrangular a su víctima con sus propias manos. Y luego estaba el tema del trofeo. Muchos asesinos en serie se llevaban algo que hubiese pertenecido a las víctimas, para poder recrear en la intimidad una y otra vez el instante de la muerte, por lo menos hasta que la fantasía llegaba a ser insuficiente para satisfacer su necesidad y tenían que salir a por más. Pero no era frecuente que se llevasen trozos del cuerpo, por la dificultad que entrañaba conservarlos intactos y a la vez tener acceso a ellos cuando al asesino le apetecía. Solían elegir pelo o dientes, pero no partes que pudieran sufrir un rápido deterioro. Llevarse un antebrazo con la mano no encajaba en el perfil del depredador sexual, aunque tampoco encajaba el trato casi exquisito que le había brindado al cadáver durante días.

Era la hora de comer cuando llegaron a Pamplona. Contrastando con el frío exterior, el aliento de los viajeros se había adherido a los cristales de las ventanillas y se convertía en la prueba palmaria del sofocante calor en el interior del vehículo, incómodo por la presencia del teniente Padua, que había insistido en viajar con ellos aunque no había abierto la boca en todo el viaje. Cuando por fin el coche se detuvo ante el Instituto Navarro de Medicina Legal y bajaron, una mujer totalmente oculta bajo un paraguas surgió de entre un pequeño grupo que esperaba a la entrada y se adelantó unos pasos hasta situarse frente a las escaleras.

Amaia supo quién era nada más verla: no era la primera vez que los familiares de una víctima la esperaban a las puertas de la morgue. De ningún modo se les permitiría entrar a la autopsia. No podían hacer nada allí, incluso la creencia popular de que los familiares debían autorizar la autopsia era falsa. Las autopsias se realizaban dentro del protocolo judicial por orden del juez, y en los casos en que era necesaria la identificación del cadáver se hacía a través de pantallas de televisión de circuito cerrado y nunca entraban a la sala de autopsias... Los familiares no tenían nada que hacer allí, pero aun así acudían a la puerta del instituto como a una llamada y esperaban reunidos, como si en cualquier momento fuera a salir de allí una enfermera para anunciarles que todo había salido bien y que su ser amado se recuperaría en unos días.

Cuando comenzó a aproximarse a la mujer, decidida a evitar mirarla a los ojos, percibió la palidez de su rostro, el modo suplicante en que tendió una mano hacia ella mientras daba la otra a una niña pequeña, de apenas tres o cuatro años, que la madre casi arrastraba en su avance. Amaia apuró el paso.

—Señora, señora, se lo ruego —dijo la mujer llegando a rozar con una mano áspera y fría la mano de Amaia. Después, como si pensase que había ido muy lejos en su atrevimiento, retrocedió un paso y asió de nuevo la mano de la niña.

Amaia se detuvo en seco instando con la mirada a Jonan, que intentaba interponerse entre ambas.

—Señora, por favor —rogó la mujer. —Amaia la miró invitándola a hablar. —Soy la madre de Johana —dijo por toda presentación, como si asumiese que ostentaba un triste título para el que no cabía explicación alguna.

—Sé quién es, y siento mucho lo que le ha ocurrido a su hija.

—Usted es la policía que investiga los crímenes del basajaun, ¿verdad?

—Sí, así es.

—Pero a mi hija no la ha matado el basajaun, ¿verdad?

—Me temo que no puedo contestar a eso, aún es pronto para estar seguros. Estamos en una fase muy preliminar de la investigación en la que primero tenemos que establecer qué ha pasado.

La mujer avanzó un paso más.

—Pero usted tiene que saberlo, usted lo sabe, sabe que a mi Johana no la ha matado ese asesino.

—¿Por qué dice eso?

La mujer se mordió el labio y miró alrededor, como si fuera a hallar la respuesta en las gruesas gotas de lluvia que caían.

—¿La han...? ¿La han abusado?

Amaia posó sus ojos en la niña, que parecía absorta en la contemplación de los coches patrulla aparcados en batería.

—Ya le he dicho que aún es pronto para saberlo, no podemos estar seguros hasta que no se haga la... Bueno...

—De pronto, mencionar la autopsia se le antojó demasiado violento. La mujer se acercó hasta que Amaia pudo oler su aliento amargo y una colonia de lavanda que emanaba de su ropa húmeda. Cogiéndola de la mano, se la apretó en un gesto que era a la vez reconocimiento y desesperación.

—Al menos, señora, dígame cuántos días lleva muerta.

Amaia colocó una mano sobre la de la mujer.

—Hablaré con usted cuando termine... Bueno, cuando terminen de examinarla, le doy mi palabra.

Se soltó de la mano que atenazaba la suya como una garra helada y avanzó hacia la entrada.

—Lleva muerta una semana, ¿verdad? —afirmó la mujer con la voz quebrada por el esfuerzo—. Desde el día en que desapareció.

Amaia se volvió hacia ella.

—Lleva siete días muerta. Lo sé —repitió la mujer. La voz se le rompió del todo y comenzó a llorar gimiendo roncamente.

Amaia retrocedió hasta donde estaba y miró alrededor, calibrando el efecto que las palabras de la madre de Johana habían tenido en sus acompañantes.

—¿Cómo puede saberlo? —le susurró Amaia.

—Porque el día que mi niña murió sentí que algo se me rompió acá, adentro —dijo la mujer llevándose la mano al pecho.

La inspectora reparó en que la niña pequeña se asía fuertemente a las piernas de su madre y lloraba sin emitir ningún ruido.

—Señora, váyase a casa, llévese a la niña de aquí, le prometo que iré a hablar con usted en cuanto pueda decirle algo.

La mujer miró a la niña, que lloraba con un gesto de infinito amor, como si de pronto hubiera tomado conciencia de su presencia y su existencia se le antojara prodigiosa.

—No —contestó con firmeza—. Esperaré aquí, a que acaben, esperaré para poder llevarme a mi niña.

Amaia empujó la pesada puerta, pero aún alcanzó a escuchar el ruego de la madre.

—Vele por mi hija ahí adentro.

Cumpliendo su promesa a San Martín, Jonan había entrado en la sala de autopsias. A Amaia le constaba que no era la primera vez, pero por norma solía eludir este trago que a todas luces le resultaba penoso. Permanecía en silencio apoyado en la encimera de acero y su rostro no evidenciaba emoción alguna, quizá por saberse observado por los demás, que a veces hacían bromas por el hecho de que, siendo doctor —lo era en antropología y arqueología—, tuviese reparos con las autopsias. Sin embargo no se le escapó el detalle de que tenía las manos a la espalda, como si pusiese de manifiesto su intención de no tocar nada, ni física ni emocionalmente. Antes de entrar se había acercado a él para decirle que podía declinar la invitación de San Martín con cualquier pretexto, que podía enviarle a hablar con la madre de Johana o a continuar con las pistas en comisaría. Pero él había decidido quedarse.

—Tengo que entrar, jefa, porque este crimen me tiene desconcertado, y con lo que sé no tengo ni para iniciar un esbozo de perfil.

—No será agradable.

—Nunca lo es.

Normalmente cuando llegaba a las autopsias los técnicos ya habían retirado la ropa, tomado muestras de uñas y cabello y en muchos casos hasta habían lavado el cadáver. Amaia le había pedido a San Martín que la esperase antes de retirar la ropa, pues intuía que el modo en que había sido rasgada aportaría algún dato nuevo. Se acercó a la mesa mientras se anudaba una bata de un solo uso a la espalda.

—Está bien, señores y señoras —dijo San Martín—. Empezamos.

Los técnicos comenzaron por tomar muestras de fibras, polvo y semillas adheridos a los tejidos; después retiraron la bolsa de plástico con que habían preservado la mano de la chica, en la que se veían dos uñas rotas casi colgando, uñas en las que eran perceptibles restos de piel y sangre.

—¿Qué les dice este cuerpo? ¿Qué historia nos cuenta? —lanzó al aire Amaia.

—Tiene aspectos comunes con los otros crímenes. Sin embargo, también hay muchas diferencias —dijo Iriarte.

—¿A saber?

—La edad de la chica, el modo en que la ropa se ha separado a los lados, el cordel alrededor del cuello... Y, quizás en parte, la puesta en escena posterior —apuntó Jonan.

—¿En qué sentido?

—Ya sé que de entrada la forma en que presenta el cuerpo es diferente, pero hay algo virginal en cómo se han colocado las flores. Quizá sea una evolución en su fantasía, o quiso distinguir a esta víctima de una manera especial.

—Por cierto, ¿sabemos qué flores son? Estamos en febrero, dudo que haya muchas flores por la zona.

—Sí, he mandado la foto de una flor a un foro de jardinería y me han contestado enseguida. Las pequeñas de color amarillo son *calendula officinalis*, crecen en los bordes de los caminos, y las flores blancas son *camellia japonica*, una variedad de camelias que exclusivamente se cultiva en jardín. Ven poco probable que crezca silvestre, aunque ambas son de temporada, de floración temprana. Buscando en internet he visto que en algunas culturas se utilizaban ancestralmente como símbolo de pureza —explicó un documentado Jonan.

Amaia permaneció unos segundos en silencio sopesando la idea.

—No sé, no me convence —dijo Iriarte.

—¿Diferencias?

—Con excepción de la edad, la chica no encaja en el perfil victimológico. Su modo de vestir era casi infantil, unos vaqueros y un forro polar, y aunque la ropa ha sido separada a los lados parece algo posterior. De entrada rasgó la ropa de un modo bastante burdo, algunas prendas están hechas jirones; conserva sus zapatos, en este caso deportivas; el cadáver aparece seriamente violentado, pero el vello púbico no se ha rasurado. Las manos... La mano que queda está crispada y evidencia lucha, por las uñas que están medio arrancadas y por las marcas de medias lunas en las palmas, que nos dicen que apretó tanto los puños que se clavó las uñas —dijo Iriarte señalando las heridas—. Y desde luego está el tema de la amputación.

—¿Qué me dicen del lugar donde fue hallada?

—Totalmente distinto; en lugar del río, un paraje abierto, natural, que sugiere pureza, la encontramos en un lugar a cubierto, sucio y abandonado.

—¿Quién puede conocer la existencia de esa borda? —dijo Amaia dirigiéndose a Padua.

—Casi cualquiera de la zona que salga al monte. La han usado cazadores, senderistas y cuadrillas que subían a merendar, hasta que el invierno pasado se hundió el tejado... En cualquier caso, por los restos de basuras parece que no hace mucho que la usaron para ese fin.

—¿La causa de la muerte, doctor?

—Como ya le dije en mi primera impresión, fue estrangulada manualmente. Este cordón fue colocado después, cuando la lividez ya se había establecido; y además en esta ocasión es de distinto tipo y ha sido anudado.

—¿Puede que regresase más tarde para colocar el cordón? Quizá cuando se publicaron los primeros datos sobre los crímenes del basajaun... —sugirió Amaia.

—Sí, la primera impresión es de que tenemos un imitador.

—O más bien un oportunista. Un imitador mata imitando la puesta en escena de otro asesino; el oportunista es un advenedizo que no está homenajeando al primer asesino, sino intentando disfrazar su propio crimen para colgárselo al otro.

El doctor se inclinó de nuevo sobre el cuerpo con un separador y tomó una muestra del interior de la vagina.

—Hay semen —dijo pasándole un bastoncillo impregnado al técnico, que procedió a aislarlo y etiquetarlo—. Las paredes internas de la vagina presentan desgarros y una leve hemorragia que se interrumpió al sobrevenir la muerte, probablemente durante el transcurso de la violación, por lo que la sangre no llegó a derramarse por fuera. Eso, o ya estaba muerta cuando ocurrió.

Amaia se acercó un poco más al cuerpo.

—¿Qué me dice de la amputación?

—Post mórtem, no sangró, y fue practicada con un objeto extraordinariamente afilado.

—Sí, ya veo cómo ha cercenado el hueso. Sin embargo, la carne aparece un poco deshilachada en la parte superior.

—Sí, ya me he fijado, me inclino a que sean mordeduras de algún animal. Sacaremos un molde y ya le diré algo.

—¿Y el cordel, doctor?

—A simple vista se ve que es diferente a los otros, más grueso y con un revestimiento plástico. Cuerda de tender. Ustedes verán, pero no parece muy probable que a estas alturas se haya decidido a cambiar de tipo de cuerda.

Los técnicos retiraron los restos de la ropa y el cadáver quedó expuesto bajo la fría luz del quirófano. Las livideces formaban un mapa violáceo en la espalda y los hombros, en las nalgas y pantorrillas, donde la sangre se había acumulado por su propio peso tras pararse el corazón. La inflamación había deformado los rasgos de aquel cuerpo en el que apenas eran visibles los signos de la pubertad. Al lavar la tierra que manchaba el rostro, quedaron a la vista las marcas de varias bofetadas y la irritación de un puñetazo que le había aflojado un diente. San Martín lo extrajo con unas tenacillas mientras conminaba a Jonan a que se acercase más. Después de ducharlo todavía era evidente el aroma del perfume, que, mezclado con el del muy deteriorado cadáver, resultaba realmente repulsivo. Jonan estaba muy pálido y afectado, y no podía apartar su mirada del rostro de la niña, pero se mantenía firme. Su respiración era acompasada, y de vez en cuando alternaba los densos silencios con preguntas técnicas.

Amaia pensó en la gran afición que despertaban las series de forenses entre las audiencias televisivas, unas series en las que lo más chocante era que resolviesen un caso, a veces dos, en un turno de noche, gracias a autopsias, identificaciones, interrogatorios y pruebas de ADN incluidas, pruebas que con la máxima urgencia tardaban no menos de quince días y, cuando no se presionaba mucho, alrededor de un mes y medio. Eso contando además con que en Navarra no existía un laboratorio forense con capacidad para realizar ni un análisis de ADN, los cuales debían mandarse a Zaragoza, además del precio elevadísimo de algunas pruebas, que resultaban poco menos que imposibles. Pero, sobre todo, le hacía gracia el modo en que los investigadores de las películas se inclinaban sobre los cadáveres, intercambiándose notas e informes por encima de un cuerpo que en el mejor de los casos desprendía gases y olores nauseabundos.

Había leído que algunos jueces y policías consideraban nocivo el conocimiento manipulado que los jurados tenían de las técnicas forenses, muy a menudo adquirido a través de las dichosas series, que les empujaban a pedir pruebas, análisis y comparativas sin ningún criterio, aunque también se daba el caso de algunos científicos que por fin podían exponer sus conocimientos sin que su trabajo sonase a chino a los jurados. Era el caso de los entomólogos forenses. Hasta hacía diez años, un entomólogo y sus estudios resultaban de lo más incomprensible, mientras que ahora casi cualquiera sabía que, estableciendo la edad de las larvas y la fauna cadavérica, se podía precisar con gran exactitud la data y el lugar de la muerte.

Amaia se acercó a la cubeta donde habían depositado los restos de ropa.

—Padua, aquí tenemos los restos de unos vaqueros azules, un forro polar Nike de color rosa pálido, deportivas plateadas y calcetines blancos. Dígame, ¿qué ropa llevaba en el momento de su desaparición según la denuncia?

—Vaqueros y una sudadera rosa —susurró Padua.

—Doctor, ¿diría que pudo fallecer el mismo día de su desaparición?

—Es muy probable.

—¿Me permite usar su despacho, doctor?

—Faltaría más.

Amaia se soltó el nudo de la bata mientras le dedicaba una última mirada al cadáver y salió hacia la zona de lavabos mientras decía:

—Jonan, sal ahí afuera y haz pasar a la madre de Johana.

A pesar de las muchas ocasiones en que había estado en el Instituto Navarro de Medicina Legal, nunca había subido al despacho de San Martín, pues él parecía cómodo firmando los informes en el pequeño cubículo adyacente y atestado destinado a los técnicos. Amaia ya imaginaba que encontraría una estancia tan peculiar como su propietario, pero el lujo con que se había decorado la sala la sorprendió. Sin duda, aquel despacho ocupaba más espacio del que por lógica le podría corresponder. Los muebles, de factura práctica, del tipo que cabría esperar en el despacho de un científico superior, eran de líneas sobrias y modernas, contrastando con la colección de esculturas de bronce expuestas con el mayor cuidado y metódicamente iluminadas. Sobre la amplia mesa de reuniones reposaba una Piedad de unos setenta por setenta centímetros que parecía extraordinariamente pesada. Amaia se preguntó si la moverían de allí cuando la mesa debía utilizarse para su cometido.

En el otro extremo de la mesa, la hermana pequeña de Johana parecía abrumada por la cantidad de folios blancos y el bote de bolígrafos que Jonan había puesto ante ella. La madre contemplaba extasiada el Cristo muerto en brazos de su madre. Su rostro reflejaba la ansiedad propia del ruego, que era evidente en el temblor de sus labios.

Jonan se acercó a Amaia.

—Está rezando —explicó—. Me ha preguntado si creía que la escultura estaría consagrada.

—¿Cómo se llama?

—Inés, Inés Lorenzo. La niña se llama Gisela.

Se demoró un minuto más, resuelta a no interrumpir la oración, pero la mujer percibió su presencia y se dirigió hacia ella. Amaia le indicó que se sentase en una de las sillas y ella lo hizo en la otra. Jonan permaneció en pie junto a la puerta y el inspector Iriarte le cedió protagonismo, optando por una de las sillas de la mesa de reuniones, a la que dio la vuelta para mirar a Amaia y observar desde atrás a la mujer.

—Inés, soy la inspectora Salazar, nos acompañan el subinspector Etxaide, el inspector Iriarte y el teniente Padua, de la Guardia Civil; creo que ya se conocen.

Padua tomó el sillón tras la mesa y lo arrastró hasta un costado. Amaia agradeció que hubiera decidido no sentarse tras la mesa.

—Inés —comenzó Amaia—. Como sabe, una patrulla de la Guardia Civil ha hallado hoy el cuerpo de su hija.

La mujer la miraba fijamente, erguida y atenta, casi parecía contener la respiración.

—En la autopsia se ha determinado que lleva muerta varios días. Llevaba puesta la misma ropa que consta en la denuncia que usted interpuso en el cuartel de la Guardia Civil el día que desapareció.

—Lo sabía —susurró mirando a Padua con un gesto en el que no había tanto reproche como cabía esperar. Amaia temió que rompiese a llorar. En lugar de eso, la miró de nuevo y preguntó—: ¿La violó?

—Todo indica que sufrió una agresión sexual.

Inés frunció los labios en un gesto de íntima contención.

—Ha sido él —sentenció.

—¿Quién cree que ha sido? —se interesó Amaia.

Inés se volvió a mirar a la niña, que se había puesto de rodillas en la silla y pintaba medio recostada en la mesa, parcialmente oculta por la escultura. La madre miró a Amaia.

—Lo creo no, lo sé. Mi marido, mi marido ha matado a mi hijita.

—¿Por qué cree eso? ¿Se lo ha dicho él?

—No, no hace falta que me lo diga, yo lo sé, lo he sabido todo el tiempo, pero no lo quería creer. Yo me quedé viuda cuando nació Johana, me vine a España con lo puesto, y a él lo conocí aquí. Nos casamos, y él crió a mi niña como si fuera suya... Pero de un tiempo a esta parte todo cambió. Johana lo rehuía, yo pensaba que era la adolescencia, ¿me comprende? Johana se puso preciosa, usted la ha visto, y su padre comenzó a decirme que la tenía que controlar más, porque con esa edad se ponen pavas y ya sabe, comienzan con la tontería de los chicos, y yo... Bueno, Johana siempre fue muy buenecita, nunca me dio problemas con nada, iba bien en la escuela, y los maestros estaban contentos, siempre me lo decían, puede preguntarlo si quiere.

—No hace falta —concedió Amaia.

—Ella no era de esas adolescentes que se ponen ariscas. Ayudaba en la casa, cuidaba de su hermanita, pero él cada vez estaba más encima de ella, con los horarios, con las salidas. Ella se quejaba, y yo... Yo lo dejaba, porque creía que se preocupaba mucho por ella, aunque a veces me daba cuenta de que se pasaba tanto que la quería controlar, y alguna vez se lo decía, pero él, él me decía: «Si la dejas suelta irá con los chicos y te vendrá preñada». Yo tenía miedo. Pero otras veces veía que él la miraba, y no me gustaba, señora, no me gustaba. Pero no dije nada, solo una vez. Johana llevaba una falda corta y se agachó con su hermana y vi cómo la miraba, y me dio asco, y se lo recriminé, ¿y sabe qué me contestó? Me dijo: «Así es como miran los hombres a tu hija si ella va provocando». Porque ahora ya no era su hija, antes sí, pero ahora me decía tu hija. Y yo lo único que hice fue mandarla a cambiarse de ropa.

Amaia miró a Padua antes de preguntar.

—De acuerdo... Su marido se preocupaba mucho por Johana, quizás en exceso, pero ¿por qué cree que ha tenido algo que ver con su muerte?

—Usted no lo vio, estaba obsesionado, hasta llegó a poner ese servicio de localización de los teléfonos que hay para saber dónde estaba la niña en todo momento. Y justo cuando desapareció yo le dije: «Búscala con el localizador», y él me respondió: «Ya he quitado ese servicio. Lo di de baja, ya no hace falta, tu hija se ha ido porque es una perdida, tú la alentaste, y no va a volver, ella no quiere que la encuentren y eso es lo mejor para todos». Eso me dijo.

Amaia abrió la carpeta que le tendía el teniente Padua, que por lo demás parecía resuelto a permanecer en silencio.

—Veamos, Johana desapareció un sábado, y usted presentó la denuncia al día siguiente, domingo. Sin embargo, usted llamó al cuartel para decir que Johana había regresado a casa el miércoles mientras usted estaba trabajando para llevarse sus cosas, el DNI, ropa y algo de dinero, y para decir que se iba con un chico. ¿Es correcto?

—Sí, yo llamé porque él me dijo que lo hiciera. Llegué a casa, él me contó que la niña había venido, que se había ido y que se había llevado sus cosas. ¿Por qué no iba a creerle? Ya dos veces Johana se había ido por unos días a casa de una amiga cuando él la regañaba. Pero yo siempre sabía que iba a volver y se lo decía a él: «Volverá». ¿Sabe por qué? Porque no se llevaba el ratoncito. Un muñequito que tenía desde pequeña, aún lo tenía sobre la cama. Y yo sabía que si algún día mi hija se iba de mi casa se llevaría el dientón, así lo llamaba. Así que entré en la habitación, vi que faltaba y se me cayó el alma. Le creí.

—¿Qué cambió para que regresase usted al día siguiente al cuartel a pedir que la siguieran buscando?

—La ropa. No sé si sabe cómo son las adolescentes para la ropa. Pero yo la conocía muy bien, y cuando vi la ropa que faltaba supe que mi niña no había estado allí. Se dejó sus vaqueros favoritos, de algunos conjuntos faltaba la mitad, no sé si me entiende, ella tenía una camiseta especial para ponerse con una falda o con un pantalón y solo se había llevado parte, ropa de verano que ahora no puede ponerse, un jersey que le estaba pequeño... Incluso estaba allí la ropa más nueva que tenía, hacía apenas una semana que me había vuelto loca hasta que se la compré.

—¿Dónde está ahora su esposo?

—Cuando esta mañana llegaron los guardias para decirnos que habían encontrado un cuerpo, se puso blanco como el papel y tan enfermo que apenas podía sostenerse en pie. Tuvo que meterse en la cama, pero yo creo que está enfermo porque sabe lo que ha hecho, y sabe que van a ir a por él. Lo harán, ¿verdad?

Amaia se puso en pie.

—Quédese aquí, me encargaré de que un coche la lleve de vuelta a casa. —La mujer comenzó a protestar, pero Amaia la interrumpió—. De momento el cuerpo de su hija va a quedarse aquí, y ahora necesito su ayuda, necesito que vuelva a casa. Quiero acabar con esto para que Johana y los que la querían puedan descansar, pero para eso debe hacer lo que le pido.

Inés elevó la mirada hasta encontrar sus ojos.

—Haré lo que usted diga. —Y entonces comenzó a llorar.

Desde el despacho de enfrente alcanzaban a ver a Inés doblada sobre sí misma mientras apretaba contra su rostro un pañuelo blanco de tela que había sacado de su bolso y que ya se veía empapado, y a la niña pequeña, que apostada a dos pasos de su madre la miraba desolada sin atreverse a tocarla.

—¿Cómo se llama el marido?

Padua, que hasta aquel momento se había mantenido silencioso, carraspeó para aclararse la voz, que aun así salió pobre y demasiado baja.

—Jasón, Jasón Medina —dijo desmoronándose literalmente en un sillón.

—¿Se han dado cuenta de que ella no ha dicho su nombre ni una sola vez?

Padua pareció pensarlo.

—Ya me dirá cómo vamos a llevar esto. Quiero interrogar a Jasón Medina, usted dirá si lo hago en el cuartel o en comisaría.

El teniente Padua se irguió un poco y desvió la mirada hacia un punto en la pared antes de responder.

—Lo propio sería que fuese en el cuartel, al fin y al cabo nosotros llevamos el caso y encontramos el cuerpo, y si descarta que sea un crimen del basajaun... Llamaré ahora mismo para que lo detengan y lo trasladen al cuartel. De cualquier modo haré constar su colaboración.

Padua se levantó recuperando en el gesto la compostura, y palpándose la chaqueta sacó un móvil, marcó y, disculpándose torpemente, salió del despacho.

—De cualquier modo haré constar su colaboración —le imitó Jonan—. Será capullo.

—¿Qué les parece? —preguntó Amaia.

—Como ya le dije antes, un imitador. No me cuadra con el basajaun, y desde luego el hecho de que el marido no sea el padre ya es un dato que tener en cuenta. Muchas agresiones sexuales se producen por parte de las parejas de las madres. El hecho de que ya no se refiriese a Johana como hija le ayuda a tomar distancia y a verla como una mujer más, y no como a un miembro de su familia. Y no deja de ser raro que mintiese en cuanto a que la niña estuvo en casa el miércoles.

—Quizá lo hizo para tranquilizar a la madre —sugirió Jonan.

—O quizá lo hizo porque la había violado y asesinado y sabía que la niña no volvería a casa, por eso su obsesión cesó de pronto hasta el punto de dar de baja el servicio de localización.

Amaia les observaba pensativa con la boca apretada en un gesto de inconformismo y duda.

—No sé, estoy casi segura de que el padre ha tenido algo que ver, pero hay detalles que no me cuadran. Desde luego no es el basajaun; el asesino de este caso es un imitador chapucero que ha leído la prensa y ha decidido disfrazar su crimen con los datos que recordaba. Por un lado hay un marcado aspecto sexual en la agresión previa, con ese afán de dominio que le llevó a perder los nervios y golpearla con saña, arrancarle la ropa, violarla, estrangularla... Y a la vez hay en este crimen una exquisitez que raya en la adoración. Se me plantean dos perfiles tan opuestos que me atrevería a decir que hay dos asesinos, que por otra parte son tan distintos en su modus operandi y en la representación de su fantasía que sería imposible que se prestasen a colaborar en el mismo crimen. Es como una especie de *mister* Hyde cruel, bestial, sanguinario, y un doctor Jekyll metódico, escrupuloso y cargado de remordimientos que no tuvo reparos en llevarse el antebrazo de la niña, pero que sin embargo quiso preservar el cadáver hasta el punto de rociar perfume sobre él, quizá para prolongar la sensación de vida, quizá para dilatar su propia fantasía.

Padua irrumpió en el pequeño despacho llevando su móvil en la mano.

—Jasón Medina ha huido, una patrulla se acaba de presentar en su domicilio para trasladarle al cuartel y han encontrado la casa vacía, salió tan deprisa que olvidó hasta cerrar la puerta. Los cajones y armarios están revueltos como si hubiera cogido lo imprescindible para largarse; falta el coche.

—Lleven a la esposa cuanto antes de vuelta, que comprueben si falta dinero y si se ha llevado el pasaporte, puede que intente salir del país. No la dejen sola, pongan a alguien en la casa. Y emitan una orden de búsqueda y detención contra Jasón Medina.

—Sé lo que tengo que hacer —dijo Padua con aspereza.

30

La lluvia, que no había cesado en toda la jornada, se hizo más intensa conforme se acercaban a Elizondo. La luz del atardecer había huido hacia el oeste en una fuga rápida y subrepticia, dejándole de nuevo aquella sensación de robo que ya era habitual en las tardes de invierno y que, sin embargo, seguía malhumorándola cada día con su carga de decepción y fraude. Una densa niebla descendía por las laderas, lenta y pesada, moviéndose a escasos metros del suelo y reforzando el efecto de un barco en medio del mar que la nueva comisaría le había producido la primera vez.

Amaia cargó en el ordenador las fotos que habían tomado por la mañana en la borda y se entregó durante una hora a una minuciosa observación de las imágenes. Aquel lugar que el asesino de Johana había elegido era en sí mismo un mensaje, un mensaje tan distinto del que se enviaba en los otros crímenes que por fuerza debía encerrar información. ¿Por qué había elegido ese lugar y no otro? Padua había dicho que solían visitarlo cazadores y excursionistas, pero no era temporada de caza y los senderistas harían su aparición en primavera, no antes. Quien llevó allí a Johana debía de saberlo y tenía que estar muy seguro de que no sería interrumpido mientras llevaba a cabo su crimen. Volvió a una foto que se había tomado justo en el punto en el que arrancaba la pista de tierra y desde donde la borda resultaba invisible. Tomó el teléfono y marcó el número del teniente Padua.

—Inspectora Salazar, ahora iba a llamarla. Acompañamos a Inés al cajero y ha comprobado que su marido ha vaciado la cuenta, según el registro del cajero; al parecer, lo hizo en cuanto ella salió de casa. También falta el pasaporte, ya hemos dado aviso a estaciones y aeropuertos.

—Bien, pero le llamo por otra cosa...

—¿Sí?

—¿En qué trabaja Jasón Medina?

—Es mecánico de coches, trabaja en un taller del pueblo..., cambio de aceite y neumáticos, en fin... Hemos pedido una orden para registrarlo también...

La comisaría estaba silenciosa. Después de la tensa jornada en Pamplona había mandado a Jonan e Iriarte a comer algo en cuanto había llegado a Elizondo.

—No creo que pueda comer nada —había dicho Jonan.

—Vete de todos modos, te sorprenderías de los milagros que puede hacer un bocata de calamares y una caña.

Con un café tan caliente en la mano que apenas podía beberlo a sorbos, estudiaba las fotos del escenario, segura de que en ellas había algo más. A su espalda solo percibía el sonido de las hojas al rozar procedente de la mesa de Zabalza.

—¿Ha estado todo el día aquí, subinspector?

La postura de su espalda se tensó de pronto como si se sintiese incómodo.

—Por la mañana sí, por la tarde he salido un rato.

—Supongo que sin novedad.

—No gran cosa. Freddy sigue estable dentro de la gravedad y no hay noticias del laboratorio forense. Aunque sí han llamado los de los osos, han dicho algo sobre que tenían una cita con usted a la que no había acudido, ya les he explicado que hoy no podría. Han dejado unos números de teléfono y su dirección, están en el hotel Baztán, a unos cinco kilómetros.

—Sé dónde está.

—Es verdad, siempre olvido que usted es de aquí.

Amaia pensó que nunca se había sentido menos de aquí que en aquel momento.

—Les llamaré más tarde...

Pensó un instante en la posibilidad de preguntar o no por Montes y al fin se decidió.

—Zabalza, ¿sabe si el inspector Montes se ha pasado hoy por aquí?

—A primera hora de la tarde. Como acababa de llegar la orden para las harinas de los obradores me acompañó hasta Bera a uno de ellos y luego estuvimos en cinco obradores más del valle. Cuando terminamos regresamos aquí y enviamos las muestras al laboratorio siguiendo el procedimiento.

Zabalza parecía un poco nervioso mientras explicaba sus pasos, casi como si estuviese sometido a examen. Amaia recordó el incidente en el hospital y decidió que quizás el subinspector Zabalza era ese tipo de persona que hace de toda crítica algo personal.

—¿... Inspectora?

—Perdón, no le he oído.

—Le decía que espero que todo esté bien, que esté de acuerdo con los pasos que seguimos.

—Oh, sí, todo está bien, muy bien, ahora solo nos queda esperar resultados.

Zabalza no contestó. Continuó verificando datos en su mesa. Observó a Amaia cuando ella se inclinó de nuevo sobre el ordenador. No le caía bien, había oído hablar de ella, la inspectora estrella que había estado con el FBI en Estados Unidos, y ahora que la conocía pensaba que era una zorra arrogante que parecía esperar que todo el mundo le hiciese una reverencia al pasar. Se sentía incómodo porque en el fondo sabía que había metido la pata con lo de su hermana, pero desde que ella estaba por allí hasta Iriarte parecía concederle más trascendencia a cosas como aquella, que en el fondo no tenían tanta importancia. Y ahora esa fijación con Montes, un tío de la vieja escuela, que sí que le caía bien, suponía que en parte porque tenía los huevos suficientes como para plantarle cara a la inspectora estrella. Y él, él se sentía frustrado por momentos en aquella investigación que no iba a ninguna parte y teniendo que aguantar los brotes de brillantez de la inspectora Salazar, que en su opinión se equivocaba de parte a parte. Se preguntaba cuánto tiempo iba a tardar el comisario general en asignar aquel caso a un inspector de los buenos en lugar de dar pábulo a lucimientos de poli de serie americana. El móvil vibró en su bolsillo indicando de modo silencioso que tenía un mensaje nuevo. Antes de abrirlo ya reconoció el número; aunque hacía meses que había borrado el nombre, seguía enviándole aquellos mensajes y él seguía abriéndolos. En la pantalla, un torso masculino cubierto de pequeñas gotas de sudor que reconoció inmediatamente, atrapándole en un hechizo de deseo que de un modo involuntario le llevó a pasarse la lengua por los labios. Fue consciente de pronto de dónde estaba y en un gesto pudoroso escondió el móvil con las manos y miró atrás como esperando que alguien hubiera estado allí. Ocultó la foto, pero no la borró. Sabía de sobra lo que venía ahora. Durante los próximos días su humor empeoraría en la misma medida en la que crecería su culpabilidad. Quería seguir con Marisa, llevaba ocho meses con ella, la quería, era guapa, simpática, lo pasaban bien juntos, pero... la presencia de aquella foto le torturaría toda la semana, solo porque no era capaz de reunir el valor para borrarla. Lo intentaría, como con las anteriores, pero sabía que por la noche, cuando se quedase solo después de que ella regresara a su casa, miraría por última vez las fotos antes de borrarlas, y no solo no las borraría, sino que tendría que hacer un gran esfuerzo para no marcar el número de Santy, para no pedirle que viniera a su casa, para vencer el deseo salvaje que le inspiraba su cuerpo. Le había conocido en el gimnasio un año antes; entonces Santy salía con una chica con la que llevaba dos años y él estaba solo. Quedaban para salir a correr, para tomar algo, incluso llegó a presentarle a dos chicas con las que se había enrollado un par de veces, hasta que una mañana del verano anterior, después de venir de correr, Santy se había duchado en su casa, que estaba más cerca de las pistas, y cuando salió de la ducha desnudo y mojado, se miraron a los ojos y un instante después estaban en la cama. Cada mañana durante una semana se habían encontrado en su casa, y cada mañana el deseo había podido a la confusión y a la firme decisión de que no se volviera a repetir. Una semana después se incorporó de nuevo al trabajo. Y comenzó a salir en serio con Marisa. Le comunicó a Santy que no se verían más y le pidió que no volviera a llamar. Ambos habían cumplido su promesa, pero Santy practicaba este tipo de resistencia pasiva, en la que no le llamaba pero le enviaba fotos de su cuerpo desnudo que lograban trastornarle de un modo que casi le impedía pensar en nada más que en él y en el sexo con él. Aquellas imágenes se colaban en su mente en cualquier momento provocándole una desazón indescriptible, sobre todo cuando el sexo con Marisa se eternizaba en una suerte de gemidos gatunos que lograban acabar con su deseo y le traían a la mente de nuevo los encuentros apasionados, vertiginosos y febriles con Santy. Se sentía irritado e impaciente como el que espera una resolución, una ola o un viento de tormenta que lo arrasase todo, que terminase de una vez con su confusión trayendo una mañana nueva en la que pudiera borrar los últimos ocho meses. Preguntándose hasta cuándo podría aguantar aquella presión volvió a mirar a la inspectora, que trabajaba en su ordenador revisando las fotos que ellos habían repasado cien veces, y la odió por todo. Amaia observó de nuevo las fotos tomadas en el interior de la borda. Junto a la chimenea, una anticuada escoba de paja se apoyaba contra un rincón cubriendo parcialmente un pequeño montón de basura. Fijando un recuadro previo, aumentó una y otra vez la imagen hasta que estuvo segura de lo que estaba viendo. Marcó el número del domicilio de Johana y esperó hasta escuchar la voz lastimera de Inés.

—Buenas noches, Inés, soy la inspectora Salazar.

Durante dos o tres minutos escuchó los pormenores de lo que había hallado al llegar a casa, el dinero que faltaba, la documentación y demás. Esperó pacientemente mientras la mujer parloteaba presa de una excitación rayana en el triunfo al ver sus sospechas confirmadas. Cuando la avalancha cesó, Amaia continuó:

—Conocía esos datos, el teniente Padua me llamó hace media hora... Pero hay algo en lo que tal vez usted pueda ayudarme. ¿Su marido es mecánico de coches?

—Sí.

—¿Ha sido ese siempre su trabajo?

—En República Dominicana sí, pero cuando vino aquí, al principio no encontró trabajo de lo suyo y estuvo un año trabajando para un ganadero.

—¿En qué consistía su trabajo?

—Pastoreo, tenía que llevar las ovejas al monte, a veces se pasaba varios días fuera.

—Quiero que mire en el frigorífico, en los armarios de la cocina, en la despensa, en cualquier sitio que usen para guardar provisiones. Mire y dígame si falta algo.

El teléfono debía de ser un inalámbrico, porque Amaia oyó la respiración agitada de la mujer y los pasos presurosos.

—¡Madre de Dios!, ¡se ha llevado toda la comida, inspectora!

Amaia cortó con toda la amabilidad posible a la mujer y llamó a Padua.

—No intentará salir del país, al menos no del modo

habitual. Se ha llevado provisiones para varias semanas; sin duda está en el monte, conoce las rutas de los pastores como la palma de su mano. Si sale del país lo hará a través de la muga de los Pirineos, y por su conocimiento de la zona podría atravesar el valle y los montes sin ser visto. Y conocía la borda, había heces de oveja en el escenario; aunque las habían barrido, estaban en un montón junto a la chimenea. Yo me pondría en contacto con su ex jefe. Inés me ha dicho que es un ganadero de Arizkun, hable con él, puede ser de gran ayuda con las rutas y los refugios. Seguro que los de Seprona conocen los itinerarios.

A pesar del silencio, Amaia percibía la humillación de Padua al otro lado del teléfono, y de pronto se sintió furiosa; no iba a felicitarle, no había sido un buen trabajo, pero ella misma estaba en la cuerda floja con una investigación atascada y sin un sospechoso.

—Teniente, de poli a poli, esto que quede entre usted y yo.

Padua musitó un agradecimiento atropellado y colgó.

31

—Soy una niña —musitó—, solo soy una niña, ¿por qué no me quieres?

La niña lloraba mientras la tierra le cubría el rostro. Pero el monstruo no tenía piedad.

El rumor del río le llegaba cercano, el olor mineral inundaba su olfato y el frío de las piedras se clavaba en su espalda mientras yacía junto al cauce. El asesino se inclinaba sobre ella para peinar su cabello a los lados, como perfectas guedejas doradas que casi ocultaban su pecho desnudo. Y ella buscaba sus ojos, desesperada por hallar piedad. El rostro del asesino se detenía junto al suyo, tan cerca que podía aspirar su aroma milenario de bosque, de río, de piedra, miraba a sus ojos y descubría que solo había dos oscuros pozos, negros, insondables, allí donde debiera residir su alma, y quería gritar, quería dar salida al horror que atenazaba su cuerpo y que la volvería loca. Pero su boca no podía abrirse, por su garganta no podían trepar los aullidos que crecían en su interior, porque estaba muerta. Supo que así era la muerte de los asesinados, un eterno intento de gritar un horror que se queda dentro... Para siempre. Él vio su angustia, vio el dolor, vio la condena, y comenzó a reír hasta que su risa lo llenó todo. Entonces se inclinó de nuevo sobre ella y susurró:

—No tengas miedo de la *ama*, pequeña zorra. No voy a comerte.

El teléfono zumbaba sobre la mesilla de madera produciendo un ruido como de sierra de calar. Amaia se sentó en la cama, confusa y asustada, casi segura de haber gritado, y mientras se apartaba los mechones de pelo empapados que se habían adherido a su frente y su cuello, miró el aparato que se desplazaba por la mesa por efecto de la vibración como si se tratase de un siniestro escarabajo gigante y maléfico.

Esperó unos segundos mientras intentaba tranquilizarse. Aun así, sintió los latidos resonando como latigazos en el interior de su oído cuando se acercó el auricular.

—¿Inspectora Salazar?

La voz de Iriarte la trajo de vuelta a la realidad con la rapidez de un ensalmo.

—Sí, dígame.

—¿La he despertado? Lo siento.

—No se preocupe, no importa —contestó ella. «Casi le debo un favor», pensó a la vez.

—Es por algo que he recordado. Cuando usted vio el cuerpo dijo algo que he tenido dando vueltas en la cabeza desde entonces. Dijo: «Es Blancanieves», ¿lo recuerda? Es siniestro, pero yo también tuve esa impresión, y su comentario no hizo más que agravar la sensación que tenía de haber visto eso mismo antes, en otro lugar, en otro contexto. Por fin lo he recordado. Este verano estuve con mi mujer y los niños en un hotel de la costa en Tarragona, ya sabe, uno de esos con una gran piscina y un club de actividades para los críos. Una mañana nos dimos cuenta de que los niños estaban especialmente nerviosos, un poco raros, entre afectados y excitados, iban de un lado al otro del jardín recogiendo palitos, piedrecillas, flores y actuaban con muchísimo misterio. Les seguí y vi que por lo menos una docena de los más pequeños se habían congregado en un rincón del jardín y formaban un corro; me acerqué y vi que en el centro habían dispuesto un pequeño velatorio para un gorrión muerto. Estaba sobre un montón de pañuelos de papel, rodeado de cantos redondos y conchas de la playa, y cercando al pajarillo habían colocado flores formando una guirnalda a su alrededor. Me sentí conmovido, les felicité por el trabajo y les advertí sobre las enfermedades que podía transmitir un ave muerta y que debían lavarse las manos; después, casi a rastras, conseguí llevármelos de allí. A fuerza de jugar con ellos logré quitarles el pajarillo de la cabeza, pero durante días vi grupos de niños que se acercaban al rincón donde estaba el gorrión. Se lo comenté a un encargado y lo retiró de allí entre las quejas y el disgusto de los críos, aunque para entonces el animalillo ya estaba completamente agusanado.

—¿Cree que ha sido el niño el que la encontró?

—El padre dijo que el niño había ido al monte con más amigos. Me da a mí que quizá los niños lo encontraron, pero no el día que avisaron, sino antes, creo que hallaron el cadáver y decidieron preparar un velatorio, las flores... Es probable que ellos la cubrieran. Además, me fijé en que las huellas que aparecían en el frasco de perfume eran más bien pequeñas, de mujer supusimos, pero también podrían ser de niños. Estoy casi seguro de que fueron ellos.

—Blancanieves y sus enanitos.

Mikel tenía ocho años y ya sabía lo que era estar metido en un serio problema. Sentado en la silla de confidente del despacho de Iriarte, balanceaba los pies adelante y atrás en un intento de tranquilizarse mientras sus padres lo miraban dedicándole sonrisas de circunstancias, que, lejos de tranquilizarle, evidenciaban el mensaje que, aunque oculto, estaba latente en sus gestos. Su madre le había colocado la ropa y el pelo por lo menos tres veces, y en cada ocasión le había mirado a los ojos con esa expresión preocupada que tenía cuando no estaba segura del todo de lo que estaba pasando. Su padre había sido más directo: «No te preocupes, no va a pasarte nada. Te harán unas preguntas, tú solo di la verdad lo más claramente posible». La verdad. Si decía la verdad con claridad, sería cuando pasarían todas las cosas. Ahora que había visto llegar a sus amigos acompañados por sus padres, desfilando por el pasillo ante la puerta casualmente abierta, y habían cruzado momentáneamente unas miradas de lo más desesperadas, sabía que no tenía escapatoria. Jon Sorondo, Pablo Odriozola y Markel Martínez. Markel tenía diez años y quizá se mantuviese firme, pero Jon era una nenaza, les contaría todo en cuanto le preguntaran. Miró una vez más a sus padres, suspiró y se dirigió a Iriarte.

—Fuimos nosotros.

Les llevó una buena media hora calmar a los padres y convencerles de que no era necesario un abogado, aunque podían llamarlo si lo deseaban; sus hijos no estaban acusados de ningún delito, pero era vital poder hablar con los niños. Al fin accedieron y Amaia decidió trasladarlos a todos a la sala de reuniones.

—Bueno, chicos —comenzó Iriarte—, ¿alguien quiere contarme lo que pasó?

Los niños se miraron entre ellos, luego a sus padres y por fin permanecieron en silencio.

—De acuerdo, ¿preferís que yo haga las preguntas?

Asintieron.

—¿Solíais ir a esa borda a menudo?

—Sí —contestaron a la vez, como una tímida clase de alumnos amedrentados.

—¿Quién la encontró?

—Mikel y yo —contestó Markel en un susurro, aunque no desprovisto de orgullo.

—Esto es muy importante, ¿recordáis qué día era cuando la encontrasteis?

—Era domingo —contestó Mikel—. Era el cumpleaños de mi abuela.

—Así que encontrasteis a la chica, avisasteis a los demás y volvisteis allí cada día para verla.

—Para cuidarla —puntualizó Mikel. Su madre se cubrió la boca, horrorizada.

—¡Pero, por Dios, estaba muerta! —exclamó el padre. Un sentimiento de confusión y repugnancia recorrió a todos los adultos, que comenzaron a murmurar. Iriarte procuró calmarlos.

—Los niños tienen maneras distintas de ver las cosas, y la muerte les produce una gran curiosidad. Así que volvíais para cuidarla —dijo dirigiéndose a ellos—. Y la cuidasteis bien, pero ¿pusisteis vosotros las flores?

Silencio.

—¿De dónde sacasteis tantas? Ahora no hay casi flores en el campo...

—Del jardín de mi abuela —admitió Pablo.

—Es cierto —apuntó la madre—. Mi madre me llamó para contármelo, me dijo que el niño iba allí cada tarde a coger flores de un arbusto; me preguntó si me las traía a mí y yo le dije que no. Supuse que eran para alguna chica.

—Y así era —dijo Iriarte.

La madre se sobrecogió mientras lo pensaba.

—¿También llevasteis perfume?

—Se lo cogí a mi madre —contestó Jon casi en un susurro.

—¡Jon! —exclamó su madre—. ¿Cómo...?

—Era uno que no usabas, lo tenías entero sin usar en el armario del baño...

La madre se llevó una mano a la frente al comprender que su hijo había cogido el perfume más caro, el que menos usaba, el que reservaba para las ocasiones especiales.

—Joder, ¿te has llevado el Boucheron? —Y de pronto pareció más indignada porque se hubiese llevado un perfume de quinientos euros que porque lo hubiera vertido sobre un cadáver.

—¿Para qué era el perfume? —cortó Iriarte.

—Para el olor, olía cada vez peor...

—¿Por eso pusisteis los ambientadores? —Asintieron los cuatro.

—Nos gastamos toda la paga en eso —dijo Markel.

—¿Tocasteis algo del cuerpo?

Notó que la pregunta incomodaba a los padres, que se revolvieron en sus asientos y tomaron aire mientras le dedicaban una mirada de reproche.

—Estaba destapada —dijo uno de los chicos justificándose.

—Estaba desnuda —dijo Mikel. Una risilla se extendió entre los críos, pero se vio rápidamente atajada por los gestos horrorizados de los padres.

—Así que la cubristeis, ¿la tapasteis?

—Sí, con su ropa..., estaba rota —dijo Jon.

—Y con el colchón —admitió Pablo.

—¿Notasteis si a la chica le faltaba algo? Pensad bien la respuesta.

Se miraron de nuevo asintiendo y habló Mikel.

—Intentamos moverle el brazo para que sujetara el ramo, pero vimos que no tenía mano, así que la dejamos como estaba, porque ver la herida nos daba miedo.

Amaia se maravilló del modo en que funcionaba la mente infantil. Sentían miedo de una herida y sin embargo eran incapaces de sentir la amenaza implícita que suponía hallar un cadáver violentado; les daba miedo un corte limpio, aunque bestial, pero habían pasado todo su tiempo libre en la última semana velando a un cadáver que se descomponía por momentos sin sentir temor alguno, o quizás un temor superado por la curiosidad y por ese servilismo sectario con que son capaces de comportarse los niños, y que siempre la sorprendía cuando lo hallaba.

Amaia intervino.

—Toda la borda estaba muy limpia, ¿la limpiasteis vosotros?

—Sí.

—Barristeis el suelo, pusisteis ambientadores e intentasteis quemar la basura...

—Pero salía mucho humo y nos dio miedo que alguien lo viera y viniera a ver, y entonces...

—¿Visteis algo que pareciera sangre, o algo como chocolate seco?

—No.

—¿No había nada vertido junto al cadáver?

Negaron.

—Ibais todos los días, ¿verdad? ¿Notasteis si alguien distinto de vosotros había estado allí en esos días?

Mikel se encogió de hombros. Amaia se dirigió a la puerta.

—Gracias por su colaboración —dijo dirigiéndose a los padres—. Y vosotros debéis saber que si se encuentra un cadáver se debe llamar a la policía inmediatamente. Esa chica tiene una familia que la echaba de menos; además, su muerte no ha sido natural, y el retraso en contárselo a la policía podría suponer que su asesino, la persona que la mató, pueda escapar. ¿Entendéis la importancia de lo que os digo?

Asintieron.

—¿Qué va a pasar ahora con la chica? —quiso saber Mikel.

Iriarte sonrió mientras pensaba en sus propios hijos. Enanitos de Blancanieves. Estaban en una comisaría, acababan de interrogarlos, sus padres estaban abochornados, entre el horror y la incredulidad, y ellos se preocupaban por su princesa muerta.

—Se la devolveremos a su madre, la enterrarán... Le pondrán flores...

Se miraron y asintieron satisfechos.

—Quizá podáis visitar su tumba en el cementerio.

Ellos sonrieron entusiasmados y sus padres le dedicaron una última mirada escandalizada ante la sugerencia antes de tirar de sus retoños hacia la salida.

Amaia se sentó frente al panel, al que habían añadido las fotos de Johana, y una vez más se maravilló de lo que daba de sí la mente infantil. Iriarte entró con Zabalza y sonrió abiertamente mientras ponía ante ella un vaso de café con leche.

—Blancanieves. —Rio—. Me dan pena los pobres críos, sus padres los van a llevar derechitos al psicólogo. Y desde luego se les acabaron las salidas al monte para ir a explorar.

—Bueno, ¿qué haría usted si fueran sus hijos?

—Pues procuraría no ser muy duro, quizás hace un tiempo le habría contestado otra cosa, pero ahora tengo hijos, inspectora, y le aseguro que he aprendido mucho en los últimos años. Lo de salir a explorar todos lo hemos hecho, sobre todo los que nos hemos criado en zonas rurales; seguro que usted, que vivió aquí, también bajó al río y exploró por ahí.

—Ya, si eso me parece normal, curiosidad infantil, pero se trata de un cadáver, uno imagina que es el tipo de cosa que haría salir corriendo y gritando a unos críos.

—Quizás a la mayoría, pero vencido el susto inicial no es para tanto. El factor miedo en los niños tiene bastante más que ver con el terror imaginario que con los horrores reales, por eso la mayoría de veces los niños acaban siendo víctimas, porque no son capaces de distinguir entre los riesgos reales y los imaginarios. Supongo que se darían un buen susto al verla, pero después pudo más la curiosidad y el morbo, los críos son increíblemente morbosos. Ya sé que no es comparable, pero cuando yo tenía siete años encontramos un gato muerto, lo enterramos en un montón de grava que había en una obra, le hicimos una cruz con unos palos, le pusimos flores y hasta rezamos por él, pero una semana después los amigos de mi hermano lo desenterraron y lo volvieron a enterrar solo para ver cómo estaba.

—Sí, eso me encaja más en la curiosidad infantil, pero

solo era un gato. Tendrían que haberse horrorizado ante un cadáver humano, existe un rechazo implícito en nuestra naturaleza al identificarnos con su forma humana.

—En los adultos sí, pero en los críos es distinto. No es la primera vez que ocurre algo parecido. Hace unos años hallaron en una zona de huertos de Tudela un cadáver de una chica que estaba desaparecida de su casa hacía días. Había muerto de una sobredosis y unos chavales hallaron el cadáver; en lugar de denunciarlo, lo cubrieron con plásticos y maderos. Cuando la policía lo encontró, las circunstancias suscitaron muchísimas dudas sobre lo que había pasado; la autopsia reveló la sobredosis y los muchísimos rastros que habían dejado condujeron hasta los chavales, pero la primera impresión que produjo a los investigadores también se vio alterada por su causa.

—Increíble.

—Pero cierto.

Jonan llamó con los nudillos a la puerta mientras abría.

—Inspectora, el teniente Padua acaba de llamar, han detenido en Gorramendi a Jasón Medina. Estaba en una borda del monte en las inmediaciones de Erratzu. También han encontrado el coche a unos doce kilómetros de allí, medio oculto entre los árboles. En el maletero llevaba una bolsa de deporte con ropa de chica, la documentación de Johana y un ratón de peluche. Lo tienen en el cuartel de Lekaroz. Padua ha dicho que la esperará para comenzar el interrogatorio.

—¡Qué amable! —se burló Iriarte.

—No crea, me debe un favor —dijo ella cogiendo su bolso.

Las instalaciones del cuartel de la Guardia Civil se veían anticuadas en comparación con la nueva comisaría de la Foral, pero aun así a Amaia no se le escapó que poseían un moderno sistema de vigilancia con cámaras de última generación. Un guardia uniformado les saludó en la puerta indicándoles una oficina a la derecha de la entrada. Otro guardia les condujo por un estrecho pasillo pobremente iluminado hasta un grupo de puertas destartaladas que evidenciaban más de un cambio de cerraduras. La sala era amplia y bien caldeada. Junto a la entrada había una hornacina con una imagen de la Virgen del Pilar adornada con un ramo seco de espigas; a derecha e izquierda se repartían varias mesas y sillas. Frente a una de ellas, y esposado, aparecía un hombre de unos cuarenta y cinco años, delgado, de baja estatura y tez oscura, que ponía aún más de manifiesto su palidez y las rojeces que se le habían formado bajo los ojos y alrededor de la boca.

Entre las manos esposadas sostenía desmayadamente un pañuelo de papel que no parecía dispuesto a usar, a pesar de que las lágrimas y los mocos se escurrían por su rostro hasta el mentón, de donde goteaban sobre la superficie oscura de la mesa. A su lado, una joven abogada de oficio, a la que calculó menos de treinta años, ordenaba unos impresos mientras escuchaba absorta las instrucciones que alguien le daba por teléfono y miraba visiblemente disgustada a su cliente.

Padua se les acercó por detrás.

—No ha dejado de llorar y chillar desde que lo encontraron los del Seprona. Confesó en cuanto vio a los guardias, me han dicho que no ha callado en todo el camino hasta aquí, y desde que lo hemos sentado ahí no ha hecho otra cosa que llorar a gritos; en realidad hemos tenido que tomarle declaración, porque desde que ha llegado no ha dejado de repetir que había sido él y que quería declarar. Tiene que estar agotado solo de berrear.

Se acercaron a la mesa. Un guardia accionó una grabadora y, tras los saludos, las presentaciones y la constatación de fecha y hora, tomaron asiento.

—Antes de nada debo decir que esto es muy irregular, no entiendo cómo le han tomado declaración sin estar yo delante —se quejó la abogada.

—Su cliente no dejó de gritar su confesión desde el momento en que fue detenido e insistió en hacer una declaración en cuanto entró por la puerta.

—... Aun así podría invalidarla...

—Aún no le hemos interrogado, señora, ¿por qué no espera a escuchar lo que él tenga que decir?

La abogada apretó los labios y separó la silla de la mesa unos centímetros.

—Señor Jasón Medina —comenzó Padua. Pareció que la mención de su nombre lo sacaba del trance en el que había permanecido; se irguió en la silla y miró fijamente a los folios que Padua sostenía en las manos—. Según su declaración, el sábado día 4 le pidió a su hijastra, Johana Márquez, que le acompañara a lavar el coche, pero en lugar de dirigirse a la gasolinera donde solía lavar el vehículo condujo en dirección al monte. Cuando llegaron a una zona poco concurrida paró el coche y pidió a su hijastra que le besara; ante su negativa, usted se enfadó y la abofeteó. Johana amenazó con contárselo a su madre, e incluso con acudir a la policía. Usted se enfadó más y se puso muy nervioso, entonces la golpeó de nuevo y ella quedó desmayada, según sus propias palabras. —Jasón asintió—. Arrancó el vehículo y condujo otro rato, pero al verla desmayada, como dormida, pensó que podía tener relaciones con ella sin que se resistiera. Buscó un lugar apartado en un camino forestal, detuvo el coche, inclinó el asiento del acompañante hacia atrás y se colocó sobre Johana con intención de tener relaciones. Pero entonces ella despertó y comenzó a gritar. ¿Es correcto?

Jasón Medina asentía sin pausa hasta provocar la sensación de que se estaba meciendo mientras de su nariz seguían goteando lágrimas mezcladas con mocos.

—Según sus palabras la golpeó una y otra vez. Cuanto más chillaba Johana, más excitado estaba usted; la golpeó nuevamente, pero ella se defendía sin rendirse, así que tuvo que darle más fuerte. Aun así, ella no dejaba de gritar y de golpearle con todas sus fuerzas. La agarró por el cuello y apretó hasta que quedó inmóvil. Cuando vio que la había matado, decidió que tenía que encontrar un lugar donde abandonar el cadáver. Conocía la borda del monte debido a que había pasado por allí en varias ocasiones cuando trabajaba como pastor. Condujo por la pista hasta que estuvo cerca, después cargó con el cuerpo hasta la borda y lo dejó allí. Pero antes recordó lo que había leído en la prensa en los últimos días sobre el basajaun y decidió que podía hacer que el crimen se pareciese; rasgó la ropa de Johana como recordaba que había leído y se sintió tan excitado que violó el cadáver.

Jasón cerró los ojos un instante y Amaia pensó que podía pasar por culpabilidad, pero seguramente estaba reviviendo el momento de la muerte, que había grabado en su mente con todo detalle. Se removió en su silla captando la atención de la abogada, que retrocedió asqueada al ver el bulto que formaba en sus pantalones la inminente erección.

—¡Por el amor de Dios! —exclamó.

Padua continuó leyendo como si no se hubiera dado cuenta.

—Pero no tenía cuerda ni cordel para escenificar lo que recordaba, así que regresó a casa antes de que volviera su esposa, se duchó, tomó un trozo de cuerda de la que había sobrado al montar el tendedero de la ropa y regresó hasta la borda para colocarlo alrededor del cuello de su hijastra. Después regresó a casa. Cuando su esposa insistió en denunciar la desaparición, usted cogió algunas ropas y objetos personales de Johana, los metió en el maletero de su coche, le contó a su mujer que Johana había estado en casa para llevarse sus cosas y la persuadió de que retirase la denuncia... Señor Medina, esto es lo que usted ha declarado, ¿está de acuerdo?

Jasón bajó la mirada y asintió.

—Debo oírle, señor, es para que conste.

El hombre se inclinó hacia delante como si fuera a besar la grabadora y dijo claramente.

—Sí, señor, así es, esa es toda la verdad, Dios lo sabe. —La voz salió suave, un poco alta, con un deje de servilismo fingido que hizo bizquear a su abogada.

—No puedo creerlo —susurró esta.

—¿Se ratifica en su declaración, señor Medina?

Jasón volvió a inclinarse hacia delante.

—Sí.

—¿Está de acuerdo en todo lo que he leído, o quiere añadir o quitar algo?

Otra parodia de reverencia.

—Estoy de acuerdo en todo.

—Bien, señor Medina, ahora, aunque todo ha quedado bastante claro, nos gustaría hacerle unas preguntas.

La abogada se irguió levemente, como si entendiera que al fin tendría algo de trabajo que hacer.

—Ya le he presentado a la inspectora Salazar, de la Policía Foral, que quiere interrogarle.

—Me opongo —espetó la abogada—. Ya se ha complicado bastante la vida de mi cliente con esta declaración, ya ha confesado. No crea que no sé quién es usted —dijo dirigiéndose a Amaia—, y lo que pretenden.

—¿Qué cree que pretendo? —preguntó Amaia, paciente.

—Cargarle a mi cliente los crímenes del basajaun.

Amaia rio mientras negaba con la cabeza.

—Tranquilícese, desde ahora le digo que el modus operandi no concuerda. Desde el principio supimos que no se trataba del basajaun, y con los datos que ha dado en la declaración relativos al cordel que utilizó casi podríamos descartarlo.

—¿Casi?

—Hay un aspecto del crimen que nos ha llamado la

atención. De que su cliente pueda darnos una explicación plausible dependerá cómo se lleve en adelante esta investigación.

La abogada se mordió el labio inferior.

—Mire, hagamos una cosa: yo pregunto y su cliente solo responde si usted lo autoriza...

La abogada miró angustiada el charquito de humores que se había extendido por la superficie de la mesa y asintió. Padua hizo gesto de levantarse para cederle el sitio frente a Medina, pero Amaia le detuvo, se puso en pie, dio la vuelta a la mesa y se situó justo a la izquierda del hombre, inclinándose un poco para hablarle y tan cerca que casi rozaba su ropa.

—Señor Medina, ha declarado que golpeó repetidas veces a Johana y que la violó, ¿está seguro de que no le hizo nada más?

El hombre se removió, inquieto.

—¿A qué se refiere? —preguntó la abogada.

—El cadáver presentaba una amputación completa de la mano y el antebrazo derechos —dijo poniendo sobre la mesa dos fotos ampliadas donde se apreciaba toda la crudeza de la lesión.

La abogada frunció el ceño y se inclinó para susurrar algo al oído de su cliente. Él negó.

Amaia se impacientaba por segundos.

—Escúcheme, después de lo que ha declarado, el cortarle el brazo resulta algo secundario, ¿lo hizo quizá para que no pudiéramos identificar el cadáver por las huellas?

Él pareció sorprendido ante la idea.

—No.

—Mire las fotos —insistió Amaia.

Jasón miró brevemente y apartó la mirada, asqueado.

—¡Por Dios!, no, yo no lo hice, cuando volví a colocar la cuerda ya estaba así, pensé que había sido un animal.

—¿Cuánto tiempo tardó en volver a la casa y regresar a la borda? Piénselo bien.

Jasón comenzó a llorar, con gemidos profundos que le brotaban desde el estómago, convulsionando su cuerpo visiblemente.

—Deberíamos dejarlo, el señor Medina necesita descansar —sugirió la abogada.

Amaia perdió la paciencia.

—El señor Medina descansará cuando yo lo diga.

Dio un fuerte golpe sobre la mesa que hizo que pequeñas gotas del charquito salieran despedidas en todas direcciones, mientras se inclinaba hasta poner su rostro junto al del hombre. Su llanto cesó de inmediato.

—Conteste —ordenó con tono firme.

—Una hora y media como mucho, me di prisa porque mi mujer iba a regresar del trabajo.

—¿Y cuando llegó a la borda el brazo ya no estaba?

—No, le juro que creí...

—¿Había sangre?

—¿Qué?

—¿Había sangre alrededor de la herida?

—Quizás un poco, pero poca, un charquito pequeño, apenas una manchita...

Amaia miró a Padua.

—¿Los críos? —sugirió él.

—... Sobre el plástico —murmuró Jasón.

—¿Qué plástico?

—La sangre estaba sobre un plástico blanco —masculló.

Amaia se irguió, mareada por el fétido aliento del hombre.

—Piense bien esto. ¿Vio a alguien en las proximidades de la borda cuando regresó?

—No vi a nadie, aunque...

—¿Sí?

—Me pareció que había alguien más allí, pero es que estaba muy nervioso. Hasta me pareció que alguien me vigilaba. Creí que era Johana...

—¿Johana?

—Su espíritu, me comprende, su fantasma.

—¿Se cruzó con algún coche en la pista de acceso o vio algún vehículo aparcado en las inmediaciones?

—No, pero cuando ya me iba oí una moto, una de esas de monte. Hacen mucho ruido. Creí que era de los del Seprona, llevan de esas para ir por el monte. Salí corriendo de allí.

Otras primaveras

La siguiente vez las cosas fueron muy distintas. Habían transcurrido muchos años. Ella ya vivía en Pamplona, aunque regresaba a Elizondo los fines de semana. Su madre, enferma e inválida, estaba confinada en la cama de un hospital con una neumonía complicada mientras el Alzheimer la devoraba. Hacía meses que apenas balbuceaba alguna palabra de un vocabulario muy limitado y solo para demandar lo más básico. Llevaba una semana en el Hospital Universitario a petición de su médico de cabecera y contra la voluntad de Flora, que se había resistido con todas sus fuerzas al ingreso, aunque al final había tenido que claudicar cuando la respiración de Rosario se hizo tan penosa que necesitó oxígeno para no morir y tuvo que ser trasladada en una ambulancia medicalizada. Aun así, y haciendo gala de su perpetuo protagonismo, se resistía a abandonar la cabecera de su madre bajo todo tipo de pretextos, aunque no perdía ocasión de recriminar a sus hermanas que no visitasen más a Rosario.

Amaia entró en la habitación y, tras escuchar diez minutos de reproches de Flora, la envió a la cafetería prometiendo quedarse a vigilar a su madre. Cuando la puerta se cerró tras su hermana, Amaia se volvió a mirar a la anciana que dormitaba medio incorporada en la cama hospitalaria en un intento de facilitar su penosa respiración. Fue consciente de su miedo, y de que era la primera vez que se quedaba con ella a solas desde que era niña. Pasó de puntillas frente a la cama para sentarse en el sillón junto a la ventana, rogando que no se despertara para pedir algo. No estaba segura de lo que sentiría si tenía que tocarla.

Con el mismo cuidado que habría puesto si manipulase un explosivo, se sentó en el sillón y se reclinó lentamente mientras tomaba una de las revistas de Flora del poyete de la ventana. Se volvió a mirar a su madre y no pudo reprimir un grito. El corazón amenazaba con salírsele del pecho. Su madre la miraba, apoyada sobre el costado izquierdo, con una sonrisa torcida y unos ojos que brillaban lúcidos y maliciosos.

—No tengas miedo de la *ama*, pequeña zorra. No voy a comerte.

Se recostó de nuevo, cerró los ojos e inmediatamente su respiración volvió a sonar acuosa y estentórea. Amaia estaba encogida sobre sí y vio que, sin darse cuenta, había estrujado la revista de su hermana. Permaneció así unos segundos, con el corazón desbocado y la lógica gritando en su interior que se lo había imaginado, que el cansancio y los recuerdos le habían jugado una mala pasada. Se levantó sin apartar los ojos del rostro de su madre, que aparecía tan vacuo y aletargado como en los últimos meses. La anciana susurró algo. Un hilo de baba resbaló por su mejilla, los ojos permanecieron cerrados. Un murmullo ahogado, una palabra incomprensible. El tubito del oxígeno se había soltado de una oreja y colgaba ladeado emitiendo un siseo suave. Parecía soñar, balbuceaba ¿agua? quizá. Su voz era tan débil que resultaba inaudible. Se acercó a la cama y escuchó.

—Naaaa auaaag.

Se inclinó sobre ella en un intento por entender sus palabras.

Rosario abrió los ojos, unos ojos penetrantes y crueles

que evidenciaban cuánto se estaba divirtiendo con aquello. Sonrió.

—No, no te comeré, aunque lo haría si pudiera levantarme.

Amaia avanzó a trompicones hasta la puerta sin dejar de vigilar a su madre, que seguía mirándola con aquellos ojos malignos mientras reía, satisfecha del miedo que causaban en Amaia, con carcajadas estentóreas que parecían imposibles para alguien con problemas respiratorios tan graves. Amaia cerró la puerta tras de sí y no volvió a entrar hasta que regresó Flora.

—¿Qué haces aquí? —le espetó esta al verla—. Deberías estar dentro.

—Miraba a ver si venías, tengo que irme ya.

Flora miró su reloj y alzó las cejas, en aquel gesto de recriminación que Amaia había visto tantas veces.

—¿Y la *ama*?

—Duerme...

Y así era, dormía cuando entraron de nuevo.

32

Cuando llegó a casa, una nota de James sobre la mesa le decía que habían salido a comer y que pasaría parte del día visitando la selva de Irati con la tía Engrasi; le dejaban comida en la nevera y esperaban verla por la noche. Un breve «Te quiero» junto al nombre de James la hizo sentir sola y alejada de la realidad en que la gente salía a comer y hacía excursiones mientras ella interrogaba a asquerosos violadores de sus propias hijas. Subió la escalera escuchando su propia respiración y el silencio abrumador de aquella casa donde jamás se apagaba el televisor mientras su tía estuviera en ella. Se quitó la ropa y la arrojó al cubo mientras dejaba que el agua corriese en la ducha hasta salir caliente y observó su figura en el espejo. Estaba adelgazando. En los últimos días se había saltado algunas comidas y se había alimentado prácticamente de cafés con leche. Se pasó la mano por el vientre y lo palpó con suavidad, después se llevó las manos a los riñones y se inclinó hacia atrás sacando tripa. Sonrió hasta que encontró sus propios ojos en el espejo. James comenzaba a ponerse pesado con el tema del tratamiento de fertilidad. Sabía cuánto deseaba un hijo y no era ajena a la presión que soportaba en cada llamada de sus padres, pero tan solo con pensar en la terrible prueba física y mental que supondría, sentía que algo se le encogía por dentro. James sin embargo parecía haber hallado la panacea, durante días la bombardeó con información, vídeos y panfletos de la clínica que mostraban a sonrientes padres con sus niños en brazos; lo que no mostraban eran las sucesivas y humillantes pruebas, las constantes analíticas, la inflamación producida por las hormonas, los cambios repentinos de humor debido a los cócteles de pastillas que debía tomar. Había aceptado abrumada por la carga emocional del momento, pero ahora pensaba que quizá se había precipitado al acceder a probar. En su cabeza resonaban las palabras de la madre de Anne: «Parí desde el corazón y gesté a mi hija en mis brazos».

Se metió en la ducha y dejó que el agua caliente le bajase por la espalda enrojeciéndole la piel hasta producir una mezcla de placer cercano al dolor. Apoyó la frente contra las baldosas y se sintió mejor al darse cuenta de que su mal humor se debía principalmente al hecho de que James no estuviera en casa. Estaba cansada y le habría sentado bien dormir un poco, pero si James no estaba allí cuando ella despertase se sentiría tan mal que se arrepentiría de haberse dormido. Cerró el grifo y esperó unos segundos en el interior de la ducha a que el agua se escurriera por su piel; después salió y se envolvió en un enorme albornoz que le llegaba hasta los pies y que le había regalado James. Se sentó en la cama para secarse un poco el pelo y se sintió de pronto tan cansada que la idea de esa siesta que antes había descartado le pareció de pronto una buena opción. Serían solo unos minutos, probablemente no conseguiría dormirse.

El modelo Glock 19 es una maravilla de pistola con sistema de aguja lanzada, de muy poco peso, pues lleva el armazón de plástico, 595 gramos en vacío y 850 con el cargador. No tiene ninguna palanca externa de seguridad, martillo u otro control que se deba desactivar antes de que el arma esté lista para disparar. Una buena pistola para un policía que debe salir a las calles, aunque se oían voces contrarias a que la policía portase armas sin seguro, e incluso expertos que afirmaban que el ruido que producía el arma al amartillarse era más intimidatorio que el encañonamiento en sí. Ella no era una fan de las armas, pero la Glock le gustaba, no era demasiado pesada, bastante discreta y de muy fácil mantenimiento; aun así debía desmontarla y engrasarla de vez en cuando, y siempre elegía el momento en que estaba completamente sola en casa. La desmontó disponiendo las partes sobre una toalla, limpió el cañón y volvió a montarla.

Pero mientras la manipulaba se fijó en sus manos, demasiado pequeñas para sostener un arma. Se dio cuenta de que lo que estaba viendo no eran sus manos, sino las de una niña. Retrocedió un paso y tuvo una visión completa del cuadro: sentada sobre la cama, una niña que era ella misma sostenía un arma grande y negra con una mano pálida, mientras con la otra se acariciaba el cráneo apenas cubierto por el pelo rubio que empezaba a crecer y que aún dejaba entrever la cicatriz blanquecina. La niña lloraba. Amaia sintió una infinita piedad hacia aquella pequeña que era ella misma, y la visión de la niña rota de pena le produjo un vacío en el pecho que no había sentido en muchos años. La niña decía algo, pero Amaia no podía entenderlo. Se inclinó hacia delante y vio que la pequeña no tenía cuello, había una franja oscura de vacío abismal en el lugar donde debía estar su escote. Escuchó con atención, tratando de identificar los sonidos mezclados con el llanto.

La pequeña, una Amaia de nueve años, lloraba lágrimas negras y densas como aceite de motor, que caían brillantes y cristalinas como azabache líquido formando un charco a sus pies, donde antes estaba la cama. Amaia se acercó más y percibió en el movimiento de sus labios la letanía urgente de una oración que la niña repetía sin entonación ni pausa. Padrenuestroqueestasenloscielossantificadosseatunombrevengaanosotros...

La niña alzó el arma utilizando ambas manos, la giró hacia sí misma y elevó el cañón hasta dejarlo apoyado sobre su oreja. Después dejó caer desmayadamente su mano derecha sobre el regazo y Amaia vio que la mano había desaparecido desde el antebrazo. Gritó con todas sus fuerzas, consciente a medias de que era un sueño y segura de que, aunque lo fuera, aquel mal sería irreparable.

—No lo hagas —gritó, pero las lágrimas negras que la niña había llorado entraron en su boca y ahogaron las palabras. Reunió todas sus fuerzas mientras pugnaba por despertarse de aquella pesadilla antes de que todo acabase—. No lo hagas.

Gritó, y su grito traspasó el sueño, y hubo un instante en que se sintió emerger a toda velocidad de aquel infierno, consciente de que había gritado de verdad, de que su grito la estaba despertando y de que la niña se quedaba atrás. Volvió la cabeza para verla de nuevo y aún alcanzó a ver cómo la niña levantaba el brazo cercenado mientras decía:

—No puedo dejar que la *ama* me coma entera.

Abrió los ojos y percibió una figura oscura que se inclinaba sobre su rostro.

—Amaia.

La voz viajó en el tiempo muchos años atrás para llevarle hasta su dueña, mientras la lógica pura se abría paso a gritos a través de los restos de la pesadilla para hacerle saber que aquello era imposible. Abrió más los ojos y parpadeó, intentando barrer los vestigios de sueño que como arena cegaban sus ojos haciéndolos pesados e inútiles.

Una mano extraordinariamente fría se posó en su frente, y la impresión de aquel tacto cadavérico fue suficiente para forzarla a abrir los ojos. Junto a la cama, una mujer se inclinaba sobre su rostro y la observaba entre curiosa y divertida. La nariz recta, los pómulos altos y el pelo recogido a los lados formando dos ondas perfectas.

—*Ama* —gritó medio ahogada por el miedo mientras tironeaba torpemente del edredón y se retrepaba encogiéndose hasta quedar sentada sobre la almohada.

—¡Amaia, Amaia, despierta, estás soñando, despierta!

Un clic que sonó dentro de su cabeza inundó la habitación de luz procedente de la lámpara de la mesilla.

—Amaia, ¿estás bien?

Ros, visiblemente pálida, la miraba desconcertada sin atreverse a tocarla. Sentía una sed terrible, el sudor formaba una fina película bajo el albornoz, que aún llevaba puesto.

—Estoy bien, era una pesadilla —dijo jadeando y recorriendo con la mirada la habitación, como si tratase de establecer con seguridad dónde se encontraba.

—Has gritado —musitó amedrentada su hermana.

—¿Sí?

—Gritabas mucho y no podía despertarte —dijo Ros, como si explicarlo le diera más sentido. Amaia la miró.

—Lo siento —dijo sintiéndose agotada y expuesta como un reo.

—... Y cuando he intentado despertarte me has dado un susto de muerte.

—Sí —admitió Amaia—, cuando abrí los ojos no te reconocí.

—De eso estoy segura, me apuntaste con la pistola.

—¿Qué?

Ros hizo un gesto hacia la cama y Amaia comprobó que aún llevaba la pistola en la mano. De pronto la visión del sueño con la niña levantando el arma hasta su cabeza le resultó tan vívida y ominosa que soltó la pistola como si estuviera caliente y la cubrió con un cojín antes de volverse hacia su hermana.

—Oh, Ros, lo siento, de verdad, debí de quedarme dormida después de limpiarla, pero está descargada...

Su hermana no pareció muy convencida.

—Lo siento —volvió a disculparse—. Los últimos días han sido muy intensos, hoy mismo he interrogado al tipo que mató a su propia hijastra, y supongo que... Bueno, entre eso y la investigación del basajaun, es normal acumular tensión.

—Y yo no he ayudado —añadió Ros un poco compungida, formando un leve puchero que a Amaia le recordó la niña que había sido. Sintió una oleada de cariño hacia su hermana.

—Bueno, supongo que todos terminamos haciendo las cosas lo mejor que podemos, ¿no? —dijo con una sonrisa de circunstancias.

Ros se sentó en la cama.

—Lo siento, Amaia, sé que debí contártelo, solo quiero que sepas que no fue por tratar de ocultarte nada, no lo pensé, y bastante abochornada me sentía con todo lo que me estaba pasando.

Amaia estiró su mano hasta alcanzar la de su hermana.

—Exactamente eso es lo que me dijo James.

—¿Lo ves? Hasta en eso es perfecto tu marido. Dime, ¿cómo, con un hombre así, voy a ir a contarte mis miserias matrimoniales?

—Nunca te he juzgado, Ros.

—Lo sé. Y lo siento —dijo ella inclinándose hacia su hermana, que la recibió con un cálido abrazo.

—Yo también lo siento, Ros, te juro que ha sido una de las cosas más difíciles que me ha tocado hacer en mi vida, pero no tenía otra opción —dijo acariciando su cabeza.

Cuando por fin se soltaron del abrazo se miraron sonriendo abiertamente, de un modo reservado a las hermanas que se han mirado así, de frente, muchas veces. Hacer las paces con Ros la hizo sentir bien de un modo que casi había olvidado en los últimos días, y que habitualmente solía lograr con solo regresar a casa, darse una ducha y abrazar a James. La había preocupado secretamente, llegando a preguntarse si por fin había ocurrido eso que tanto temen los investigadores de homicidios: que el horror al que se enfrentaba a diario rompiera las esclusas de ese lugar oscuro donde debe quedar relegado y hubiese inundado su vida, convirtiéndola poco a poco en uno de esos policías sin vida privada, desolados y asolados por el horror de saberse responsables de haber permitido que el mal rompa las barreras y se lo lleve todo. En los últimos días, una amenaza densa y ominosa como una maldición parecía cernirse sobre ella, y los viejos ensalmos no eran suficientes para exorcizar el mal con el que debía enfrentarse y que la acompañaba pegándose a su cuerpo como un sudario mojado.

Salió de su ensimismamiento y se percató de que Ros la había estado observando atentamente.

—Quizás ahora deberías ser tú la que se sincerase conmigo.

—Oh, te refieres a... Ros, ya sabes que no puedo, son aspectos de la investigación.

—No me refiero a eso, sino a lo que te hace gritar en sueños. James me ha dicho que tienes pesadillas casi cada vez que duermes.

—¡Por Dios, James! Es verdad, pero no son más que eso, pesadillas, y es perfectamente normal teniendo en cuenta mi trabajo. Va por temporadas, cuando estoy muy metida en un caso tengo más, cuando cerramos el caso remiten. Sabes que hace años que duermo con la luz encendida.

—Pues hoy la tenías apagada —dijo Ros mirando hacia la lamparita.

—Me despisté, todavía había luz cuando me senté a limpiar el arma, y me quedé dormida sin darme cuenta. Pero no suele ocurrirme, la dejo encendida precisamente para evitar que suceda lo que hoy, porque no son pesadillas exactamente lo que sufro, lo que me pasa es que tengo un sueño ligero en constante alerta y durante la noche se producen un montón de microdespertares en los que me sobresalto un poco, me ubico y me vuelvo a dormir... De ahí la importancia de que haya luz, así cuando abro los ojos puedo ver dónde estoy y me tranquilizo enseguida.

Ros negó observando su expresión.

—¿Tú te escuchas? Lo que has descrito es un estado de alerta constante, nadie puede vivir así. Si quieres conformarte con esa milonga de dejar la luz encendida, por mí estupendo, pero sabes que lo que ha ocurrido hoy no es normal. Amaia, casi me pegas un tiro.

Las palabras de su hermana trajeron el eco de las de James dos días antes en la puerta del obrador.

—Y las pesadillas pueden ser normales, pero solo hasta cierto punto; lo que no es normal es que te causen tanto sufrimiento, que despiertes con esos sobresaltos, incapaz de discernir si sueñas o estás despierta. Te he visto, Amaia, y estabas aterrorizada.

Ella la miró y recordó el perfil femenino que se había cernido sobre su rostro mientras despertaba.

—Deja que te ayude.

Amaia asintió.

Bajaron en silencio las escaleras, percibiendo el extraño ambiente que se respiraba en la casa en ausencia de la tía. Los muebles, las plantas, los innumerables objetos de adorno parecían aletargados sin su presencia, como si al faltar la dueña de la casa todas sus pertenencias perdieran la autenticidad y se desdibujasen un poco disipando los límites que las mantenían en el plano realidad. Ros se dirigió al aparador y tomó el hatillo de seda negra en que envolvía las cartas, las puso en el centro de la mesa y se dirigió al salón. Un segundo después, Amaia oyó el rumor de los anuncios procedente del televisor. Sonrió.

—¿Por qué lo hacéis? —preguntó.

—Para oír mejor —fue la respuesta de su hermana.

—Sabes que es un contrasentido.

—Y sin embargo es así.

Se sentó y con mucho cuidado deshizo el nudo que apretaba la suave tela, tomó el mazo, retiró el lienzo y lo depositó frente a ella.

—Ya sabes lo que tienes que hacer, baraja las cartas mientras piensas tu pregunta.

Amaia tocó la baraja, que estaba curiosamente fría, y a su mente acudieron los recuerdos de otras veces, el tacto suave de los naipes deslizándose entre sus dedos, el extraño perfume que emanaba desde las cartas cuando las movía en sus manos y la pacífica comunión que se producía en el momento en que alcanzaba el grado preciso en que se abría el canal y la pregunta se formulaba en su mente fluyendo en ambas direcciones, el modo instintivo en que elegía las cartas y el ceremonial con que les daba la vuelta, sabiendo mucho antes de girarlas lo que había al otro lado, y el misterio resuelto en un instante cuando la ruta que seguir se dibujaba en su mente estableciendo las relaciones entre los naipes. Interpretar las cartas del tarot era tan sencillo y tan complicado como interpretar un mapa de un lugar desconocido, como trazar un trayecto desde tu casa a un punto concreto; si tenías claro el destino, si eras capaz de no distraerte en el camino como una caperucita mística, las respuestas se revelaban ante ti en una ruta clara hacia la respuesta, que como los caminos no siempre era única. A veces las respuestas no son la solución del enigma, le había dicho Engrasi en un momento a solas; en ocasiones las respuestas solo generan más preguntas, más dudas.

—¿Por qué? —le había preguntado—. Si hago una pregunta y obtengo una respuesta, debería ser la solución.

—Debería, si supieras qué pregunta tienes que hacer en cada momento.

Recordaba las enseñanzas de tía Engrasi. «La pregunta. Siempre debe haber una pregunta, ¿qué sentido tendría si no hacer una consulta? Abrir el canal para dejar que las respuestas llegasen mezcladas como los gritos de millones de almas, clamando, aullando y mintiendo. Debes dirigir la consulta, debes trazar el camino en el mapa sin salirte, sin dejar que el lobo te seduzca convenciéndote para ir a coger flores, porque si lo haces llegará al destino antes que tú, y lo que encuentres al llegar ya no será el lugar al que te dirigías, terminarás hablando con un monstruo disfrazado que se hace pasar por tu abuelita y que solo tiene una intención, devorarte. Y lo hará, se comerá tu alma si te sales del camino.» Las advertencias tantas veces oídas en su infancia resonaron en su interior con la voz clara de la tía Engrasi.

«Las cartas son una puerta, y como una puerta no debes abrirla porque sí, ni dejarla abierta después. Una puerta, Amaia, las puertas no hacen daño, pero lo que puede entrar a través de ellas sí. Recuerda que debes cerrarla cuando termines tu consulta, que te será revelado lo que debas saber, y que lo que permanece a oscuras es de la oscuridad.»

La puerta le descubrió un mundo que siempre había estado allí, y en pocos meses se reveló como una experta viajera, aprendiendo a trazar líneas magistrales sobre el mapa de lo desconocido, dirigiendo la consulta y cerrando la puerta con el cuidado que imponía la mirada vigilante de Engrasi. Las respuestas eran claras, nítidas, y resultaban tan fáciles de entender como una canción de cuna susurrada al oído. Pero hubo un momento, cuando tenía dieciocho años y estudiaba en Pamplona, en que la curiosidad la mantenía pegada a la baraja durante horas. Preguntaba una y otra vez por el chico que le gustaba, por los resultados de sus notas, por los pensamientos de sus rivales. Y las respuestas comenzaron a llegar confusas, liosas, contradictorias. A veces, ofuscada en el intento de vislumbrar una respuesta, pasaba toda la noche barajando y echando naipes oscuros que nada revelaban y le dejaban en el corazón la extraña sensación de estar siendo privada de algo que le pertenecía por derecho. Insistía una y otra vez, y sin darse cuenta comenzó a dejar la puerta abierta. No recogía jamás la baraja, que a menudo estaba sobre su cama, y una y otra vez se entregaba a echadas larguísimas con el único fin de intentar ver. Y vio. Una mañana, cuando tenía que estar saliendo de casa para ir a la facultad, se entretuvo en una de aquellas echadas rápidas y sin dirección que terminaban absorbiéndola durante horas. Pero aquella mañana el viaje a ninguna parte la llevó a una respuesta sin pregunta. Cuando se dispuso a volver las cartas, su carga ominosa traspasó el suave cartón en que estaban impresas sacudiéndole el brazo como si hubiera recibido un calambre. Una a una, las volteó trazando el mapa de la desolación en su alma. Cuando llegó a la última, la tocó suavemente con la yema del dedo índice sin llegar a voltearla y todo el frío del universo se congregó en torno a ella mientras exhalaba un quejido infrahumano y comprendía desolada que el lobo la había seducido, la había engañado para sacarla del camino, que el maldito hijo de puta se había adelantado, había llegado antes que ella y la había tenido durante días hablando con el mal disfrazado de abuelita. El teléfono sonó una sola vez antes de que lo cogiera y Engrasi le dijo lo que ya sabía: que su padre había muerto mientras ella cogía flores. No volvió a echar las cartas.

La pregunta.

La pregunta atronaba en su cabeza desde hacía días mezclada con otras: ¿dónde está? ¿Por qué lo hace? Pero sobre todo ¿quién es? ¿Quién es el basajaun?

Dejó el mazo sobre la mesa y Ros lo dispuso en una hilera.

—Dame tres —pidió.

Una a una, Amaia las fue tocando con la yema del

dedo. Ros las separó del resto y las volvió colocándolas en escalera.

—Buscas a alguien, y es un varón. No es joven pero no es viejo, y está cerca. Dame tres.

Amaia eligió otras tres cartas, que Ros colocó a la derecha junto a las primeras.

—Este hombre realiza un cometido, tiene una labor que hacer y está comprometido con ella, porque lo que hace le da sentido a su vida y apacigua su furia.

—¿Apacigua su furia?, ¿un crimen apacigua una furia superior?

—Dame tres.

Las volteó junto a las otras.

—Apacigua una furia antigua y un miedo mayor.

—Háblame de su pasado.

—Estuvo sometido, esclavizado, pero ahora es libre, aunque un yugo pende sobre él. Siempre ha mantenido una guerra en su interior para dominar su furia, y ahora cree que lo ha conseguido.

—¿Lo cree? ¿Qué cree?

—Cree que es justo, cree que la razón le asiste, cree que lo que hace está bien. Tiene un buen concepto de sí mismo, se ve triunfante y victorioso sobre el mal, pero solo es una pose.

—Dame tres.

Las dispuso lentamente.

—En ocasiones se desmorona y lo más mezquino aflora.

—... y entonces mata.

—No, cuando mata no es mezquino. Ya sé que no tiene mucho sentido, pero cuando mata es el guardián de la pureza.

—¿Por qué has dicho eso? —preguntó Amaia bruscamente.

—¿Qué he dicho? —preguntó Ros como volviendo de un sueño.

—El guardián de la pureza, el que preserva la naturaleza, el guardián del bosque, el basajaun. Maldito cabrón arrogante. ¿Qué cree que preserva matando niñas? Lo odio.

—Pues él a ti no, no te odia, no te teme, él hace su trabajo.

Amaia fue a señalar una de las cartas y, al hacerlo, empujó uno de los naipes fuera del mazo. La carta salió despedida y se dio la vuelta mostrando su faz.

Ros miró la carta y a su hermana.

—Esto es otra cosa. Has abierto otra puerta.

Amaia miró la carta, recelosa, reconociendo la presencia del lobo.

—¿Qué cojones...?

—Haz una pregunta —ordenó Ros con firmeza.

El ruido en la puerta les hizo volverse a mirar a James y la tía Engrasi, que entraron cargados con varias bolsas. Venían charlando entre risas, que se vieron atajadas de pronto cuando Engrasi fijó sus ojos sobre las cartas. Se acercó a la mesa con paso firme, valoró lo que estaba viendo y con un gesto apremió a Ros.

—Haz la pregunta —volvió a decir.

Amaia miró la carta recordando la fórmula.

—¿Qué es lo que debo saber?

—Tres.

Amaia se las dio.

—Lo que debes saber es que hay otro, llamémosle elemento, en la partida. —Volvió otra carta—. Infinitamente más peligroso. —Volvió la última—. Y este es tu enemigo, viene a por ti y a por... —titubeó—, a por tu familia, ya ha aparecido en escena, y continuará llamando tu atención hasta que accedas a su juego.

—Pero ¿qué quiere de mí, de mi familia?

—Dame una.

Volvió la carta y sobre la mesa el esqueleto descarnado les miró desde sus cuencas vacías.

—Oh, Amaia, quiere tus huesos.

Permaneció en silencio unos segundos. Luego recogió las cartas, las envolvió en el lienzo y levantó la mirada.

—Puerta cerrada, hermana, lo que hay ahí fuera da mucho miedo.

Amaia miró a su tía, que había empalidecido de modo alarmante.

—Tía, quizá tú podrías...

—Sí, pero no hoy. Y no con esa baraja... Tengo que pensarlo —dijo mientras se metía en la cocina.

33

El hotel Baztán se encontraba a unos cinco kilómetros por la carretera de Elizondo y tenía el aspecto de los hoteles de montaña pensados para ir con grupos escolares, senderistas, familias y amigos. La fachada formaba un semicírculo plagado de terrazas que se asomaban sobre una plazoleta que hacía las veces de parking y en las que resultaban incongruentes las mesas y sillas de plástico amarillo, sin duda pensadas para las tardes veraniegas, pero que la Dirección del hotel se empeñaba en mantener todo el año, dando a la fachada un colorista tono tropical más propio de un hotel playero mexicano que de un establecimiento de montaña. A pesar de que hacía horas que había anochecido, era todavía temprano, y eso se hacía evidente en la cantidad de coches que se hacinaban en el aparcamiento y en los parroquianos que atestaban la cafetería de grandes cristaleras.

Amaia aparcó junto a una autocaravana de matrícula francesa y se dirigió hacia la entrada. Tras el mostrador de la recepción, una adolescente con rastas recogidas en una coleta jugaba *on-line* a un juego de habilidad.

—Buenas tardes, ¿puede avisar, por favor, a unos huéspedes, el señor Raúl González y la señora Nadia Takchenko?

—Ahora voy —respondió la chica en ese tono de fastidio que suelen emplear los adolescentes. Puso el juego en pausa y cuando levantó la mirada se había transformado en una amable recepcionista.

—¿Sí, dígame?

—Tengo una cita con unos huéspedes, si puede indicarme su número de habitación. Raúl González y Nadia Takchenko.

—Ah, sí, los doctores de Huesca —dijo la chica sonriendo.

Amaia habría preferido que fueran más discretos. La noticia de unos expertos buscando osos en el valle podía desatar rumores que, inoportunamente difundidos por la prensa, podían complicar aún más el desarrollo de la investigación.

—Están en la cafetería, me dejaron dicho que si venía alguien preguntando por ellos le mandase allí.

Amaia pasó por la puerta interna que comunicaba la recepción y el comedor y entró en el bar. Un nutrido grupo de estudiantes con ropa de montaña ocupaba casi todas las mesas mientras se repartían entre risas varias raciones de jamón, patatas bravas y albóndigas. Vio a una mujer que le hacía señas desde el fondo del local y le llevó unos segundos darse cuenta de que era la doctora Takchenko. Sonriendo, se acercó hasta la mujer, a la que no había reconocido; se había peinado con la melena suelta y vestía unos pantalones de color caramelo y un *blazer* beis sobre una moderna camiseta, incluso llevaba unos botines de tacón. Amaia se sintió ridícula al pensar que en el fondo había esperado verla con aquel estrafalario mono naranja. La doctora le tendió la mano sonriendo.

—Me alegro de verla, inspectora Salazar —dijo con su terrible acento—. Raúl está pidiendo en la barra, hemos decidido irnos esta noche, pero antes vamos a comer algo. Yo espera que usted nos acompaña, ¿*da*?

—Bueno, me temo que no, pero charlaremos un rato, si no les importa.

El doctor González regresó trayendo tres cervezas, que puso sobre la mesa.

—Inspectora, ya creí que tendríamos que mandarle el informe por correo.

—Lamento no haber podido atenderles antes, porque la verdad es que estoy muy interesada, pero, como ya sabrán por el subinspector Zabalza, he estado muy ocupada.

—Me temo que no podemos ser concluyentes. No hemos hallado encames, ni excrementos, aunque sí huellas de lo que podría ser el paso de un gran plantígrado, líquenes y cortezas arrancadas y pelos de un macho que coinciden con los que usted nos procuró.

—¿Entonces?

—Podría ser que un oso hubiera estado por la zona, los pelos podrían llevar tiempo allí; de hecho parecían algo viejos, aunque eso también podría deberse a la muda de pelo. Ya le dije que es un poco pronto para que un oso se haya despertado de la hibernación. Claro que hay datos recientes de que algunas hembras no han hibernado este año debido probablemente al calentamiento y la escasez de comida, que no propiciaron que estuviesen listas para la hibernación a tiempo.

—¿Y cómo saben que pertenecen al mismo animal?

—Del mismo modo que sabemos que se trata de un macho, con un análisis.

—¿Un análisis de ADN?

—Claro.

—¿Y ya tienen los resultados?

—Los tenemos desde ayer.

—¿Cómo es posible? Yo aún no he recibido los resultados de las muestras que envié cuando les di esos pelos...

—Eso es porque nosotros los mandamos a Huesca, a nuestro propio laboratorio.

Amaia estaba atónita.

—¿Me está diciendo que en su laboratorio, el de un

centro de interpretación de la naturaleza, cuentan con tecnología tan avanzada como para tener un análisis de ADN en tres días?

—Y en veinticuatro horas si nos damos prisa. Suele hacerlos la doctora Takchenko, pero al estar aquí los hizo un estudiante que suele trabajar con nosotros.

—Vamos a ver, ¿ustedes pueden realizar un análisis de ADN, por ejemplo, de una muestra mineral, animal o humana, y establecer si es idéntica a otra?

—Claro, eso es exactamente lo que hacemos. El nuestro es un sistema por comparación y eliminación; no tenemos el banco de datos con el que cuenta un laboratorio forense, pero podemos establecer comparaciones sin ningún lugar a dudas. Un pelo de oso macho y otro pelo de oso macho, aunque no sean del mismo animal, tienen muchos alelos en común.

Amaia se quedó en silencio escrutando el rostro de la doctora.

—¿Si yo le facilitase diferentes muestras de una sustancia como harina común de distinta marca podríamos establecer de qué marca es la que se ha utilizado en un pan en concreto?

—Probablemente sí, estoy segura de que cada fabricante tiene un proceso de mezcla y molido diferente; además de que se pueden haber mezclado diversos tipos de grano de distintas procedencias. Con un análisis de cromatografía podríamos aclararlo más.

Amaia se mordió el labio pensativa mientras un camarero ponía sobre la mesa calamares rebozados y albóndigas cuya salsa aún hervía en la cazuelita de barro.

—Es un conjunto de técnicas basadas en el principio de retención selectiva, cuyo objetivo es separar los distintos componentes de una mezcla, permitiendo identificar y determinar las cantidades de dichos componentes —explicó el doctor.

—Ustedes se van esta noche, ¿verdad?

La doctora Takchenko sonrió.

—Sé lo que está pensando, y estaré encantada de ayudarla. Por si tiene alguna duda le diré que en mi país trabajé en un laboratorio forense; si me da las muestras ahora tendré los resultados mañana.

Su cabeza iba a mil por hora mientras valoraba el avance que supondría tener esos datos en veinticuatro horas. Por supuesto, los resultados obtenidos no tendrían valor ante un tribunal, pero podían acelerar la investigación al servir para descartar muestras; si se obtenía algún resultado positivo tendría que esperar a tener la confirmación del laboratorio oficial, pero la investigación se vería relanzada si tenía la certeza de en qué dirección ir.

Se puso en pie mientras marcaba un número en su móvil.

—Espero que no sea demasiada molestia, pero voy con ustedes. Aunque los resultados no tengan valor judicial, debo custodiar las pruebas y supervisar los análisis.

Se volvió de lado para hablar por teléfono.

—Jonan, ven al hotel Baztán con una muestra de cada una de las harinas que recogisteis en los obradores y trae tu bolsa. Nos vamos a Huesca.

Colgó y miró sonriendo a los doctores y a la comida expuesta sobre la mesa mientras decidía que había recuperado el apetito.

Veinte minutos más tarde, un sonriente Jonan se sentaba a la mesa.

—Bueno, ustedes dirán adónde vamos —suspiró.

—Al Bear Observatory of the Pyrennes, en la comarca de Sobrarbe, que se corresponde con el antiguo reino o condado del mismo nombre surgido hace más de un milenio al norte de la provincia de Huesca, aunque en el navegador es mejor que pongan Aínsa.

—Aínsa me suena, es un pueblo de aspecto medieval, ¿no es cierto? Uno de esos que conserva el trazado de la época y el empedrado en las calles.

—Sí, Aínsa tuvo que tener gran relevancia en el Medievo, sobre todo por su estratégica situación, un lugar privilegiado, entre el Parque Nacional de Ordesa y Monte Perdido, el Parque Natural de los Cañones y la Sierra de Guara y el Parque Natural Posets-Maladeta. Dominar Aínsa debía de suponer ya entonces una gran ventaja.

—¿Y hay osos en esa zona?

—Me temo que los osos son bastante más complicados de lo que la mayoría de la gente podría llegar a suponer.

—Osos complicados —dijo Amaia sonriendo a Jonan—; prepárate, lo mismo tenemos que hacerles un perfil.

—Pues no crea que es tan descabellado, solo podemos llegar a discernir parcialmente la mentalidad del oso si somos capaces de atribuirle precisamente eso, una mentalidad. Desde el momento en que admitimos que el oso tiene un carácter, un modo de ser que varía en cada individuo, podemos llegar a entender la dificultad que llega a entrañar observar a un ejemplar.

—La doctora y yo —dijo mirando a su compañera— viajamos a Centroeuropa, los Cárpatos, Hungría, poblaciones perdidas entre los Balcanes y los Urales y, por supuesto, los Pirineos. Aínsa no es precisamente famosa por sus avistamientos de osos, pero contaba con una gran infraestructura de centros de observación de la naturaleza, sobre todo aves, y nos brindó un espacio perfecto para ubicar el laboratorio y permitir que la empresa que lo subvenciona obtenga beneficios de los centros de recuperación de especies, las visitas guiadas y las donaciones de los turistas y visitantes, que en Aínsa son muchos, y durante todo el año.

—O sea, ¿que no solo se dedican a los osos?

—No, qué va, podemos hablar de una gran variedad

y cantidad de especies, acorde con la variedad de hábitats de esta comarca. Dado el buen estado de conservación de la mayoría de los hábitats, un buen número de especies encuentran en estos valles uno de sus últimos refugios. Abundan las rapaces diurnas, águila real, milano real, halcón peregrino, azor, gavilán, y las nocturnas búho real, mochuelo, lechuzas... Es fácil ver a grandes carroñeros, como los quebrantahuesos, buitres..., y multitud de pequeños pájaros. Pero la doctora y yo nos dedicamos más a los mamíferos de gran tamaño: jabalí, ciervo, zorro..., aunque son más abundantes los de menos talla, como murciélagos, musarañas, conejos, ardillas, marmotas, lirones... Ya ve, estamos entretenidos todo el año, aunque nuestros mayores desvelos se centran en las migraciones de los grandes osos por toda Europa, y acudimos a cualquier llamada que sugiera la presencia de un oso, como en su caso.

—¿Y a qué conclusión han llegado? ¿Es posible que haya un oso en la zona? ¿O se inclinan por un basajaun, como los guardabosques? —inquirió Jonan.

El doctor González le miró perplejo, pero la doctora Takchenko sonrió.

—Yo sé lo que es eso, un ¿basajauno?

—Un basajaun —corrigió Jonan.

—Sí —exclamó ella volviéndose hacia su compañero—, es lo mismo que el Home Grandizo, el Bigfoot, el gigante, el Sasquatch. Dicen que existió un gigante, un Home Grandizo, en un lugar llamado la Val d'Onsera. Dicen de él que caminaba acompañado de un enorme oso. Y en mi país también hay una leyenda sobre un hombre grande y fuerte, poco evolucionado, que habita en los bosques para proteger el equilibrio de la naturaleza; ¿es lo mismo que un basajaun?

—Prácticamente lo mismo, solo que al basajaun se le atribuyen algunas cualidades mágicas, es un ser místico de la mitología.

—Creí que ese era solo el nombre que la prensa daba al criminal... porque mata en el bosque —dijo el doctor.

—Oh, pero eso no está bien —exclamó la doctora—. Un basajaun no mata, solo cuida, solo preserva la pureza.

Amaia la miró fijamente mientras recordaba las palabras de su hermana. El guardián de la pureza.

—¿Y los guardabosques creen que un basajaun es el asesino que buscan? —se extrañó el doctor.

—Pues parece que creen en la existencia del basajaun —explicó Jonan—, y sugieren que pudiera ser lo que hemos tomado por un oso, pero por supuesto no tendría nada que ver con los asesinatos, y su presencia se debería solo a que ha sido convocado por las fuerzas de la naturaleza para contener al depredador y restaurar de nuevo el equilibrio en el valle.

—Es una historia preciosa —admitió el doctor González.

—Pero es solo una historia —dijo Amaia poniéndose de pie y dando por acabada la conversación.

Salió al aparcamiento abrigándose con el plumífero mientras decidía mentalmente viajar en el coche de Jonan y dejar el suyo allí mismo. Sacó el móvil para llamar a James y avisarle de que se iba a Huesca. El aparcamiento estaba poco iluminado, pero recibía luz blanca de las cristaleras de la cafetería y otra más cálida de las ventanas del comedor rústico que había al otro lado. Mientras esperaba a que James contestara, observó a los comensales que se sentaban más cerca de la ventana. Flora, vestida con una ceñida blusa negra, se inclinaba hacia delante en un gesto coqueto y estudiado que la sorprendió. Caminó entre los coches picada por la curiosidad, buscando el ángulo que le permitiera ver mejor la escena. James contestó por fin y ella le explicó brevemente la idea que tenía y que le llamaría cuando fuese a regresar. Justo cuando se despedía de James, su hermana se apartó de la ventana a la vez que se inclinaba para entrelazar una mano a su acompañante. El inspector Montes sonreía mientras le decía algo a Flora que Amaia no pudo entender, pero que hizo reír a su hermana mayor, que echaba la cabeza hacia atrás en un gesto claramente seductor y miraba hacia el exterior. Sobresaltada, Amaia se volvió bruscamente tratando de ocultarse y perdiendo el móvil, que salió disparado bajo un coche, antes de decidir que de ningún modo Flora podía haberla visto desde dentro en aquel aparcamiento tan mal iluminado.

Recuperó su teléfono cuando Jonan y los doctores salían de la cafetería. Dejó conducir al subinspector, sin prestar atención a lo que decía, y suspiró aliviada y un poco confusa por su propia reacción, cuando comenzaron a alejarse del hotel.

34

Engrasi abrió el precinto que custodiaba una nueva baraja de Marsella. Sacó las cartas de su caja y comenzó un ritual de contacto mientras rezaba y lentamente las iba barajando. Sabía que se enfrentaba a algo distinto, aunque no nuevo, un viejo enemigo al que ya había discernido una vez hacía mucho tiempo, aquel día en que Amaia se había echado las cartas siendo una niña. Y hoy, mientras Ros intentaba ayudar a su hermana, aquella antigua amenaza había regresado como un recuerdo desagradable para asomar su hocico sucio y babeante en la vida de su niña.

Engrasi se había sentido identificada con Amaia desde que era pequeña. Igual que ella, había aborrecido aquel lugar en el que le había tocado nacer, renegando de cuanto significaban las arraigadas costumbres, la tradición y la historia, y había hecho lo posible por largarse de allí hasta que lo consiguió. Estudió, esforzándose al máximo para obtener becas que le permitieran ir más y más lejos de su casa, primero Madrid y por fin París. En la Universidad de la Sorbona estudió psicología. Un mundo nuevo se abrió ante ella en un París revolucionado y palpitante de ideas y sueños de libertad, haciendo que se sintiera como una invitada a la vida y más renegada que nunca de aquel oscuro valle donde el cielo era de plomo y el río atronaba en mitad de la noche. Un París perfumado de amor y el Sena fluyendo majestuosamente silencioso la sedujeron definitivamente y se ratificó en lo que ya sabía: que nunca regresaría a Elizondo.

Conoció a Jean Martin en su último año de carrera. Él, un prestigioso psicólogo belga, era profesor invitado en la universidad y le llevaba veinticinco años. Salieron a escondidas durante aquel curso y en cuanto ella se licenció se casaron en una pequeña parroquia a las afueras de París. A la boda asistieron las tres hermanas de Jean con sus maridos, sus hijos y un centenar de amigos. Ni un solo familiar de Engrasi. A sus cuñadas les dijo que su familia era pequeña y arraigada en el trabajo y sus padres demasiado ancianos para viajar. A Jean le dijo la verdad.

No quería verlos, no quería hablar con ellos ni tener que preguntar por los vecinos y los viejos conocidos, no quería saber qué pasaba en el valle, no quería que la influencia de su pueblo la alcanzara allí, porque presentía que con ellos traerían esa energía del agua y el monte, esa llamada arraigada en las entrañas que se sentía dentro cuando se había nacido en Elizondo. Jean había sonreído mientras la escuchaba, como si se tratase de una niña asustada que narra un mal sueño, y del mismo modo la había consolado, reprendiéndola tiernamente.

—Engrasi, eres una mujer adulta, si no quieres que vengan, que no vengan. —Y había seguido leyendo su libro como si la conversación no versase sobre nada más importante que elegir el sabor de la tarta entre limón y chocolate.

La vida no podía ser más generosa con ella. Vivía en la ciudad más hermosa del mundo, en un ambiente universitario que tenía su mente en vilo y su corazón entregado con la absurda seguridad que proporciona el creer que se tiene todo, excepto los hijos, que no llegaron durante los cinco años que duró el sueño... Justo hasta el día en que Jean murió de un infarto mientras atravesaba los jardines frente a su despacho en París.

No tenía recuerdos de aquellos días, suponía que los había pasado en *shock*, aunque recordaba que se mostró serena y dueña de sí, con el dominio que proporciona la incredulidad ante los acontecimientos. Las semanas se fueron sucediendo, entre pastillas para dormir y lacrimosas visitas de sus cuñadas, que insistían en ampararla contra el mundo, como si eso fuera posible, como si en un cementerio de París no estuviera enterrado su corazón, tan frío y muerto como el de Jean. Hasta que una noche se despertó cubierta de sudor y llanto, y supo por qué no lloraba de día. Se levantó de la cama y recorrió desconsolada el enorme piso buscando una huella de la presencia de Jean, y aunque allí estaban sus gafas, el libro aún abierto por la página que él había marcado, sus zapatillas y la prieta caligrafía adornando los recuadros del calendario en la cocina, no lo encontró ya, y esa certeza desoló su alma helando aquella casa y haciendo inhabitable París.

Entonces regresó a Elizondo. Jean le había dejado suficiente dinero como para no tener que preocuparse nunca más. Compró una casa en aquel lugar que creyó no amar y desde entonces no había abandonado el valle de Baztán.

35

El viento soplaba con fuerza en Aínsa. Durante las tres horas que habían invertido en llegar hasta allí, Jonan no había dejado de hablar ni un instante, pero el silencio taciturno de ella pareció contagiársele en los últimos kilómetros, en los que primero había callado y después había optado por poner la radio y canturrear estribillos de éxitos de moda. Las calles de Aínsa estaban desiertas, la luz cálida y anaranjada de las farolas no conseguía borrar la sensación heladora de la villa medieval barrida por el frío nocturno, y las rachas de viento siberiano formaban escarcha en las ventanillas del coche. Jonan condujo siguiendo al Patrol de los doctores mientras los neumáticos traqueteaban en el empedrado milenario de las calles, hasta que confluyeron en una plaza rectangular que se extendía hasta la entrada de lo que parecía una fortaleza. Los doctores detuvieron el coche junto a la muralla y Jonan aparcó a su lado. El frío dolía en la frente como un clavo empujado por una mano invisible. Amaia tiró de la capucha de su plumífero intentando cubrirse la cabeza mientras seguían a los doctores al interior de la fortaleza. Excepto por el cese del viento, en el interior no se estaba mucho mejor que fuera. Les condujeron por unos estrechos corredores de piedra gris hasta desembocar en una zona más amplia donde se agrupaban varias pajareras gigantes en las que dormitaban aves enormes que Amaia no supo reconocer en la penumbra.

—Es la zona de recuperación de aves que llegan heridas, por disparos, atropellos, choques fortuitos con cables de alta tensión, molinos eólicos...

Penetraron de nuevo en un estrecho corredor y subieron un tramo de diez escalones antes de que la doctora se detuviera ante una puerta blanca de aspecto anodino que sin embargo estaba custodiada por varias cerraduras de seguridad. El laboratorio constaba de tres salas, luminosas, ordenadas y muy amplias, tan modernas que Amaia pensó que si hubiese llegado hasta allí con los ojos vendados jamás habría establecido conexión entre lo que veía y el lugar donde se encontraba. Nadie habría pensado que una instalación de esas características estuviese en el corazón de una fortaleza medieval.

Los doctores colgaron los abrigos en unas taquillas y la doctora se puso una rara bata de laboratorio ajustada en el talle que se abría en una amplia falda plisada y se abotonaba a un lado.

—Mi madre era dentista en Rusia —explicó—. Sus batas y una dentadura sana son lo único que me dejó al morir.

Se adentraron hasta el fondo del laboratorio, donde sobre un mostrador de acero inoxidable se agrupaban varios aparatos de analítica. Amaia reconoció el termociclador PCR porque en otras ocasiones había visto alguno. Semejante a una pequeña caja registradora sin teclado o una yogurtera futurista, su aspecto de plástico barato encerraba el ingenio de uno de los aparatos analíticos más sofisticados. En un recipiente al lado se almacenaban los tubos Eppendorf, similares a pequeñas balas huecas de plástico donde se colocaría el material genético que debía ser analizado.

—Este es el PCR al que usted hacía referencia, suele tardar entre tres y ocho horas en realizar el análisis y luego habría que realizar una electroforesis en gel de agarosa para poder ver los resultados; eso nos llevaría al menos otras dos horas. Y esto que tenemos aquí —dijo el doctor— es la HPLC, el aparato que usaremos para desintegrar los tipos de harina de las muestras, porque el PCR solo nos serviría si mezclado con la harina hubiese cualquier clase de material biológico.

Tomó de una estantería unas finas jeringuillas de plástico similares a las que se utilizaban antiguamente para inyectar insulina.

—Estos son los inyectores que usaremos para cargar las muestras que previamente habremos disuelto en líquido; una inyección por muestra y en poco más de una hora tendremos el resultado. No es necesario una electroforesis como con el PCR, pero sí un procesador que tenga el *software* para analizar los «picos» obtenidos en la muestra; cada pico equivale a una sustancia específica, así que podremos hallar desde hidrocarburos, minerales, residuos del agua de riego, trigo, sustancias biológicas que luego tendríamos que concretar con otro análisis, y así... Por eso, la parte complicada del proceso es programar el *software* con los patrones específicos de búsqueda; cuantos más aspectos diferenciales hallemos más fácil será establecer la procedencia de cada harina. Todo el proceso nos llevará unas cuatro o cinco horas.

Amaia estaba fascinada.

—No sé qué me resulta más sorprendente, si el hecho de que dispongan de un laboratorio semejante o que un genio como usted se dedique a buscar huellas de oso —dijo sonriendo.

—Tenemos mucha suerte de contar con la doctora Takchenko —afirmó el doctor González—. Trabajó durante años en su país haciendo esto exactamente, pero hace dos años nos envió su currículo y decidió unirse a nosotros. Nos sentimos muy afortunados.

La doctora sonrió.

—¿Qué tal si prepara un poco de café para nuestros invitados, doctor?

—Claro —dijo él riendo—. La doctora no soporta los cumplidos. Tardaré un rato, debo ir hasta el otro lado del edificio —se disculpó.

—Jonan, acompáñale, por favor, con que uno de los dos esté presente será suficiente.

—Es muy amable el doctor González —dijo Amaia cuando los hombres hubieron salido.

—Ya lo creo —repuso ella con su marcado acento—. Un verdadero encanto.

Amaia alzó una ceja.

—¿A usted le gusta él?

—Oh, eso espero, por fuerza. Es mi marido. Mejor que me guste, ¿no?

—Pero... Le llama doctor y él a usted...

—Sí, doctora. —Se encogió de hombros sonriendo—. Qué quiere que diga, soy seria en el trabajo y a él le causa risa.

—Por el amor de Dios, debo afinar mis dotes de observación, no me había dado cuenta.

Durante al menos una hora la doctora trabajó en el ordenador introduciendo los patrones de análisis; con sumo cuidado, desleía las muestras que Jonan había traído desde Elizondo, y unas migajas del *txantxigorri* hallado sobre el cadáver de Anne. Con mano experta, y una a una, fue inyectando cada muestra en el aparato.

—Será mejor que se siente, tardaremos un rato.

Amaia acercó un taburete con ruedas y se sentó detrás.

—Ya sé por su marido que no le gustan los cumplidos ni los halagos, pero debo darle las gracias; los resultados de este análisis pueden relanzar una investigación que está bastante parada.

—No es nada, créame, me encanta hacer esto.

—¿A las dos de la madrugada? —rio Amaia.

—Es un placer ayudarla, lo que está pasando en el Baztán es terrorífico. Si algo que yo pueda hacer le resulta de ayuda, estoy encantada.

La inspectora permaneció en silencio un poco incómoda, mientras la máquina emitía un zumbido quedo.

—Usted no cree que haya un oso, ¿verdad?

La doctora se detuvo y giró completamente su silla hasta enfrentarse a Amaia.

—No, no lo creo... Y sin embargo hay algo.

—¿Algo como qué? Porque los pelos que hallamos en el lugar del crimen corresponden a todo tipo de animales, hasta piel de cabritilla han encontrado.

—¿Y si todo el pelo correspondiese al mismo ser?

—¿Ser? Pero ¿qué pretende decirme? ¿Que hay un basajaun de verdad?

—No pretendo decirle nada —dijo alzando las manos—, solo que quizá debería abrir más su mente.

—Es curioso que esto me lo diga una científica.

—Pues que no le extrañe, soy una científica, pero también soy muy lista. —Sonrió y sin decir nada más volvió a su trabajo.

Las horas transcurrieron, lentas, observando los pasos precisos de la doctora y escuchando de fondo el parloteo incesante de Jonan y el doctor, que charlaban animados al otro lado de la estancia. De vez en cuando, la doctora Takchenko se acercaba hasta la pantalla, observaba los gráficos que se iban dibujando inacabables y volvía al estudio de lo que parecía un grueso manual técnico, seguramente aburrido y que sin embargo la tenía absorta.

Por fin, a las cuatro de la madrugada, la doctora se sentó de nuevo frente al ordenador y tras unos minutos la impresora escupió una hoja impresa. La tomó y suspiró profundamente mientras se la tendía a Amaia.

—Lo siento, inspectora, no hay coincidencia.

Amaia lo miró largamente; no hacía falta ser un experto para distinguir la diferencia entre los valles y montañas trazados en el folio y la que representaba la muestra del *txantxigorri*. Permaneció en silencio sin dejar de mirar la hoja impresa, valorando las consecuencias de aquellos resultados.

—He sido muy meticulosa, inspectora —dijo Nadia visiblemente preocupada.

Amaia se dio cuenta de que quizá su decepción podía pasar por fastidio o desprecio hacia la labor de la doctora.

—Oh, lo siento, no tiene nada que ver con usted, le estoy muy agradecida, no ha dormido en toda la noche por ayudarme, pero es que estaba casi segura de que encontraría alguna coincidencia.

—Lo siento.

—Sí —musitó—. Yo también lo siento.

Condujo en silencio sin poner música ni la radio, dejando que Jonan durmiera durante todo el trayecto de vuelta. Se sentía malhumorada y frustrada, y por primera vez desde que había comenzado la investigación de aquel caso comenzaba a tener dudas de que alguna vez llegasen a resolverlo. Las harinas no llevaban a ningún sitio, y si el sujeto no había comprado los *txantxigorris* en un establecimiento de la zona, ¿adónde llevaba eso? Flora le había dicho que seguramente se había cocinado en un horno de piedra, pero eso tampoco era de gran ayuda, casi todos los restaurantes y asadores desde Pamplona hasta Zugarramurdi tenían uno, y eso sin contar las panaderías y los caseríos más antiguos, donde todavía se conservaban, aunque en desuso.

La carretera de Jaca era nueva y estaba en buen estado, calculaba que en unas tres horas estarían en Elizondo. La soledad de la madrugada hizo mella en su deteriorado estado de ánimo; dedicó un par de miradas al rostro relajado de Jonan, que dormía apoyado en su propio abrigo hecho un ovillo. Casi deseó que estuviera despierto para no estar tan sola. ¿Qué hacía a las seis y media de la madrugada conduciendo por la carretera de Jaca? ¿Por qué no estaba en casa, en la cama con su marido? Quizá Fermín Montes tenía razón y aquel caso le iba grande. Al pensar en Fermín le vino a la cabeza el recuerdo de lo que había visto por la ventana del restaurante y que había relegado por unas horas hasta casi olvidarlo. Montes y Flora. Había en aquella alianza algo que le resultaba chirriante; se preguntó si en el fondo no sería esa especie de instinto familiar, de rara fidelidad que le obligaba a conservar el vínculo con Víctor. Jonan ya le había avisado de que los habían visto juntos. Pensó en la conversación que había tenido con Flora en el obrador y recordó que ella ya le había dejado claro que Montes le parecía encantador. En aquel momento había pensado que era uno de esos comentarios maliciosos tan típicos en su hermana, pero lo que había visto en el hotel no dejaba lugar a dudas: su hermana estaba desplegando todo el armamento con Montes y él parecía feliz. Pero también Víctor le había parecido feliz, con su camisa planchada y su ramo de rosas. Inconscientemente, apretó los labios y negó con la cabeza. Menuda mierda, menuda mierda, menuda mierda.

Había amanecido cuando llegaron a Elizondo. Aparcó frente al Galarza, en la calle Santiago, y espabiló a Jonan. El local olía a café y a cruasanes calientes. Ella misma llevó las tazas hasta la mesa mientras esperaba a que Jonan volviese del baño, de donde regresó con el pelo mojado y aspecto más despierto.

—Puedes irte a dormir un par de horas —dijo ella sorbiendo su café.

—No será necesario, yo al menos he echado una cabezadita. Usted sí que tiene que estar cansada.

La idea de dormir de nuevo sola no le seducía en absoluto, presentía que de algún modo todo estaría mejor mientras permaneciese despierta.

—Voy a volver a la comisaría, tengo que repasar todos los datos; además, supongo que hoy tendremos algún resultado de los ordenadores de las otras chicas —dijo reprimiendo un bostezo.

Cuando salieron del bar, fuertes rachas de viento húmedo barrieron la calle mientras unos densos nubarrones navegaban sobre sus cabezas a gran altura. Amaia elevó la mirada y contempló sorprendida el vuelo desafiante de un halcón que se mantenía estático a cien metros sobre el suelo mostrando su desdén y su majestad, observándola desde el cielo como si escrutase su alma. La quietud de aquel cazador, que permanecía impertérrito navegando en el viento, le produjo una gran desazón porque, por comparación, se sentía como una frágil hoja zarandeada y dirigida por el viento caprichoso.

—¿Está bien, jefa?

Miró a Jonan sorprendida al percatarse de que se había detenido en mitad de la calle.

—Volvamos a la comisaría —dijo metiéndose en el coche.

Explicar la corazonada que le había llevado hasta Huesca resultaba bastante vana vistos los resultados. A pesar de ello, Iriarte estuvo de acuerdo en que había sido una buena idea.

—Una idea que no conduce a ninguna parte —sentenció ella—. ¿Qué tienen ustedes?

—El subinspector Zabalza y yo nos hemos centrado en los ordenadores de las chicas. A primera vista no había en ninguno indicios de que frecuentasen los mismos grupos en redes sociales o que tuviesen amigos en común. El de Ainhoa Elizasu está intacto, pero el de Carla lo heredó su hermana pequeña tras su muerte y lo ha borrado casi todo. Aun así, el disco duro conserva el historial de visitas y navegación, y lo único que hemos sacado en limpio es que las tres visitaban blogs relacionados con moda y estilismo, pero ni siquiera los mismos. Tenían bastante presencia en foros sociales, sobre todo en Tuenti, pero los grupos son bastante cerrados. Ni rastro de acosadores, pederastas o ciberdelincuentes de cualquier clase.

—¿Algo más?

—Poco; han llamado del laboratorio de Zaragoza. Parece que la piel que estaba adherida al cordel, que resultó ser de cabra, tiene incrustados los restos de una sustancia que van a volver a analizar; pero de momento no le puedo decir más.

Suspiró profundamente.

—Una sustancia incrustada en piel de cabra —repitió ella.

Iriarte abrió las manos en un gesto de fastidio.

—Está bien, inspector, quiero que visiten los obradores de la lista e interroguen a los propietarios sobre los empleados actuales o que ya no trabajen allí que sepan elaborar *txantxigorris*. Da igual que se remonte a varios años atrás, iremos a ver a esas personas una por una. En algún sitio tuvo que aprender a hacerlos a ese nivel. Quiero que vuelvan a hablar con las amigas de las chicas, comprueben de nuevo si alguna ha recordado algo, como alguien que las mirase demasiado, alguien que se ofreciese a llevarlas, alguien amable que se acercase a ellas con cualquier pretexto. Quiero también que vuelvan a hablar con sus compañeros de clase en el instituto y también con los profesores, quiero saber si alguno se muestra más amable de lo normal con las niñas. He visto que al menos dos profesores les dieron clase a las tres en distintos años. He subrayado sus nombres. Zabalza, investíguelos, antecedentes, pero también rumores, muchas veces un pequeño escándalo se silencia por razones corporativistas.

Miró a los hombres que tenía delante, sus rostros atentos a sus indicaciones, los rictus de preocupación, las miradas expectantes.

—Señores, formamos parte del equipo que debe dar

caza, quizás, al asesino más complicado del que se ha tenido noticia en los últimos años; sé que está suponiendo un gran esfuerzo para todos, pero es ahora cuando debemos hacerlo. Tiene que haber algo que se nos ha escapado, un detalle, una pequeña pista. En este tipo de crímenes en los que el asesino llega a tener una relación tan íntima con la víctima, y no me refiero a sexo sino a toda la parafernalia que rodea la puesta en escena antes, durante y después de la muerte, es prácticamente imposible que no se haya dejado nada. Las mata, carga con los cuerpos hasta la margen del río, en ocasiones por lugares de dificilísimo acceso, y después las prepara, las coloca, como actrices de su obra. Demasiado trabajo, demasiado esfuerzo, una relación demasiado cercana con los cuerpos. Ya sabemos cómo es este trabajo, pero si no obtenemos nada en los próximos días el caso puede estancarse. Entre el miedo de la población y las patrullas que se han intensificado en todo el valle, es poco probable que vuelva a intentarlo hasta que las cosas se tranquilicen. Es cierto que el ritmo parece haberse acelerado, la diferencia de tiempo transcurrido entre los crímenes se ha ido acortando, sin embargo presiento que no nos encontramos ante un demente que ha entrado en barrena, creo que simplemente tuvo una oportunidad y actuó. No es tonto; si cree que corre riesgo se detendrá y volverá a su vida nada sospechosa. Así que nuestra única oportunidad reside en llevar una investigación impecable y en no dejarnos un solo detalle en el tintero.

Todos asintieron.

—Le cogeremos —dijo Zabalza.

—Le cogeremos —repitieron los demás.

Animar a los policías que formaban parte de la investigación era uno de los pasos que le habían enseñado en Quantico. Exigencia mezclada con aliento eran fundamentales cuando la investigación se prolongaba sin dar resultados positivos y los ánimos comenzaban a flaquear.

Miró su reflejo, desdibujado como un fantasma en el ventanal de la sala de reuniones, ahora vacía, y se preguntó quién de todo el equipo estaba más desmoralizado. ¿A quién había dirigido realmente aquellas palabras, a sus hombres o a ella misma? Se dirigió a la puerta y cerró con pestillo; cogió su móvil justo en el instante en que empezaba a sonar.

James la mantuvo al teléfono durante cinco minutos en los que la interrogó sobre si había dormido, si había desayunado y si se encontraba bien. Mintió, le dijo que como había conducido Jonan había dormido todo el trayecto. La impaciencia por colgar debió de ser evidente para James, que le arrancó la promesa de estar en casa para la cena y, más preocupado que antes, al fin colgó, dejándole el peso en la conciencia de no haber tratado bien a la persona que más la amaba.

Buscó en la agenda. Aloisius Dupree. Consultó su reloj para calcular la hora que sería en el estado de Luisiana. En Elizondo eran las nueve y media, las dos y media en Nueva Orleans. Con un poco de suerte, y si el agente especial Dupree conservaba sus costumbres, aún no se habría acostado. Apretó la tecla de llamada y esperó. Antes de que sonara la segunda señal, la voz ronca del agente Dupree viajó hasta ella, trayendo todo el encanto sureño del que presumían en Luisiana.

—*Mon Dieu!*, ¿a qué debo este inesperado placer, inspectora Salazar?

—Hola, Aloisius —respondió ella, sonriendo sorprendida de que le alegrase tanto oír su voz.

—Hola, Amaia, ¿va todo bien?

—Pues no, *mon ami*, no va nada bien.

—Te escucho.

Habló incesantemente durante más de media hora tratando de resumir sin olvidar nada, exponiendo y descartando teorías en su relato. Cuando concluyó, el silencio en la línea le pareció tan absoluto que por un instante temió que la comunicación se hubiese cortado. Entonces oyó suspirar a Aloisius.

—Inspectora Salazar, seguramente eres la mejor investigadora que he conocido en mi vida, y conozco a muchos, y lo que te hace tan buena no es la exquisita aplicación de las técnicas policiales, lo hablamos muchas veces cuando estabas aquí, ¿recuerdas? Lo que te hace una investigadora excepcional, la razón por la que tu jefe te ha puesto al frente de esa investigación, es que posees el puro instinto de un rastreador, y eso, *mon amie*, es lo que distingue a los policías normales de los detectives excepcionales. Me has dado un montón de datos, has realizado un perfil del sujeto como lo haría cualquier investigador del FBI y has avanzado en la investigación paso a paso... Pero no te he oído decirme qué sientes en las tripas, inspectora, qué te dice el instinto, ¿cómo lo percibes? ¿Está cerca? ¿Está enfermo? ¿Tiene miedo? ¿Dónde vive? ¿Cómo se viste? ¿Qué come? ¿Cree en Dios? ¿Le funciona bien el intestino? ¿Tiene relaciones sexuales habituales? Y lo que es más importante, ¿cómo empezó todo esto? Si te parases a pensarlo podrías contestar a todas estas preguntas y a muchas más, pero primero debes dar respuesta a la más importante: ¿qué cojones está obstruyendo el canal de la investigación? Y no me digas que es ese policía celoso, porque tú estás por encima de todo eso, inspectora Salazar.

—Lo sé —dijo ella muy bajo.

—Recuerda lo que aprendiste en Quantico: si estás bloqueada, resetea, reinicia. A veces es la única manera de desbloquear un cerebro, da igual que sea humano o cibernético. Resetea, inspectora. Apaga y vuelve a encender, y comienza por el principio.

Cuando salió al pasillo alcanzó a ver la chaqueta de piel del inspector Montes, que se dirigía al ascensor. Se demoró unos instantes y cuando oyó las puertas del elevador cerrarse con su inconfundible siseo, entró en el despacho en el que trabajaba el subinspector Zabalza.

—¿Ha estado el inspector Montes aquí?

—Sí, acaba de irse, ¿quiere que intente alcanzarle? —dijo incorporándose.

—No, no es necesario. ¿Puede decirme de qué han hablado?

Zabalza se encogió de hombros.

—De nada en especial: del caso, las novedades, le he puesto al día de la reunión y poco más... Bueno, hemos comentado algo sobre el partido de ayer del Barcelona y el Real Madrid...

Ella le miraba fijamente y notó su inseguridad.

—¿He hecho mal? Montes forma parte del equipo, ¿verdad?

Amaia le miró en silencio. En su cabeza seguía resonando la voz del agente especial Aloisius Dupree.

—No, no se preocupe, todo está bien...

Mientras bajaba en el ascensor, donde aún flotaban las notas más sugerentes del perfume de Montes, pensó hasta qué punto su afirmación era mentira: sí que había que preocuparse, porque nada estaba bien.

36

La fina lluvia caída durante horas había empapado el valle de un modo tal que parecía imposible que alguna vez se secase. Todas las superficies aparecían mojadas y brillantes, a la vez que un sol incierto se filtraba a través de las nubes arrancando jirones vaporosos de las copas de los árboles desnudos. En su cabeza aún perduraba la pregunta del agente Dupree: ¿qué está obstruyendo el canal de la investigación? Como siempre, la brillantez de aquella mente prodigiosa le abrumó; no en vano, y a pesar de sus extravagantes métodos, era uno de los mejores analistas del FBI. En apenas treinta minutos de conversación telefónica, Aloisius Dupree había diseccionado el caso, y a ella, y con la pericia de un cirujano había señalado el problema con la misma seguridad con la que se clava una chincheta sobre un mapa. Aquí. Y lo cierto es que ella lo sabía también, lo sabía antes de marcar el número de Dupree, lo sabía antes de que él contestase desde las orillas del Misisipi. Sí, agente especial Dupree, había algo que obstruía el canal de la investigación, pero no estaba segura de querer mirar al punto que señalaba la chincheta.

Entró en su coche, cerró la puerta, pero no arrancó el motor. El interior estaba frío y los cristales, perlados de microscópicas gotas de lluvia que contribuían a crear un ambiente húmedo y melancólico.

—Lo que obstruye el canal —susurró para sí Amaia.

Una inmensa furia creció en su interior subiendo por su estómago como la bocanada ardiente de un incendio, y acompañándola un temor más allá de toda lógica la impulsó de pronto a huir, a escapar de todo aquello, de ir hacia alguna parte, a un lugar donde pudiera sentirse a salvo, donde el peligro no la atenazase como ahora. El mal ya no la acechaba, el mal la acosaba con su presencia hostil, envolviendo su cuerpo como niebla, respirando en su nuca y burlándose del terror que le provocaba. Percibía su presencia vigilante, silenciosa e inevitable, como se perciben la enfermedad y la muerte. Las alarmas atronaban en su interior pidiéndole que huyera, que se pusiera a salvo, y ella quería hacerlo, pero no sabía adónde ir. Apoyó la cabeza en el volante y permaneció así unos minutos, sintiendo el temor y la ira apoderarse de su ser. Unos golpes en el cristal la sobresaltaron. Fue a bajar la ventanilla pero se dio cuenta de que aún no había arrancado el motor. Abrió la puerta y una joven policía uniformada se inclinó para hablarle.

—¿Se encuentra bien, inspectora?

—Sí, perfectamente, es solo cansancio. Ya sabe.

Ella asintió como si supiera de qué hablaba y añadió:

—Si está muy cansada quizá no debería conducir. ¿Quiere que busque a alguien que la lleve a casa?

—No será necesario —dijo intentando parecer más espabilada—. Gracias.

Arrancó el motor y salió del aparcamiento bajo la mirada vigilante de la policía. Condujo un buen rato por Elizondo. Calle Santiago, Francisco Joaquín Iriarte hasta el mercado, Giltxaurdi hacia Menditurri, vuelta a Santiago, Alduides hasta el cementerio. Detuvo el coche en la entrada y desde el interior observó a una pareja de caballos del caserío adyacente que habían venido hasta el extremo del campo y asomaban sus imponentes cabezas sobre la carretera.

La puerta de hierro encuadrada en su marco de piedra aparecía cerrada, como siempre, aunque mientras estaba allí un hombre salió del camposanto llevando en una mano un paraguas abierto, a pesar de que ahora no llovía, y en la otra un paquete firmemente envuelto. Pensó en esa costumbre propia de los hombres del campo y los del mar de no llevar jamás bolsas, de hacer firmes atados con lo que sea que han de llevar, ropa, herramientas, el almuerzo. Lo envolvían apretándolo en un hatillo firme y compacto que envolvían con un trapo, o con su propia ropa de trabajo, y después lo ataban con cordel haciendo imposible identificar lo que portaban en su interior. El hombre echó a andar por la carretera hacia Elizondo y ella miró nuevamente la puerta del cementerio, que no había quedado encajada del todo. Bajó del coche, se acercó hasta la verja y la aseguró mientras dedicaba una breve mirada al interior del pueblo de los muertos. Subió a su coche y arrancó.

No estaba allí lo que buscaba.

Una mezcla de enfado, tristeza e ira se agolpaban en su interior, haciendo latir tan fuerte su corazón que el aire del interior del vehículo se le antojó de pronto escaso para alimentar la necesidad de su pecho. Bajó las ventanillas y condujo así, suspirando confusa y salpicando el interior del coche con las gotas que llevaba adheridas por fuera. El sonido del teléfono, que reposaba en el asiento del copiloto, interrumpió un hilo de pensamientos oscuros. Lo miró molesta y redujo un poco la velocidad antes de cogerlo. Era James. «Joder, ¿es que no vais a dejarme un minuto de paz?», dijo sin descolgar. Silenció la llamada, furiosa ahora con él, y lanzó el aparato al asiento trasero. Se sintió tan enfadada con James que lo habría abofeteado. ¿Por qué todo el mundo se creía tan listo? ¿Por qué todos creían saber lo que ella necesitaba? La tía, Ros, James, Dupree y aquella poli de la puerta.

—Idos a tomar por culo —susurró—. Idos todos a la mierda y dejadme en paz.

Condujo hacia el monte. La sinuosa carretera le hizo prestar atención a la conducción, contribuyendo poco a poco a que sus nervios se relajaran. Recordaba que años atrás, cuando estaba estudiando y la presión de las pruebas y exámenes conseguía alterarla hasta el punto de que era incapaz de recordar ni una palabra, tomó la costumbre de salir a conducir a las afueras de Pamplona. A veces iba hasta Javier, o hasta Eunate, y cuando regresaba los nervios se habían esfumado y podía ponerse a estudiar de nuevo.

Reconoció la zona en la que se había entrevistado con los guardabosques, penetró en la pista forestal, condujo un par de kilómetros más, sorteando los charcos que se habían formado con la lluvia de los últimos días y que se mantenían como pequeñas lagunas en aquel terreno arcilloso. Detuvo el coche en una zona libre de barro, bajó y cerró de un portazo al oír sonar de nuevo el móvil.

Caminó unos metros por la pista, pero la suela plana de sus zapatos se pegaba a la fina capa de barro dificultando sus pasos. Frotó las suelas contra la hierba y, sintiéndose cada vez peor, penetró en el bosque como atraída por una llamada mística. La lluvia de las primeras horas del día no había penetrado en la densa arboleda, y bajo las copas de los árboles el suelo se veía seco y limpio, como si estuviese recién barrido por las lamias del monte, aquellas hadas del bosque y del río que cuidaban de sus cabellos con peines de oro y plata, que dormían durante el día enterradas bajo tierra y solo salían al atardecer, para intentar seducir a los viajeros. Premiaban a los hombres que yacían con ellas o castigaban a los que intentaban robar sus peines provocándoles horribles deformaciones.

Al penetrar en la bóveda formada por las copas de los árboles tuvo la misma sensación que al entrar en una catedral, el mismo recogimiento, y sintió la presencia de Dios. Elevó los ojos aturdida mientras sentía la ira abandonar su cuerpo como una hemorragia feroz que a la vez la dejaba sin mal y sin fuerza. Rompió a llorar. Las primeras lágrimas brotaron arrasando su rostro, fieros sollozos que desde lo más profundo de su alma debilitaban su cuerpo haciéndole perder el equilibrio. Se abrazó a un árbol como un druida enloquecido, como quizá lo hicieron sus antepasados, y lloró contra la corteza mojando con sus lágrimas al árbol. Vencida, se escurrió hasta quedar sentada en el suelo sin soltarse de su abrazo. El llanto fue cediendo y se quedó así, desolada, sintiendo que su alma era una casa en el acantilado, en la que unos dueños despreocupados habían dejado puertas y ventanas abiertas a la tormenta, y ahora una furia impía estaba barriendo su interior, arrasándolo por completo, haciendo desaparecer cualquier vestigio del orden con que ella había pertrechado su interior. La ira era lo único, crecía en los rincones oscuros de su alma ocupando los espacios que la desolación había dejado vacíos. La ira no tenía objeto, no tenía nombre, era ciega y sorda, y la sintió crecer por dentro tomando posesión como un incendio avivado por el viento.

El silbido sonó tan fuerte que en un instante lo llenó todo. Se volvió bruscamente buscando el origen de la señal, mientras llevaba su mano a la pistola. Había sonado contundente, como el silbato de un factor de estación. Escuchó con atención. Nada. El silbido volvió a oírse con toda claridad, esta vez a su espalda. Un pitido largo seguido de otro más corto. Se puso en pie y escrutó entre los árboles, segura de hallar una presencia. No vio a nadie.

De nuevo un silbido corto, como una llamada de atención, sonó a su espalda; se volvió sorprendida y tuvo tiempo de ver entre los árboles una silueta alta y parda que se escondía tras un gran roble. Fue a sacar su pistola, pero lo pensó mejor porque en el fondo sentía que no había amenaza. Se quedó quieta mirando el lugar donde lo había perdido de vista y que distaba apenas cien metros de donde ella estaba. Unos tres metros a la derecha del gran roble vio agitarse una ramas bajas y de detrás surgió aquella figura erguida de larga melena marrón y gris que se movía despacio, como ejecutando una antigua danza entre los árboles, evitando mirar en su dirección pero dejándose ver lo suficiente como para no dejar lugar a dudas. Después se metió tras el roble y desapareció. Permaneció un rato tan quieta que apenas sentía su propia respiración. La partida del visitante le dejó una paz que no creía posible, una quietud uterina y la sensación de haber contemplado un prodigio que se dibujó en su rostro como una sonrisa que aún brillaba en su cara cuando se vio, desconocida, en el espejo retrovisor de su coche. Abrochó el corchete de su pistolera, que había abierto por instinto pero de la que no había llegado a sacar la Glock. Pensó en la estremecedora sensación que la había envuelto al contemplarlo y en cómo el temor inicial se había tornado de inmediato en un profundo sosiego, una alegría infantil y desmedida que le había sacudido el pecho como una mañana de Navidad.

Amaia se sentó en el coche y comprobó el teléfono. Seis llamadas perdidas, todas de James. Buscó en la agenda el número de la doctora Takchenko y marcó. El teléfono comenzó a emitir la señal de llamada, que inmediatamente se cortó. Arrancó el motor y condujo con cuidado hasta salir de la pista, buscó un lugar seguro, detuvo el coche en una curva despejada y volvió a marcar. El fuerte acento de la doctora Takchenko la saludó al otro lado de la línea.

—Inspectora, ¿dónde se ha metido? La oigo muy mal.

—Doctora, me dijeron que habían dejado algunas cámaras colocadas estratégicamente en el bosque, ¿verdad?

—Así es.

—Acabo de estar en un lugar cercano de donde nos entrevistamos por primera vez, ¿lo recuerda?

—Sí, allí tenemos una de las cámaras...

—Doctora... Creo que he visto... un oso.

—¿Lo cree?

—... Creo que sí.

—Inspectora, no es que dude de usted, pero si hubiera visto un oso estaría segura, créame, no hay lugar a dudas.

Amaia permaneció en silencio.

—O sea, que no sabe lo que ha visto.

—Sí lo sé —susurró Amaia.

—... De acuerdo, inspectora —sonó como *inspectorra*—. Revisaré las imágenes y la llamaré si veo su oso.

—Gracias.

—No hay de qué.

Colgó y marcó el número de James. Cuando él contestó solo dijo:

—Vuelvo a casa, amor.

37

El sempiterno televisor encendido y el aroma a sopa de pescado y pan caliente inundaban la casa, pero la normalidad terminaba ahí. Como investigadora no se le escapaban los detalles que evidenciaban que las cosas habían cambiado a su alrededor. Casi podía percibir, como una nube de carga negativa, las conversaciones que sobre ella se habían producido en la casa y que habían quedado en suspenso como nubes de tormenta cuando entró. Se sentó frente a la chimenea y aceptó la infusión que James le ofreció mientras esperaban la cena. Tomó un sorbo, consciente de que al hacerlo facilitaba la intensa observación a la que era sometida por su familia desde que había entrado en la casa. Era innegable que habían estado hablando de ella, era indudable que estaban preocupados, y sin embargo no podía evitar sentirse expoliada en su intimidad, ni dejar de oír la voz de su interior, que clamaba: «¿Por qué no me dejáis en paz?». La furia ciega que la había dominado en el bosque resurgía con suma facilidad, aventada por las miradas torvas, las palabras conciliadoras y los gestos contenidos y estudiados de su familia. ¿No se daban cuenta de que solo conseguían irritarla? ¿Por qué no se comportaban con normalidad y la dejaban en paz? Una paz como la que había hallado en el bosque. Aquel silbido rotundo que resonaba aún en su interior y el recuerdo de la visión lograron serenarla de nuevo. Rememoró el instante en que lo vio surgir entre las ramas bajas del árbol. El modo plácido en que se volvió sin mirarla, dejándose ver. Le vinieron a la mente aquellas historias que su catequista le había contado sobre las apariciones marianas a Bernadette o los pastores de Fátima. Siempre se había preguntado cómo era posible que los niños no huyeran despavoridos ante la aparición. ¿Cómo estaban seguros de que era la Virgen? ¿Por qué no tenían miedo? Pensó en su propia mano yendo en busca del arma y en que de pronto le había parecido innecesaria. En la sensación de profunda paz, de inmensa alegría que había inundado su pecho dispersando cualquier sombra de duda, cualquier rastro de ansiedad, cualquier dolor.

No podía, ni en un secreto pensamiento, osar ponerle nombre. La parte de policía, de mujer del siglo XXI, de urbanita, se negaba siquiera a planteárselo, porque sin duda era un oso, tenía que ser un oso. Y sin embargo...

—¿De qué te ríes? —preguntó James mirándola.

—¿Qué? —dijo, sorprendida.

—Te estabas riendo... —apuntó él visiblemente satisfecho.

—Oh... Bueno, es una de esas cosas de las que no puedo hablar —se disculpó asombrada del efecto que su solo recuerdo tenía en ella.

—Bueno —dijo él sonriendo—, de cualquier manera me alegro, hacía días que no te veía tan contenta.

La cena transcurrió tranquila. La tía contó algo sobre una amiga suya que iba a viajar a Egipto y James le detalló cómo habían pasado el día visitando el mercado de invierno de una localidad cercana que por lo visto tenía la mejor verdura del valle. Ros apenas dijo nada, tan solo le dedicó unas largas y preocupadas miradas que consiguieron ponerla de nuevo de mal humor. En cuanto terminaron de cenar, Amaia se disculpó por su cansancio y se dirigió escaleras arriba.

—Amaia. —La detuvo su tía—. Sé que necesitas dormir, pero creo que antes deberíamos tener una conversación sobre lo que te está pasando.

Ella se detuvo en mitad de la escalera y se volvió lentamente, armándose de paciencia pero sin evitar el gesto de hastío.

—Gracias por preocuparte, tía, pero no me pasa nada —dijo dirigiéndose también a su hermana y a James, que se habían congregado tras Engrasi como un coro griego al pie de la escalera—. Llevo dos noches sin dormir y estoy sometida a mucha presión...

—Ya lo sé, Amaia, lo sé de sobra, pero el descanso no siempre se obtiene durmiendo.

—Tía...

—¿Recuerdas lo que me pediste ayer cuando tu hermana te echó las cartas? Pues bien, ahora es el momento, te echaré las cartas y hablaremos del mal que te atormenta.

—Tía, por favor —dijo dirigiendo una mirada de soslayo a James.

—Por eso mismo, Amaia, ¿no crees que ya va siendo hora de que tu marido lo sepa?

—¿Que sepa qué? —intervino James—. ¿Qué es lo que tendría que saber?

Engrasi miró a Amaia como pidiéndole autorización.

—Por el amor de Dios —exclamó dejándose caer hasta quedar sentada en la escalera—, tened piedad, estoy agotada, os juro que hoy ya no puedo más. Esperemos a mañana. Mañana, os doy mi palabra, me he tomado el día libre, mañana hablaremos, pero hoy ya no puedo ni pensar con claridad.

James pareció satisfecho ante la perspectiva de pasar un día con ella y, aunque era evidente que estaba intrigado, al fin cedió en su favor.

—Perfecto, mañana es domingo, habíamos pensado

salir al monte por la mañana y después la tía nos hará un cordero asado y tu hermana Flora vendrá a comer.

La perspectiva de compartir mesa con su hermana mayor no le resultaba atractiva en absoluto, pero entre comer con su hermana o continuar la conversación, claudicó.

—Me parece bien —dijo poniéndose en pie y subiendo rápidamente las escaleras sin darles tiempo a más réplicas.

El agente especial Aloisius Dupree tomó la bolsa que Antoine le tendía y que había sacado desde la trastienda de su abarrotado almacén. Los turistas venidos al carnaval adoraban los lugares como aquel, atestados de chucherías relacionadas con la antigua religión y el vudú descafeinado para visitantes de Nueva Orleans que querían llevarse amuletos y collares para enseñar a sus amigos. Él se había dirigido directamente a Antoine Meire y le había deslizado en la mano la lista de ingredientes que necesitaba y dos billetes de quinientos dólares. Era caro, pero sabía que Nana no aceptaría los mediocres productos de ningún otro. Se detuvo bajo las balconadas de una de las viejas posadas de la calle Saint Charles mientras veía pasar uno de los numerosos desfiles del Mardi Gras, el carnaval popular en Nueva Orleans, que recorría las avenidas del barrio francés arrastrando a su paso oleadas de ruidosos y sudorosos vecinos. Los treinta grados de temperatura, un poco alta para febrero, y la humedad que llegaba desde el Misisipi envolviendo a los parroquianos e hinchando los vanos de las puertas, contribuía a hacer el aire denso y pesado, animando al consumo de cerveza a aquellos devotos del carnaval que no necesitaban muchos ánimos. Esperó hasta que el grueso de la comparsa hubo pasado, cruzó la avenida y penetró en uno de los pasadizos entre casas donde la madera crujía por efecto del calor y no había llegado la pintura proporcionada por el ayuntamiento para blanquear las fachadas. Aún eran perceptibles las marcas del lugar al que había llegado el agua cuando les visitó la nefasta maldición del Katrina. Subió por una escalera voladiza que crujió como los viejos huesos de un anciano y se adentró en un oscuro pasillo en el que la escasa luz provenía de una antigua lámpara Tiffany, que le pareció auténtica, y probablemente lo era, que descansaba sobre el quicio de una pequeña ventana al final del corredor. Se dirigió directamente a la última puerta mientras aspiraba el aroma de eucalipto y sudor que reinaba en el pasillo. Llamó con los nudillos. Un susurro interrogó desde el interior.

—*Je suis Aloisius.*

Una anciana que apenas le llegaba al pecho abrió la puerta echándose a sus brazos.

—*Mon cher et petit Aloisius.* ¿Qué te trae a visitar a tu anciana Nana?

—Oh, Nana, nunca se te escapa nada, ¿cómo eres tan lista? —dijo riendo.

—*Parce que je suis très vieille.* Es lo que tiene la vida, *mon cher*, cuando por fin soy sabia, soy demasiado vieja para salir al Mardi Gras —se quejó ella mientras sonreía—. ¿Qué me traes? —preguntó mirando la bolsa marrón sin membretes que él traía en la mano—. ¿No será un regalo?

—De algún modo lo es, Nana, pero no para ti —dijo tendiéndole la bolsa.

—Créeme, *mon cher enfant*, espero no necesitar nunca que me hagas uno de estos regalos.

La mujer inspeccionó el interior de la bolsa.

—Veo que has ido a la tienda de Antoine Meire.

—*Oui.*

—*Il est le meilleur* —dijo con aprobación mientras olisqueaba unas raíces secas y blanquecinas que a la escasa luz del apartamento parecían los huesos de una mano humana.

—*J'aide une amie, une femme qui est perdue et doit trouver sa voie.*

—¿Una mujer perdida? *Comment perdue?*

—Perdida en su propio abismo —contestó él.

Nana dispuso los más de treinta ingredientes cuidadosamente envueltos en sobrecitos de papel manila, pequeñas cajitas como las que contienen minerales y diminutas botellitas llenas de sustancias oleosas y prohibidas en cincuenta estados, sobre la mesa de roble que casi ocupaba toda la estancia.

—*C'est bien* —dijo—, pero me tendrás que ayudar a mover los muebles para dejar espacio suficiente y te tocará trazar los pentagramas en el suelo. Tu pobre Nana es muy lista, pero eso no la libra de la artritis.

38

La lámpara de la mesilla arrojaba una luz blanca y excesiva. Durante más de veinte minutos, Amaia se dedicó a recorrer la casa buscando en cada lámpara una bombilla de menos vatios. Descubrió dos cosas: que Engrasi había sustituido todas las bombillas por aquellas horribles lámparas de ahorro con su luz fluorescente, y que las de su dormitorio eran las únicas de rosca estrecha de toda la casa. James la observaba desde la cama sin decir nada, conocía perfectamente el ritual y sabía que su mujer no se conformaría hasta que encontrase un modo de sentirse a gusto. Visiblemente fastidiada, se sentó en la cama y observó la lámpara como si mirase a un insecto repulsivo. Tomó de la silla una *pashmina* morada, cubrió parcialmente la tulipa y miró a James.

—Demasiada luz —se quejó él.

—Tienes razón —admitió.

Cogió la lámpara por su base y la puso en el suelo, entre la pared y la mesilla, abrió una de las carpetas de cartón que tenía sobre el tocador y la colocó abierta a modo de biombo a unos centímetros de la luz, dejando la lámpara casi encerrada en el rincón. Se volvió hacia James, comprobando que el nivel de luz había descendido notablemente. Suspiró y se tendió junto a él, que se incorporó de lado y comenzó a acariciarle la frente y el pelo.

—Cuéntame qué has hecho en Huesca.

—Perder el tiempo. Estaba casi segura de que habría alguna coincidencia con unos objetos que aparecieron en los crímenes, estos doctores se prestaron a hacernos unas analíticas que aún tardarán en nuestro laboratorio; de haber obtenido los resultados que esperaba, nos habría dado una parcela más concreta en la que centrarnos. Podríamos haber interrogado a los vendedores, son pequeñas poblaciones y seguramente los dependientes recordarían quién había comprado, bueno, esas cosas de las que necesitamos pistas. Pero no hemos obtenido nada, y eso abre un sinfín de posibilidades: que los trajeran de otra zona, de otra provincia o, la más probable, que los haya fabricado él mismo o quizá un miembro de su familia, tiene que ser alguien cercano, alguien a quien pueda pedirle que se los haga.

—No sé, no encaja mucho un asesino en serie elaborando algo de modo artesanal...

—Con este sí, creemos que realmente está buscando una vuelta a lo tradicional, y tradicional no se puede negar que es. De todas formas, otros asesinos han mostrado predilección por elaborar bombas, armas artesanales, venenos... Les hace pensar que lo que hacen tiene sentido.

—¿Y ahora?

—No lo sé, James. Freddy está descartado, el novio de Carla está descartado, el padre de Johana no ha tenido nada que ver en los otros crímenes, no es más que un advenedizo; no encontramos nada con los familiares cercanos, ni con los amigos, no hay pederastas fichados en la zona y los delincuentes sexuales fichados tienen coartada, o están en prisión. Lo único que podemos hacer es lo que ningún investigador de crímenes quiere.

—Esperar —dijo él.

—Esperar a que ese cabrón actúe de nuevo, esperar que cometa un error, que se ponga nervioso o que en su engreimiento nos dé algo más, algo que nos lleve directamente hasta él.

James se inclinó sobre ella y la besó, retrocedió para mirarla a los ojos y volvió a besarla. Amaia sintió el impulso de rechazarle, pero con el segundo beso sintió cómo la tensión escapaba hacia un lugar lejano. Alzó su mano hasta la nuca de James y se deslizó bajo su cuerpo, anhelante de sentir su peso. Buscó los bordes de su camiseta y tiró de ella hacia arriba, descubriendo el pecho de su amante mientras se despojaba de la suya. Adoraba el modo en que él se tensaba sobre ella. Como un atleta griego, mostraba una desnudez perfecta y una calidez que la enloquecía. Recorrió con manos ansiosas su espalda hasta llegar al culo, se deleitó en sus nalgas prietas y deslizó una mano hasta sus muslos para sentir toda su fuerza mientras él se recreaba besándole el cuello y los pechos. El sexo le gustaba lento y suave, seguro, confiado y elegante, y sin embargo había veces que el deseo la asaltaba de pronto, impetuoso y fiero, y ella misma se sorprendía del grado de ansiedad y desespero que alcanzaba en pocos segundos, nublando su razón y haciéndola sentir un animal capaz de cualquier cosa. Mientras hacían el amor se sentía impelida a hablar, a decirle cuánto lo deseaba, cuánto lo amaba y lo feliz que la hacía el sexo con él. Se sentía presa de un apasionamiento tal que creía que nunca sería capaz de expresarlo. Sabía lo que tenía que decir, intuía lo que debía callar, porque mientras se amaban de esta manera caliente y líquida en que las bocas no daban abasto, en que las manos no llegaban, en que las palabras salían roncas y entrecortadas, una vorágine de sentimientos, pasiones e instintos se desataban en su interior, arrastrando como un maremoto la cordura y la razón hasta límites que la asustaban y la atraían a la vez como un abismo que escondía todo lo que no debe ser dicho, los deseos más tortuosos, los celos apasionados, los instintos salvajes, la desesperación y ese dolor inhumano que percibía fugazmente antes de alcanzar el placer, y que era el corazón de Dios, o la puerta del infierno. Un camino hacia la eternidad del ser, o hacia el cruel descubrimiento de que no había nada después, que su mente borraba piadosamente apenas un instante después del orgasmo, mientras el sopor la atrapaba en una tela de araña cálida y la sumía en un sueño profundo en el que la voz de Dupree susurraba.

Abrió los ojos y se tranquilizó enseguida al reconocer los parámetros familiares del dormitorio, bañados por la luz lechosa que derramaba la lámpara medio oculta en el rincón. Cien tonos de gris para dibujar el mundo nocturno al que regresaba durante su sueño. Cambió de postura y cerró los ojos de nuevo decidida a dormir. La modorra la atrapó enseguida en una vigilia plácida en la que era a medias consciente de sí misma, de su dulce James respirando a su lado, del rico aroma que emanaba de su cuerpo, de la calidez de las sábanas de franela y la tibieza que la arrastraba hacia el sueño profundo.

Y la presencia. La sintió tan cercana y maléfica que el corazón saltó en su pecho en una convulsión casi sonora. Antes de abrir los ojos ya sabía que estaba allí, de pie junto a la cama. La había estado observando con su sonrisa torcida y sus ojos fríos, secretamente divertida ante la perspectiva de aterrorizarla, como solía hacer cuando Amaia era pequeña y como aún seguía haciendo, pues después de todo ella vivía en su miedo. Amaia lo sabía, pero no podía evitar el pánico que como una losa la aplastaba, inmovilizándola, transformándola en una niña temblorosa que pugnaba con ella misma por no abrir los ojos. No los abras. No los abras.

Pero los abrió, y antes de hacerlo ya sabía que ahora su rostro se había inclinado sobre ella, acercándose como un vampiro que se alimentase, no de sangre, sino de aliento. Si no abría los ojos se acercaría tanto que respiraría su aire, abriría su boca burlona y se la comería.

Abrió los ojos, la vio y gritó.

Sus gritos se fundieron con los de James, que la llamaba desde muy lejos, y con las carreras de pies descalzos por el pasillo.

Salió de la cama enloquecida de miedo y consciente en parte de que ella ya no estaba. Se puso a trompicones el pantalón y una sudadera, cogió su pistola y bajó las escaleras poseída por la necesidad urgente de acabar de una vez por todas con el miedo. No encendió la luz porque sabía perfectamente dónde buscar. La chimenea estaba apagada pero el mármol del estante superior aún conservaba la tibieza del hogar. A tientas buscó una caja de madera tallada que pertenecía a un juego de tres que reposaba desde siempre allí. Rebuscó con dedos hábiles entre mil chucherías que habían ido a parar allí. Sus yemas rozaron el cordón y de un tirón lo sacó de la caja volcando parte de su contenido, que cayó al suelo tintineando en la oscuridad.

—Amaia —gritó James. Se volvió hacia la escalera, donde la tía acababa de accionar la luz. La miraban aterrados. Las miradas confusas, los rostros interrogantes. No contestó. Pasó junto a ellos, se dirigió a la puerta y salió. Echó a correr mientras se llevaba a la cara el cordón y la llave apretados en su puño y comprobó que aún conservaba la suavidad del nailon con que su padre ató aquella llave para ella el día en que cumplió nueve años.

Apenas llegaba luz a la puerta del obrador. La farola antigua en la esquina de la calle derramaba una luz naranja casi navideña que apenas teñía la acera. Palpó la cerradura con el índice e introdujo la llave. El olor de la harina y la mantequilla la envolvieron, transportándola súbitamente a una noche de su infancia. Cerró la puerta y estiró el brazo sobre su cabeza buscando el interruptor. No estaba, ya no estaba.

Tardó unos segundos en darse cuenta de que ya no tenía que estirarse para alcanzarlo. Encendió la luz y en cuanto pudo ver comenzó a temblar. La saliva se hizo densa contra su paladar, como una bola de miga enorme, imposible de diluir, difícil de tragar. Caminó hacia los bidones que aún se agrupaban en la misma esquina. Los miró sobrecogida mientras su respiración se aceleraba por el miedo a lo que iba a pasar, a lo que venía ahora.

—¿Qué haces tú aquí?

La pregunta sonó en su cabeza con toda claridad.

Las lágrimas inundaron sus ojos cegándola un instante. Sus retinas ardían. Un intenso frío la atenazó haciéndola temblar aún más. Se volvió lentamente y dirigió sus pasos hacia la mesa de amasar. El terror la hacía tiritar, pero estiró sus dedos temblorosos hasta tocar la superficie pulida de la masa de acero mientras la voz de su madre volvía a atronar con fuerza en su cabeza. Un rodillo de acero reposaba en el fregadero y una gota colgaba eterna del grifo, salpicando el fondo del pilón con un golpeteo rítmico. El terror crecía anegándolo todo.

—Tú no me quieres —susurró.

Y supo que debía huir, porque era la noche de su muerte. Se dirigió hacia la puerta y lo intentó. Dio un paso, otro, otro y volvió a ocurrir, tal y como ella sabía que pasaría. De nada servía huir porque era inevitable que muriera aquella noche. Pero la niña se resistía, la niña no quería morir, y aunque cuando se volvió para verla alzó su mano en un vano intento de protegerse del golpe mortal, cayó al suelo fulminada, aterrorizada, sintiendo cómo el corazón casi explotaba de puro pánico solo un instante antes de detenerse. Quedó tendida y rota. Y aunque sintió el segundo golpe, ya no dolió. Después nada, el denso túnel de niebla que se había formado a su alrededor se disipó, aclarando su visión como si alguien le hubiese lavado los ojos.

Ella seguía allí, observándola apoyada contra la mesa. Oyó los jadeos cortos y rítmicos de su pecho mientras recuperaba el aliento. La oyó suspirar profundamente, casi aliviada. La oyó abrir el grifo, lavar el rodillo. La oyó acercarse, arrodillarse a su lado sin dejar de observarla.

La vio inclinándose sobre su rostro escrutando sus facciones. Sus ojos muertos, su boca detenida en un grito que habría sido un ruego. Vio sus ojos fríos, su boca contraída por un gesto de curiosidad que no logró escalar hasta sus ojos gélidos, que seguían inconmovibles. Se acercó hasta casi rozarla, como si arrepentida de su crimen fuera a besarla. Ese beso de una madre que nunca llegó. Abrió la boca y lamió la sangre que brotaba lenta de la herida y se escurría por su rostro. Sonreía cuando se incorporó, y no dejó de hacerlo mientras la tomaba en sus brazos y la enterraba en la artesa de la harina.

—Amaia —la voz la llamó a gritos.

Tía Engrasi, Ros y James la miraban desde la puerta del obrador. Él intentó avanzar hacia ella, pero la tía lo detuvo sujetándolo por la manga.

—Amaia —volvió a llamar a su sobrina dulce pero firmemente.

Amaia, de rodillas en el suelo, miraba hacia la antigua artesa con una expresión en el rostro cercana al puchero infantil.

—Amaia Salazar —dijo de nuevo.

Ella se sobresaltó, como si la llamada le hubiera llegado de pronto. Se llevó la mano a la cintura, sacó su arma y apuntó al vacío.

—Amaia, mírame —ordenó Engrasi.

Amaia continuó mirando a un lugar en el vacío y tragando densas bolas de miga mientras temblaba como si estuviera desnuda bajo la lluvia.

—Amaia.

—No —susurró primero—. No —gritó después.

—Amaia, mírame —ordenó su tía como si hablase con una niña pequeña. Ella la miró frunciendo el ceño—. ¿Qué ocurre, Amaia?

—Tía, no dejaré que esto ocurra. —Su voz había descendido una octava y sonó frágil e infantil.

—No está ocurriendo, Amaia.

—Sí.

—No, Amaia, esto ocurrió cuando eras una niña pequeña, pero ahora eres una mujer.

—No, no dejaré que me coma.

—Nadie puede hacerte daño, Amaia.

—No dejaré que esto ocurra.

—Mírame, Amaia, esto no ocurrirá nunca más. Eres una mujer, eres policía y tienes una pistola. Nadie te hará daño.

La mención del arma le hizo mirar sus manos y al ver la pistola pareció sorprendida de hallarla allí. Fue consciente de la presencia de James y Ros, que la miraban desde la entrada, pálidos y demudados. Muy despacio bajó el arma.

James no la soltó de la mano cuando volvían a casa, tampoco lo hizo cuando se sentó a su lado para contemplarla en silencio mientras la tía y Rosaura preparaban tila en la cocina.

Amaia permaneció silenciosa escuchando los cuchicheos lejanos de la tía y valorando el tenso gesto de su marido, que sonreía con ese mohín preocupado con que los padres miran a sus hijos heridos en el hospital. Pero daba igual, se sintió secretamente egoísta y satisfecha, porque unido al increíble cansancio que la asolaba sentía una renovación propia de un resucitado bíblico.

Ros dispuso las tazas sobre una mesa baja junto al sofá y se concentró en encender el fuego de la chimenea; la tía regresó al salón, se sentó frente a ellos y destapó las tazas, dejando que el olor nauseabundo de la tila se elevase en una nube vaporosa.

James miró a Engrasi fijamente. Asintió con la cabeza como sopesando la situación y suspiró.

—Bueno, creo que ahora sí que ha llegado el momento de que me contéis lo que debo saber.

—No sé por dónde empezar —dijo Engrasi envolviéndose en su bata.

—Empezad por explicarme qué es lo que ha pasado esta noche y qué es lo que he visto en el obrador.

—Lo que has visto esta noche en el obrador ha sido un terrorífico episodio de estrés postraumático.

—¿Estrés postraumático? Eso es la paranoia que sufren algunos soldados después de volver del frente, ¿no?

—Eso exactamente, pero no lo sufren únicamente los soldados. Puede verse afectado cualquiera que haya vivido un episodio puntual o continuado en el que experimentase la certera sensación de ir a morir de forma violenta.

—¿Y eso es lo que le ha ocurrido a Amaia?

—Eso es.

—Pero ¿por qué? ¿Por algo que pasó en su trabajo?

—No, afortunadamente nunca se ha sentido tan expuesta al peligro en su trabajo...

James miró a Amaia, que sonreía levemente escuchando la conversación con la mirada baja. Engrasi rememoró los conocimientos adquiridos en sus años de la Facultad de Psicología, que cientos de veces había repasado mentalmente esperando que este día no llegara jamás.

—El estrés postraumático es un asesino dormido. A veces permanece en estado latente durante meses, incluso años después de producirse la situación traumática que lo originó. Una situación real en la que se corrió peligro real. El estrés actúa como un sistema de defensa que identifica señales de peligro creando alertas con el fin de proteger al individuo y evitar que vuelva a ponerse en peligro. Por ejemplo, si a una mujer la violan en una carretera oscura en el interior de un coche, es lógico que en adelante situaciones similares, la noche, el campo abierto, el interior de un vehículo oscuro, le produzcan una sensación desagradable que identificará con una señal de peligro e intentará protegerse.

—Es lógico —apuntó Ros.

—Hasta un punto sí, pero el estrés postraumático es como una reacción alérgica, completamente desproporcionada a la amenaza. Es como si esa mujer sacase un espray antivioladores cuando percibe olor a cuero, ambientador de pino o un búho ululando en la noche.

—Un espray o una pistola —dijo James mirando a Amaia.

—El estrés —continuó la tía— produce en quien lo padece un extraordinario nivel de alerta, que se traduce en sueño ligero, pesadillas, irritabilidad y un terror irracional a ser atacado de nuevo que se muestra como una desbocada furia defensiva que les lleva a mostrarse violentos con el único fin de defenderse del ataque que creen estar sufriendo. Porque lo están reviviendo, no el ataque en sí, pero sí todo el dolor y el miedo del instante mismo en que se produjo, como los soldados que han estado en el frente.

—Cuando hemos entrado en el obrador, parecía como si representase una obra de teatro...

—Estaba reviviendo un momento de gran peligro. Y lo hacía con la misma intensidad que si estuviese ocurriendo en ese instante —dijo mirando a Amaia—. Mi pobre niña valiente. Sufriendo y sintiendo como aquella noche.

—Pero... —James miró de nuevo a Amaia, que sostenía con la otra mano una taza blanca y humeante que no había probado—. Quieres decir que lo que ha pasado esta noche en el obrador está causado por un episodio de estrés postraumático, que es una reacción de defensa ante unas señales que Amaia ha identificado como alarmas de peligro de muerte. O sea, que Amaia creía que la iban a matar...

Engrasi asintió llevándose las temblorosas manos a la boca.

—¿Y qué lo ha originado? Porque nunca antes le había pasado —dijo mirando con dulzura a su mujer.

—Puede ser cualquier cosa, el episodio puede dispararse por cualquier señal, pero supongo que habrá influido estar aquí, en Elizondo... El obrador, esos crímenes de las niñas... Y la verdad es que sí que le había pasado antes. Le pasó hace mucho tiempo, cuando tenía nueve años.

James miró a Amaia, que parecía a punto de desvanecerse.

—¿Tenías episodios de estrés postraumático con nueve años?

Su voz era un hilo.

—No los recuerdo —respondió ella—, de hecho no había recordado lo que pasó aquella noche en los últimos veinticinco años. Supongo que a fuerza de repetírmelo llegué a pensar que realmente no había sucedido.

James le quitó la taza intacta de la mano y la depositó en la mesa, tomó las manos de Amaia entre las suyas y la miró a los ojos.

Amaia sonrió, pero tuvo que bajar la mirada para poder decir:

—Cuando tenía nueve años, mi madre me siguió una noche al obrador y me golpeó con un rodillo de acero en la cabeza; cuando estaba en el suelo inconsciente me golpeó de nuevo, después me enterró en la artesa de la harina y vació dos sacos de cincuenta kilos sobre mi cuerpo. Avisó a mi padre solo porque creyó que ya estaba muerta. Por eso viví el resto de mi infancia con mi tía. —Su voz había brotado impersonal y carente de modulación alguna, como si se tratase de una psicofonía de otra dimensión.

Ros lloraba en silencio contemplando a su hermana.

—Por el amor de Dios, Amaia, ¿por qué no me lo habías contado? —se horrorizó James.

—No lo sé, te juro que casi no he pensado en esto en los últimos años. Lo tenía enterrado en algún lugar de mi subsconciente; además de la auténtica, siempre hubo una versión oficial para lo que había ocurrido, la repetí tantas veces que llegué a creérmela. Creía que lo había olvidado, Y además es tan... vergonzoso... Yo no soy así, no quería que pensases...

—No tienes nada de qué avergonzarte, eras una niña pequeña y quien debía cuidar de ti te dañó. Es la cosa más cruel que he oído en mi vida, y lo siento mucho, cariño, siento que te hicieran algo tan horrible, pero ya nadie puede hacerte daño.

Amaia le miró sonriendo.

—No podéis imaginar lo bien que me siento, tengo la sensación de haberme quitado un gran peso de encima. La obstrucción —dijo pensando de pronto en las palabras de Dupree—. Eso también puede haber sido un factor estresante. Al volver aquí, los recuerdos han vuelto también, y no poder decírtelo ha supuesto una carga extra para mí.

James se separó un poco de ella para poder mirarla.

—¿Y qué va a pasar ahora?

—¿Qué quieres que pase?

—Entiendo que ahora mismo te sientas bien, liberada y descargada, pero, Amaia, lo que ocurrió el otro día, cuando sacaste el arma, ayer con tu hermana y esta noche en el obrador, no es ninguna broma.

—Lo sé.

—Perdiste el control, Amaia.

—No pasó nada.

—Pero podía haber pasado. ¿Cómo podemos estar seguros de que un episodio así no volverá a producirse?

Amaia no contestó. Se soltó del abrazo de James y se puso en pie. James miró a Engrasi.

—Tú eres la experta, ¿qué hay que hacer?

—Lo que estamos haciendo, hablar de ello. Contarlo, que explique cómo se siente, compartirlo con los que la quieren. No hay otra terapia.

—¿Y por qué no la aplicasteis cuando tenía nueve años? —dijo él sin ocultar el reproche. Engrasi se puso en pie y caminó hasta la chimenea donde se apoyaba Amaia.

—Supongo que en el fondo siempre esperé que lo hubiera olvidado, la colmé de amor. Intenté que olvidara, que no pensara. Pero ¿cómo puede una chiquilla dejar de pensar en el daño que le ha querido hacer su propia madre? ¿Cómo dejar de extrañar los besos que nunca le dará, los cuentos que jamás le contará antes de irse a dormir? —Engrasi bajó la voz hasta convertirla en un susurro, como si las terribles y duras palabras que estaba pronunciando dolieran así menos—. Yo intenté hacer ese papel, la arropé cada noche, la cuidé y quise como a nada en el mundo. Sabe Dios que si hubiera tenido una hija propia no la habría amado más. Y recé pidiendo que lo olvidara, que no tuviera que arrastrar este horror toda su infancia. A veces lo hablábamos, siempre decíamos «Lo que pasó», luego ella dejó de mencionarlo y yo esperé con todas mis fuerzas que no volviese a recordarlo. —Dos gruesas lágrimas corrieron por su rostro—. Me equivoqué —dijo con la voz quebrada.

Amaia la abrazó contra su pecho y apoyó su cara contra el pelo gris de Engrasi, que como siempre olía a madreselvas.

—James, no volverá a pasar —afirmó.

—No puedes estar segura.

—Lo estoy.

—Pero yo no, y no voy a dejarte ir por ahí con un arma si puedes sufrir uno de esos episodios de pánico.

Amaia se soltó del abrazo de Engrasi y atravesó la sala a largos pasos.

—James, soy inspectora de policía, no puedo trabajar sin llevar mi arma.

—No trabajes —sentenció James.

—No puedo dejar el caso ahora, supondría un descalabro en mi carrera, nadie volvería a confiar en mí.

—Comparado con tu salud es secundario.

—No voy a dejarlo, James, no puedo, y aunque pudiera no lo haría. —El tono de sus palabras evidenciaba la decisión y la fuerza que solían ser habituales en ella. No era Amaia, era la inspectora Salazar. James se puso en pie situándose frente a ella.

—Está bien, pero sin arma.

James creyó que protestaría, pero lo miró fijamente y miró a su hermana, que seguía llorando.

—Vale —admitió—. Sin arma.

39

Víctor seguía afeitándose de manera tradicional, con jabón de barra de La Toja, brocha y cuchilla. Pensaba que lo perfecto habría sido usar una navaja barbera como lo hicieron su padre y su abuelo, pero la había probado en una ocasión y aquello no era para él. De todos modos, con la cuchilla obtenía un afeitado apurado y la crema le dejaba en la piel un aroma que a Flora le encantaba. Se miró en el espejo y sonrió ante el aspecto un poco ridículo que presentaba con la cara cubierta de espuma. Flora. Si a ella le gustaba así, así sería. Su vida había dado un vuelco en el momento en que fue capaz de admitir que no quería renunciar a ella, que Flora, con su fuerte carácter y ese deseo de controlarlo todo, era la mujer que tenía su medida exacta, y aquello que en un momento había llegado a odiar de ella, su exhaustivo control, su carácter autoritario y cómo gobernaba cada uno de sus actos, ahora sabía valorarlo.

Había perdido los mejores años de su vida aturdiéndose bajo la influencia, que ahora casi veía maléfica, del alcohol, siendo en aquel momento la única salida, una vía de escape hacia la que huir de los instintos que clamaban contra la tiranía perpetua de Flora. Había sido incapaz de darse cuenta de que Flora era la única mujer que podía amarlo, la única mujer que él podía amar, y a la única a la que quería satisfacer. Cuando lo razonaba, se daba cuenta de que había comenzado a beber de aquel modo para vengarse de ella, para escapar y a la vez complacer a Flora, porque el alcohol le permitía adaptarse a su férrea disciplina aturdiendo sus sentidos y convirtiéndole en el marido que ella esperaba.

Hasta que perdió el control de la medida, de la fórmula exacta en que la vida podía ser tolerable bajo el dominio de Flora. Qué ironía que lo mismo que contribuyó a que su matrimonio se prolongase en los años fuera la causa que Flora adujo para dejarle. Durante el primer año tras la separación se había debatido en una lucha feroz con la adicción que en los primeros meses le llevó a tocar fondo, un fondo del que apenas guardaba conciencia, pues sus recuerdos estaban borrosos y sesgados como una vieja película en blanco y negro abrasada por el nitrato de celulosa. Una madrugada, después de llevar varios días encerrado en casa, abandonado al vicio y la autoconmiseración, despertó tirado en el suelo, medio ahogado en sus propios vómitos, y sintió un vacío y un frío como nunca antes.

Solo entonces, tras darse cuenta de que iba a perder lo único importante que había en su vida, comenzó el cambio.

Flora no había querido divorciarse, aunque en todos los demás sentidos habían estado separados, distantes como desconocidos y ajenos el uno al otro, y no porque él lo hubiera querido. Flora tomó la decisión y aplicó las nuevas normas a su relación sin contar con su opinión, aunque para ser justos, reconocía que en aquel tiempo él era incapaz de tomar otra decisión que no fuera continuar bebiendo, pero nunca, ni en el peor día de sus muchos abismos etílicos, había querido separarse de ella.

Ahora las cosas parecían estar cambiando entre ellos, los esfuerzos, la suma de días sobrio, su aspecto aseado y los constantes detalles que tenía hacia ella parecían estar dando sus frutos al fin. Durante meses había visitado a Flora a diario en el obrador y cada día le había pedido una cita para comer, un paseo, ir juntos a misa, acompañarla en sus viajes de negocios. Y ella se había negado hasta esta misma semana, en la que, tras llevarle el ramo de rosas para conmemorar su aniversario, Flora había parecido ablandarse aceptando de nuevo su compañía.

Habría dado cualquier cosa, habría hecho cualquier cosa, se sentía capaz de cumplir cualquier condición con tal de volver a su lado. Dejar el alcohol había sido la decisión más importante de su vida; al principio pensó que cada día que pasara sin beber sería una tortura de horrible realidad cerniéndose sobre él, pero en los últimos meses había descubierto que en el mismo acto de decidir dejar de hacerlo se escondía una fuerza extraordinaria de la que ahora se alimentaba cada día, encontrando en el dominio que ejercía sobre sí mismo una libertad y una fuerza indómita que solo experimentó en su juventud, cuando aún era lo que quería ser. Fue hasta el armario y eligió la camisa que tanto le gustaba a ella, y después de inspeccionarla decidió que de estar colgada estaba un poco arrugada y necesitaba una plancha. Bajó silbando las escaleras.

El reloj de la iglesia de Santiago indicaba que eran casi las once, pero el nivel de luz era más propio de un atardecer que de una mañana. Uno de esos días en que el alba se quedaba detenida en las primeras luces de la madrugada sin llegar a amanecer del todo. Esas mañanas sombrías formaban parte de los recuerdos de su infancia, en los que recordaba muchos días en los que soñó con la presencia cálida y acariciante del sol. En una ocasión, una compañera de clase le había regalado el grueso catálogo a color de una agencia de viajes, y durante meses se dedicó a pasar las páginas deleitándose en las fotografías de costas soleadas y cielos de un azul imposible mientras la niebla procedente del río navegaba hecha jirones por las calles cercanas. Amaia maldecía aquel lugar en el que, a veces durante días, no llegaba a amanecer, como si un gran genio volador lo hubiera transportado durante la noche a una remota isla islandesa, con la desventaja de que ellos no disfrutaban como los pobladores de los polos de las noches en las que el sol no se ponía.

En el Baztán, la noche era oscura y siniestra. Las paredes del hogar seguían guardando como antaño los límites de la seguridad, y fuera de ellos todo era incertidumbre. No era extraño que hacía apenas cien años el 90 por ciento de la población del Baztán creyese en la existencia de brujas, en la presencia del mal acechando en la noche y en los ensalmos mágicos para mantenerlos a raya. La vida en el valle había sido dura para sus antepasados. Hombres y mujeres tan valientes como testarudos, empeñados contra toda lógica en establecerse en aquella tierra húmeda y verde que, sin embargo, les había mostrado su cara más hostil e inhóspita, abatiéndose sobre ellos, pudriendo sus cosechas, enfermando a sus hijos y diezmando a las pocas familias que seguían enclavadas allí.

Corrimientos de tierra, tos ferina y tuberculosis, riadas e inundaciones, cosechas que se pudrían sobre sí mismas sin llegar a salir de la tierra... Pero los elizondarras se habían mantenido firmes junto a la iglesia, luchando en aquel codo del río Baztán que les había dado y quitado todo a su antojo, como avisándoles de que aquel no era lugar para los hombres, de que esa tierra en mitad de un valle pertenecía a los espíritus de los montes, a los demonios de las fuentes, a las lamias y al basajaun. Sin embargo, nada había conseguido doblegar la voluntad de aquellos hombres y mujeres que seguramente habían mirado también a aquel cielo gris, igual que ella, soñando con otro más claro y benigno. Un valle caracterizado por ser tierra de hidalgos e indianos que se fueron pero que siempre regresaron de ultramar, trayendo con ellos la gran fortuna que se cantaba en el *Maitetxu mía* y que invirtieron en remodelarlo haciendo exhibición del oro logrado ante sus vecinos y llenándolo de lustrosos palacios y caseríos con grandes balconadas, monasterios dedicados a agradecer su suerte y puentes medievales sobre ríos antes insalvables.

Como ya había advertido, tía Engrasi declinó la oferta del paseo y prefirió quedarse a cocinar excusándose en el estado deplorable de sus rodillas, pero Ros y James insistieron en realizar la excursión a pesar de lo mucho que protestó Amaia tratando de convencerles de que llovería antes del mediodía. Condujeron siguiendo la margen del río y después ascendieron hasta desembocar en una inmensa pradera que se extendía hasta el bosque de hayas que bordeaba el río y la ladera del monte. Cuando paseaba por las abiertas praderas entendía a los que desde muy lejos venían a Elizondo y suspiraban embelesados por la belleza sobrecogedora de aquel pequeño universo idílico escondido entre montañas de poca altura tapizadas de valles y prados de belleza imposible, solo interrumpidas por bosques de robles y castaños y pequeñas aldeas rurales. Su clima húmedo prolongaba los otoños, tanto que en pleno febrero, y a pesar de haber nevado, los prados seguían verdes. Solo el rumor del Baztán rompía el silencio del paisaje.

El bosque más misterioso y mágico que existe. Los grandes robles, las hayas y los castaños cubren las laderas de las montañas, que, salpicadas de otras especies, las llenan de tonalidades, formas y contrastes.

Un bosque que brindaba multitud de sensaciones: el encuentro ancestral con la naturaleza, el rumor salvaje del agua entre hayas y abetos, el frescor del río Baztán, el sonido huidizo de los animales y de las hojas caídas en otoño que seguían tapizando el suelo como una colcha sedosa que el viento desplazaba a capricho formando montoneras como encames de hadas o senderos mágicos para que pisasen las lamias, el olor a los frutos del bosque y la suavidad del manto de hierba que cubría las praderas resplandeciendo como una magnífica esmeralda que un Gentil hubiese enterrado entre los bosques. Caminaron entre los árboles hasta que el rumor del río les indicó la dirección del lugar mágico al que se dirigían. Ros iba delante y se volvía de vez en cuando para comprobar que la desidia no venciese a los caminantes, algo que no debía temer por parte de James, que no dejó de hablar durante todo el camino, entusiasmado con la belleza del bosque invernal. Atravesaron una zona bastante tupida de helechos antes de comenzar a ascender.

—Ya está cerca —anunció Ros indicando un risco que sobresalía en la ladera—. Es ahí.

El sendero resultó bastante más empinado de lo que habían supuesto. Afiladas rocas formaban una escalera natural e irregular por la que fueron ascendiendo mientras el camino giraba una y otra vez enroscándose como una serpiente en la montaña. A cada vuelta del sendero, los matorrales de espinos y árgomas cerraban más el camino dificultando la marcha. Un giro más y desembocaron en una planicie abalconada cubierta de hierba rala y líquenes amarillos que lo tapizaban todo.

Ros se sentó en una piedra e hizo un gesto de contrariedad.

—La cueva está unos veinticinco metros más arriba —dijo Ros señalando un sendero casi por completo oculto por las árgomas—. Pero me temo que hasta aquí he llegado. Mientras subía me he torcido el pie.

James se agachó a su lado.

—No es grave —sonrió ella—, la bota me ha protegido, pero será mejor que volvamos pronto, antes de que comience a hincharse y no me deje andar.

—Vámonos ya —dijo Amaia.

—Ni hablar, después de haber llegado hasta aquí no te puedes ir sin ver la roca; sube.

—No, vámonos, tú lo has dicho: se te empezará a hinchar y no podrás caminar.

—Cuando bajes, hermana. No me moveré de aquí si no vas a verla.

—Yo me quedo con ella y te espero aquí —la animó James.

Amaia penetró entre las árgomas maldiciendo las espinas, que producían al rozar contra su parka un ruido similar al de las uñas arañando la ropa. El sendero terminó de pronto ante una cueva de boca baja aunque muy ancha que parecía una sonrisa torva en la faz de la montaña. A la derecha de la entrada había dos grandes rocas, ambas muy peculiares. La primera, como puesta en pie, sugería una figura femenina de grandes pechos y caderas pronunciadas que miraba al valle; la segunda era una roca magnífica, tanto en su tamaño como en su forma, perfectamente rectangular, como una mesa de sacrificios con una gran área pulida por la lluvia y el viento. Sobre su superficie aparecían una docena de pequeñas piedras de distinto color y procedencia colocadas como piezas de un incompleto ajedrez. Una mujer de unos treinta años sostenía una de aquellas piedras en la mano y miraba embelesada hacia el valle. Sonrió al verla venir y saludó amable mientras colocaba la piedra junto a las otras.

—Hola.

Amaia se sintió de pronto extraña, como una intrusa en un lugar reservado.

—Hola.

La mujer volvió a sonreír, como si leyese su mente y adivinara su incomodidad.

—Coja una piedra —dijo indicando el camino y sin dejar de sonreír.

—¿Qué?

—Una piedra —insistió indicando las que había sobre la mesa—. Las mujeres deben traer una piedra.

—Ah, sí, mi hermana me lo dijo, pero creía que debían traerla desde su casa.

—Así es, pero si la ha olvidado puede coger una del camino; al fin y al cabo es una piedra del camino a su casa.

Amaia se inclinó y tomó un guijarro del sendero, se acercó a la mesa y lo depositó junto a los otros, sorprendiéndose del gran número.

—Vaya, ¿todas estas piedras las han traído mujeres que han subido hasta aquí?

—Eso parece —respondió la bella mujer.

—Me parece increíble.

—Vivimos tiempos de incertidumbre en el valle, y cuando las nuevas fórmulas fallan se recurre a las antiguas.

Amaia se quedó boquiabierta al escuchar de aquella mujer casi las mismas palabras que había dicho su tía unas noches antes.

—¿Eres de por aquí? —preguntó fijándose en su aspecto. Llevaba un chal de lana de color verde musgo sobre lo que parecía un vestido de seda de tonos verdes y marrones, y lucía una melena rubia tan larga como la suya, retirada del rostro por una diadema dorada.

—Oh, no exactamente, pero llevo muchos años viniendo, porque tengo una casa aquí, aunque nunca me quedo mucho tiempo, siempre me estoy moviendo de aquí para allá.

—Me llamo Amaia —dijo extendiendo la mano.

—Yo, Maya —dijo la mujer tendiéndole una mano suave y llena de anillos y pulseras que tintinearon como campanillas—. Tú sí que eres de aquí, ¿verdad?

—Vivo en Pamplona, estoy aquí por trabajo —contestó, evasiva.

Maya la miró sonriendo de aquel modo que a Amaia le resultaba tan extraño, casi seductor.

—Yo creo que eres de aquí.

—Tanto se nota...

La mujer sonrió y se volvió a mirar el valle.

—Este es uno de mis lugares favoritos, uno de los sitios a los que más me gusta venir, pero últimamente las cosas no van bien por aquí.

—¿Se refiere a los asesinatos?

Ella continuó hablando sin responder, ya no sonreía.

—Suelo pasear por esta zona y he visto cosas raras.

El interés de Amaia creció sobremanera.

—¿Qué tipo de cosas?

—Bueno, ayer, mientras estaba aquí, vi a un hombre entrar y salir un rato después de una de esas cuevas pequeñas que hay en la margen derecha del río —dijo señalando a la espesura de matorral—. Cuando llegó llevaba un fardo que no tenía cuando salió.

—¿Su actitud le pareció sospechosa?

—Su actitud me pareció satisfecha.

Curioso adjetivo, pensó Amaia antes de preguntar de nuevo.

—¿Qué aspecto tenía?

—No pude distinguirlo desde aquí arriba.

—Pero ¿le pareció que era un hombre joven?, ¿pudo verle la cara?

—Se movía como un hombre joven, pero llevaba puesta una capucha que le cubría toda la cabeza. Cuando salió miró hacia atrás, pero solo pude verle un ojo.

Amaia la miró perpleja.

—¿Le vio media cara?

Maya permaneció en silencio y volvió a sonreír.

—Después descendió por el camino y se fue en un coche.

—No podría ver el coche desde aquí.

—No, pero oí claramente el motor al ponerse en marcha y alejarse.

Amaia se asomó al camino.

—¿Se puede acceder a la cueva desde aquí?

—Oh, no, la verdad es que está bastante escondida.

Hay que ascender desde la carretera, primero entre los árboles, ¿ve?, hasta allí —dijo indicando—, y luego hay que caminar entre el sotobosque, porque el antiguo camino está oculto... A unos cuatrocientos metros detrás de unas rocas está la cueva.

—Parece que conoce bien esta zona.

—Claro, ya le he dicho que vengo mucho por aquí.

—¿A dejar ofrendas?

—No —dijo ella sonriendo de nuevo.

El viento arreció en fuertes rachas que removieron el cabello de la mujer, dejando a la vista unos pendientes largos y dorados que a primera vista le parecieron de oro. Pensó que era curioso su atuendo para subir al monte, y aún se lo pareció más cuando se fijó en que bajo la falda de su vestido sedoso asomaban unas sandalias romanas que apenas llegaban a cubrir los pies de la mujer, que parecía embelesada en la observación de los guijarros que había sobre la roca, como si se tratase de piedras preciosas. Los miraba con aquella rara sonrisa reservada a las mujeres que guardan un secreto.

Amaia se sintió de pronto incómoda, como si presintiese de algún modo que su tiempo había expirado y que ya no debiera estar allí.

—Bueno, yo voy a bajar ya... ¿Viene?

—No —respondió ella sin mirarla—. Yo me quedaré un poco más.

Se volvió hacia el camino y dio dos pasos antes de volverse para despedirse. Pero la mujer ya no estaba. Se detuvo mirando el espacio que un segundo antes ocupaba la mujer.

—¿Oiga? —llamó.

Era imposible que hubiera pasado en cualquier dirección, no podía haber llegado a la boca de la cueva, ni haber pasado a su lado sin que la viera, eso sin contar con el tintineo que sus joyas producían al moverse.

—¿Maya? —llamó de nuevo. Dio un paso hacia la

cueva decidida a buscarla, pero se detuvo en seco mientras las rachas de viento se hacían más intensas y un temor desconocido se afianzaba en su pecho. Se volvió hacia el camino y casi corriendo descendió hasta la planicie donde la esperaban Ros y James.

—Qué pálida estás... ¿Has visto un fantasma? —bromeó Ros.

—James, acompáñame —pidió ignorando las chanzas de su hermana.

Él se incorporó, alarmado.

—¿Qué pasa?

—Había una mujer que ha desaparecido.

Sin dar más explicaciones ni responder a las preguntas de James, penetró de nuevo en la espesura del camino arañándose con las árgomas y pensando que era imposible que Maya hubiera pasado por allí.

Cuando llegaron, Amaia se acercó a las grandes moles de piedra para comprobar que la mujer no se hubiera precipitado al vacío. A sus pies se abría una extensión inclinada poblada densamente por árgomas y rocas afiladas; era evidente que no había caído por allí. Fue hasta la entrada de la cueva y se inclinó para mirar en su interior. Olía intensamente a tierra y a algo que le recordó a metal. No había señal de que nadie hubiese entrado allí en años.

—Aquí no hay nadie, Amaia.

—Pues había una mujer, hablé un rato con ella y de pronto me volví y había desaparecido.

—No hay más senderos —dijo James mirando alrededor—. Si ha bajado, ha tenido que hacerlo por aquí.

Los guijarros que estaban sobre la roca-mesa habían desaparecido, incluida la piedrecilla que ella había colocado allí. Regresaron al camino y descendieron hasta donde esperaba Ros.

—Amaia, si hubiera bajado por aquí, Ros y yo la habríamos visto.

—¿Cómo era? —quiso saber su hermana.

—Rubia, guapa, treinta años, llevaba un chal de lana verde sobre un vestido largo y lucía muchas joyas de oro.

—Solo falta que me digas que iba descalza.

—Casi, llevaba unas sandalias romanas.

James la miró sorprendido.

—Pero si estamos a ocho grados, cómo va a ir en sandalias.

—Sí, todo su aspecto era muy raro, pero a la vez era elegante.

—¿Vestía de verde? —se interesó Ros.

—Sí.

—Y llevaba joyas doradas. ¿Te dijo su nombre?

—Dijo que se llamaba Maya y que venía a menudo porque tenía una casa por la zona.

Ros se cubrió la boca con una mano mientras miraba fijamente a su hermana.

—¿Qué? —la apremió Amaia.

—La cueva que hay en esos riscos es una de las casas que según la leyenda habita Mari, que se desplaza volando por el cielo en medio de la tormenta desde Aia a Elizondo, desde Elizondo a Amboto.

Amaia se volvió hacia el camino de descenso con un gesto de desdén.

—Ya he oído bastantes chorradas... O sea, que he estado hablando con la diosa Mari a la puerta de su casa.

—Maya es el otro nombre con que se conoce a Mari, listilla.

Un rayo partió el cielo, que se había ido oscureciendo hasta adquirir un tono de estaño viejo. Un trueno sonó cercano y comenzó a llover.

40

Densas cortinas de lluvia barrían la calle de un extremo a otro como si alguien moviese a capricho una regadera gigante destinaba a limpiar el mal, o la memoria. La superficie de las aguas del río se veía rizada como si miles de pequeños peces hubieran decidido asomar a la superficie a la vez. Y las piedras del puente como las fachadas de las casas se veían empapadas del agua que resbalaba por ellas formando pequeños regatos que se vertían de nuevo al río escurriéndose por las paredes artificiales de los márgenes.

El Mercedes de Flora estaba aparcado frente a la casa de la tía.

—Ya ha llegado vuestra hermana —anunció James aparcando detrás.

—Y Víctor —añadió Ros mirando hacia el arco que formaba la entrada de la casa, en el que su cuñado se afanaba en secar una moto de color negro y plata con una gamuza amarilla.

—No puedo creerlo —susurró Amaia. Ros la miró extrañada, pero no dijo nada.

Salieron del coche y corrieron bajo la lluvia hasta el soportal donde Víctor había aparcado la moto. Intercambiaron besos y abrazos.

—Qué sorpresa, Víctor, la tía no nos dijo que vendrías —explicó Amaia.

—Eso es porque no lo sabía. Vuestra hermana me llamó esta mañana para decírmelo, y yo encantado de venir, ya sabéis.

—Y nosotros encantados de que vengas, Víctor —dijo Ros abrazándole mientras miraba a Amaia, todavía confusa por su comentario en el coche.

—Es preciosa —dijo James admirando la moto—, esta no la había visto.

—Es una Lube, la LBM, iniciales de su creador, con motor de dos tiempos, 99 centímetros cúbicos y tres velocidades —aclaró Víctor, emocionado al tener la oportunidad de hablar de su moto—. La acabo de terminar; restaurarla me ha llevado bastante tiempo, porque faltaban algunas piezas y ha sido una odisea encontrarlas.

—Las motocicletas Lube son de fabricación vizcaína, ¿verdad?

—Sí, la fábrica se abrió en los años cuarenta en Lutxana, en Barakaldo, y se cerró en el año 67... Una pena, porque eran unas motos realmente bonitas.

—Sí que es bonita —admitió Amaia—, me recuerda un poco a las motos alemanas de la segunda guerra mundial.

—Sí, supongo que en esa época todos estaban bastante influenciados en el diseño, pero no te extrañe que fuera al revés. El creador de la Lube ya tenía prototipos diseñados años antes, y se sabe que tuvo contactos con fábricas alemanas antes de la guerra...

—Vaya, Víctor, eres un experto en esto, podrías dar clases o escribir sobre ello.

—Eso sería posible si hubiera alguien a quien le interesara.

—Estoy segura de que lo hay...

—¿Entramos? —dijo Ros abriendo con su llave.

—Sí, será lo mejor, tu hermana ya estará impacientándose. Ya sabes que todo esto de las motos le parece una tontería.

—Pues peor para ella, Víctor, no deberías dejar que la opinión de Flora te influyese tanto.

—Ya —dijo con cara de circunstancias—, como si fuera tan fácil.

La lluvia, que se había iniciado poco antes, seguía atronando en el exterior y solo conseguía hacer más acogedor el ambiente de la casa. El aroma del asado que se expandía desde la cocina animó el apetito de todos en cuanto entraron. Flora salió de la cocina llevando en la mano una copa de algo de tono ambarino.

—Bueno, ya era hora, ya pensábamos que tendríamos que empezar sin vosotros —dijo a modo de saludo. La tía surgió tras ella secándose las manos con una pequeña toalla granate. Los besó de uno en uno. Y Amaia observó el gesto con que Flora retrocedía un par de pasos, como escapando de la influencia afectiva. Sí, pensó, no vaya a ser que beses a alguien por error. Por su parte, Ros se sentó en la silla más cercana a la puerta, evitando acercarse a Flora en la medida de lo posible.

—¿Lo habéis pasado bien? ¿Llegasteis hasta la cueva? —preguntó Engrasi.

—Sí, ha sido un paseo muy agradable, aunque a la cueva solo llegó Amaia, yo me quedé un poco más atrás. Me he hecho una torcedura, pero no es nada —dijo Ros tranquilizando a la tía, que ya se estaba inclinando para verla—. Amaia subió hasta arriba, hizo una ofrenda y vio a Mari.

La tía se volvió hacia ella sonriendo.

—Cuéntame eso.

Amaia vio el gesto de desprecio que se dibujaba en el rostro de Flora. Resopló un poco incómoda.

—Bueno, subí hasta la entrada de la cueva y allí había una mujer —dijo mirando a Ros y recalcando la palabra mujer— con la que estuve charlando un rato. Nada más.

—Iba vestida de verde y le dijo que tenía una casa por

allí, y cuando Amaia se volvió hacia el camino ella desapareció.

La tía la miró sonriendo abiertamente.

—Ahí lo tienes.

—Tía... —protestó Amaia.

—Bueno, si ya habéis acabado con el folclore podríamos pensar en comer antes de que se pase el asado —dijo Flora repartiendo copas de vino, que llenó sobre la mesa y luego tendió a cada uno, dejando que Ros cogiera la suya y olvidando adrede a Víctor.

La tía Engrasi se dirigió a él.

—Víctor, ve a la cocina, en el frigo tienes de todo, ponte lo que quieras.

—Lo siento, Víctor —dijo Flora disculpándose—, por no ofrecerte nada, pero a diferencia de todos los demás, yo no estoy en mi casa.

—No digas estupideces, Flora, mi casa es la casa de mis sobrinas. De todas mis sobrinas —recalcó—. También la tuya.

—Gracias, tía —respondió ella—, pero es que no estaba muy segura de ser bien recibida aquí.

La tía resopló antes de hablar.

—Mientras yo viva, todas vosotras seréis bien recibidas en mi casa, pues al fin y al cabo esta es mi casa y soy yo quien decide quién es bienvenido y quién no, y no creo que por mi parte hayas notado jamás ningún tipo de hostilidad. En ocasiones, Flora, el rechazo no está en quien recibe sino en quien se siente ajeno.

Flora dio un largo trago a su copa y no contestó.

Se sentaron a la mesa y alabaron las cualidades culinarias de la tía, que había preparado cordero lechal con patatas asadas y pimientos en salsa, y durante buena parte de la comida fueron James y Víctor quienes llevaron el peso de la conversación, que, para deleite de Amaia y evidente fastidio de Flora, siguió centrada en las motos de su cuñado.

—Me parece una labor casi artística dedicarse a la restauración de motos.

—Bueno —dijo Víctor, halagado—, me temo que tiene más de mecánica, con toda su suciedad y cochambre, que de un trabajo fino de restauración, sobre todo en la primera fase, cuando las compro. Esta Lube que he traído hoy se la compré a un casero de Bermeo que la había tenido más de treinta años metida en una cuadra, te aseguro que tenía mierda encima de cien tipos de bichos.

—Víctor... —reprendió Flora.

Los demás rieron y James le animó a seguir.

—Pero una vez que la tienes en casa, imagino que la decaparás, la lijarás, y esa parte tiene que ser una gozada.

—Sí, es verdad, pero esa es casi la parte más fácil. Lo que de verdad me lleva tiempo es encontrar las piezas que le faltan o sustituir las que están irrecuperables, y sobre todo restaurar piezas que ya no pueden encontrarse y que en ocasiones he tenido que fabricar de forma totalmente artesanal.

—¿Qué es lo que más te suele costar? —preguntó Amaia por animar más a su cuñado.

Víctor pareció pensarlo un momento. Mientras, Flora suspiraba evidenciando un aburrimiento que no parecía afectar a nadie más en la mesa.

—Sin duda, una de las partes que más trabajo da es restaurar los depósitos de combustible. No es raro que en su día se quedara algo de gasolina dentro, y con el paso de los años el interior de los depósitos se va oxidando, porque antes no eran de acero inoxidable como ahora, sino de hojalata recubierta de una pátina que con el tiempo ha ido desapareciendo, y al oxidarse se desprenden pequeñas escamas de metal por todo el interior del depósito. Ya no existen depósitos de esa clase, así que hay que hacer virguerías para limpiarlos y repararlos por dentro.

Flora se puso en pie y comenzó a recoger los platos.

—Tía, no te molestes, deja que hoy lo haga yo —dijo poniendo una mano sobre el hombro de Engrasi—. Total, la conversación no me interesa y así traeré el postre.

—Vuestra hermana nos ha preparado uno de sus maravillosos postres —dijo la tía mientras Flora iba a la cocina, indicando a Ros, que se había levantado, que volviese a sentarse.

Víctor se había quedado de pronto silencioso mirando su vaso vacío como si contuviera una respuesta a todas las exigencias del mundo. Flora regresó portando una bandeja envuelta en suave papel. Dispuso los platos y los cubiertos y con gran ceremonial destapó el postre. Una docena de tortas untuosas expandieron su fragancia dulce y grasa entre los comensales. Una oleada de exclamaciones admirativas se extendió entre los presentes mientras Amaia se cubría la boca con una mano y estupefacta miraba a su hermana, que sonreía satisfecha.

—*Txantxigorris*, me encantan —exclamó James tomando uno.

La indignación y la incredulidad crecieron en el interior de Amaia mientras luchaba contra el deseo de agarrar a su hermana por el pelo y hacerle tragar las tortas de una en una. Bajó la mirada y se quedó inmóvil en silencio intentando detener la furia que sentía en su interior. Escuchaba a Flora parlotear presuntuosa y casi sentía su mirada calculadora y cruel, que la observaba divertida, de aquel modo en que a veces le daba miedo. Igual que se lo había dado su madre.

—¿No comes, Amaia? —preguntó dulcemente Flora.

—No, no tengo apetito.

—¿Y eso? —se burló—. No me hagas un desprecio, come un poco —dijo poniendo uno de los *txantxigorris* sobre su plato.

Amaia lo miró sin poder evitar que su presencia le

trajese a la mente los cuerpos de las niñas derramando aquel olor graso.

—Tendrás que perdonarme, Flora. Últimamente hay cosas que me revuelven el estómago —dijo mirándola fijamente.

—A ver si vas a estar embarazada —se burló todavía más—, la tía me ha dicho que lo estáis intentando.

—Flora, por Dios —se quejó la tía—. Lo siento, Amaia, solo fue un comentario —dijo poniendo una mano sobre la de ella.

—No importa, tía —dijo ella.

—No seas insensible, Flora, Amaia ha tenido que enfrentarse a hechos muy desagradables en los últimos días —intervino Víctor—. Su trabajo es realmente muy duro, no me extraña que casi no pueda comer.

Amaia se percató de cómo lo miraba Flora. Sorprendida, quizá, de que se hubiera atrevido a no estar de acuerdo con ella por una vez y en público.

—He leído que habéis detenido al padre de Johana —dijo suavemente Víctor—. Espero que por fin cesen los crímenes.

—Eso estaría bien —estuvo de acuerdo Amaia—. Pero por desgracia, aunque tenemos pruebas de que él mató a su hija, también estamos seguros de que no es el autor de los otros asesinatos.

—Vaya, de cualquier modo me alegra que hayáis cogido a ese cerdo. Yo conozco a la esposa y conocía a esa niña de vista, y hay que ser un monstruo para hacerle daño a una criatura tan dulce como ella. Ese tío es un cerdo, espero que en la cárcel le den lo suyo —dijo Víctor haciendo gala de un apasionamiento poco frecuente en él.

—¿Cerdo, dices? —saltó Flora—. ¿Y ellas qué? Porque la verdad es que esas crías se lo van buscando.

—Pero ¿qué dices? —la cortó Ros, indignada, y dirigiéndose directamente a ella por primera vez en toda la comida.

—¿Que qué digo? Digo que esas chicas son unas cualquiera, estoy harta de ver cómo visten, cómo hablan y cómo se comportan. Como busconas, da vergüenza ver cómo se comportan con los chicos; os juro que a veces, cuando paso por la plaza y las veo medio subidas sobre ellos como golfas, no me extraña que al final acaben así.

—Flora, lo que dices es una barbaridad. ¿De verdad estás justificando que alguien asesine a unas niñas? —espetó la tía.

—No lo justifico, pero desde luego si fueran buenas chicas de las que están a las diez en casa no les habría pasado lo que les ha pasado, y si van así, provocando, no te voy a decir que se lo merezcan, pero desde luego se lo van buscando.

—No sé cómo puedes hablar así, Flora —dijo Amaia, incrédula.

—Es lo que opino, a ver si porque están muertas ya son santas. Digo yo que podré dar mi opinión, ¿no?

—Ese hombre que ha matado a su hija es un hijo de puta —afirmó de pronto Víctor—. Y lo que ha hecho no tiene justificación.

Todos lo miraron sorprendidos por la fuerza inusitada con que lo dijo, pero Flora estaba atónita.

Amaia aprovechó la ocasión.

—Flora, a Johana la mató y la violó su padre, su padrastro. Era una buena niña que sacaba buenas notas, vestía de modo sencillo y a las diez estaba en casa. Le hizo daño quien se supone que debía protegerla. Quizás eso lo hace más incomprensible, más horrible. Porque resulta aterrador que te haga daño quien debe cuidar de ti.

—¡Ja! —exclamó Flora simulando una carcajada—. ¡Ya estamos!, ¡cómo no!, desenterremos traumas sensibleros de telefilme americano. Quien debía protegerme me hizo daño —dijo fingiendo una voz infantil—. ¿Qué? Pobrecita Amaia, la niña trauma. Pues deja que te diga una cosa, hermanita, tú tampoco la protegiste cuando debías.

—¿A qué te refieres? —preguntó James tomando de la mano a su mujer.

—Me refiero a nuestra madre.

Ros negó con la cabeza, consciente de cómo crecía la tensión a su alrededor.

—Sí, nuestra pobre madre anciana y débil, una mujer muy enferma que en una ocasión perdió los nervios. Una vez, y eso fue suficiente para que toda la familia la condenase —dijo Flora llena de desprecio.

Amaia la miró detenidamente antes de contestar.

—No es verdad, Flora, la vida para la *ama* continuó tal cual, fue para mí para quien cambió.

—¿Por qué tuviste que venir a vivir con la tía? Eso te vino bien, era lo que siempre habías querido, ir a tu aire y no tener que trabajar en el obrador. Te salió bien, y lo de la *ama* solo fue un error, una sola vez, un accidente...

Amaia soltó la mano que James tenía entra las suyas y se la llevó al rostro ocultándolo completamente. Respiró entre sus dedos y muy bajo dijo:

—No fue un accidente, Flora. Intentó matarme.

—Siempre has sido una exagerada. Ella me lo contó. Te dio un tortazo y te caíste contra la mesa de amasar.

—Me agredió con el rodillo de acero —dijo Amaia sin descubrirse el rostro. El dolor que transmitían sus palabras se cebó en su voz, que tembló como si fuese a apagarse para siempre—. Me golpeó en la cabeza hasta romperme los dedos de la mano con la que me protegí, y siguió golpeándome cuando estaba tirada en el suelo.

—Mentira —gritó Flora poniéndose en pie—, eres una mentirosa.

—Siéntate, Flora —ordenó Engrasi con voz firme.

Flora se sentó sin dejar de mirar a Amaia, que seguía oculta tras sus propias manos.

—Ahora escúchame a mí —dijo la tía—. Tu hermana no miente, el médico que atendió a Amaia aquella noche era el doctor Manuel Martínez, el mismo que trataba a tu madre de su enfermedad entonces. Él recomendó que Amaia no volviese a casa. Es cierto que solo la agredió aquella vez, pero estuvo a punto de matarla. Pasó los siguientes meses metida aquí sin salir, hasta que sus heridas sanaron o se ocultaron con el pelo.

—No lo creo, solo le dio un tortazo, Amaia era pequeña y se cayó, las heridas se las hizo al caer, le dio un tortazo como el que cualquier madre le daba a su hija, y más en aquellos tiempos. Pero tú... —dijo mirando a Amaia mientras fruncía los labios despectivamente—, tú le guardaste rencor siempre, y cuando tuviste ocasión tampoco cuidaste de ella, fuiste como ese padre, aprovechaste la ocasión para poder abusar.

—¿Qué estás diciendo? —gritó Amaia descubriendo su rostro surcado de lágrimas.

—Digo que podías haberla ayudado cuando ocurrió lo del hospital.

La voz de Amaia bajó hasta ser casi inaudible mientras se esforzaba por controlar la furia que, una vez más, crecía en su interior.

—No, no podía ayudarla, nadie podía, pero yo menos que nadie.

—Podías ir a verla —reprochó Flora.

—Quiere matarme, Flora —gritó Amaia.

James intervino poniéndose en pie y abrazando a Amaia por detrás.

—Flora, será mejor que lo dejéis, Amaia está sufriendo mucho por este tema, y no sé por qué seguís dándole vueltas. Sé lo que pasó, y te aseguro que tu madre tuvo suerte de no acabar en la cárcel o en una institución psiquiátrica. Seguramente habría sido lo mejor para ella, pero desde luego lo habría sido para la niña que era Amaia, una niña que tuvo que crecer con la carga de un intento de asesinato y teniendo que ocultarlo mintiendo al respecto, saliendo de su propio hogar, como si ella fuera la responsable del horror que le tocó vivir. Es triste lo que le pasó a vuestra madre, siento que no pudiera volver a su casa cuando enfermó, pero haces mal en responsabilizar a Amaia de que muriera en el hospital.

Flora lo miró estupefacta.

—¿Que murió? ¿Es eso lo que le has dicho que pasó? —dijo volviéndose hacia Amaia hecha una furia—. ¿Te has atrevido a decir que nuestra madre está muerta?

James miró a Amaia visiblemente confundido.

—Bueno, lo he supuesto, la verdad es que no me ha dicho que esté muerta, lo di por sentado. Ayer mismo supe lo que ocurrió en el hospital, cuando hablasteis de que entró en crisis, supuse que...

Amaia, ya más serena, se volvió para explicarse.

—Después de mi última visita, mi madre cayó en un estado catatónico en el que permaneció durante días, pero una mañana, mientras una enfermera se inclinaba sobre ella para ponerle el termómetro, se incorporó, la agarró por el pelo y le mordió en el cuello con tanta fuerza que le arrancó un trozo de tejido, que masticó y se tragó. Cuando las demás enfermeras acudieron, la enfermera estaba en el suelo y mi madre sobre ella no cesaba de golpearla mientras la sangre se derramaba por su cuello y por la boca de mi madre. La enfermera sufrió graves daños, la bajaron a quirófano, le pusieron varias transfusiones y salvó la vida porque se encontraba en un hospital. Tuvo suerte, aunque llevará una cicatriz en el cuello de por vida.

Flora la miraba clavando sus ojos cargados de desprecio en ella mientras en su boca se dibujaba un rictus tan duro y seco como un corte infligido por un hacha.

—Tuvimos suerte —continuó Amaia—, mi madre ingresó en una institución psiquiátrica por orden judicial y el hospital acabó como responsable civil subsidiario por no haber previsto el peligro en una paciente que ya estaba diagnosticada.

Miró a Flora a los ojos.

—Yo no pude hacer nada, no había nada que nosotras pudiéramos hacer a esas alturas, el juez fue el que lo decidió.

—Y tú estuviste de acuerdo —le soltó Flora.

—Flora —dijo Amaia armándose de paciencia—. Me ha costado mucho tiempo y dolor poder decir esto en voz alta, pero la *ama* quiere matarme.

—Oh, ¡estás loca!, pero además eres muy mala.

—La *ama* quiere matarme —repitió, como si haciéndolo pudiera conjurar ese mal.

James puso una mano sobre su hombro.

—Cariño, no debes hablar así, eso ocurrió hace mucho tiempo, pero ahora estás a salvo.

—Me odia —susurró Amaia como si no le hubiera oído.

—Solo fue un accidente —repitió Flora, obcecada.

—No, Flora, no fue un accidente. Intentó matarme, solo paró porque creyó que lo había conseguido, y cuando creyó que estaba muerta me enterró en la artesa de la harina.

Flora se puso en pie golpeando la mesa con la cadera y haciendo tintinear las copas.

—Maldita seas, Amaia. Maldita seas el resto de tu vida.

—El resto de mi vida no creo que lo sea más de lo que lo he sido hasta ahora —contestó Amaia con voz cansada.

Flora tomó su bolso, que colgaba en el respaldo de la silla, y salió dando un portazo. Víctor susurró una disculpa y salió tras ella visiblemente consternado. Cuando se hubieron marchado, todos quedaron en silencio incapaces de atreverse a decir nada que rompiera la tensión de la tormenta que parecía haberse abatido sobre ellos.

Al fin fue James de nuevo el que intentó poner una nota de cordura en todo aquello. Abrazó a su mujer.

—Debería estar muy enfadado contigo por no habérmelo contado todo antes. Sabes que te quiero, Amaia, no hay nada que pueda cambiar eso, por eso me cuesta entender por qué no confiaste en mí. Sé que todo esto habrá sido muy doloroso para todas vosotras, y en especial para ti, Amaia, pero has de entender que en los últimos días he tenido más información sobre tu familia de la que había tenido en los últimos cinco años.

Engrasi dobló su servilleta cuidadosamente mientras decía:

—James, hay ocasiones en que el dolor es tan grande y está tan enquistado que uno desea y cree que se quedará así para siempre, escondido y callado, sin querer afrontar el hecho de que los dolores que no han sido llorados y expiados en su momento regresan una y otra vez a nuestras vidas como restos de un naufragio, van llegando a la playa de nuestra realidad para recordarnos que hay toda una flota fantasma hundida bajo las aguas que jamás nos olvida y que irá regresando poco a poco para esclavizarnos de por vida. No reproches a tu esposa el que no te lo haya contado. No creo que ni ella misma lo haya pensado con esa claridad ni una sola vez desde la noche en que ocurrió.

Amaia alzó la mirada, pero solo dijo:

—Estoy muy cansada.

—Debemos terminar con esto, Amaia —rogó él—, y este es el momento. Sé que es muy doloroso, pero quizá porque lo veo desde fuera, sin implicación emocional, creo que deberías planteártelo desde otro punto de vista. Es horrible lo que pasó, pero al final debes asumir que tu madre es solo una pobre mujer desequilibrada, no creo que te odiase. Muchas veces los enfermos mentales se vuelven contra los que más quieren. Es verdad que te agredió, como agredió a aquella enfermera, como consecuencia de un ataque de locura que la desequilibró, pero no hubo nada personal en ello.

—No, James. La enfermera a la que atacó tenía una larga melena rubia y más o menos mi edad y complexión. Cuando entraron las demás enfermeras, mi madre la golpeaba mientras se reía y gritaba mi nombre. La atacó porque la confundió conmigo.

41

El teléfono atronaba con su molesto zumbido.

—Buenas noches, inspectora.

—Ah, hola, doctora Takchenko —contestó ella reconociendo la voz—. No esperaba su llamada tan pronto... ¿Han revisado las imágenes?

—Sí, las hemos revisado —respondió, evasiva.

—¿Y?

—Inspectora, estamos en el hotel Baztán, acabamos de llegar desde Huesca y creo que debería pasarse por aquí cuanto antes.

—¿Están aquí? —Se sorprendió.

—Sí, debo hablar con usted personalmente.

—¿Es por las imágenes?

—Sí, pero no solo por eso. Estamos en la habitación doscientos dos. —Y colgó.

El aparcamiento del hotel se veía inusitadamente tranquilo el domingo por la noche, aunque en la parte de atrás se veían varios coches aparcados junto a la entrada del restaurante. Las luces de la cafetería en la que se habían reunido en la ocasión anterior estaban medio apagadas, las sillas se veían boca abajo colocadas sobre las mesas y un par de mujeres fregaban el suelo. La adolescente que atendía la recepción del hotel había sido sustituida por un chico de unos dieciocho años con el rostro cubierto de acné. Amaia se preguntó de dónde sacaban a los recepcionistas. Como su predecesora, estaba absorto en un ruidoso juego *on-line*. Se dirigió a las escaleras sin detenerse, subió hasta el segundo piso y cuando entró en el pasillo encontró de frente la habitación doscientos dos. Llamó y la doctora le abrió de inmediato, como si hubiera estado esperando tras la puerta. La habitación era agradable y estaba bien iluminada. Sobre la cama, un ordenador portátil y dos carpetas con tapas de cartón marrón.

—Su llamada me ha sorprendido, no esperaba verles aquí —dijo Amaia a modo de saludo.

El doctor González la saludó mientras desenmarañaba unos cables, colocó un ordenador sobre el pequeño escritorio, lo encendió y lo giró hacia Amaia.

—Esta grabación corresponde al viernes pasado en el sector siete de observación. Coincide con el lugar donde hablamos el día que llegamos a Elizondo y donde usted dijo haber visto un oso. Las imágenes que va a ver están un poco desencuadradas, se debe a que siempre disponemos los objetivos en lugares altos, desde donde se puedan obtener planos abiertos y atendiendo a los senderos naturales del bosque, que son las rutas que por instinto toman los animales y que por norma general no coinciden con las que tomarían los humanos.

Accionó la grabación. Amaia pudo ver una porción del majestuoso hayedo; durante unos segundos, la imagen apareció estática, pero de pronto una sombra irrumpió en el plano, ocupando la parte superior de la pantalla. Amaia reconoció su plumífero azul.

—Creo que es usted —apuntó la doctora.

—Sí.

La figura pasó de parte a parte de la pantalla y desapareció.

—Bueno, ahora hay unos diez minutos sin nada,

Raúl los ha pasado para que pueda ver lo que nos interesa.

Amaia fijó de nuevo su mirada en la pantalla y cuando lo vio sintió que el corazón le daba un vuelco. No lo había soñado, no había sido una alucinación producida por el estrés. Allí estaba, y no había lugar a dudas. Su figura antropomórfica medía más de dos metros, la fuerte musculatura se evidenciaba bajo la melena oscura que pendía desde su cabeza cubriendo una espalda fuerte y definida. La parte inferior del cuerpo estaba tan poblada de vello que parecía que llevase puestos unos pantalones de pelo de animal. Se entretenía en tomar pequeñas porciones de liquen de un árbol, estirando unos dedos largos y hábiles; se demoró así un minuto, después se volvió lentamente y alzó la majestuosa cabeza. Amaia quedó sobrecogida. Los rasgos recordaban a la cabeza de un felino, quizás un león. Las líneas de su rostro eran redondas y bien definidas, y la ausencia de hocico le daba un aire inteligente y pacífico. El vello que cubría el rostro era oscuro, y se ampliaba bajo la barbilla formando una tupida barba partida en dos guedejas que se extendían hasta la mitad de su vientre.

La criatura levantó muy despacio la mirada y la posó un instante en el objetivo de la cámara. Los ojos, con múltiples tonalidades ambarinas, quedaron congelados en la pantalla del ordenador cuando Raúl detuvo la grabación.

Amaia suspiró, abrumada por la belleza, el encanto y el significado de lo que acababa de ver, de lo que ahora estaba segura de haber visto. La doctora se acercó a la mesa y bajó la tapa del ordenador, liberando a la inspectora del influjo hechizante de aquellos ojos.

—Dígame, ¿es este su oso?

Amaia la miró absorta, sin saber qué reacción esperar. Contestó, evasiva:

—Supongo que sí, no lo sé.

—Pues deje que se lo diga yo: no es un oso.

—¿Está completamente segura?

—Estamos —dijo mirando a su marido— completamente seguros, no existe ninguna raza de oso con esas características.

—Puede ser otro animal —sugirió Amaia.

—Sí, uno mitológico —respondió él—. Inspectora, yo sé lo que creo que es, la doctora también lo sabe. Dígame usted, ¿qué cree que es?

Amaia dudó, calibrando el efecto de la respuesta que acudía a su mente y a su boca. Parecían personas íntegras, pero ¿qué efecto podía tener algo así en ellos?

—Creo que no es un oso —contestó, ambigua.

—De nuevo veo que no se arriesga. Yo se lo diré. Es un basajaun.

Amaia suspiró una vez más, mientras la tensión se acumulaba en sus piernas imprimiéndoles un ligero temblor, que esperó fuera imperceptible para los doctores.

—De acuerdo —concedió—, independientemente de lo que sea esa criatura que hemos visto la pregunta es: ¿qué va a pasar ahora?

La doctora Takchenko se colocó junto a su marido y la miró.

—Inspectora, Raúl y yo dedicamos nuestra vida a la ciencia, tenemos una importante carrera con una beca de investigación y el objetivo principal de nuestro trabajo ha sido, es y será la defensa de la naturaleza y de los grandes plantígrados en particular. Lo que aparece en esta grabación no es un oso, no creo que sea un animal de ninguna clase; creo, como mi marido, que se trata de un basajaun. Y creo que el hecho de que las cámaras lo grabaran no es fruto de la casualidad ni de un descuido por parte de la criatura, como usted lo llama, sino que obedece al deseo de ese ser de mostrarse ante usted, y ante nosotros para llegar a usted. Puede estar tranquila, ni Raúl ni yo tenemos intención de hacer público este hallazgo. Seguramente haría polvo nuestras carreras, se cuestionaría su veracidad, porque estoy segura de que aunque pusieran una cámara en cada árbol no volverían a captar la imagen de esa criatura. Y lo que es peor, los montes se verían tomados al asalto por una marabunta de energúmenos buscando al basajaun.

—Hemos borrado la cinta original y solo tenemos esta copia —dijo el doctor González abriendo el compartimento para discos del portátil y tendiéndole a Amaia un DVD con la copia de la grabación.

Ella lo tomó con sumo cuidado.

—Gracias —dijo—, muchas gracias.

Se quedó sentada a los pies de la cama con el DVD arrancando destellos de arco iris entre sus manos y sin saber muy bien qué hacer.

—Hay otra cuestión —dijo la doctora interrumpiendo sus pensamientos y sacándola de golpe de su ensimismamiento.

Amaia se puso en pie y tomó una de las carpetas de tapas marrones que la doctora le tendía. Abrió la tapa y vio que dentro había una copia de la analítica de la harina.

—¿Recuerda que le dije que efectuaría algún análisis más a las muestras que me dio?

Amaia asintió.

—Bien, pues practiqué en cada una de las muestras un análisis de espectrografía de masas. Es una analítica que no usamos inicialmente porque lo que queríamos era compararlas para establecer coincidencias, por eso usamos la HPLC; pero no habiendo obtenido resultados me decidí por esta prueba, en la que se obtiene un desglosamiento mineral completo estableciendo cualquier tipo de presencia y evidenciando todos y cada uno de los elementos que forman cada muestra. ¿Me sigue? —Amaia asintió, expectante—. Como le he dicho, de poco nos hubiera servido inicialmente un análisis tan minucioso cuando de lo que se trataba era de establecer una simple coincidencia.

Amaia se impacientaba, pero esperó en silencio.

—Volví a analizar cada muestra y en una de ellas hay una coincidencia parcial en muchos de sus elementos.

—¿Qué significa eso?

—Significa que los elementos de la muestra del pastelito estaban presentes en una de las harinas, pero unidos a otros que no estaban en el pastel.

—¿Y qué explicación puede tener eso?

—Una muy simple: que la muestra que usted me trajo tuviese mezclados dos tipos de harina. La del pastelito y otra.

—¿Y eso podría ser porque...?

—Porque en el mismo recipiente donde estuvo la harina con la que se elaboró el pastel se habría depositado otra clase de harina posteriormente, sin tener la precaución de retirar antes todos los restos de la anterior, de modo que, si bien la harina no coincide y las cantidades en las que aparece están muy diluidas y son prácticamente inapreciables, no por eso dejan de estar ahí. Y al cromatógrafo no se le escapa nada.

Amaia comenzó a pasar las hojas con los gráficos; las columnas de colores se mezclaban dibujando formas caprichosas.

—¿Cuál es? —preguntó apremiando.

La doctora se puso a su lado, tomó el informe y pasó las hojas cuidadosamente.

—Es esta, la S11.

Amaia la miró incrédula. Se dejó caer sobre la cama, mirando el gráfico perfectamente alineado. Muestra número 11. S de Salazar.

Llovía de nuevo cuando salió del hotel. Valoró la posibilidad de correr hasta el coche, pero su estado de ánimo y la velocidad con que procesaba los pensamientos en su cerebro le indujeron a arrastrar los pies por el aparcamiento dejando que la lluvia le empapase el pelo y la ropa, en un acto de puro bautismo que esperaba pudiera lavar la confusión y el desconcierto que rugían en su interior. Cuando llegó hasta el coche, le llamó la atención una figura que, como ella, permanecía quieta bajo la lluvia. Los destellos plateados de la Lube y el atuendo de piel eran inconfundibles.

Se acercó.

—¿Víctor? ¿Qué haces aquí? —preguntó.

Su cuñado la miró, desolado por el dolor. A pesar de la lluvia, Amaia pudo distinguir las lágrimas que brotaban de sus ojos enrojecidos.

—Víctor —repitió—, ¿qué...?

—¿Por qué me hace esto, Amaia? ¿Por qué tu hermana me hace esto?

Ella miró hacia el interior del restaurante y vio a su hermana. Flora se reía de algo que le decía Fermín Montes. Él se inclinó hacia ella y la besó en los labios. Flora sonreía.

—¿Por qué? —repitió Víctor completamente abatido.

—Porque es una cabrona —dijo Amaia sin quitar los ojos de la cristalera—. Y una hija de puta.

Víctor comenzó a gemir de un modo lastimero, como si las palabras de su cuñada hubieran abierto ante él un abismo insalvable.

—Ayer pasamos la tarde juntos, y esta mañana me ha llamado para que fuera a comer a vuestra casa. Creía que las cosas estaban mejor entre nosotros, y ahora hace esto. Yo todo lo hago por ella. Todo. Para que esté contenta conmigo. ¿Por qué, Amaia? ¿Qué quiere?

—Hacer daño, Víctor, hacer daño porque es mala. Como la *ama*. Una bruja manipuladora y sin corazón.

Él redobló su llanto, inclinándose sobre sí mismo como si fuera a caer al suelo. Amaia sintió una enorme tristeza al ver a aquel hombre hundido. Víctor no había sido un buen marido. Ni siquiera uno malo. Solo un borracho echado a perder bajo el peso de la tiranía de su hermana. Dio un paso hacia él y lo abrazó, sintiendo al acercarse el aroma de su loción de afeitado mezclado con el cuero mojado de su cazadora de piel.

Estuvieron así unos minutos, abrazados bajo la lluvia mientras ella escuchaba el llanto ronco de Víctor, viendo a su hermana sonreír junto a Fermín y tratando de disciplinar su mente, que trabajaba a mil por hora alimentada por los datos aportados por los doctores de Huesca, que hervían en su cabeza y ya comenzaban a causarle una intensa jaqueca.

—Vámonos de aquí, Víctor —le pidió, segura de que opondría resistencia. Pero él aceptó, sumiso—. ¿Quieres que te lleve? —dijo haciendo un gesto hacia el coche.

—No, gracias, no puedo dejar la moto aquí, pero estoy bien —murmuró pasándose las manos por los ojos—. No te preocupes.

Amaia lo miró intranquila. En ese estado, le pareció capaz de hacer cualquier tontería.

—¿Quieres que quedemos luego en algún lado para hablar un rato?

—Gracias, Amaia, pero creo que me iré a casa, me daré una ducha caliente y me meteré en la cama. Y tú deberías hacer lo mismo —añadió intentando sonreír—. No quiero ser el responsable de que cojas una pulmonía.

Se puso el casco y los guantes y se inclinó para besar a su cuñada mientras apretaba suavemente su mano. Arrancó la moto y salió del aparcamiento en dirección a Elizondo.

Amaia permaneció allí unos segundos más pensando en Víctor, mientras veía a su hermana cenando con Montes bajo la cálida luz dorada del restaurante. Se quitó el plumífero empapado y lo arrojó al interior del coche, se sentó e hizo una llamada.

—Ros..., Rosaura.

—Amaia, ¿qué pasa?...

—Escúchame, Ros, es importante.

—Dime.

—¿Seguís con la costumbre de llevaros la harina del obrador para usarla en casa?

—Claro, como siempre.

—Piensa esto, ¿cuándo fue la última vez que te llevaste harina del obrador para tu casa?

—Pues seguro que hace más de un mes, antes de dejar el trabajo.

—Está bien, necesito que me hagas un favor. Voy a mandar a Jonan Etxaide a casa, te acompañará y tomará una muestra de la harina que tienes en tu cocina. Si no quieres entrar quédate fuera, Jonan es de fiar.

—Está bien —contestó muy seria.

—Otra cosa, ¿quién más ha podido llevarse harina del obrador?

—¿Quién? Pues imagino que todos los operarios cogerán la harina de allí, pero... ¿Qué pasa, Amaia? ¿Investigas un robo de harina? —dijo intentando bromear.

—No puedo hablar de ello, Ros. Haz lo que te he pedido.

Volvió a marcar.

La mujer que respondió al otro lado de la línea la entretuvo durante un par de minutos con su parloteo constante antes de que pudiera abordarla.

—Josune, voy a enviarte a través de un colega unas muestras para que las analices y las compares. Josune, es muy importante, no te lo pediría si no lo fuera, lo necesito cuanto antes... Y debes ser discreta, no lo comentes con nadie ni envíes el resultado a la comisaría, solo a la persona con la que te lo envío.

—De acuerdo, Amaia, puedes estar tranquila.

—¿Cuánto te llevará?

—Depende de cuándo tenga las muestras.

—En dos horas las tendrás ahí.

—Amaia, hoy es domingo, y hasta el lunes a las ocho no entro... Pero haré una excepción y entraré a las seis para procesar tus muestras... Las tendrás mañana mismo, aunque a última hora.

—Gracias, cielo. Te debo una —dijo Amaia antes de colgar y marcar de nuevo.

—Jonan, coge la muestra S11 de harina, la del *txantxigorri*, y ve a la casa de mi tía; acompaña a mi hermana a su casa, toma una muestra de la harina que tiene allí y sal para Donosti. En el Instituto de Medicina Legal te espera Josune Urkiza, de la Ertzaintza. Deberás quedarte con ella hasta que tenga los resultados. Cuando estén, quiero que me llames únicamente a mí, no comentes nada en la comisaría. Si Iriarte o Zabalza te llaman, di que estás en Donosti por un asunto familiar con mi autorización.

—Vale, jefa —titubeó—. Jefa, ¿hay alguna cosa que deba saber?

Jonan era el policía más íntegro que conocía, seguramente una de las mejores personas con que se había topado, y el trato con él había logrado que lo apreciase sinceramente.

—Deberías saberlo todo, subinspector Etxaide, y te lo contaré en cuanto regreses. Solo te diré que sospecho que alguien está sacando información de comisaría.

—Oh, entendido.

—Confío en ti, Jonan. —Casi pudo percibir su sonrisa antes de colgar.

Iriarte terminó sobre las nueve de acostar a sus hijos; era el momento del día que más le gustaba, en el que la prisa por los horarios dejaba de tener importancia y podía recrearse en mirarlos casi sorprendiéndose a diario de lo rápido que crecían, abrazarlos, atender una vez más a sus ruegos de que no apagase aún la luz y contarles de nuevo el mismo cuento que se sabían de memoria.

Cuando por fin consiguió despedirse se dirigió al dormitorio donde su esposa veía desde la cama un informativo. Acostarse temprano se había convertido en una costumbre desde que tuvieron a los niños y aunque solían quedarse despiertos charlando o viendo la tele, a las nueve solían estar en la cama. Se quitó la ropa y se tendió junto a su mujer, que bajó el volumen del televisor.

—¿Se han dormido? —preguntó.

—Creo que sí —dijo cerrando los ojos en un gesto suyo que ella conocía bien y que nada tenía que ver con dormir.

—¿Estás preocupado? —preguntó pasando un dedo por su frente.

—Sí —no tenía objeto mentirle, ella le conocía bien.

—Cuéntamelo.

—No sé bien qué es, eso es lo que me preocupa, hay algo que no va bien y no sé qué es.

—¿Tiene que ver con esa inspectora tan guapa? —preguntó ella con retintín.

—Pues supongo que en parte tendrá algo que ver, pero tampoco estoy seguro, tiene una manera de hacer las cosas un poco distintas, pero no creo que eso esté mal.

—¿Crees que es buena?

—Sí, creo que es muy buena, pero... no sé explicarlo, hay una especie de cara oscura en ella, una parte que no logro ver, y supongo que es eso lo que me preocupa.

—Todo el mundo tiene una cara oculta, y hace poco que la conoces, aún es pronto para poder emitir un juicio, ¿no crees?

—No se trata de eso, es una especie de aprensión, como una sensación instintiva, ya sabes que no suelo hacer juicios basados en primeras impresiones, pero las percepciones son importantes en mi trabajo y creo que muchas veces ignoramos señales de cosas que nos inquietan de los demás solo porque no tenemos una base de fundamento sobre la que sostenerlo, pero más de una vez sucede que esa sensación que habíamos percibido y decidimos ignorar regresa con el tiempo cargada de razones y nos lamentamos de no haber atendido a eso que algunos llaman percepción, instinto, primeras impresiones y que en el fondo tienen una gran base científica, pues están sustentadas en el lenguaje corporal, las expresiones faciales y las pequeñas mentiras sociales.

—Entonces ¿crees que ella miente?

—Creo que oculta algo.

—Y sin embargo dices que confías en su criterio.

—Así es.

—Quizá lo que percibes es desequilibrio emocional, las personas que no aman o no son amadas, las personas que en su casa tienen problemas, producen esa sensación.

—No creo que sea el caso. Su marido es un famoso escultor americano, ha venido a Elizondo a acompañarla mientras dura la investigación, la he oído hablar con él por teléfono, y no hay tensión. Por lo demás está en casa de su tía, con una de sus hermanas; parece que a nivel familiar todo va normal.

—¿Tienen niños?

—No.

—Pues ahí lo tienes —dijo ella apoyándose en la almohada y apagando la luz de su mesilla—. Yo creo que ninguna mujer en edad de concebir puede estar completa si no tiene hijos, y te aseguro que eso puede ser una carga enorme, secreta y oscura. Te quiero, pero si no tuviera hijos, yo me sentiría incompleta —dijo cerrando los ojos—. Aunque acabe agotada.

Él la miró sonriendo mientras pensaba en el modo simplificado y directo que ella tenía de ver el mundo y en cuántas veces era acertado.

42

Después de una larga ducha caliente, Amaia se sintió muchísimo mejor, aunque no más relajada. Su musculatura se tensaba bajo la piel como la de un atleta antes de una competición. Aún no entendía cómo funcionaba el instinto, la complicada maquinaria que se ponía en marcha dentro de un investigador, pero de manera muy sutil casi podía oír los engranajes del caso, girando, encajando, arrastrando en su lento movimiento cientos de pequeñas piezas que encajaban a su vez en otras tantas, haciendo que todo cobrase sentido, como si en su avance fuera apartando velos de niebla que hubiera tenido ante los ojos. La voz del agente Dupree volvió a sonar en su cabeza. Lo que obstruye.

De nuevo, la perspicacia de aquel hombre había dado en el blanco con un océano por medio.

Lo que obstruía no había desaparecido ni mucho menos. Tenía la certeza clavada en lo más profundo de su alma de que aquello que la visitaba junto a su cama por las noches solo había retrocedido un paso para ocultarse en las sombras, adonde había regresado como un viejo vampiro intimidado por la luz solar que entraba a raudales por la grieta que había abierto la noche anterior. Una grieta que había temido abrir, como una víctima del síndrome de Estocolmo, a medias dividida entre el afán de liberarse y un pánico feroz a la luz que la libertaría. Una pequeña grieta en la prisión de miedo y silencio con la que había construido barrotes de secretos pesares con los que contener al monstruo que venía a visitarla por las noches. Una grieta por la que estaba segura que en los próximos meses se colaría algo más que luz esclarecedora. No se engañaba; sabía que si no tenía cuidado la pequeña grieta se cerraría poco a poco y una noche el viejo vampiro volvería a inclinarse sobre su cama. Pero hoy hasta podía imaginar un mundo en el que los fantasmas del pasado no la visitaran por la noche, un mundo en el que pudiera abrirse a James como debía, un mundo en el que los espíritus caprichosos de la naturaleza torcían la cola de las estrellas para iluminar su destino.

Pero había otra cosa que le había dicho Dupree que resonaba en su cabeza como una de esas cancioncillas que uno no puede dejar de tararear, aunque sin recordar del todo la letra. ¿De dónde surge? Era una pregunta inteligente que ya se había planteado y para la que no tenía respuesta, pero no por eso perdía su importancia. Un asesino como aquel no surgía de la nada de la noche a la mañana, pero las pesquisas buscando delincuentes que encajasen con el perfil no habían arrojado ninguna luz sobre el caso. Reset. Apaga y vuelve a encender. En ocasiones la respuesta no es la solución al enigma. Todo depende de que sepas hacer la pregunta adecuada. La pregunta. La fórmula. ¿Qué es lo que debo saber? Lo que debo saber es cuál es la pregunta. Miró su reflejo en el espejo y una certeza la sacudió. Con gestos rápidos, arrojó a un lado el albornoz y se vistió de nuevo con la misma ropa. Cuando llegó a comisaría, solo Zabalza continuaba trabajando.

—Hola, inspectora, ya me iba —dijo como disculpándose por estar aún allí.

—Pues tengo que pedirle que se quede un poco más.

Él asintió.

—Claro, lo que quiera.

—Necesito que acceda a todos los historiales de asesinatos de mujeres menores en el valle en los últimos veinticinco años.

Él abrió los ojos desmesuradamente.

—Eso puede llevarnos horas, y además no sé si tendremos toda la información. En el registro general aparecerá, pero la Policía Foral no tenía competencia entonces en homicidios.

—Tiene razón —dijo ella sin disimular su fastidio—. ¿Hasta cuándo podemos remontarnos?

—Unos diez años, pero eso ya lo hicimos el inspector Iriarte y yo sin ningún resultado.

—Está bien, váyase.

—¿Está segura? —preguntó él.

—Sí, se me ha ocurrido algo... No se preocupe, hablaremos mañana.

Sacó su teléfono y buscó un número.

—Padua, ¿recuerda ese favor que me debe?

Quince minutos más tarde estaba en el cuartel de la Guardia Civil.

—Veinticinco años son muchos años, algunos de esos casos ni siquiera están en el sistema. Si quiere acceder a los expedientes tendrá que ir a Pamplona; entonces el grupo de homicidios lo llevaba la Policía Nacional, y nosotros nos dedicábamos más al tráfico, el monte, las fronteras y el terrorismo... Pero haré lo que pueda. ¿Qué quiere en concreto?

—Crímenes cometidos contra mujeres jóvenes en todo el valle. Nos hemos remontado diez años atrás, pero me falta casi todo lo anterior.

Él asintió calculando lo que le pedía y comenzó a buscar expedientes en el ordenador.

—Desde el año 87... Si pudiera concretar más... ¿Qué tipo de agresión busca?

—Aquellas en que las víctimas aparecieran en el río, en el bosque, estranguladas, desnudas...

—¡Ah! —dijo como si hubiera recordado algo—, hubo un caso, mi padre solía hablar de él, una chica a la que violaron y estrangularon en Elizondo. Fue hace mucho, yo era solo un crío. Se llamaba Kraus, era rusa o algo así... Deje que lo busque —dijo tecleando de nuevo su clave. Introdujo unas cuantas fechas hasta que lo encontró—. Aquí está: Klas, no Kraus. Teresa Klas. Violada y estrangulada, apareció en los campos del caserío donde trabajaba acompañando a la anciana señora. Se detuvo al hijo menor de la mujer, pero se le soltó sin cargos. Se interrogó a varios trabajadores, y al final el asunto quedó en nada.

—¿Quién llevó el caso?

—Policía Nacional.

—¿Pone quién?

—No, pero recuerdo que cuando yo entré en la Academia —dijo mientras buscaba— el jefe de homicidios era un capitán de la Policía Nacional de Irún. No recuerdo su nombre, pero puedo llamar a mi padre, él también era guardia y seguro que lo sabe —dijo marcando el teléfono. Habló unos minutos y colgó—. Alfonso Álvarez de Toledo, ¿le suena?

—¿Ese no es escritor, o algo así?

—Sí, se dedicó a escribir después de jubilarse. Sigue viviendo en Irún, mi padre me ha dado el teléfono.

En contraste con Elizondo, Irún presentaba una inusitada actividad teniendo en cuenta que era la una de la madrugada. Los bares de la calle Luis Mariano se veían atestados de bebedores que salían de los recintos acompañados por el sonido de la música. En un golpe de suerte, Amaia consiguió aparcar en el hueco que dejaron dos ruidosas parejas que acababan de subir a un coche.

Alfonso Álvarez de Toledo exhibía un bronceado propio de la costa, y sorprendente a aquellas alturas del año, sin que parecieran importarle el millar de pequeñas arrugas que surcaban su rostro como consecuencia, no tanto de la edad, como de un exagerado gusto por el sol.

—Inspectora Salazar, es un placer, he oído hablar mucho y muy bien de usted.

Ella se sorprendió, sobre todo teniendo en cuenta que el que fuera jefe de homicidios había optado por jubilarse tempranamente después de obtener un considerable renombre con una saga de novelas de misterio que habían sido un éxito años atrás. La condujo por un amplio pasillo hasta un salón en el que una mujer de unos sesenta años miraba la televisión.

—Podemos hablar aquí. Y no se preocupe por mi esposa, ha sido mujer de un policía toda la vida y siempre he comentado mis casos con ella... Le aseguro que la policía se ha perdido a una gran detective con esta mujer.

—No lo dudo —dijo Amaia sonriendo a la aludida, que le tendió la mano y volvió a concentrar su atención en un programa del corazón que al parecer duraba hasta muy tarde.

—Me ha dicho que quería hablar del caso de Teresa Klas.

—Lo cierto es que estoy interesada en cualquier caso en el que las víctimas fueran mujeres jóvenes. En el caso de Teresa, parece que fue violada, y el perfil que busco no incluye violaciones; de hecho no hay sexo de ninguna clase.

—Oh, querida, no se deje engañar, el hecho de que en el informe ponga que la chica fue violentada no significa necesariamente que fuera violada.

—¿Cómo que no?, violentada es...

—Mire, entonces yo era jefe de homicidios, y las cosas eran muy distintas... Hágase una idea, no había mujeres en el cuerpo y los detectives tenían una formación poco menos que básica; se carecía de los adelantos científicos de ahora, si el semen era visible había semen, si no no lo había... Servía de poco porque no se hacían análisis de ADN. Eran los años ochenta, y hay que reconocer que la mentalidad que incluso la policía tenía entonces era poco menos que timorata y púdica, por no decir mojigata. Si se llegaba a un escenario y había una chica con las bragas bajadas, se daba por sentado que había habido violencia sexual; el sexo consentido casi ni se observaba a menos que se tratase de una prostituta.

—¿Entonces Teresa fue violada o no?

—Había algo muy sexual en el modo en que quedó expuesto el cadáver, estaba completamente desnuda, con los ojos abiertos, y un cordel alrededor del cuello, que resultó ser de la misma granja. Imagínese el cuadro.

Amaia lo podía imaginar.

—¿Tenía las manos colocadas de alguna forma especial?

—No que yo recuerde. Su ropa estaba esparcida alrededor, como arrojada sin cuidado junto al contenido de su bolso, unas cuantas monedas y caramelos... Incluso tenía algunos por encima.

Amaia sintió algo parecido a una fuerte náusea que le contrajo el estómago.

—¿Tenía caramelos por encima?

—Sí, algunos, estaban tirados por todas partes. Sus padres nos dijeron que era muy golosa.

—¿Recuerda cómo estaban colocados encima de ella?

Alfonso tomó aire y lo contuvo unos segundos antes de expulsarlo, dando la sensación de que hacía un gran esfuerzo por recordar.

—La mayoría estaban tirados a su alrededor y entre sus piernas, pero había uno en el bajo vientre, sobre la línea del pubis. ¿Significa algo para usted? Nosotros asumimos que se habían caído del bolso cuando el agresor lo registró, tal vez buscando dinero; era primeros de mes y quizá pensó que llevaría su sueldo, entonces todo se pagaba en metálico.

Una certeza la sacudió.

—¿Qué mes era?

—Era por estas fechas, febrero, lo recuerdo porque unos días después nació mi hija Sofía.

—¿Puede decirme algo más sobre ese crimen, algo que le llamase la atención?

—Puedo decirle algo que me llamó la atención años después en otros crímenes, casualmente de mujeres jóvenes, y que me hicieron recordar a Teresa, aunque solo era un detalle, una curiosidad. Matilde —dijo dirigiéndose a su mujer—, ¿lo recuerdas? ¿Lo de las muertas peinadas?

Ella hizo un gesto afirmativo sin dejar de mirar la pantalla.

—Unos seis meses después, una campista alemana apareció «violentada» y estrangulada en las inmediaciones de un camping en Bera. A pesar de las coincidencias era un crimen distinto; a la chica intentaron violarla, tenía signos de lucha y al animal se le fue la mano y se la cargó; fue también estrangulada, con una cuerda del propio camping, y después de muerta le cortó la ropa para verla desnuda. Fue un pervertido, un guarda del camping, un asqueroso cincuentón que ya tenía denuncias por espiar a las campistas mientras se duchaban. Lo curioso es que, a pesar de toda la violencia que presentaba el cadáver, tenía el pelo colocado a los lados y peinado como si posara para una foto. El tío lo negó todo, haberla matado, haberla peinado, pero había testigos que les habían visto discutir días antes cuando la chica le pilló husmeando en su tienda mientras se cambiaba. Veinte años le cayeron al prenda. Un año más tarde tuvimos otro caso de muerta peinada. Una chica que se separó de su grupo de senderismo en el monte. En un principio se pensó que se había perdido y se organizaron partidas de búsqueda; la encontramos casi diez días después, estaba bajo un árbol, como recostada, y el cuerpo presentaba una deshidratación inusual que un forense podría explicarle mejor que yo. El caso es que el cadáver parecía momificado, la ropa no estaba, y le habían deshecho el moño que llevaba y el pelo estaba perfectamente colocado a los lados del cuerpo, como si alguien hubiera peinado su melena.

Amaia casi no podía contener el temblor de sus piernas.

—¿Había algo sobre el cadáver?

—No, nada, no había nada, aunque tenía las manos vueltas hacia arriba. Daba una sensación muy rara, pero no había nada sobre el cadáver, le habían quitado todo: ropa, bragas, zapatos... Aunque ahora que me acuerdo, los zapatos sí que aparecieron, de hecho fue gracias a eso como la encontraron: estaban en la linde del sendero que se adentraba en el bosque.

—Colocados juntos, como cuando alguien se va a dormir o a nadar al río —recitó Amaia.

—Sí —admitió él mirándola sorprendido—. ¿Cómo lo sabe?

—¿Cogieron al agresor?

—No, no había pistas, no había sospechosos... Se interrogó a sus amigos y familiares, rutina. Lo mismo que con Teresa, lo mismo que con las otras. Mujeres jóvenes, algunas casi niñas, apenas despertando a la vida. Y alguien les cortó las alas...

—¿Cree que hay alguna posibilidad de que pueda tener acceso a esos expedientes? —preguntó casi en un ruego.

—Supongo que sabe a qué me dedico... Cuando dejé la policía me llevé copia de todos los casos en los que había trabajado.

Condujo hasta Elizondo mientras los datos que Álvarez de Toledo acababa de proporcionarle hervían en su cabeza. Los expedientes pusieron ante Amaia indicios comunes, datos sospechosos, un mismo tipo de víctima, un modus operandi que se perfeccionaba, que se depuraba... Había encontrado su origen, su huella de muerte que se había extendido por todo el valle hasta Bera y quizá más allá. Ahora estaba segura de que el asesino vivía en Elizondo, y sabía que Teresa había sido la primera, un crimen de oportunidad que en los siguientes le llevó a alejarse lo más posible de su casa. Teresa, que era más hermosa que lista, una «freska», como habría dicho su *amatxi* Juanita, descocada y segura de su encanto, una chica que disfrutaba exhibiéndose. El asesino no había podido resistirse a la tentación de su presencia diaria, de la provocación que suponía verla cada día considerándola sucia, maligna, jugando a ser mujer cuando debería estar poco menos que jugando con muñecas. Su existencia se le antojó insoportable y la mató, como a las demás, sin violarla, pero exponiendo su cuerpo de niña, que había cruzado la frontera de su ideal de decencia. Después se había dedicado a perfeccionar su técnica, la ropa cortada, las manos ofreciendo, el pelo bien peinado a ambos lados de la cabeza... Y de pronto nada, silencio durante años, unos años en que posiblemente había estado cumpliendo condena por un delito menor, o se había trasladado por un tiempo a otra zona, pero había vuelto maduro y frío, con una técnica más depurada, quizá como macabro homenaje a Teresa, en febrero, y con el detalle de aquel símbolo de niñez que era un caramelo convertido en una torta dulce y casera, que en opinión de Amaia constituía su firma más veraz.

43

Había dormido junto a James después de introducirse como un polizón silencioso en la cama casi a las cuatro de la madrugada, sabiendo que debía dormir y temiendo no poder hacerlo debido a la inquietud reinante en su interior. Sin embargo, se había dormido enseguida, y el sueño había tenido la proporción de tibieza y reparo que necesitaba su cuerpo, pero sobre todo su mente. Despertó antes del amanecer, sintiéndose por primera vez en mucho tiempo serena y centrada. Bajó a la sala, se demoró encendiendo la lumbre en la chimenea, en aquel ritual que había realizado cada mañana desde niña y que hacía tantos años que no repetía. Se sentó frente al fuego, que tímidamente iba avivándose y... Lo consiguió. Reset. «Era un buen consejo, agente analista Dupree», pensó Amaia. Y dio resultados inmediatos.

Fermín Montes despertó en la habitación del hotel Baztán en la que había pasado la noche con Flora. Sobre la almohada, una nota que decía: «Eres maravilloso. Te llamaré más tarde. Flora». La tomó en las manos y la besó con sonoridad. Sonrió, se estiró hasta tocar la cabecera acolchada y canturreando una cancioncilla se metió en la ducha, sin poder dejar de pensar ni un instante en el milagro que suponía haber conocido a esa mujer. Por primera vez desde hacía más de un año la vida cobraba significado para él, porque en los últimos meses, y ahora lo sabía mejor que nunca, había sido un muerto que camina, un zombi esforzado en dar una apariencia de vida ilusoria que ahora no podía parecerle más falsa. Flora era el milagro que lo había resucitado, animando un corazón que no latía, como un desfibrilador humano que sin previo aviso y de una fuerte sacudida lo había puesto a funcionar. Flora había llegado imponiéndose, arrasando, se había instalado en su vida sin pedir permiso y haciéndole recuperar el sentido y la dirección. Le sorprendió su fuerza nada más conocerla, el carácter fuerte e indómito de una mujer que se había hecho a sí misma, que había levantado su negocio y velado por su familia. Sonrió de nuevo al pensar en ella, en su cuerpo cálido entre las sábanas. Casi había temido el momento tanto como lo había ansiado, porque la carga de veneno que su esposa había dejado al abandonarlo se había ido liberando lentamente durante los últimos meses, actuando como una castración química que le había impedido tener sexo con ninguna mujer desde que ella se fue. Su rostro se nubló al rememorar las palabras de la despedida... El patetismo de sus ruegos de entonces casi le hacía enrojecer. Había implorado ante ella, queriendo hacer valer los diez años que llevaban casados, se había arrastrado, había llorado pidiéndole que no se fuera, y en un último acto de desesperación le había pedido explicaciones, le había pedido un porqué, como si llegados a este punto un razonamiento o un motivo pudieran justificar el naufragio de un hombre. Pero la muy zorra había respondido, un último cañonazo, una salva de honor directa a la línea de flotación.

—¿Por qué? ¿Quieres saberlo? Porque me folla como un campeón, y cuando acaba me folla de nuevo.

Después salió dando un portazo y no volvió a verla más que en el juzgado.

Sabía que era hartazgo, despecho, desdén y hastío mezclados a partes iguales, en cierta medida provocados por él mismo en los últimos estertores del amor, pero aun así sus palabras se habían quedado enquistadas y resonaban en su cabeza como acúfenos indeseables. Hasta que conoció a Flora. La sonrisa volvió a sus labios mientras se afeitaba mirándose al espejo de aquel hotel, donde ella había preferido quedarse para no dar que hablar en el pueblo. Una mujer discreta, segura y tan bella que le cortaba el aliento. Se había entregado con pasión en sus brazos y él había respondido.

—Como un machote —se dijo mientras se miraba de nuevo al espejo y pensaba que hacía mucho que no se sentía tan bien, y que quizá cuando se cerrase el caso podía solicitar plaza en Elizondo.

Amaia se abrigó y salió a la calle. Aquella mañana no llovía, pero la niebla cargada de humedad cubría las calles con una pátina de tristeza ancestral que hacía a las gentes caminar inclinadas como si fuesen portadores de una gran carga y buscar refugio en los cálidos cafés. A primera hora había llamado a Donosti para saber cómo iban los análisis.

—Ya los tengo en marcha —había sido la respuesta de Josune—. Oye, podrías haberme avisado de que el subinspector Etxaide era tan guapo y me habría depilado.

Era una broma que habían mantenido entre ellas desde sus tiempos universitarios, aunque percibió que el interés de Josune trascendía a la broma. Estuvo a punto de decirle que perdía el tiempo, pero decidió no hacerlo. La sonrisa le duró un rato después de colgar el teléfono.

Se demoró cuanto pudo antes de ir a comisaría. Primero quiso dar un paseo hasta la iglesia de Santiago, pero encontró el templo cerrado. Paseó entonces por los jardines y el parque infantil desierto en la mañana del lunes. Y admiró la gordura de la caterva de gatos que parecían vivir bajo la iglesia y se colaban a duras penas por los respiraderos de la parte externa. Caminó siguiendo la línea que marcaba la pared y recordando la no tan antigua creencia que describía Barandiaran y que decía que si una mujer daba tres vueltas al perímetro de la iglesia se volvía bruja. Regresó hasta la entrada y observó los esbeltos árboles que competían por ser el punto más alto con la torre del reloj. Pensó en ir hacia el ayuntamiento, pero las fuertes rachas de viento que comenzaban a barrer las nubes bajas traían disuasorias gotas de agua helada. Cambió de dirección y comenzó a subir la calle Santiago hasta las pastelerías donde varias mujeres desayunaban en pequeños grupos de amigas. Al entrar en Malkorra sintió las miradas curiosas cuando se dirigió a la barra. Pidió un café con leche que le pareció el mejor que había tomado en mucho tiempo y antes de salir compró unos trozos de *urrakin egiña*, el chocolate tradicional de Elizondo, elaborado de manera artesanal con avellanas enteras y que daba fama a aquella confitería.

Amaia intentó guarecerse de la lluvia caminando a buen paso bajo los balcones. Adquirió el *Diario de Navarra* y el *Diario de Noticias* y se dirigió al coche, que tenía aparcado en las dependencias de la antigua comisaría, que se encontraba hacia la mitad de la calle. Cedió el paso a una mujer rubia que conducía un coche pequeño y creyó reconocerla de las fotos que Iriarte tenía sobre su mesa. Condujo por las calles a la hora punta de los repartos y por fin, casi a mediodía, se acercó hasta la comisaría.

Sobre su mesa estaban las mismas fotos y un informe del laboratorio que ya había recibido en su PDA, que le contaba lo que hacía dos días le había dicho la doctora Takchenko: que no había coincidencia entre las harinas. Tipo de análisis HPLC. Y una novedad. La mancha oleosa en la piel de cabra extraída del cordel con el que se estranguló a las chicas era óxido con trazas de hidrocarburos y vinagre de vino. Todo muy esclarecedor.

Iriarte y Zabalza estaban fuera; uno de los policías de

turno le explicó que se entrevistaban de nuevo con las últimas personas que vieron a las chicas con vida. Desde el hospital de Navarra le informaron de que Freddy evolucionaba favorablemente y su estado se consideraba menos grave. Casi a la una telefoneó Padua.

—Inspectora. Han llegado algunos resultados del caso de Johana y creo que le interesará esto: el corte del brazo fue realizado con un cuchillo eléctrico o una sierra de calar, aunque se inclinan más por el primero debido a la direccionalidad del corte, suponemos que alimentado a baterías, ya que allí no había electricidad. Y la erosión que presenta la herida en la parte superior es un mordisco... Recordará que sacaron un molde en la autopsia.

—Sí.

—Pues resulta que sin lugar a duda son dientes humanos.

—Joder —exclamó ella.

—Ya sé lo que va a decirme, pero ya lo hemos comparado con la dentadura del padre y no coincide.

—Joder —dijo Amaia de nuevo.

—Sí, eso creo yo también —respondió él.

—El entierro y funeral de Johana se celebrarán mañana, la madre me ha pedido que se lo diga.

—Gracias —dijo como si pensara en otra cosa—. Teniente Padua, un informador me ha comunicado que observó actividad sospechosa en la margen derecha del río, en la zona de Arri Zahar. Cruzando el hayedo, hay por lo visto unas cuevas, a unos cuatrocientos metros en la ladera. Seguramente no será nada, pero...

—Lo comunicaré al Seprona.

—Sí, hágalo, gracias.

—Gracias a usted, inspectora —titubeó un poco y bajó la voz, para que nadie oyera lo que iba a decir a continuación—: Gracias por todo, estoy en deuda con usted, me está demostrando ser una buena investigadora. Y también una buena persona. Si alguna vez necesita algo...

—No hay ninguna deuda, estamos en el mismo barco, teniente, pero lo tendré en cuenta.

Colgó y permaneció muy quieta, como si cualquier movimiento obstaculizase el flujo de sus pensamientos, después buscó en internet una página de consultas y mandó una pregunta al administrador. Se puso un café con leche y se demoró bebiéndolo a pequeños sorbos mientras miraba por la ventana. A mediodía llamó a James.

—¿Te apetece comer con tu mujercita?

—Siempre, ¿vienes a casa?

—Había pensado en comer fuera.

—De acuerdo, y seguro que también has pensado dónde.

—¡Cómo me conoces! A las dos en El Kortarizar, es uno de los favoritos de la tía. Está muy cerca de casa, en la entrada de Elizondo por Irurita, y ya he reservado. Si llegáis primero pedid el vino.

Salió de la comisaría pero vio que aún faltaban casi tres cuartos de hora antes de comer. Tomó el camino de los Alduides y condujo hasta el cementerio. Había otro coche aparcado en la entrada, sin embargo no vio a nadie dentro. Caminó sin prisa entre las sepulturas, mojándose los zapatos con la hierba demasiado alta que crecía entre las tumbas, hasta que halló la que buscaba: estaba marcada por una pequeña cruz de hierro. Observó apenada que uno de los brazos estaba partido. La placa en el centro rezaba: «Familia Aldube Salazar». Tenía siete años cuando murió su abuela Juanita, y no recordaba su rostro, pero sí el olor de su casa, dulce y un poco picante, como a nuez moscada. El olor a naftalina de su armario de la ropa blanca, el olor a plancha de su ropa. Recordaba su pelo blanco, recogido en un moño apretado con horquillas, agujas de plata coronadas por flores engarzadas con pequeñas perlas, y que habían sido la única joya, junto a la delgada alianza de su dedo, que le había visto puesta jamás. Recordaba el rítmico balanceo que imprimía a sus piernas cuando la sentaba en su regazo, como un trote de caballito, y las canciones que cantaba en euskera con voz dulce, tan tristes que a veces la hacían llorar.

—*Amatxi* —susurró. Y una sonrisa subió a su rostro.

Avanzó hasta la parte superior del camposanto y dibujó mentalmente las líneas imaginarias que partiendo del crucero establecían los caminos subterráneos de aquel inframundo del que hablaba Jonan. Oyó un susurro ronco, pero aunque miró alrededor no vio a nadie. La lluvia repiqueteando en la tela de su paraguas cubrió el sonido por completo, pero al volverse creyó oírlo de nuevo. Cerró el paraguas y escuchó con atención. Aunque sonaba contaminado por el ruido de la lluvia cayendo sobre las tumbas, esta vez fue perfectamente audible. Abrió el paraguas y avanzó en la dirección de la que provenía.

Entonces vio el paraguas. Era rojo, con unas flores en el borde de tonos granates y naranjas. Su colorido resultaba incongruente en aquel lugar donde hasta las incombustibles flores de plástico y tela se veían deslavazadas por efecto de la lluvia. Pero aún resultaba más incongruente por ser un hombre el que lo llevaba. Lo sostenía inclinado, apoyado en el hombro, cubriendo casi toda la parte superior de su cuerpo. Permanecía inmóvil, y aunque la posición del paraguas proyectaba casi todo el sonido de su voz en dirección contraria, pudo distinguir el llanto que no cesaba mientras susurraba algo que resultaba incomprensible.

Retrocedió hasta el crucero y dio la vuelta por la calle superior, desde donde obtuvo una vista mejor del panteón de la familia Elizasu. Las coronas y ramos traídos en el funeral se amontonaban sobre el mármol como formando una pira. Las flores habían tomado una consistencia pastosa y encharcada y los ramos cubiertos con celofán se veían blancos y perlados de gotitas por la condensación de las flores al pudrirse en su interior. Al acercarse pudo distinguir las deportivas blancas y negras del hermano de

Ainhoa, que, incapaz de contenerse, sollozaba como una criatura sin dejar de mirar la tumba de su hermana y repitiendo una y otra vez las mismas palabras.

—Lo siento, lo siento, lo siento.

Amaia retrocedió unos pasos decidida a salir sin que la viera, pero el chico pareció percibir su presencia y comenzó a volverse. Tuvo el tiempo justo de taparse con el paraguas. Fingió durante un par de minutos que rezaba frente a la sepultura que tenía delante, hasta que dejó de sentir la mirada penetrante del chico. Se volvió por donde había venido dando un rodeo hasta la puerta y cubriéndose para evitar que la reconociera.

Cuando llegó al restaurante, la tía y James ya habían pedido una botella de Remelluri tinto y charlaban animados. El Kortarizar siempre le había gustado por su ambiente, por las oscuras vigas que surcaban el techo y la chimenea siempre encendida, mezclados con un aroma como a maíz asado que le resultaba familiar y que le hizo sentir hambre en cuanto rebasó la puerta. Aunque estuvo de acuerdo en el bacalao frito y el chuletón de buey, rechazó tomar vino y pidió una jarra de agua.

—¿De verdad no vas a probar este vino? —se extrañó James.

—Sospecho que tendré una tarde movidita y no quiero tener la sensación de modorra que me da el vino.

—¿Significa eso que estás consiguiendo avances?

—No lo sé aún, pero creo que al menos obtendré algunas respuestas. —«Las respuestas no siempre resuelven el enigma. Paso a paso», pensó.

Comieron con apetito, charlaron acerca de la mejoría de Freddy, de la cual todos se alegraron, y disfrutaron con las anécdotas de James sobre sus comienzos en el mundo artístico. Cuando traían el café, el teléfono de Amaia comenzó a sonar. Se levantó y salió a la puerta antes de contestar.

—Jonan, ¿qué me cuentas?

—La harina de la casa de Ros y la harina con la que se elaboró el *txantxigorri* coinciden en un cien por cien, y la harina S11 y la del pastelito coinciden en un 35 por ciento.

—Da las gracias a Josune, busca un fax y espera a que yo te llame.

Colgó y volvió a entrar para despedirse ante las protestas de James y el café que se quedaba intacto, y esperó a estar fuera para volver a marcar.

—Inspector Iriarte.

—Buenas tardes, iba a llamarla ahora.

—¿Alguna novedad?

—Podría ser, una de las amigas de Ainhoa recordó que cuando esta esperaba en la parada del autobús ella pasó por la acera de enfrente para reunirse con su hermana, que la esperaba más adelante. Afirma que un coche se detuvo en la parada, y que le pareció que el conductor hablaba a Ainhoa desde el interior, pero después siguió su camino sin que la chica subiera al coche. Dice que no lo había recordado porque no le dio importancia, ni siquiera está segura de que el conductor fuese hombre o mujer, pero dice que desde luego la niña no subió al coche.

—Podría ser alguien que paró para preguntarle algo, o alguien que se ofreció a llevarla.

—También pudo ser el asesino. Quizá se ofreció a llevarla y ella declinó la invitación porque aún albergaba la esperanza de que llegase el autobús, pero al ir pasando los minutos y ver que no venía comenzaría a ponerse nerviosa y él no tendría más que esperar pacientemente hasta que ella estuviera lo bastante angustiada como para aceptar subir al coche. La segunda vez que se lo propusiera no le parecería tan mala opción, incluso hasta una salvación...

—¿Se fijó en el coche?

—Dijo que era de color claro, beis, gris o blanco, con dos puertas, tipo furgoneta pequeña de reparto, y cree que tenía unas letras impresas. Le he mostrado fotos de los ocho modelos más frecuentes de furgoneta y no las distingue. Podemos buscar por el valle propietarios de furgonetas de esas características, pero ya le adelanto que las hay a montones: en casi todas las tiendas, almacenes y caseríos tienen al menos una, y por defecto suelen ser blancas. Es el típico vehículo de trabajo, así que en la mayoría de casos estarán a nombre de varones de entre veinticinco y cuarenta cinco años.

Ella lo sopesó.

—De todos modos lo revisaremos, tampoco tenemos mucho más. Comprobaremos primero si algún familiar o amigo de las víctimas tiene una similar, o alguien recuerda quién tiene una, y empezaremos con la familia de Ainhoa Elizasu. Esta mañana su hermano estaba en el cementerio, pidiendo perdón ante la tumba de su hermana.

—Puede que se sienta culpable por no haber avisado antes a los padres. Lo responsabilizan, yo estuve con ellos tras el funeral y era lastimoso verle... Si continúan presionándolo así no me extrañaría que tuvieran que enterrar a otro hijo.

—A veces esos gestos encierran más de lo que se ve a primera vista. Quizá sean unos cafres, o quizá sospechen algo y el rechazo sea la forma de canalizarlo.

—¿Está usted en la comisaría?

—Ahora iba para allá.

—Esta mañana he visto a su mujer, la reconocí por las fotos...

—¿Sí?

—¿Cree que podría convencerla de que nos preste el coche esta tarde?

—¿El coche de mi mujer?

—Sí, luego se lo explicaré.

—Bueno, si le dejo el mío no creo que haya problema.

—Bien. Tráigalo, pero no lo aparque en la comisaría.

—De acuerdo —aceptó él.

Amaia subió a la sala de reuniones y esperó a que llegase Iriarte repasando las declaraciones de los amigos de Carla y Anne y los vehículos de los familiares.

—Ya veo que ha empezado sin mí —dijo Iriarte.

—Me temo que lo dejaremos enseguida, tengo otro plan para esta tarde.

Él la miró sorprendido, pero no dijo nada, se sentó y se puso a trabajar. Amaia tomó el teléfono y llamó a Jonan.

—¿Has localizado un fax?

—Aquí lo tengo.

—Bien; envíame los resultados a la comisaría de Elizondo.

—Pero...

—Haz lo que te digo y regresa en cuanto acabes.

Cinco minutos más tarde, el subinspector Zabalza se asomaba a la puerta de la sala.

—Acaba de llegar por fax desde el Anatómico Forense de San Sebastián.

Amaia permaneció en su sitio y dejó que fuera Iriarte quien lo leyese primero. Cuando terminó la miró muy serio.

—¿Solicitó usted estos análisis?

—Así es, los doctores que efectuaron las analíticas en Huesca realizaron un segundo análisis de las muestras y hallaron lo que parecía una coincidencia parcial, y sugirieron que quizá se había cambiado de harina y por eso salía mezclada en cantidades muy pequeñas. Ayer por la noche, el subinspector Etxaide tomó una muestra de la harina que se venía utilizando en el obrador Salazar hasta hace un mes y lo envié a San Sebastián, haciendo valer un favor que me debía una colega de la Ertzaintza. Y estos son los resultados. Los veinte empleados de Mantecadas Salazar tienen acceso a la harina, y es costumbre que cojan la que necesiten para su casa. Así mismo podrían haberla repartido entre familiares y amigos. Es algo que ahora nos toca investigar.

Zabalza salió de la sala y se dirigió a su despacho.

Iriarte estaba inusualmente silencioso repasando una y otra vez el informe del análisis. Amaia cerró la puerta.

—Inspectora, ¿se da cuenta de la trascendencia que tiene esto para el caso? Es la pista más fiable que hemos obtenido hasta ahora.

Ella asintió con rotundidad.

—... Y está relacionada con su familia.

—Sé a qué se refiere. En prevención de algo así, el comisario le puso al frente de esta investigación conmigo, y por eso le he llamado —dijo acercándose a la ventana y mirando hacia el exterior—. Ahora necesito que venga aquí y mire esto.

Él se colocó a su lado. Ella consultó su reloj.

—Apenas un cuarto de hora desde que ha llegado el fax y ya está aquí —dijo señalando un coche que acababa de aparcar bajo la ventana y del que descendió el inspector Montes, que, antes de dirigirse a la entrada, elevó la mirada hacia donde se encontraban ellos. Instintivamente dieron un paso atrás.

—No puede vernos, son cristales espejados —dijo Iriarte.

Amaia se asomó a la puerta de la sala a tiempo de ver cómo Fermín Montes entraba en el despacho de Zabalza, para salir unos minutos más tarde llevando un sobre enrollado en forma de tubo.

Observaron por la ventana cómo subía a su coche después de echar una significativa mirada alrededor y salía del aparcamiento.

—Es evidente que las relaciones del inspector Montes con quien está al mando, en este caso usted, dejan mucho que desear, y no debería sacar el informe de la comisaría sin permiso, ni Zabalza debió permitírselo, pero por otro lado forma parte del equipo de investigación y no es raro que quiera seguir informado.

—¿Y no cree que debería asistir a las reuniones, que para eso están? —preguntó Amaia, harta del corporativismo machista con que los hombres siempre intentaban justificar actos que en una mujer serían criticados.

—Pensaba que estaba enfermo, eso me dijo Zabalza.

—Sí, hoy podrá ver con sus ojos lo grave que es el mal que sufre el inspector Montes —dijo visiblemente enfadada—. ¿Ha conseguido que su esposa nos prestara el coche?

—Está aparcado detrás —contestó él, disgustado—. Tal como me indicó —añadió, como para dejar constancia de que él no era el enemigo.

Se sintió un poco mezquina por ser tan dura con él, que le había brindado todo su apoyo desde el principio. Suavizó su gesto y tomó el bolso colgado en el respaldo de la silla.

—Vamos.

El coche de la mujer de Iriarte era un viejo Micra de cuatro puertas y color granate con sillitas para niños en la parte trasera. El inspector le dio las llaves y ella se entretuvo unos segundos en ajustar el asiento y los espejos. Para cuando salieron del aparcamiento no había ni rastro del coche de Montes. Pero no le hizo falta. Sabía de sobra adónde se dirigía. Se demoró conduciendo tranquilamente para darle tiempo a llegar y cuando el inspector Iriarte comenzaba a impacientarse salió de Elizondo en dirección a Pamplona. Cinco kilómetros más adelante detuvo el coche en el aparcamiento del hotel Baztán. Iriarte iba a preguntar cuando reconoció el coche de Montes aparcado cerca de la entrada del restaurante. Amaia aparcó enfrente y permaneció en silencio hasta que vio llegar el Mercedes de Flora, que miró repetidamente a su alrededor antes de entrar al local.

—Por eso necesitaba este coche, ahora lo entiendo —dijo Iriarte.

Sin decir una palabra, Amaia le hizo un gesto y ambos bajaron del vehículo. Había oscurecido por completo, y aunque por lo temprana de la hora no había tantos coches en el aparcamiento como el día anterior, pudieron acercarse lo suficiente como para ver bastante bien el comedor a través de la cristalera. Montes estaba sentado más cerca de la ventana y no veían su rostro. Flora se sentó frente a él y le besó en los labios. Él le tendió el sobre enrollado, que ella abrió.

El cambio experimentado en la expresión de su cara fue evidente hasta en la distancia. Intentó sonreír, aunque en su rostro solo se dibujó un rictus lejanamente parecido a lo que pretendía ser. Dijo algo mientras se ponía de pie. Montes la imitó, pero ella le puso una mano en el pecho y le instó a sentarse de nuevo. Se inclinó para besarle otra vez y salió del restaurante rápidamente.

Flora bajó los tres escalones que la separaban del exterior llevando el sobre en la mano y las llaves del coche en la otra. Se acercó a su Mercedes y accionó la apertura.

Amaia la abordó saliendo de detrás del coche.

—¿Sabes que apropiarse de pruebas relativas a una investigación es delito?

Su hermana se quedó parada en seco, llevándose una mano al pecho y con el rostro demudado.

—¡Qué susto me has dado!

—¿No vas a contestarme, Flora?

—¿Qué? ¿Esto? —dijo levantando el sobre—. Me lo acabo de encontrar en el suelo, ni siquiera lo he mirado, no sé lo que es. Iba a entregarlo en la policía municipal. Dices que son pruebas, se le habrán caído al inspector Montes. Seguro que él te dice lo mismo.

—Flora, lo has abierto y lo has leído, tus huellas están en cada página y yo acabo de ver cómo Montes te lo entregaba.

Flora sonrió restándole importancia y abrió la puerta del coche.

—¿Adónde vas, Flora? —dijo la inspectora empujando la puerta del coche—. Ya sabes que hay coincidencia, debemos hablar y tendrás que acompañarme.

—Lo que me faltaba por oír —chilló—. ¿Tan desesperada estás que vas a detener a toda tu familia? Freddy, Ros, ahora yo... ¿Vas a encerrarme como a la *ama*?

Algunas personas que entraban en la cafetería se volvieron a mirar. Amaia sintió crecer su rabia contra Montes: Freddy y Ros, ¿es que aquel incauto de mierda le había contado cada paso de la investigación a su hermana?

—No te estoy deteniendo, pero sabes por Montes que la harina salió del obrador.

—Cualquier trabajador ha podido llevársela.

—Tienes razón, por eso necesito tu ayuda. Eso, y que me expliques por qué no me dijiste que habías cambiado de harina.

—Ocurrió hace meses, no creí que tuviera importancia, casi ni me acordaba.

—Hace meses no, la harina que Ros tiene en casa es de hace un mes. Y coincide.

Flora se pasó una mano, nerviosa, por la cara, pero recuperó enseguida el control.

—Esta conversación ha terminado: o me detienes, o no pienso seguir hablando contigo.

—No, Flora, la conversación acabará cuando lo diga yo. No me obligues a citarte en la comisaría, porque lo haré.

—¡Qué mala eres! —le espetó su hermana mayor.

No se esperaba aquello.

—Que yo soy mala... No, Flora, solo hago mi trabajo, pero tú sí que eres mala. Tu existencia no tiene otra razón que hacer daño, soltar veneno, cargar con reproche y culpa a todos los que están a tu alrededor. A mí me la traes al fresco, hermana, porque estoy hasta los cojones de tratar con gentuza, pero hay otros a los que haces daño a conciencia hasta que los destruyes, minando su confianza como a Ros o rompiéndole el corazón como al pobre Víctor cuando te vio ayer con Montes.

La sonrisa cínica que había mantenido en su cara

mientras Amaia hablaba se vio mudada en sorpresa con sus últimas palabras. Amaia supo que había dado en el blanco.

—Os vio ayer —repitió.

—Tengo que hablar con él.

Flora volvió a abrir la puerta del coche decidida a irse.

—No hace falta, Flora. Le quedó todo muy claro cuando os vio besaros.

—Por eso no responde a mis llamadas —dijo ella para sí.

—Cómo quieres que reaccione si un día pregonas que es tu esposo y al siguiente te ve besarte con otro hombre.

—No seas necia —dijo recuperando la compostura—, Montes no significa nada.

—Pero ¿qué estás diciendo?

—Víctor es el hombre con el que me casé. Él es y será el único hombre para mí.

Amaia negó, incrédula.

—Flora, yo estaba aquí con él, te vi besarle.

Flora sonrió pagada de sí misma.

—No entiendes nada...

De repente Amaia lo vio todo claro. Demasiado claro.

—Solo le has estado utilizando, has usado la información que él te daba, como ahora —dijo Amaia mirando el sobre.

—Un mal necesario —respondió ella. Un gemido roncó se oyó a su espalda.

El inspector Montes, con el rostro desencajado y macilento, se detuvo a dos metros de ella y comenzó a temblar mientras las lágrimas resbalaban por su rostro. La desolación más absoluta se abatió sobre él y Amaia comprendió que lo había oído, si no todo, sí al menos las últimas palabras de Flora. Esta se volvió hacia él y compuso un gesto de disgusto que lo mismo habría podido valer para un tacón roto o para una rozadura en su Mercedes.

—Fermín —llamó Amaia, preocupada por cómo se estaba desmoronando Montes.

Pero él no la escuchó, se volvió buscando los ojos de Flora. Amaia vio que llevaba su arma en la mano sosteniéndola desmayadamente. Amaia empezó a gritar cuando él levantó el brazo, lo alzó muy despacio, sin dejar de mirar a Flora, apuntó a su pecho un par de segundos, entonces la torció, la apoyó en su propia cabeza y apuntó a la sien. Los ojos estaban vacíos como los de un muerto.

—Fermín, no —gritó Amaia con todas sus fuerzas.

Iriarte lo agarró por debajo de las axilas arrastrándolo un metro hacia atrás y arrebatándole el arma, que quedó tirada en el suelo. Amaia corrió hacia ellos ayudando a Iriarte a reducir a su compañero. Montes no se resistió, cayó al suelo como un árbol herido de muerte por un rayo y quedó allí, entre los charcos, con el rostro contra el suelo llorando como un chiquillo, con Amaia arrodillada sobre él. Cuando se sintió con fuerzas para levantar la mirada vio los ojos de Iriarte, que proclamaban sin palabras que habría preferido tener que hacer cualquier cosa antes que aquello, y vio también que el Mercedes de Flora ya no estaba.

—Me cago en su puta madre —dijo poniéndose de pie—. Quédese con él, por favor. No le deje solo —rogó la inspectora.

Iriarte asintió y puso una mano sobre la cabeza de Fermín.

—Váyase ya. Y esté tranquila, yo cuidaré de él —le dijo.

Amaia se inclinó a recoger el arma de Montes y se la colocó en la cintura. Condujo como una loca hasta Elizondo haciendo chirriar las ruedas del pequeño Micra. Atravesó Muniartea y penetró en la calle Braulio Iriarte hasta la misma puerta del obrador. Cuando iba a bajar del coche sonó su teléfono. Era Zabalza.

—Inspectora Salazar, tengo novedades: el hermano de Ainhoa Elizasu trabajó el verano pasado en un vivero de plantas, Viveros Celayeta, y todavía suele ir los fines de semana. Comprobé el registro de tráfico y tienen tres furgonetas blancas Renault Kangoo; llamé y me dijeron que como el chico se sacó el carnet el año pasado ha solido conducirlas. Y agárrese: en las últimas semanas han estado haciendo obras en el jardín de la casa, la chica que ha cogido el teléfono ha dejado caer que a veces prestan las furgonetas a clientes de confianza, y el padre de Ainhoa ha comprado recientemente treinta arbolitos que él mismo llevó a su casa en una de las furgonetas junto a otros materiales. No ha sabido concretar, pero está segura de que al menos se llevó el vehículo un par de veces.

Escuchó lo que Zabalza decía mientras su cerebro la trasladaba lejos en el tiempo. Las furgonetas blancas. De pronto recordó algo que había estado rondando en su cabeza.

—Zabalza, voy a colgar y le llamaré en un minuto.

Oyó el suspiro de él. Decepcionado. Marcó el número de Ros.

—Hola, Amaia.

—Ros, teníais una furgoneta blanca en el obrador, ¿qué pasó con ella?

—Uf, hace bastante de eso, supongo que cuando compramos la furgoneta nueva, Flora la entregaría en el concesionario.

Colgó y marco el número de la comisaría.

—Zabalza, consulte en el registro de tráfico los vehículos a nombre de Flora Salazar Iturzaeta. —Esperó. Mientras escuchaba a Zabalza teclear en su ordenador observó el pequeño ventanuco del obrador, que permanecía siempre abierto a ras del tejado. No se veían luces en el interior, aunque el despacho de Flora daba atrás y de haber estado encendidas no habría podido verlas.

—Inspectora —la voz de Zabalza delataba incomodidad—, hay tres vehículos a nombre de Flora Salazar Iturzaeta. Un Mercedes color plata del año pasado, una Citroën Berlingo de color rojo del año 2009 y una Renault Terra blanca del año 96... ¿Qué quiere que haga, jefa?

—Llame al inspector Iriarte y al subinspector Etxaide. Necesito una orden para la Terra, para el domicilio de Flora y para el obrador Salazar —dijo pasándose las manos por la cara con el mismo gesto que antes había usado Flora y que ella reconocía como profunda vergüenza—. Y reúnanse todos conmigo en el obrador. Yo ya estoy aquí. —Cuando Zabalza hubo colgado susurró—: En mi casa.

Bajó del coche, se acercó a la puerta y escuchó. Nada. Sacó la llave que llevaba al cuello y antes de abrir la puerta buscó instintivamente su pistola. Al tocarla se dio cuenta de que llevaba la de Montes.

—Mierda...

Recordó la ridícula promesa que le había hecho a James de no llevar su arma. Hizo una mueca de circunstancias mientras pensaba que después de todo no estaba faltando a su palabra. Abrió la puerta y encendió la luz. Miró al interior, que aparecía perfectamente limpio y ordenado, y entró, ignorando a los fantasmas que la llamaban desde los rincones oscuros. Pasó junto a la antigua artesa y la mesa de amasar y se dirigió al despacho de Flora. Ella no estaba allí; sin embargo, todo el despacho aparecía tan ordenado y correcto como la propia Flora. Amaia podía sentir el rastro de furia que había dejado a su paso. Miró a su alrededor buscando la nota discordante y la descubrió en un robusto armario de madera cuyas puertas habían quedado entornadas, sin ajustar. Las abrió y quedó sorprendida al comprobar que se trataba de un armero disimulado en el mueble. En el interior, dos escopetas de caza mayor reposaban en sus lugares, pero un hueco evidenciaba la falta de otra arma; en la parte baja del mismo armario, media docena de cajas de munición revueltas sugerían que faltaba material.

Qué típico del carácter de Flora, no dejaría jamás que nadie hiciera nada por ella, ni siquiera eso. Miró a su alrededor, tratando de extraer del aire la información que faltaba. ¿Adónde iría Flora para culminar su obra? Desde luego no a su casa, antes habría elegido el obrador o algún lugar que tuviera más relación con la otra faceta de su vida. Quizás al río. Se dirigió a la puerta y, al pasar frente a la mesa del despacho, vio sobre ella abiertas las pruebas del nuevo libro de su hermana. La foto a todo color, evidentemente tomada por un fotógrafo experto en un estudio, mostraba una bandeja adornada con frutos rojos en la que reposaban una docena de tortas sobre las que relucían piedrecitas de azúcar. El título en letras de molde decía: *Txantxigorris (Según la receta de Josefa «Tolosa»).*

Sacó el teléfono y marcó un número.

Cuando la tía contestó, cortó su saludo con una pregunta.

—Tía, ¿te suena alguien llamada Josefa Tolosa?

—Sí, aunque ya murió. Josefa Uribe, más conocida por «la Tolosa», era la difunta suegra de tu hermana, la madre de Víctor. Todo un carácter... La verdad es que el pobre Víctor vivía bastante sojuzgado, y luego encima se casó con otra mujer de armas tomar como tu hermana. Salió del fuego para caer en las brasas. Pobre hijo. Víctor es Uribe de segundo apellido, lo que pasa es que a esa familia siempre les han llamado los Tolosa, porque el abuelo era de allí. No es que la tratase mucho, pero mi amiga Ana María era también amiga de ella, si quieres puedo preguntarle más.

—No tía, déjalo, no hace falta —dijo mientras salía a toda prisa del obrador y abría en su PDA el correo electrónico en busca de la respuesta a la pregunta que había formulado en un foro y que había sido contestada:

el interior de los depósitos de chapa de las motos antiguas se limpiaba con bicarbonato o vinagre, que pulía el interior y arrastraba todas las partículas de óxido al exterior. Partículas de óxido que llevaban adheridos restos de hidrocarburos y vinagre y que a su vez habían penetrado en la fina piel de cabra. La fina piel de la ropa de un motorista. Aún podía sentir la suavidad y el aroma de los guantes y la cazadora de Víctor cuando lo abrazó bajo la lluvia.

Recordaba haber estado en el caserío de la familia de Víctor un par de veces cuando era pequeña y su hermana Flora estaba recién casada. Por entonces era el típico caserío dedicado al ganado, y Josefina Uribe aún vivía y gobernaba las labores de aquella casa. Sus recuerdos no iban mucho más allá. Una mujer mayor que le había ofrecido la merienda y una fachada llena de macetas amarillas con geranios de colores; pero ya entonces las relaciones con Flora eran frías y distantes, y nunca había vuelto a visitarla allí.

Condujo el pequeño Micra a toda velocidad por el camino del cementerio y una vez rebasado este comenzó a contar las fincas, pues recordaba que era la tercera a la izquierda y aunque no se veía desde el camino tenía un hito en la entrada que señalaba el acceso. Reducía la velocidad para estar segura de no pasarse la señal cuando vio el Mercedes de Flora detenido a un lado de la carretera junto a un camino que se internaba en un bosquecillo que, en plena noche, le pareció impenetrable. Dejó el Micra justo detrás, comprobó que no había nadie en su interior y maldijo de nuevo la brillante idea de cambiar de coche dejándose todo su equipo en el suyo. Registró el maletero y se alegró de que la mujer de Iriarte fuera tan previsora como para llevar una pequeña linterna, aunque escasa de pilas.

Antes de penetrar en el bosque marcó el número de Jonan y comprobó algo asustada que no había cobertura; probó con el de la comisaría y con el de Iriarte. Nada. Era un bosque de pinos de ramas bajas y abundantes agujas que tapizaban el suelo haciendo el avance lento y peligroso a pesar de que había un camino bien definido entre los árboles; supuso que los vecinos de la zona utilizaban aquel atajo desde siempre y que su hermana lo habría aprendido durante el tiempo en que, recién casada, vivió en el caserío de sus suegros. El hecho de que hubiera decidido llegar a la casa a través del bosque, y no por el camino de acceso, le daba una idea de los planes de Flora: la despótica y dominante Flora había atado cabos antes que ella misma manipulando la información que recibía puntualmente del incauto Fermín, embelesado por su hipnótica letanía de agravios. Amaia pensó en el modo descarado en que se había exhibido durante la comida del domingo, los comentarios vejatorios sobre las niñas, sus ideas sobre la decencia y los *txantxigorri* puestos sobre la mesa, tratando de distraer su atención del verdadero culpable, de aquel hombre al que nunca había amado pero que consideraba una de sus responsabilidades, como cuidar de la *ama*, atender el negocio familiar o sacar la basura cada noche.

Flora dominaba su mundo a base de disciplina, orden y férreo control. Era una de esas mujeres forjadas a la fuerza en aquel valle, una de aquellas *etxeko andreak* que habían quedado al frente de su casa y de su tierra mientras los hombres se iban lejos en busca de una oportunidad. Las mujeres de Elizondo que habían enterrado a sus hijos tras las epidemias y habían salido al campo a trabajar con lágrimas en los ojos, una de aquellas mujeres que no desconocía la parte oscura y sucia de la existencia, que simplemente le lavaba la cara, la peinaba y la mandaba a misa de domingo con los zapatos bien cepillados.

De una manera que desconocía, concibió de pronto

un sentimiento de comprensión hacia el modo de conducirse en la vida que había tenido su hermana, mezclado con una avasalladora repugnancia por la carencia de corazón de la que hacía gala. Pensó en Fermín Montes, abatido en el suelo de aquel aparcamiento, y en ella misma defendiéndose torpemente de los ataques bien sopesados de su hermana.

Y pensó en Víctor. Su querido Víctor, llorando como un niño mientras la veía besar a otro tras los cristales. Víctor restaurando motos antiguas, recuperando un pasado añorado, Víctor viviendo en la casa que había sido de su madre, la señora Josefa, «la Tolosa», que era una maestra haciendo *txantxigorris*. Víctor, que había pasado de una madre dominante a una esposa tiránica. Víctor alcohólico, Víctor con suficiente fuerza de voluntad como para mantenerse sobrio desde hacía dos años. Víctor, un hombre entre veinticinco y cuarenta y cinco años. Víctor, indignado con el advenedizo imitador de su puesta en escena. Víctor, obsesionado con un ideal de pureza y rectitud que Flora le había inculcado como modo de vida, un hombre conducido en sus pasiones al más absoluto control, un asesino que había dado el salto tomando las riendas de un plan maestro para dominar las pasiones, los deseos, las miradas impúdicas a las niñas y los pensamientos sucios que estas le provocaban con su descaro y su exhibición constante. Quizá durante un tiempo intentó aturdir sus fantasías con alcohol, pero llegó un momento en que el deseo era tan apremiante que una copa pedía otra, y otra, para poder acallar las voces que desde su interior clamaban pidiendo que liberara sus deseos. Sus deseos siempre reprimidos.

Pero el alcohol solo había logrado que Flora lo apartase de su lado, y eso había sido como nacer y morir en el mismo acto, pues a la vez que se liberaba de la presencia tiránica que lo había sometido obligándole a dominar sus impulsos, había supuesto cortar el cordón umbilical con el único tipo de relación que consideraba limpia con una mujer y con la única persona que habría podido someterlo. Estaba seguro de que Flora había notado algo, ella, la reina despótica a la que nada se le escapaba... Era imposible que no se hubiera dado cuenta de que Víctor albergaba en lo más profundo de su alma un demonio que pugnaba por dominarlo, y que a veces lo conseguía. Y lo supo, por supuesto. Lo supo sin duda cuando aquella mañana ella le llevó el *txantxigorri* hallado sobre el cadáver de Anne. El modo en que lo había tomado en sus manos, oliéndolo y hasta probándolo, sabiendo a ciencia cierta que aquello constituía la más clara e inconfundible firma, un homenaje a la tradición, al orden y a ella misma.

Amaia se preguntó cuánto había tardado en cambiar la harina cuando ella salió por la puerta, desde qué momento Flora había comenzado a urdir el plan de seducción a Montes y había estado del todo segura. ¿De verdad había necesitado la confirmación del laboratorio o lo sabía ya cuando probó el *txantxigorri*, cuando Anne apareció muerta, cuando se sentó a la mesa de la tía y justificó los crímenes?, ¿o solo era una actuación destinada a comprobar la reacción de Víctor?

La ladera se inclinaba en dirección contraria a la carretera y el denso olor a resina estimuló sus fosas nasales haciendo que le picasen los ojos mientras la luz insuficiente de la linterna se extinguía, dejándola en la más absoluta oscuridad. Permaneció quieta unos segundos mientras sus ojos se acostumbraban a la falta de luz y a duras penas podía discernir un atisbo de luz entre los árboles. Entonces, en plena oscuridad, vio el inconfundible destello danzarín de la linterna que Flora portaba y que hacía saltar de un árbol a otro produciendo entre la espesura un efecto de *flashes* o relámpagos. Echó a andar hacia la zona en la que percibía claridad, extendiendo las manos ante el cuerpo y ayudándose con la pantalla del móvil, que apenas si iluminaba sus pies y se apagaba cada quince segundos. Deslizando un pie delante de otro, intentó apresurarse para no perder el rastro de luz de Flora. Oyó un roce a su espalda y, al volverse, se golpeó en la cara con una rama rugosa que le hizo un profundo corte en la frente que inmediatamente comenzó a sangrar, dejándola aturdida mientras sentía dos regueros cayendo por sus mejillas como densas lágrimas y el teléfono iba a parar a algún lugar a sus pies. Palpó la herida con los dedos y comprobó que no era demasiado grande, aunque sí profunda. Tiró del fular que llevaba al cuello y se lo anudó fuertemente a la cabeza presionando en el corte y consiguiendo que dejase de sangrar.

Confundida y desorientada, se volvió lentamente tratando de localizar la niebla luminosa que había percibido entre los árboles, pero no vio nada. Se frotó los ojos notando la sangre pegajosa que comenzaba a coagularse y pensó en el aspecto que tendría su cara mientras una sensación cercana al pánico se adueñaba de ella y la creciente paranoia la obligaba a escuchar, forzándose a no respirar y segura de que había alguien más allí. Gritó sobrecogida al oír un fuerte silbido, pero enseguida supo que no le haría daño, que de algún modo estaba allí para ayudarla y que si tenía una oportunidad de salir del bosque antes de desangrarse sería con él. Otro silbido sonó con claridad a su derecha. Se irguió sujetándose la cabeza y avanzó en la dirección de la que provenía el sonido. Otro breve silbido sonó delante de ella y de pronto, como si alguien hubiera abierto una cortina, allí estaba el final del bosquecillo y la pradera que se extendía tras el caserío Uribe.

La hierba, que había sido cortada recientemente, facilitó la carrera campo a través de Amaia, que no recordaba que el prado tras la casa fuera tan vasto. La casa estaba iluminada por varias farolas posicionadas alrededor del cuidado césped, salpicado de antiguos aperos de labranza dispuestos como obras de arte circundando el caserío. Bajo la suave luz de una de las farolas distinguió la figura armada de Flora, que avanzaba desde la parte trasera con paso decidido y torcía hacia la entrada principal. Sintió el impulso de gritar su nombre, pero se contuvo al darse cuenta de que también alertaría a Víctor y de que aún estaba en campo abierto. Corrió con todas sus fuerzas hasta alcanzar la pared protectora de la casa y, pegándose a ella, sacó la Glock de Montes y escuchó. Nada. Caminó pegada a la pared, mirando de vez en cuando a su espalda, consciente de que allí era tan visible como Flora lo había sido antes. Avanzó con cautela hasta la puerta principal, que aparecía entornada y de la que salía una tenue luz. La empujó y observó cómo se abría pesadamente hacia el interior.

Excepto las luces encendidas, nada indicaba que hubiese nadie en la casa. Revisó las habitaciones de la planta baja y comprobó que apenas habían variado desde que «la Tolosa» era la señora del caserío. Miró alrededor buscando un teléfono pero no lo vio por ningún sitio; con cuidado, apoyó la espalda en la pared y comenzó un lento ascenso por la escalera. Había cuatro habitaciones cerradas que daban a un descansillo y una más al final del siguiente tramo de escaleras. Una a una, fue abriendo las puertas de robustos dormitorios de madera pulida a mano y gruesas colchas floreadas. Emprendió la subida al último tramo de la escalera, segura de que no había nadie en la casa pero sosteniendo la pistola con ambas manos y avanzando sin dejar de apuntar. Cuando alcanzó la puerta, los latidos de su corazón atronaban en su oído interno como latigazos cadenciales que le producían una sensación cercana a la sordera. Tragó saliva y respiró profundamente intentando calmarse. Se echó a un lado, giró el pomo de la puerta y accionó la luz.

En todos los años que llevaba en la Policía Foral como inspectora nunca se había encontrado ante un altar. Había visto fotografías y vídeos durante su estancia en Quantico, pero, como le había dicho su instructor, nada te prepara para la impresión de hallar un altar. «Puede estar en un pequeño hueco, en el interior de un armario o en un baúl; puede ocupar una habitación entera o residir en un cajón, da igual. Cuando te topes con uno, nunca lo olvidarás, porque ese particular museo de los horrores en que el asesino cuelga sus trofeos es la mayor muestra de sordidez, de perversión y de depravación humana que puedas encontrar. Por muchos estudios, muchos perfiles y muchos análisis del comportamiento que hayas estudiado no sabrás lo que es mirar dentro de la cabeza de un demonio hasta que no halles un altar.»

Jadeó aterrada al encontrar una versión ampliada de las fotos que tenía en comisaría. Las niñas la miraban desde el espejo de un gran aparador antiguo en cuyo cristal Víctor había dispuesto ordenadamente recortes de periódico, los artículos sobre el basajaun, las esquelas de las niñas que se habían publicado en el periódico y hasta unos recordatorios de los funerales. Había fotos de las familias en el cementerio, de las tumbas cubiertas de flores y de los grupos del instituto, que se habían publicado en una gaceta local, y bajo estas, una colección de fotos tomadas sin duda en el lugar del crimen que mostraban paso a paso, como en un tutorial de muerte, las instantáneas de cómo se había ido preparando el escenario. Una documentada explicación gráfica del horror y de la historia de los progresos del asesino en su macabra carrera. Amaia observó incrédula la cantidad de recortes que habían amarilleado por efecto del tiempo, curvándose en los bordes debido a la humedad, algunos fechados veinte años atrás, y tan breves que apenas ocupaban unas líneas en las que se trataba la desaparición de campistas, de excursionistas en lugares alejados del valle e incluso al otro lado de la frontera.

Estaban colocados escalonadamente y en la cumbre

se encontraba el nombre de Teresa Klas, proclamando que ella era la reina de aquel particular círculo infernal. Había sido la primera, la chica por la que Víctor perdió la cabeza hasta el punto de correr el riesgo de matarla a escasos metros de su casa; pero lejos de infundirle temor, su muerte le excitó hasta el punto que durante los dos siguientes años había asesinado a otras tres mujeres al menos, víctimas propiciatorias, jóvenes con un perfil claro de adolescente provocativa a las que asaltaba en el monte de forma bastante chapucera en comparación con la sofisticación que mostraba ahora en sus crímenes.

Un altar como aquel narraba la evolución de un asesino implacable que se había dedicado a su labor durante tres años y que se había detenido durante casi veinte. Los mismos que estuvo con Flora, mientras se aturdía a diario con cantidades ingentes de alcohol, sometido a un yugo, un yugo autoimpuesto, aceptado y considerado la única opción para ser capaz de soportar la disciplina necesaria para vivir junto a Flora, sin dar rienda a sus instintos. Un vicio destructor que había mantenido a raya, justo hasta el momento en que dejó de beber, libre del férreo control de Flora y liberado del sopor calmante del alcohol. Lo había intentado de nuevo, había vuelto junto a ella para mostrarle sus progresos, para enseñarle lo que una vez más había sido capaz de hacer por ella, y en lugar de los brazos abiertos que había soñado, encontró la fría e impertérrita mirada de Flora.

Su desdén había sido la espoleta, el detonante, el disparo de salida para una carrera hacia un ideal de perfección y pureza que él dictaba a todas las demás mujeres, y a todas las que aspiraban a serlo con sus jóvenes y provocativos cuerpos. Entre las fotos del altar encontró sus propios ojos, y por un instante creyó que veía su reflejo en el espejo. Ocupando el lugar de honor en el centro del altar, una fotografía de ella misma impresa en papel foto, sin duda con una impresora, y recortada de otra en la que aparecía junto a sus hermanas. Extendió la mano para tocar la imagen, casi segura de que se equivocaba, rozó el papel seco y liso, y casi lo arrancó de su sitio al sobresaltarse cuando oyó el estruendo inconfundible de un disparo. Se lanzó escaleras abajo, segura de que se había producido en el exterior del caserío.

Flora se apostó en la entrada de las cuadras y sin decir una palabra apuntó a Víctor con la escopeta. Él se volvió, sorprendido, aunque no sobresaltado, como si su visita le resultase grata y deseada.

—Flora, no te he oído llegar, si me hubieras llamado antes de venir estaría más presentable —dijo mirando sus guantes grasientos mientras se los quitaba poco a poco y seguía avanzando hacia la entrada—. Hasta podría haber cocinado algo.

Flora no contestó, ni siquiera movió un músculo, pero no dejó de mirarlo y de apuntarle con la escopeta.

—Aún puedo preparar algo, si me das unos minutos para que me ponga presentable.

—No he venido a cenar, Víctor —la voz de Flora fue tan gélida y carente de emociones que Víctor volvió a hablar, sin dejar de sonreír ni abandonar el tono conciliador.

—Entonces, puedo enseñarte lo que hacía. Estaba —dijo señalando a su espalda— trabajando en la restauración de una moto.

—¿Hoy no toca hornear? —preguntó Flora sin abandonar su postura e indicando con el cañón del arma una trampilla de hierro fundido que daba acceso al horno de piedra enclavado en la pared del caserío.

Sonrió mirando a su mujer.

—Pensaba hornear mañana, pero si tú quieres podemos hacerlo juntos.

Flora espiró con fuerza, en un gesto de hastío habitual, mientras movía negativamente la cabeza para demostrar su irritación.

—¿Qué has estado haciendo, Víctor? ¿Y por qué?

—Ya sabes lo que he hecho, y sabes por qué. Lo sabes porque tú piensas igual que yo.

—No —dijo ella.

—Sí, Flora —dijo, conciliador—. Tú lo dijiste, tú lo decías siempre. Ellas, ellas se lo buscaron, vestidas como prostitutas, provocando a los hombres como rameras, y alguien debía enseñarles lo que les ocurre a las malas chicas.

—¿Tú las mataste? —preguntó, como si a pesar de estar apuntándole con un arma quisiera creer que todo era un absurdo error y esperara que él lo negase, que después de todo solo fuese un terrible malentendido.

—Flora, de nadie más, pero de ti espero que lo entiendas. Porque tú eres como yo. Todo el mundo lo ve, muchos opinan como tú y como yo, que la juventud está echando a perder nuestro valle con sus drogas, su ropa, su música y el sexo; y las peores son las chicas, no piensan en otra cosa que en el sexo, sexo en lo que dicen, en lo que hacen, en su manera de vestirse. Pequeñas putas. Alguien debía hacer algo, enseñarles el camino de la tradición y el respeto a las raíces.

Flora lo miró asqueada sin intentar esconder su estupor.

—¿Como Teresa?

Él sonrió con dulzura e inclinó la cabeza a un lado como si rememorase.

—Teresa, aún pienso en ella todos los días. Teresa, con sus faldas cortas y sus escotes, impúdica como una Babilonia la grande. Solo he visto a una mejor.

—Creía que había sido un accidente... En aquel tiempo eras joven, estabas confuso, y ellas... eran unas perdidas.

—¿Lo sabías, Flora? ¿Lo sabías y me aceptaste?

—Creía que eso había quedado atrás.

El rostro de él se oscureció y en su boca apareció una expresión de dolor.

—Y quedó atrás, Flora, durante veinte años me he mantenido firme haciendo el esfuerzo más grande que un hombre pueda hacer, tenía que beber para controlarlo, Flora. No puedes imaginar lo que es luchar contra algo así. Pero tú me despreciaste justo por mi sacrificio, me apartaste de tu lado, me dejaste solo y me pusiste como condición que dejase de beber. Y yo lo hice, lo hice por ti, Flora, como lo he hecho toda mi vida, como lo he hecho todo.

—Pero has matado a unas niñas, las has asesinado —dijo, asombrada—, a unas niñas.

Él comenzó a sentirse molesto.

—No, Flora, tú no las viste insinuándose como golfas... Hasta accedieron a subir al coche, a pesar de que solo me conocían de vista. No eran niñas, Flora, eran putas. O se convertirían en putas en poco tiempo. Esa Anne, esa era la peor de todas, sabes de sobra que se acostaba con tu cuñado, que atacaba a mi familia, que destruía el vínculo sagrado del matrimonio de Ros, de nuestra querida y estúpida Ros. ¿Tú crees que Anne era una niña? Pues esa niña se me ofreció como una ramera y cuando estaba acabando con ella me miró a los ojos como un demonio, casi sonrió y me maldijo. «Estás maldito», eso me dijo, y ni muerta pude quitarle esa sonrisa de la cara.

De pronto, el rostro de Flora se contrajo en una mueca y comenzó a llorar.

—Mataste a Anne, eres un asesino —dijo como para terminar de convencerse.

—Como tú sueles decir, Flora, alguien debía tomar la decisión correcta; era una cuestión de responsabilidad, alguien tenía que hacerlo.

—Podías haber hablado conmigo, si lo que querías

era preservar el valle hay otras maneras, pero matando niñas... Víctor, tú estás enfermo, tienes que estar loco, porque si no es imposible.

—No me hables así, Flora. —Sonrió mansamente, como un niño arrepentido de haber hecho una trastada—. Flora, yo te quiero.

Las lágrimas rodaban por el rostro de ella.

—Yo también te quiero, Víctor, pero por qué no me pediste ayuda —musitó bajando el arma.

Él avanzó dos pasos hacia ella y se detuvo sonriendo.

—Te la pido ahora. ¿Qué me dices? ¿Me ayudarás a hornear?

—No —dijo levantando el arma y con el rostro de nuevo sereno—. Nunca te lo he dicho, pero odio los *txantxigorri*. —Y disparó.

Víctor la miró abriendo mucho los ojos un poco sorprendido por el acto y por la intensa oleada de calor que se extendió por su vientre y le trepó por el pecho, aclarando sus ojos y permitiéndole advertir a la otra dama presente en su final. Envuelta en una capa blanca que le cubría parcialmente la cabeza, Anne Arbizu le miraba desde la entrada con una mueca entre el asco y el placer. Oyó su risa de *belagile* antes de recibir el segundo disparo.

Amaia salió de la casa y avanzó rápidamente hasta la esquina sosteniendo la Glock de Montes con firmeza mientras escuchaba atenta cualquier señal de movimiento. Oyó el segundo disparo y echó a correr. Al llegar al final de la pared se asomó con precaución a la fachada norte del caserío, donde mucho tiempo atrás estuvieron las cuadras. De la enorme puerta verde salía una intensa luz que teñía el césped de color esmeralda y que resultaba incongruente en un lugar que originalmente estuvo destinado a caballos y vacas. Flora estaba parada en el vano de la entrada, sostenía la escopeta a la altura del pecho y apuntaba al interior sin mostrar vacilación.

—Tira la escopeta, Flora —gritó Amaia apuntándola con su arma.

Ella no respondió, dio un paso hacia el interior de los establos y desapareció de su vista. Amaia fue tras ella, pero solo vio una sombra informe tirada en el suelo como un montón de ropa vieja.

Flora estaba sentada junto al cuerpo de Víctor. Sus manos estaban manchadas de la sangre que le brotaba del abdomen y le acariciaba el rostro tiñendo su frente de rojo. Amaia avanzó hasta ella y se inclinó a su lado para quitarle el arma, que reposaba a sus pies; después, se guardó la Glock a la espalda, se inclinó sobre Víctor y le puso los dedos en el cuello tratando de encontrar el pulso mientras buscaba en su ropa el teléfono con el que llamó a Iriarte.

—Necesito una ambulancia en el camino de los Alduides, es el tercer caserío pasado el cementerio, ha habido disparos, les espero aquí.

—Amaia, es inútil —dijo Flora casi susurrando, como si temiese despertar a Víctor—, está muerto.

—Oh, Flora —suspiró poniéndole una mano sobre la cabeza mientras el corazón se le hacía pedazos al contemplar a su hermana acariciando el cuerpo inerte de Víctor—. ¿Cómo has podido?

Alzó la cabeza como alcanzada por un rayo, se irguió digna como una santa medieval en la hoguera. Su tono era firme y se adivinaba en él una nota de fastidio.

—Sigues sin entender nada. Alguien tenía que pararlo, y si llego a esperar que lo hicieras tú tendría el valle cubierto de niñas muertas.

Amaia retiró la mano que tenía sobre su cabeza como si hubiera recibido un calambre.

Dos horas más tarde.

El doctor San Martín salía del establo de Víctor tras certificar su fallecimiento y el inspector Iriarte se acercaba a Amaia con cara de circunstancias.

—¿Qué le ha dicho mi hermana? —quiso saber ella.

—Que encontró tirado en el aparcamiento del hotel Baztán el informe sobre la procedencia de la harina, que ató cabos, que cogió la escopeta porque tenía miedo; aunque no estaba del todo segura, decidió traérsela para protegerse si Víctor resultaba ser un asesino. Que le preguntó al respecto y él no solamente lo admitió, sino que además se puso muy violento, avanzó hacia ella amenazadoramente y ella, al sentirse en peligro, no lo pensó y disparó. Pero él no cayó y siguió avanzando, así que disparó de nuevo. Dice que no fue muy consciente, que lo hizo instintivamente porque estaba aterrorizada. La furgoneta blanca está en el interior, bajo una lona. Flora ha dicho que él la usaba para ir a buscar las motos que restauraba, y en el interior del horno y la cocina había harina en bolsas de Mantecadas Salazar, además de la colección de horrores que tiene en el desván.

Amaia suspiró profundamente cerrando los ojos.

Diez horas más tarde.

Amaia acudió al funeral de Johana Márquez, confundiéndose entre la gente, y rezó por el eterno descanso de su alma.

Cuarenta y ocho horas más tarde.

Amaia recibió la llamada del teniente Padua.

—Me temo que tendrá que hacer una declaración sobre su informador. En la cueva que nos indicó, los guardias del Seprona han hallado huesos humanos de distinto tamaño y procedencia; por el número han calculado que hay restos de unos doce cadáveres, que han sido arrojados al interior de la cueva de cualquier manera. Según el forense, algunos llevan allí más de diez años y todos presentan marcas de dientes humanos. Ya sé lo que va a preguntarme, y la respuesta es que sí: coincide con la mordedura del cadáver de Johana, y no, no coincide con el molde de Víctor Oyarzábal.

Quince días después, y coincidiendo con el lanzamiento a nivel nacional de su libro *Con mucho gusto*, el juez dejaba a Flora en libertad sin cargos y ella decidía tomarse unas largas vacaciones en la Costa del Sol, mientras Rosaura se hacía cargo de la dirección de Mantecadas Salazar. Las ventas no solamente no se vieron afectadas, sino que en pocas semanas Flora se había convertido en una especie de heroína local. Al fin y al cabo, en el valle siempre se había respetado a las mujeres que hacían lo que tenían que hacer.

Dieciocho días después recibía una llamada de la doctora Takchenko.

—Inspectora, va a resultar que al final usted tenía razón: los GPS del servicio francés de observación captaron hace quince días la presencia de una hembra de unos siete años que, bastante despistada, habría descendido hasta el valle. No tienen de qué preocuparse. *Linnete* ya está de nuevo en el Pirineo.

Un mes más tarde.

La regla no se presentó. Ni al siguiente, ni al siguiente...

Glosario

Aizkolari: leñador, tradicionalmente cortador de troncos. Hoy en día, especialista en corte de troncos en el deporte rural vasco.
Elizondo significa literalmente «junto a la iglesia».
Olentzero u Olentzaro es un personaje navarro de la tradición navideña vasca. Se trata de un carbonero mitológico que trae los regalos el día de Navidad.
Aita: papá.
Ama: madre.
Amatxi: abuela.
Txikitos: vinos.
Basajaun: literalmente, «el Señor del bosque».
Eguzkilore: símbolo que representa la flor seca del cardo silvestre y que se coloca en la puerta de las casas para ahuyentar a los malos espíritus.
Sorgiña: bruja.
Botil-harri o botarri: piedra bote, o piedra botella; se utilizaba para el juego de la *laxoa*, una modalidad de pelota vasca.
Belagile: mujer oscura, poderosa, bruja.

Agradecimientos

Quiero agradecer el gran talento y disponibilidad que tantas personas pusieron a mi servicio para lograr que esta novela fuera una realidad.

Al Señor Leo Seguín de la universidad nacional de San Luis por sus aportaciones en cuanto a biología molecular.

Gracias a Juan Carlos Cano por sus aportaciones en lo relativo a restauración de motos clásicas. Un mundo apasionante que él logró transmitirme.

Al portavoz de la Policía Foral de Navarra, el subinspector Mikel Santamaría, por su paciencia al contestar mis preguntas.

Al museo etnográfico Jorge Oteiza de Baztán que me facilitó originalmente la información necesaria para comenzar.

A mi agente Anna Soler-Pont, por conseguirlo.

Gracias a Mari, por renunciar a su retiro y hacerme el honor de manifestarse en esta tormenta que me tiene a su merced desde que comencé a escribir la trilogía del Baztán.

Mi admiración y respeto a la labor de estudio de nuestras costumbres que tan minuciosamente recogió José Miguel de Barandiaran y que fueron indispensables para la documentación de esta novela.